"望海潮"原创长篇系列

橘红缘

海峡出版发行集团
海峡文艺出版社

图书在版编目(CIP)数据

橘红缘/涂振取著. — 福州:海峡文艺出版社,
2022.7
("望海潮"原创长篇系列)
ISBN 978-7-5550-3051-5

Ⅰ.①橘…　Ⅱ.①涂…　Ⅲ.①长篇小说—中
国—当代　Ⅳ.①I247.5

中国版本图书馆 CIP 数据核字(2022)第 115888 号

橘红缘

涂振取　著

出 版 人	林滨	
责任编辑	朱墨山　陈婧	
出版发行	海峡文艺出版社	
经　　销	福建新华发行(集团)有限责任公司	
社　　址	福州市东水路 76 号 14 层	
发 行 部	0591—87536797	
印　　刷	福建建本文化产业股份有限公司	
厂　　址	福州市仓山区十字亭路 4 号燎原村厂房 2 号楼	
开　　本	720 毫米×1010 毫米　1/16	
字　　数	400 千字	
印　　张	18.75	
版　　次	2022 年 7 月第 1 版	
印　　次	2022 年 7 月第 1 次印刷	
书　　号	ISBN 978-7-5550-3051-5	
定　　价	79.00 元	

如发现印装质量问题,请寄承印厂调换

前　言

　　我喜欢饮茶，那已经是很久远的事了。小的时候家里很穷，有时一年之中也吃不上一次肉。某日亲戚家杀猪，父亲带我去吃肉，不懂事的我开怀猛吃。回家后就犯病了，肚子胀得厉害，其难受的滋味至今仍然历历。

　　在过去的农村，缺医少药是普遍的事。何况家里穷，就是有药也买不起。在那个年代，农村人有关头疼脑热之类的小灾小病，人们根本就不当回事。而对于我因贪嘴而引起的肚胀，起初父母根本不加理会。后来，母亲看我难受得直叫唤，才从黑漆衣橱里取出一个很有年头的陶壶，小心地倒出了一撮黑乎乎且由虫丝粘连在一起的东西，放入碗里冲上开水。好奇的我问母亲这是何物，母亲告诉我，这是能够治病的老茶。看着一碗橘红色的茶汤，我硬着头皮一口气喝下了。

　　没想到茶水不难喝，冰冰的，有一股因年头久远才具有的悠长味道。喝过老茶水没过多久，肚胀得难受很快就神奇般消失了。由此以后，这一碗能够治病的橘红色老茶，包括那悠长的味道、美妙的橘红色和神奇的治病功能，就永远根深蒂固地镌刻在我的心底，见证我人生经历的所有酸甜苦辣。

　　听母亲说，这一壶老茶是爷爷时留下的。具体是什么茶已经无法查考，大概是陈年老红茶吧。爷爷的名字叫涂南华，早年曾经在泉州少林寺学过武。后在南洋经商时，曾经一度追随孙中山做过一些革命工作。民国期间回家开药铺，以售药看病为生。在此过程中，据说爷爷也经常用老茶来替人解涨消食。正因爷爷把老茶当灵药来使用，以故家里经年备有老茶。爷爷开药铺经营有方，医术远近有名。殷富的家道以至在"土改"时被评为剥削阶级，家资田产被抄没归公。但有幸的是留给了我们一壶老茶，唯一能够了解爷爷平生印记的一壶老茶。

　　随着年龄的增长，由小学到中学，我逐渐喜欢上了历史学和文学，尤其喜欢那些丰富多彩的历史典故和具有地方风情的故事传说。我如饥似渴地阅读着各种书籍，凡能弄到的，不管是文学、传奇、志传、正史或者野史，都没日没夜地痴迷于其中。有时，甚至因看书而误了上学或者吃饭而经常遭到母亲的责

1

罚，也曾经为了得到阅读别人的藏书而孜孜于求人，甚至以帮别人干活而以借阅藏书作为交换。日积月累，我读了不计其数的书，终于知道了很多古往今来的事理，增长了知识，更因此而深深为华夏五千年文明的博大精深感到骄傲。

华夏先人创作的五千年文明所包含的内涵是极为丰富的。它除了有被世人所公认的四大发明和名满海内外的长城、兵马俑、故宫以及名山古寺以外，更重要的是还创造了涉及千家万户，直接影响到人们的日常生活的丝绸、瓷器和茶叶，以及与丝绸、瓷器和茶叶相关所形成的丝绸文化、瓷器文化和茶文化等等。

自从母亲用一碗老茶水轻而易举地治好我的肚胀病后，茶叶的妙用就在我的记忆中形成了永恒。加上闽南铁观音茶乡一位远亲每年都有好茶叶馈赠，我和父亲年年都有上等铁观音茶可以饮用。于是，我从小就跟茶结上了不解之缘。

随着知识的增长，我也开始了由浅及深地涉猎古往今来博大精深的茶文化。华夏九州是世茶叶的原生产地，几乎世界所有的茶叶都发源于中国。中国人在几千年的制茶饮茶历史中，创造出了异彩纷呈的带有鲜明地方特色的茶文化，这正是充分展现了华夏古老文明的统一性与多样性。远古时一则"神农尝百草，日遇七十二毒，得茶而解之"的传说，不但告诉人们，华夏农业文明的始祖神农氏在教民耕稼和采草药治百病健身体的时候，已经发现了长在原野的茶叶具有神奇的妙用。此后，随着人们对茶叶认识的不断加深，人们还发现了茶叶的各种的药理作用。

人们认为，茶叶是上天馈赠给华夏子民的神物。正是如此，茶叶在远古的时候就被赋予了神圣而高贵的出身，从而堂而皇之地登上了华夏古代先民祭祀神祇的祭坛。随着社会历史的演进和经济文化的不断进步，更随着饮茶的逐步普及，茶叶才逐步从神圣的祭坛上走下来进入社会的各个阶层。伴随着饮茶的普及，涵盖广泛的茶文化也同步得到了丰富和发展。特别是进入盛唐富宋以后，随着王公贵族、文人墨客和隐士僧道对品茶饮茶的推崇和美化，茶文化进入了一个百花齐放的春天。

福建自古以来就是我国最重要的产茶区和茶文化的发祥地之一，闽北、闽东北和闽南都有着悠久的种茶和制茶历史。唐宋以来，闽茶的地位是极为彰显的。在八闽连绵的神山秀水之中，既有闻名遐迩的皇家贡茶，诸如宋代的"龙团凤饼"，明代的"大红袍"等；同时，自唐宋以降，福建还屡屡有畅销中外的名茶佳品。如大红袍、铁观音、白毫银针和闽红三大功夫茶（白琳功夫、坦洋功夫、政和功夫）等。

福建有诸多名山秀水，如武夷山、戴云山和太姥山等，自古好山出好茶。这里单说在神奇的闽东山水中，不但有太姥山中的白毫银针和白琳工夫、白云山的坦洋工夫，以及霍童的茉莉花茶，这些名茶名品都曾经畅销中外而享誉世界。到了清朝统治时期，为了促进茶叶的出口，增加国家海关税银的收入。十九世纪末，清政府更在三都澳设立"福海关"。至此，闽东遂成为当时我国最重要的茶叶出口基地。

我二十世纪八十年代初游历于闽东的名山古寺。在这里，我因品茗的嗜好，初次认知了福鼎白茶和"闽红"功夫茶。我不仅有幸品饮到了产自于太姥山上的白茶名品白毫银针、白牡丹，而且还认知了大名鼎鼎的福鼎"白琳工夫"和福安"坦洋工夫"，白茶与红茶的美妙，入清灵而永生难忘。

闽东这些曾经名满于东亚、东南亚乃至欧美的闽东茗茶名品，其以大自然原生的馨香与美妙，以及由此而勾幻出的自然界原始与原生的生息奇变，深深地吸引着我。从此，我便一发而不可收地痴迷上了闽东孕生名茶的秀美山水，感兴趣于历代先人们传承下来的制茶、售茶的故事，以及与茶相关的奇闻逸事。

于是，我义无反顾地投身于闽东各地的崇山峻岭，来往于山中的古寺山亭。或与高士密友，或与老僧道长在品啜和感受着犹如银针雪芽般的福鼎白茶，或观饮着犹如琥珀色的功夫红茶的无穷美妙，或听讲着无数充满原生野味的美丽传闻和故事。我将采撷到的历代茶人茶农在生意、劳动、创造和生活中留下的种种趣闻和故事，不断丰富着我与茶及茶事相关的文学构成和感悟，使我有了取之不尽的创作灵感和素材。

在一次又一次的叹息、感慨和升华之中，我将之进行着文学和艺术的合成。通过近十年的提炼，终于促成和诞生了长篇章回体小说《橘红缘》。我借用了早年祖父遗留下那壶老茶所传承的功力，演绎再现着那些深藏于闽东山水的瑰丽珍宝和陈年旧事。我衷心地希望，《橘红缘》能够给予天下有缘的人们以茶后一娱。

涂振取
写于农历戊子年早春

目　录

1

第 一 章

山村才子皇榜高中 尽忠国家双孤回籍

海峡西岸太姥山，古来就是濒临东海的一座有名神山，世人称之为海上仙都。山之西麓，有一僻静的小山村，取村名曰：高杨村。高杨村犹如一颗翠绿的宝石，镶嵌在群峰环拥之间。村子坐落在一块不大的山间台地上，台地的四周，覆盖着苍翠葱茏的茂密森林。森林里生活着各种各样的珍禽瑞兽。翠鸟唱歌，金凤展羽；灵蛇守户，寿猴献芝。尽管日过星移，物是人非，山村总是沉浸在一片祥瑞平和之中。

高杨村旁，潺潺流过一条发源于山上的小溪流，清澈见底的溪水长年不断，甜美灵秀。溪水中，自由地徜徉着各种颜色的小鱼，有金色的，有红色的，有红绿相间的等等。这些小鱼是有灵性的，不怕人，与人极为友好。只要你把手伸进水中，它们就会热情地蜂拥而至，围着你的手打转，偶尔还会冷不防地亲你一下，可爱极了。这些灵秀可爱的小鱼，据说是神山上的圣姥女神养育的，传说圣姥女神未出道之前，经常和她的心上人上山放牛打柴割草，每逢在溪边休息时，俩人都会一起和溪水中的小鱼嬉戏。

高杨村由西向东横亘着一条古老的官道。官道向西进入浙江泰顺县，再北进入赣南可通中原；向东可到曾是福宁府治的霞浦，边上就是浩瀚无垠的东海了。

自古以来，古官道给予太姥山以无穷的活力和动力。不管是入山的或者是出山的人们，都带着各自不同的前程和梦想，行走于官道上，不断演绎着一个个精彩的故事与传说。

高杨村里住着二三十户人家，大部分虽过得清淡，但也衣食富足，无冻饿之虞。村里家家极重礼仪，人人尊老爱幼，团结互助。最为奇特的是这里世代皆以诗书传家，不论男女，皆须延师学文断字。好在村中年长的皆能饱学为师，故家家延师极易，甚至以自家长辈为师的也不在少数。

村里有一让外人惊奇不已的怪事，那就是这里历代饱学之士比比，但却极少有人参加南台博弈，求仕为官，似乎不尚光宗耀祖之荣，而唯喜吟诗作赋，钟情山水风月之乐。

这是何因呢？传说当年村里有两个员外，一个华员外，一个严员外。两家员外皆以积善奉佛而扬名远近。后来，两家员外又在同年仲春喜降麒麟。得子传宗，本为人生最大快事，两家员外真是喜上眉梢，春风得意。满月之日，两家皆大宴亲友，遍请乡邻，热闹非凡。

两家员外本性情中人，他们还趁着喜宴高兴，一起恭请村中德高望重且饱学之高师，为两儿选取佳名。几位高师经过一番商议，征得两位员外同意后，遂决定给华员外的儿子取名叫华忠，字顺义；严员外的儿子取名叫严家兴，字鸿运。

然而，偏偏两家小儿命硬，处襁褓而未满抓周，其母便先后相邀而远赴黄泉。两家员外皆夫妻恩爱情笃，且加娇儿年幼，于是，发愿永不续弦。此后，两家员外奉佛唯谨，行善更殷。除此之外，就是把全部的精力贯注到两家孩儿身上，教儿培德立志，勤学诗书，博览闻达，以便将来能够皇榜高中，夺魁占斗。

光阴荏苒，转眼之间，华忠和严家兴已然弱冠。两人皆长得眉清目秀，聪慧无比。平时，一起嬉戏游玩，一起吟诗颂文，亲密得犹如兄弟一般。时值秋闱大比，两人整囊北赴京师。

华忠和严家兴不负父望，皇榜一出，三甲高中。及至廷对，华忠和严家兴之人品与才华，皆得帝嘉。皇恩浩荡，当即钦点华忠为新科状元，严家兴为榜眼。帝喜华忠风流倜傥，遂托当朝丞相为冰媒，恩收华忠为东床驸马，留京伴驾。古莽先生有一《如梦令》极赞华忠之荣华富贵，词曰：

热雨冬霜读苦，浸暑汗频书奋。秋闱放榜时，祖荫显封名振。荣贵，荣贵，惊梦过云烟粉。

时有北疆强邻时常南犯劫掠，边境子民，流离失守，苦不堪言。恰逢北疆内斗甫安，北王愿意媾和友好，特派使者求皇帝委一重臣前往缔结盟约。

次日早朝，百官拜舞已毕。皇帝开启金口曰："今有北朝来下国书，请求缔好，朕拟遴选一德高重臣前往，众卿以为谁可胜任？"

往日争先恐后摆忠竞能的一众文武百官，今天却都噤口不言，你看看我，我看看你，最后干脆都低下了平日高傲的头颅。这些食君俸禄而不愿为国分忧的大臣清楚地知道，出使北地定然凶多吉少，因此谁也不愿去自寻死路。

正当金殿静寂得鸦雀无声的时候，忽然，文班中一气宇轩昂的年轻大臣，跨前俯伏金阶奏道："陛下，臣愿领旨前往和番，请皇上赐节！"

皇帝和众大臣几乎同时把诧异的眼光，一齐投向了这位主动忠于王事的年轻大臣。他就是新科状元、皇家驸马华忠。只听皇帝带着既疑惑又惜爱的口吻问道："皇儿，你果真能行吗？"

华忠不假思索地说："和番报国，安境保民，忠于王事，乃臣子义不容辞的职责。臣虽弱质，值此国家用臣之际，理当为国赴汤蹈火，不辞辛劳，以成王事。"

华忠这一番慷慨激昂的表白和决心，不但感动了九五之尊的皇帝，而且羞愧得众大臣无地自容。

华忠挥泪告别了已身怀六甲的娇妻公主，陛辞皇帝，毅然持节北上。一路上，过草原，闯沙海，遇狼群，风餐露宿，历尽千辛万苦，终于到达了胡廷。但万万没有想到在华忠尚未到达胡廷之前，胡廷又发生了军变。原来请求遣使缔盟的胡王在军变中被弑身亡，新任胡王与南边中央皇朝颇不友好。

华忠一行持节莅临北疆后，马上遭到了新任胡王的软禁和折磨。过了一段时日，新任胡王听闻华忠之人品和才能极其优秀，甚爱之，遂不断以高官、美色、金帛、酷刑等，轮番对之贿诱威逼，企图使华忠一行变节投胡。但是，好个巍巍忠义的华忠，对所有威逼利诱皆慨然却之，凛然对之。正所谓：高官金帛不能动其志，美色娇娘不能惑其忠，刮骨动筋不能摇其节。

最后，华忠持节绝食而亡北地。噩耗传入京师，皇帝悯其忠，罢朝北祭，特旨敕命，旌表华忠的出生地为廉忠村，为华忠设衣冠冢，命地方四时祭拜。

悲痛欲绝的公主，三番请旨，得父皇破例恩准，携华忠遗孤回廉忠村养育，以承祀华忠香火。后来，公主守节高寿至终，临终之际，特立遗训八字，严嘱子孙谨守勿违。八字曰："诗书茶传家，农工商守成。"

廉忠村的历代子孙，果然谨守此戒。各家各户之子孙，虽然都勤奋读书，但大多不参与科考，崇尚务农侍茶，与土地商贾相伴为生。这就是廉忠村人后来读书少仕，普遍商贩茶叶的来历。

话说华忠的同契兄弟严家兴，在金殿上得帝钦点为当科榜眼，随被外放任处州太守，一时也是荣华至极，人人羡慕。在京游街三日后，严家兴当即陛辞南下赴任。

一路上，严家兴无心风景与应酬，晓行夜宿。不日即到处州任所，与前任交割府库钱粮后，当即坐堂视事。

严太守接任以后，力勉自己定要做个好官，绝对不能辜负了十年寒窗的苦读，更不能辜负了皇上的临别嘉勉。于是，严太守每天勤于政事，体察民情，更能爱民如子。到任一年，治下政清人和，地方安靖。

当地有一钱姓士绅，乃前朝翰林，年老赋闲在家。膝下只育一女，容貌娟美，性情温和，诗词歌赋，无不通晓，真真是德言容工，样样俱全，以至于远近风流才俊，羡慕垂涎，争相遣媒说合。但是，这些络绎而来的才俊就是未能赢得钱小姐的芳心，也没有一个能够让钱翰林十分满意的。钱翰林之于独女，爱若掌上明珠，发誓定要替爱女寻一才子做东床快婿。

时严家兴以当科榜眼出任处州，年轻倜傥，政声远扬。那钱翰林与严太守几番互拜交往，严太守的才情和志向，都令老翰林十分满意和欣赏。因此，请出佳媒撮合，遂佳人配才子，终成秦晋之好。婚后夫妻千般恩爱，万般和美。不久，钱小姐就珠胎暗结，十月临盆，诞下了一个如花似玉的女儿。喜得千金的严太守，高兴得如春风拂柳，颠东倒西。

时九州甫安，皇家固本，休养生息，令万里海疆实施海禁。海贼盗寇闻令不服，狗急跳墙，屡屡犯边扰疆，一时气焰十分猖獗。东南处州，临近东海，恰好首当其冲，尤为贼害。

为堵贼扰，忙得个严太守防南失北，致使贼寇频频得手。冷静下来的严太守，认真总结了屡屡失利的教训，于是，精心设计了一个计谋，以投贼之所好而诱之，是役围歼海贼斩获甚丰。贼众千余人，几近全歼，只有贼酋一人，化装走脱，甚为惋惜。

自从海贼大损后，严太守威望日炽。很长一段时间以来，地方颇得安静。海贼盗寇之元气，一时难以恢复，不得已暂时偃旗息鼓，俨然当起良民来了。严太守及其所辖下的官兵，警贼之心因此便逐渐松怠。

一日，严夫人携小姐回娘家。海贼探子闻讯，报之贼酋。贼酋早就对严太守恨之入骨，发誓寻机报复，加之早已眼馋心热于钱家的殷富钱财，得到探报的贼酋，认为机会难得，当即纠合亡命百多人，黄夜扑向钱家。

可怜数代书香的钱翰林家，也不知前生造了什么孽，竟然遭到了这万劫不复的大难。海贼盗寇以极残忍的手段杀害了钱家男女老少几十口人，席卷了钱家的金银细软，放起一把大火，烧毁钱家宅院，扬长而去。

警讯传至府衙，惊得严太守顿时惊厥。左右急忙为之找寻医家。医者未到，严太守已然苏醒过来。他强行按下悲痛，急忙调兵遣将，严令火速前往钱家救难剿贼。但当大队官兵赶到时，钱家已是一片废墟。

莅临现场的严太守，看到如此惨状，一时惊得目瞪口呆。他大口大口地连喷鲜血，"咕咚"一声从马上坠下，不省人事。

被府衙亲随紧急救护抬回的严太守，经医者诊治服药后，方才慢慢苏醒过来。躺在床上的严太守，回想一夜变故，竟如隔世。千思百想后的严太守，此时对于荣华富贵和雄心壮志，已然心灰意冷。

忽然，有一衙役慌张报说："小姐安然，已回后衙，请老爷速往看视。"

萌生退志的严老爷，一听小姐安然回来，顿时从床上跃起。仆人赶紧上前搀扶着老爷，径直奔向后院，去看望那从死亡线上回来的苦命女儿。

话说当日夜半，回娘家省亲的严夫人，正与母亲彻夜长谈，毫无倦意。小女儿在外公外婆膝下顽皮了一番之后，安然入睡。钱老爷则跟往常一样，带着家人巡更，检查火烛。

忽然，院门外一片呐喊之声鹊起，瞬间寇盗已攻进前院。钱宅后院的女眷们顿时惊恐万状。慌乱之中，严夫人赶忙叫醒女儿及乳娘，命乳娘速带小姐从后门逃出，回府衙报知老爷。

乳娘领命带着小姐欲逃，可小姐含泪牵着母亲的衣襟死死不放。严夫人情急，急斥乳娘，快快带小姐逃命。乳娘不得已，强行抱起小姐，急急从后门逃出。临出后门，小姐忍不住刚喊出一声"娘"，就被乳娘按住小嘴，快速地出了后门，消失在暗夜之中。

其时，慌张且惊恐的乳娘带着小姐从后门逃出后，在离钱宅不远的一间草屋里躲避了半天。直到盗贼走后，方才带着小姐，艰难地回到了府衙。

得到小姐回府的消息，严老爷拖着沉重的身子，在衙役的搀扶下一路小跑，来到了小姐的闺房。父女相见，抱头痛哭。也不知哭了多久，严老爷才先行止住眼泪。看着眼前失去娘亲的爱女，怜惜和悲痛之心，又连连推动着眼泪滚落不止。

夜深人静，看着因惊吓疲倦已然熟睡的女儿，一股复仇的强烈意念再次激发了严老爷的雄心。思之再三，他取消了挂冠去职，离开宦海的念头。

第二天，严老爷升堂调兵遣将，继续与凶狠狡诈的匪寇斗智斗勇，尽力履行着保境安民的职责。连着剿灭了几股悍匪贼寇，遂成为东南沿海保境安民的一杆旗帜。

某日晚上，严老爷因日间成功地设伏斩获匪寇颇丰，正在书房伏案，用心地草拟着报捷奏章，忽然，家人报说有故人求见。严老爷头也没抬，只说了一句"有请"，继续书写着奏章。

严老爷一气呵成，草就了奏章，方才抬头。只见一个儒生打扮的人站在案前，见严老爷抬头，马上打恭行礼道："有京城故人急函，请严老爷速阅决断。"

严老爷慌忙接过急件，开封急阅。阅完，对来人说了一句："回报你家主人，高义厚德，来生回报！"

第二天早上，日头已高，严老爷没有升堂。人们入后堂寻之，方才发现老爷已经挂冠离去，不知所往。

第 二 章

丑女至孝感天动地　圣姥慈悲海山求药

脱身宦海，带着爱女秘密回到廉忠村的严老爷，从此郁郁寡欢，过着隐姓埋名的生活。严老爷终日不言笑，不交际，只以养育爱女为事。然而，最让世人难以预料的，就是偏有"屋漏还逢连夜雨"的事发生。

常言道：福无双至，祸不单行。回到廉忠村不久，天降灾祸。一时间，廉忠村天花疫病流行，几乎所有儿童皆未能幸免。眼看着几个年幼的小生命魂归荒郊。肆虐的疫病，华家公子和严家小姐同样未能幸免，两个娇儿染病高烧不退。虽遍请名医高手，终不见有丝毫好转。眼看着两个小生命双双魂如游丝，危在旦夕，急得华严两家上下犹如热锅上的蚂蚁，束手无策。

时值太姥山圣姥女神早课静修，忽然心血来潮，掐指算之，得知是金童玉女有难，遂急忙唤来小道童随行，下山前往救治华严两家孩儿。

女神化为中年道姑来到华家。看视了华公子的病情后，心中已然有数。道姑对华夫人说："公主贤惠，令人钦佩。承蒙神灵佑护，可喜贵公子天花未发。今贫道赐你三十年鸿雪洞老白茶一包，可煎开喂贵公子服下，即可逐渐解去毒素。连服几天，再将养将养，自当贵体复原无碍。"

华夫人欣喜道谢，吩咐家人赶快设素宴款待。道姑坚辞不受，出门不见。

女神同样化为道姑，自报家门进了严家。严老爷命丫鬟将之引进了小姐的闺房。女神来到小姐的床前，详细察看了严小姐的病情，发现小姐的脸部和全身已经布满水疱，有好多已经出现黑晕。女神表情变得严肃起来，心里暗暗自责来迟一步，以至严小姐病情严重。

女神站起走出外房，低声告知严老爷说："小姐病情已深，贫道以仙茶为其解毒救治，生命当可无碍。但小姐的脸表已损，将会留下残疾，诚为可惜。"

严老爷闻之，顿时犹如五雷轰顶，悲痛万分。少顷，严老爷为了爱女，推金山倒玉柱，跪倒在女神的面前，哀哀求之曰："仙姑慈悲，小女命苦，年幼失母。今又遇此大难，倘毁去容颜，犹如要其小命。求仙姑大慈大悲，高施法力，保其容貌勿损，则老朽将结草衔环以报深恩于万一。"

女神见状，遂以极快的手法，轻轻一扶，严老爷就站立起来了。只听女神说道："严老爷勿悲，只要严老爷善待之，随时开导于小姐，则小姐定可度过此难，万望严老爷切记在心。"

严老爷答道："仙姑教诲，老朽自当时常切记在心。只是日后小女长大，将何以嫁人？还请仙姑点示。"

圣姥女神道："贵小姐与贫道尚有不尽之缘，他日小姐有难，贫道自会前来救助。请严老爷切勿为此烦恼。"说毕告辞出门不见。

自从服过道姑的仙茶后，华公子和严小姐不但皆已病愈复原，而且体格较前康健精神。两家长辈本通谊兄弟，如今大难初过，更是同病相怜，来往倒比以前更加亲密。两家尚在少年的公子小姐，除了经常一起读书作文以外，还时常一起玩耍。真是两小无猜，亲密无间。

随着年岁的增长，华公子越发长得眉清目秀，聪慧无比。华公子名义茗，字承重，这是其父生前取的，寓意是希望将来此子，不但要如香茗一样，忠孝节义，悠长承重，而且要上忠朝廷，报效国家，下接香火，孝顺长辈，光耀门庭。

自从公主华夫人得承父皇隆恩，携子安居于这青山秀水环抱的小山村中，日子倒也过得安逸清净。奉朝廷之命，地方时不时地派员慰问供给。因此，公主除了衣食用度无忧以外，其余的就是将所有的母爱和精神都贯注到爱子的培养和教育上。在母亲的慈爱与严厉相辅相成的抚育下，华公子事母至孝，儒雅丰志，嗜书成癖，博闻强记，下笔作文，一挥而就，村人们都目为神童。

那严小姐芳名秋霞。秋霞小姐本秀外慧中，年幼时就娇美无比，有如天上仙女临凡。可惜的是那年染上天花出痘，毁了如花似玉的容颜。其后，老父经过连番命运的打击，再加上为爱女的毁容而忧心如焚，日积月累，终于一病不起，从此瘫痪在床。这严老爷本欲尽早结束残生，脱离苦海，然而总是对爱女放心不下，一丝牵挂，乃至苟延苦熬。

家道的艰辛，加上无兄无弟，使得严小姐小小年纪，就独力承担起家务来。虽然年纪尚在十二岁，却已经是个极有见地的主儿，堪称女中俊杰。自打染花痘毁容颜成为丑女后，不但不为此而怨天尤人，自叹薄命，反而还经常劝导老父勿为女儿忧愁。小姐不厌其烦地开导于老父，只要顺天应人，多做善事，虽容貌丑陋，上天必悯之佑之，兴许将来还有厚报。

自从老父卧病在床后，严小姐里外一把手，担当起了家庭主心骨的重任，家里家外，操持得井井有条。全家不管是长辈叔侄，或是长工仆人，都能以礼相待，关心备至。邻里乡亲，更是和气礼让，从不与人争长论短；还经常帮穷扶困，施舍僧道。一时间，廉忠村丑女的贤孝之名，播扬得太姥山四邻八方尽人皆知，家家赞叹。

严老爷除了瘫病越来越严重以外，后来又犯上了一种怪病，双腿从膝盖直到脚跟，皮肤糜烂，恶臭难闻，以至医者却步，闻者掩口。严老爷老病交侵，折磨得不成人样，人人避而远之。

还好丑女大孝，无微不至地关心、疼爱和照顾着老父。晨昏省视，喂饭喂药，端茶送水，擦洗疮口，亲力亲为，从不假手于下人。每天形影不离地承欢膝下，软言细语，开导于老父，以求能尽量减少老父的痛苦。每当夜深人静，老父睡去之后，严小姐还要虔诚地为老父祈祷，求神灵庇护老父能消灾祛病，康复如初。

常言说得好，至孝能感天。丑女严小姐的大孝果然感动了在岩洞庵修行的圣姥。其实，圣姥当年以灵茶救了华公子和严小姐时，就知晓与严小姐日后还有未尽之缘。

如今，严小姐以大孝行和大贤惠的美德，果然感动了圣姥。故此，圣姥决定竭尽全力地设法恢复严小姐容颜，实现当日与严小姐未尽之缘的承诺。

圣姥知道，恢复严小姐的容颜，是一件极不容易办到的难事。且不论成功概率极小之外，单说寻找所需之灵丹圣药就是一件比登天还难的事。

一日清晨，正当圣姥还在为寻药的事而苦思良策的时候，忽然，一阵困意袭来，不由自主地伏于桌上沉沉睡去。睡梦中，圣姥觉得师父在召唤自己。

圣姥不敢怠慢，急忙驾云前往碧云洞拜见师父。片刻之间，便来到了南极仙翁居住的洞门口。不等通报，圣姥就径直进洞，看到仙翁正在独酌灵茶。圣姥噘嘴撒娇地说道："师父好生自私耶？有好茶也不请徒儿分享。"

仙翁笑着说："你这猴精，师父那点东西，哪次能少了你。这是为师刚从武夷神君那里得到的大红袍，知你要来，早就给你留有一杯在此。"

圣姥也不客气，端起茶杯慢慢地品了起来，并连声说："好茶，好茶！高香浓郁，沁人心脾，非同一般。不过，比起徒儿的鸿雪洞白茶似乎还是……"

仙翁未等徒弟说完，就接过话头说："你的鸿雪洞白茶好，别人的都比不上，这该高兴了吧！"

仙翁品了一口茶水，看着徒弟说道："徒儿，今日风急火燎地跑到为师这里来，该不是来和师父讨茶喝吧！"

圣姥正色道："师父说得不错。徒儿正有一件大善事，特地前来请求师父点示帮忙。"

接着，圣姥就将丑女严小姐至孝的故事，简明扼要地讲述一遍给师父听，并将自己决心医好丑女容貌的想法，也一并告知了师父。

仙翁虽然早知严小姐的来历，但是，当他详细听了徒弟的叙述后，也深深地被丑女的大孝所感动，他决定助徒弟成就此大功德。

仙翁心中已然有数。但为了考考徒弟，他还是不动声色地对徒弟说："徒儿，你打算如何医治丑女呢？"

圣姥说："师父，丑女毁容，是为天花出痘溃烂所致。如今要使丑女恢复容颜，确实难度极大。但徒儿有一个极险的方法，能够做到。"

仙翁忙摆手示意徒弟先别说出，他建议说："徒儿别忙说出，你我师徒各用纸笔写上，看是否所见相同。"

圣姥笑着说："师父变着法儿考徒弟吧？"

仙翁微笑不答，圣姥赶紧端来文房四宝，师徒俩各取纸笔，分头写上了医治丑女的方法和所用药方。

师徒两人当下交换了各自的医方和药方，看了都不禁开怀。原来，他们开出了几乎相同的医方，唯有所列药方的剂量略有差异而已。

圣姥处方中用的是三十年的陈年鸿雪洞老白茶，东海三百年老龟的珍珠，北地密林的五百年老山参。而仙翁用的是经南极千年冰窖窖藏的百年鸿雪洞老白茶。用此百年冰镇老白茶，方能彻底除去严小姐身上的全部余毒。用三百年老珍珠和五百年老山参，才有十足的把握培育出新的皮肉。为了防止留下疤痕，还须另用天山千年雪莲花，方可确保万无一失。

仙翁自言自语道："老白茶现成，取老山参和珍珠，有缘人早已为徒弟备妥。只有得到千年天山雪莲花，尚需一些周折。"

圣姥听到师父自言自语，虽感莫名，但也不好唐突探问。圣姥知道，千年天山雪莲花是一种极珍极罕的灵药，就是天上瑶池王母通常也难得一棵，更别说其他的大罗金仙了。

千年天山雪莲花长在天山顶上的深处，那里人迹罕至，险峻无比，气候变幻无常，就是神仙也是望而却步。更何况圣姥道行尚浅，取到千年天山雪莲花的难度就可想而知了。

然而，圣姥对于困难是早有充分准备的。她自信有能力取到医治丑女所需的所有灵药，相信没有任何困难和艰险可以阻拦自己。

南极仙翁看到徒弟具有如此的善心和不畏艰险的决心，心中暗自高兴。仙翁亲自送徒弟走出碧云洞，鼓励圣姥道："徒儿，路上保重。如遇危险，可呼师父法号，师父即会前来助你。切记！切记！"

圣姥感激地说："谢谢师父，徒弟告辞了。"说毕挟风腾跃而去。

梦醒过来的圣姥，细细回忆了刚才梦中的情景，觉得是师父特意托梦为自己解决了难题。于是，圣姥决定按照师父的指点，立即准备行装，起程前往寻找能够医治严小姐的灵药。

圣姥先行往北，不日就深入到长白山的密林中。她登上山中的一处主峰，举目下望，但见云海茫茫，林木苍苍。圣姥暗想，这一望无际的深山老林，哪里才能找到五百年的老山参呢？

正当圣姥犹豫不前之时，忽然，正南百丈开外的林木深处，一道红光冲天而起，瞬间即逝。

早先，圣姥就曾听师父说过，在长白山的密林深处，百年以上的老参能羽化成调皮的童身，来往于森林之间，驾御白光；五百年以上的老参就能羽化为高寿长者，御红光飞腾而巡行于密林之中，专事济人于危难。

转念之间，圣姥已知出现红光之处，必有自己寻求的五百年老参。念之所至，圣姥已经推动双脚，快速来到出现红光之处。

突然间，长有老参的地方先是涌出一团五彩烟雾，随即一位红光灼灼的髯须老寿翁站立在圣姥面前，笑着对圣姥说："圣姥莅临，有失远迎，得罪，得罪！"

听到老寿翁连声道歉，圣姥倒有点不好意思起来，赶忙接着说："唐突打扰，实在是不得已而为之，万望寿翁勿怪才好。"

老寿翁忙摆手道："不怪，不怪！实话告之，老身乃千年老参。因感于圣姥的善行和丑女的大孝，特来自献于圣姥。请圣姥速速取之快走，迟则老身的众多子孙即将赶来，恐对圣姥不敬。"

话音刚落，老寿翁随即消失。转眼之间，在圣姥的手中，已然出现一棵千年老山参。

圣姥握紧手中的老参，心中既感激又不忍。正在犹豫之时，听到密林深处，似乎有千军万马往这里冲杀而来，声音愈逼愈近。圣姥不敢耽搁，急忙将千年老参袖入怀中，沿着来路，快速离开长白山。

圣姥不几日就到了胶东地界。晚间歇息于旅店，忽然感觉心血上涌，掐指算之，已然明白有故交缘会。于是，她决定雇船从东海回南。

原来，在多年之前，圣姥曾到福瑶拜会云中子品茗论道，行船之间，突然前头一小岛处冲起一道黑气。圣姥当即拢船靠岸，前往探视。上岛后沿着沙滩前行了百丈光景，见有一只受重伤的大海龟，正躺在海滩上气息奄奄，其以求生的眼神看着圣姥。

看到大海龟那企求的眼神，一股恻隐之心猛地袭上圣姥的心头。于是，圣姥上前检查了海龟的伤口，并用随身带着的丹井神水化开灵茶，先用灵茶水喷洒海龟全身一遍，再把剩余的灵茶水给海龟服下。

神奇的灵茶水随即使海龟恢复了元气。海龟蹬了蹬四肢，对着圣姥点了三次头，然后，方才慢慢地游进大海，瞬间不见。

今日圣姥施善心求灵药，想来更是感动了老海龟。于是，圣姥催船直抵当日救治海龟的小岛。她跃上一块巨大的岛礁。刚站定，只见一位飘髯老渔翁对着圣姥频频招手。

圣姥见状，即刻来到老渔翁的面前。只听老渔翁开言告之曰："老朽就是当年得圣姥救治的东海千年老龟。想当年幸得圣姥慈悲，承蒙用神水灵茶疗体治伤，使老龟不但免遭劫难，而且因祸而福，获得仙气，延续了千年之寿，修成了人身。圣姥高天之恩德，老龟常常感念无以为报。今得知圣姥善行，需用大珠。特在此等候，奉上千年老珠一颗，聊报厚德于万一，望圣姥笑纳。"

说毕，老渔翁从怀中掏出一个精致的锦盒，靠前几步对着圣姥跪下，用双手将锦盒举过头顶，敬献给了圣姥。圣姥肃然接过，正要扶起老渔翁，只觉得眼前一眩，轰然一声巨响，再举目，眼前已无老渔翁矣。

若有所失的圣姥，打开锦盒，但见里面赫然躺着一颗至少千年的大珍珠。感动至极的圣姥，不由自主地抬眼远眺，茫茫的海面上，似乎有一只巨大的海龟正朝着圣姥致意。片刻之后，大海龟才带着恋恋不舍的神情，缓缓地蹬开四脚，向着深海游去。

第 三 章

历险天山风雪奇遇　雪莲灵药小姐复颜

圣姥看着海龟离去的方向，若有所失，许久，才重新登上航船，顺风回到了太姥山。连日来，圣姥心中总是被长白山老寿翁、东海老渔翁等那慈悲善举及其感恩报德之心所感染，心里想道：大德感于天，大孝动于地，德与孝乃天地和合阴阳的根本。于是，她暗下决心，一定要找到千年雪莲花，医好严小姐的容颜，成就这位千古孝女即将到来的美好姻缘。

圣姥又出发西行，前往天山寻求最后一味灵药雪莲花了。旬日之后，圣姥进入了天山的深处。但是，越往山的深处越是难行，还时不时地有风雪挡住前行的道路。此时，圣姥才真正体验到天山的凶险确实罕有。但见其飞雪迷茫，冷风呼啸。风雪交加之中，似乎有千军万马在拼命厮杀，闻之令人毛骨悚然。

圣姥艰难缓慢地徒步跋涉，迎着扑面的狂风暴雪，高一脚低一脚地前行。圣姥一边向山上爬去，一边睁大眼睛寻找着雪莲花。不知爬了多少山头，走过了多少个山坳，总是不见雪莲花的踪影。

11

在狂风与暴雪交加的天山深处，圣姥找寻了三天三夜，仍然是一无所获。几近精疲力竭的圣姥，正欲在一背风之处稍事歇息，突然，脚底绵软，收脚不及，冷不防身子一坠，随着冰碴和雪花掉进了一个深不见底的地窟。

毫无防备的圣姥，不知过了多久，才在迷迷糊糊中停止了下坠。待感觉着地站稳，睁眼左右一看，惊诧得好长时间没有缓过神来。

原来，圣姥来到了一个春光明媚、风和日丽、流水潺潺的世界。如此的美景胜境，就是春色正浓的江南也难得一见。最让圣姥诧异的是如此赏心悦目的世外桃源，竟然是深藏在这让人闻山色变的天山深处。

圣姥呆立当地，正在浮想遐思的时候，忽然，一个长得丰神秀逸的小道童来到圣姥的面前，彬彬有礼地说："欢迎圣姥姑姑莅临天山洞府！我家老爷已经等候多时，请姑姑跟我来。"

说毕，小道童主动在前引路。圣姥不由自主地在后紧跟着，沿着一条青石铺就的古路向前走去。

一路上，只见春莺啼偶，鹧鸪和鸣；香风阵阵，蜂飞蝶闹。远山蒙黛色，近水戏鸳鸯。梨花飞舞点春光，梅子青翠解人渴。

圣姥面对着这收不尽的春山美景，听不完的清歌妙曲，几天来的失望和疲倦，顿时消融得无影无踪。不知不觉间，跟着道童的脚步也快了起来。他们翻过小山冈，穿过一段林木掩映的甬道，来到了一座气势恢宏的山门前，只见山门上狂草横书着"天山洞府"四个金色大字。

进入山门后，展现在圣姥面前的，竟然是一座颇具江南水乡特色的花园式宅院。只见亭台楼阁掩映在翠柏苍松之间，层层院落回环着廊庑画苑。秀女穿梭，书童往复；飞燕呢喃，鹦哥学语；祥和之气盈空，和谐之风满屋。

行走于迷宫般的廊阁甬道，到了一处书阁的门前。带路道童停下脚步，转身对着圣姥说："请姑姑小候，待小童禀报老爷迎接。"

道童话音刚尽，就听到一连串震颤屋宇的笑声，如疾风般卷至。接着，传来一声洪亮的问候："阆苑仙姐，别来无恙！"

话音未落，人随声至。圣姥先是一愣，随即心里想到，在这天山深处，哪来的熟人。但是，仔细一听，声音似乎又很熟悉。圣姥睁大凤目慧眼，详看了一眼已然站在她面前的美髯文士。忽然间，一幅已经久远的画面，依稀映现在圣姥的脑际。

时为西天王母爱女的圣姥和其他仙家众姐妹，簇拥着横眉怒目的王母，后面紧随着大队天兵天将，来到了玉龙山中的一处地方。

这里风清日朗，一派祥和。背山面阳的山腰平地上，几间显眼的木屋坐落在中间，左右点缀着几株虬遒老松。老松背后不远处，由山上直泻而下的一帘瀑布，响声断续不绝，阳光照射，紫气飘飘，彩虹常现。木屋前面的地上，绿草茵茵，百花争奇斗艳。百花丛中，一位美艳绝伦的少妇，正领着一幼龄顽童，一边赏花，一边嬉戏于其间。一幅甜美宁静祥和的生活场面，真让人不忍惊扰。

然而，谨奉王母严令的天兵天将，却不讲情面地在四周布下了天罗地网。此时，一位天将带着两个天兵，来到了少妇和孩子跟前，向其宣读了王母的懿旨，接着，不由分说地逮走了美艳少妇。王母带着大队，瞬间驾云离去。在这空旷的山野中，只留下了顽童那揪人的连串喊娘声。

想到这里的圣姥，不由得叫了出来："是你！"

原来，站在圣姥面前的就是当年失去娘亲的顽童。自从娘亲因私自下凡嫁人生子触犯天宫律条而受到王母的严惩后，小顽童被路过此地的北溟尊者收为弟子，教其道法，并为之取道名曰：逢庆。

当年，逢庆被北溟尊者带回北极冰窟，先是学习非凡的御寒法力。逢庆谨遵师父的法旨，借北极极寒之地，最终练就了通天彻地和益寿保年之功。北溟尊者见弟子功成，特助其鄞灭天山妖王，夺其洞府以为居所。从此替天守护天山神境，功成被玉帝封为天山神君，掌管和卫护着至珍极罕的天山至宝雪莲花。

圣姥誓为大孝的丑女恢复容颜，同样感动了逢庆。当然，最让逢庆永远难以忘怀的是当年娘亲被虏之时，时为王母爱女的圣姥，看着失去娘亲的可怜孩子，俯身附耳于孩子，轻轻地说了一句："孩子，别哭，少停尊师即来救你！"

圣姥说完直起身，脸颊上已然流下两颗晶莹的泪珠。圣姥走了，但圣姥那溢于言表的怜悯表情和两颗晶莹的眼泪，从此便镌刻在逢庆的脑海成为永恒的记忆。至情至性的天山神君逢庆，时常因无以报答圣姥的一念之仁而深感缺憾。此次圣姥涉险天山为孝女寻药，更加感动了逢庆，他决定助圣姥成此功德。

但是，已经是天山神君的逢庆，还是不改当年调皮的品行。他用三天三夜的暴风雪考验了圣姥，然后才导引圣姥来到了自己的洞府。逢庆在自己的洞府中倾其所有，热情款待了圣姥，并让圣姥如愿以偿地得到了一棵极为珍贵的千年天山雪莲。

圣姥心里牵挂着严小姐，无心在天山长久逗留，当即告辞逢庆，火速赶回太姥山岩洞庵，准备为严小姐治病。

为了配齐医治严小姐的灵药，圣姥往来于天南海北。虽来去匆匆，但也整整耗费了三年的时光。此时的严小姐已是形单影孤，其老父已于年前终寿逝去。四乡八邻的人们虽颂其大孝贤惠，但因其容颜丑陋，总是敬而远之。只有公主华夫人倒是时不时地派人过来安慰问候于严小姐。

最让严小姐感动的是华公子，虽然随着年龄的渐长，为避瓜田之嫌，加上学业的繁忙，两人见面的机会越来越少了，但是，华公子却比先前更加尊重和怜惜于严小姐。他不时抽空前来看望，也不时地书信来往。言谈与书信中，华公子总是给予严小姐以温暖的鼓励和慰藉。

这一日，圣姥带着随侍的道童，来到了严家。严小姐热情礼貌地接待了圣姥。献茶已毕，圣姥把来意向严小姐说明。她以试探的口吻对严小姐说："能否成功恢复小姐的娟美容颜，贫道实在没有十分把握，兴许还有性命之忧，小姐敢一试吗？"

严小姐决然说："请圣姥不要犹豫，该怎么做就怎么做，小女能够承受得住。只是圣姥为了小女，出生入死，历尽艰辛，小女今生恐无以报。请圣姥上坐，先受小女一拜，聊表寸心。"

圣姥微笑地接受了严小姐发出内心的盛情，端坐于客厅正中椅上。严小姐款款走到圣姥的面前，诚心深情地对上拜了三拜。

看着严小姐的决心和至诚，圣姥更加坚定了恢复严小姐容颜的决心。于是，圣姥命道童开始配药，并做好其他的准备工作。接着，以慈爱的口吻对严小姐说："请相信贫道，一定能为小姐恢复美丽的容颜。希望小姐坚定信心，一定要坚持住。只要熬过七七四十九天，小姐就能恢复以前的美貌了。"

圣姥一番如慈母般的鼓励，感动得严小姐热泪盈眶。她含泪对圣姥说："圣姥再生之德，小女铭感五内，永生记怀。别为小女担心，请圣姥开始吧！"

圣姥点头，没有再说什么。她当即小心地为严小姐的脸部进行处理、上药和包扎。整整用了半日的时间，方才完成手术。圣姥吩咐严家仆人小心照顾，及时服药，不可懈怠误事。交代好三天后再来换药，然后与道童自回太姥山岩洞庵。

转眼之间七七已至。这一天，正是严小姐恢复容颜的日子。圣姥带着随侍道童，早早就来到了严家。

时值早春，风和日丽。严家上下，一片忙碌，气氛显得与往常不同，似乎使人觉得既高兴又紧张。辰时刚过，一切准备就绪，圣姥来到了严小姐的闺房。净手后，开始小心翼翼地为严小姐揭去包扎。所有旁观的严府家人都屏住呼吸，屋里静极了，空气似乎在瞬间凝固。忽然，随着大家"啊"的一声惊叫，严小姐一张娟美如画的容颜展现在众人的面前。

圣姥长舒了一口气坐在椅子上，仆人为其端上了一杯上等香茶。丫鬟轻轻地扶严小姐坐起来，严小姐对着圣姥叩拜。圣姥忙命丫鬟止住，交代了一些注意事项以后，便与道童自回太姥山岩洞庵不题。

第 四 章

公子北上初涉世事　灵隐老僧点化前途

话说华家公子谨奉母命，勤读诗书，多少年下来，几至达古通今，上自天文，下至地理，无不精晓。更为可贵的是人品善良，事母至孝。以公子之少年有志，博学敏慧，入科场博弈功名，取富贵当如捡拾草芥，但是，华公子始终谨奉慈母训诫，日日侍奉膝下，在家决不言科考之事。

常言道："知子莫如母。"儿子的心思，为母者哪有不知晓之理。观之逐渐年长的儿子，华母发现每逢遇到挚友得功名而光耀祖宗的时候，儿子总有掩藏不住的躁动。虽然，华母也经常自我动摇过，考虑放儿子北上科弈一展宏图，但是，每当这个时刻，似乎总会恍惚看到满身是血的夫君出现在眼前。因此，为了使华家能够延续血脉，华母只得铁了心肠。

为了分散儿子博弈功名的心志，排解其心中的烦闷，同时也为了让儿子出门去见见世面，独自历练历练，华夫人即命老家人华勤陪侍公子北上杭城游历一番。

杭城自古乃天下最繁华之都，历来士农工商云集，南来北往游客熙攘，素有"上有天堂，下有苏杭"之说。当年南宋偏安于此地，更使杭城成为贵胄王孙、俊士名家角逐富贵风流的舞台。

儿子初出远门，华夫人特地为其精选了个黄道吉日，并亲手为儿子备办了行装，命家人整顿车马。出发的那天，华夫人亲送公子登车，一遍又一遍地对公子千叮万嘱：凡事都听老家人华勤的劝导，早歇息，迟上路，以安全为至要。另外，还殷殷吩咐老家人华勤，要服侍公子唯谨，切勿使公子任性非为。

华公子挥泪辞别母亲，与华勤日出而行，日落而宿。一路上，游雁荡，吊龙湫；过天台，寻诗踪。其中单表在天台山，主仆俩人就足足逗留半月有余。公子徜徉于天台山，苦苦找寻着当年诗仙的风流印记，细细品味着这南国最让人梦魂牵绕的地方。

以往，每逢吟咏历朝名家的诗词，最让华公子神往的莫过于唐代诗仙李白的《梦游天姥吟留别》。

一日清晨，华公子站立在观霞阁上，举目远眺，美妙的远山近景以及一时轻松致远的心境，竟然和当年李诗所表达之意境有颇多的相似。华公子思之所及，竟然情不自禁地高吟起了李诗。诗云：

> 海客谈瀛洲，烟涛微茫信难求。越人语天姥，云霞明灭或可睹。天姥连

天向天横，势拔五岳掩赤城。天台四万八千丈，对此欲倒东南倾。我欲因之梦吴越，一夜飞度镜湖月。湖月照我影，送我至剡溪。谢公宿处今尚在，渌水荡漾清猿啼。脚著谢公屐，身登青云梯。半壁见海日，空中闻天鸡。千岩万转路不定，迷花倚石忽已暝。熊咆龙吟殷岩泉，栗深林兮惊层巅。云青青兮欲雨，水澹澹兮生烟。列缺霹雳，丘峦崩摧，洞天石扉，訇然中开。青冥浩荡不见底，日月照耀金银台。霓为衣兮风为马，云之君兮纷纷而来下。虎鼓瑟兮鸾回车，仙之人兮列如麻。忽魂悸以魄动，恍惊起而长嗟。惟觉时之枕席，失向来之烟霞。世间行乐亦如此，古来万事东流水。别君去兮何时还？且放白鹿青崖间，须行即骑访名山。安能摧眉折腰事权贵，使我不得开心颜？

华公子吟毕这首千古绝唱的名诗，意犹未尽。豁然之间，在自己的脑际之中，慨然涌出了一首绝句。后人为之取诗名曰《观霞阁晨思》。诗云：

> 吟唱李诗访浙台，寻踪踏迹梦霞阁。
> 古来文赋风流久，岂了寒窗朝暮呵？

在天台期间，华公子除了极力追寻访问当年诗仙李白的遗风老迹以外，还特别在意于济公的故事。公子怀着景仰的心情，凭吊了济公故居。传说中的道济和尚，是一位广为民间称颂的活佛，民间尊称之济公。济公的一生，是以助人为乐和救人危难而被后世人们所津津乐道的。

想当年，出生于天台山的济公，以其诚心和恒心修炼成佛，凭着一颗不泯的爱心和善心，以一袭青衫，一把破扇，巡行天下，惩恶扬善，救急消灾，无论大事小事，急事难事，几乎是有求必应，有呼必灵。华公子心想，这虽然是民间传说，又何尝不是自古善良的华夏百姓的企求和愿望呢？感慨之余的华公子，不由自主地口占一绝《赞济公》，以抒发自己对这位活佛的崇敬情感。诗曰：

> 观霞阁上大佛居，金碧名宅落日悲。
> 不净世间纶扇苦，活佛道济万人碑。

徜徉于天台山佛踪道迹之中的华公子，时常静立在寺前那株至今苍郁顽强的老梅下，久久沉思而不忍离开。传说这株老梅是隋代天台宗五世祖亲手种植的，尽管人世沧桑已越过一千余年，但是，只有老祖种植的这棵老梅，依然能够傲首一年一度的春风而仍然枝繁叶茂。

华公子和仆人华勤依依不舍地离开了天台山，朝着早就让其憧憬的人间天堂进发。两人紧赶慢走，不日就来到了闻名已久的杭城。主仆俩人选择了一家临近繁华地段的旅馆住了下来。

古语中，历来最为深入人心，也最为家喻户晓的无过于"上有天堂，下有苏杭"和"欲把西湖比西子，浓妆淡抹总相宜"之说了。初入这古来就被人们无限赞美的人间天堂，本性风雅的华公子心仪得不知所以。其实，饱读诗书的华公子，对于这繁花似锦的杭州，早就神交为山川知己。凡是古来风雅文人之于赞美杭城的诗词歌赋，华公子都能倒背如流，时常吟咏。

今次亲临杭城，华公子更是迫不及待地游览了耳熟能详的西湖。恰值天气晴好，和风习习，柳暗花明。公子主仆俩人兴致勃勃地荡舟于西子湖中。但见三面环山的西湖，层峦叠嶂，丰姿绰约。波平如镜的湖面，湖光潋滟；环湖的绿荫丛中，隐现着数不清的楼台亭榭；在宽阔的湖面上，巧妙地布置着一山（孤山）、二堤（白堤和苏堤）、三岛（小瀛洲、湖心亭和阮公墩），把全湖分为外湖、北里湖、西里湖、岳湖和小南湖。湖似明镜，山若花冠，堤像锦带，岛如碧玉。

漫步于苏堤的华公子，面对着美不胜收的春山玉湖，触景生情，竟然情不自禁地高声吟咏起了北宋词人柳永流寓杭州时所作的《望海潮》。词云：

> 东南形胜，三吴都会，钱塘自古繁华。烟柳画桥，风帘翠幕，参差十万人家。云树绕堤沙，怒涛卷霜雪，天堑无涯。市列珠玑，户盈罗绮，竞豪奢。
> 重湖叠𪩘清嘉。有三秋桂子，十里荷花。羌管弄晴，菱歌泛夜，嬉嬉钓叟莲娃。千骑拥高牙，乘醉听箫鼓，吟赏烟霞。异日图将好景，归去凤池夸。

这是一首从不同角度、不同侧面生动地描绘杭州地理形势、山川风物和繁华景象，热情讴歌西湖倩姿丽影，流传极广而千古传唱的佳词颂歌。华公子吟诵着柳词佳句，不知不觉间来到了一个处所。这个处所不是亭台楼榭，也不是乡间农家，而是杭城最有名的方外梵林灵隐寺。只见这座笼罩在暮霭低垂中的佛家古刹，大有一种肃穆超然的万千境界。

说起杭城的灵隐寺，想当年东晋时，有印度高僧慧理游历西湖，踏足飞来峰，惊叹这里秀岭奇峰之间，定然有仙灵所隐。于是，结缘卜地，盖庙为寺，并起寺名曰：灵隐寺。

此后，山河几度，沧海桑田，灵隐寺也历经了几起几落。自唐宋以降，随着当时国力的强大，社会经济的繁荣，特别是佛教禅宗在江南的大流行，灵隐寺迎来了前所未有的兴盛。经扩建后，寺院成为拥有九楼、十八阁、七十二殿堂的江南著名大寺，僧众一度多达三千余人。寺院建筑中，颇能彰显唐宋的艺术风格的，有以香樟木雕成的殿宇、亭阁、经幢和巨大的佛像等。

徜徉于古寺佛堂，沉浸在古往今来的遐想中的华公子，忽然豪情奋发，诗意盎然。顷刻之间，一首《灵隐怀古》诗又如泉涌出。诗云：

> 宝刹丛林千古名，飞来仙鹫孕灵隐。

溪山蕴蔼高人迹，幻界连年佛事临。

太守泉亭吟诗去，老梅千岁可知心？

禅家世代说缘分，世事人间皆理矜！

正在忘情地吟诵推敲品味着《灵隐怀古》，不经意间，听到身后传来一声赞颂："阿弥陀佛，善哉好诗！"

华公子赶忙转身，见是一位满面慈祥、佛光隐隐的道德高僧，于是，赶忙屈身答礼。待到华公子礼毕，老僧慈和地对华公子说："天光已迟，小施主何不随缘用斋？"

华公子恭敬地说："谢谢法师提醒，在下随性畅游西湖景致，不觉间来到宝寺，误过天光。敢求师父，容在下借宿一宿？"

老僧答道："阿弥陀佛，随缘即是家！小施主与老僧有缘当续，请小施主先到斋堂用过斋饭，然后到方丈一叙如何？"

华公子赶忙答道："谨遵师父之命！"

斋后，华公子应命来到了方丈。方丈外早有一小沙弥迎候着说："施主请进，师父已在里面等候多时。"

华公子蹑足进入，只见老僧坐于黄色蒲团之上，垂眉闭目，静心打坐。室内雅洁无尘，一炉香烟袅袅升散着。本来血气方刚的华公子，一进入和尚的静室，顿时便觉得心气平和，杂念俱空，浑身感觉到纤尘不染，轻松畅快。

这时，老僧微开慈目，温和地对华公子说："老衲慢待小施主了，快快请坐！"

公子答道："师父客气了！唐突打扰师父清修，弟子惭愧得很！"

华公子一边说着，一边遵命坐下。侍候在旁的小沙弥，立即上前为华公子沏上一杯上好的西湖龙井，然后轻轻带上房门退出。

老僧说："世间无常，日月如梭。想当年老衲与令尊和严家兴三人同年挚友，相邀进京应试，路过杭城，顺道同游西湖胜景，不料至今已过二十余载。当年我等三人为饱览闻名已久的美妙西湖，借宿灵隐寺。一日，在寺左侧之泉亭品茶论景，其中论及将来三人会以何种志向归宿，曾有过一番争论。时老衲道德浅薄，汝父和严家兴皆血气方刚，于仕途志在必得。可老衲竟因灵隐寺之晨钟暮鼓的诱导，而尽说些弃富贵入空门全寿年，才是人生最高境界的话头，很是被汝父和严家兴奚落了一番，三人竟因此次争论其激而差一点反目。可如今，两位好友竟然已经弃世有年了。回想起来，我们当年那场互不相让的争论犹历历在耳。"

华公子以惊异的眼神看着老僧说："师父，弟子从小就失去家尊，从未闻说您与家父和严叔父还有此段因缘。照此论来，您就是弟子的至亲伯父了。今日见师伯父如见家尊，请师伯父高坐，受小侄一拜！"说毕离座，对着老僧行了大礼。

老僧赶忙起身扶起公子，用亲和平缓的口吻说道："论说起来，老衲与令尊和严叔父皆为才高有志的士子，相邀入京博弈而皆金榜题名。其后，令尊出使北狄尽忠国家，严叔父也以破家获罪弃官潦倒而死，老衲则遁入空门以全残身。令尊与严叔父真是忠烈感人啊。"

华公子听了老僧的叙述，似懂非懂，疑惑地问："师伯父与家尊和严叔父同朝为官，为何师伯父独独遁入空门呢？"

老僧答道："说来话长，那已经是三十多年前的事了。放皇榜的当天，老衲、令尊和严叔父所住客栈，忽然锣鼓喧天，鞭炮长鸣。连续三通喜报，报说高中了三位官人。一家客栈同时高中三位士子，迅速轰动京城而传为当时佳话。"

华公子插话道："这么说，家父、您和严叔父都一举高中皇榜了！"

老僧答道："是的，而且汝父夺得了金榜头甲状元。我们三人陛见之后，皇恩浩荡，令尊蒙宠被招为皇家驸马，严叔父外放牧守处州，老衲则留任京城为监察御史。"

华公子听到这里，不免兴奋得眉飞色舞，忍不住插话道："恩宠有加，千古难遇！人生荣华富贵，一朝俱得，真令人羡慕！"

老僧却在这个时候叹了一口气说："荣华富贵人堪慕，过眼云烟乐生悲。彼时，令尊成为皇家东床，又得公主美丽温婉贤惠，人生得此，堪称完美了。然而，自古天道运行，总是泰否相交、祸福相倚。转眼之间，汝父留节北国，一场人人称慕的富贵，瞬间就烟消云散了。"

讲到这里，老僧停了下来，两人沉默了许久。还是华公子豁达，说道："家尊取荣华如拾草芥，忠国家而气贯长虹。小侄以有这样的父亲，感到十分的自豪和骄傲！"

老僧听到华公子如是说，睁开微闭着的双眼，看着华公子道："真乃有其父必有其子也！"

华公子并不去深究老僧这句话的深意，而是进一步问道："请教师伯父，您是怎么遁入空门的呢？"

老僧重新闭上双目，缓缓回忆道："时值朝廷整肃纲纪，得信偏颇，致使严叔父蒙冤拿问。当是时，东南海匪寇患严重，严叔父治下之地，正处东南沿海之海防要冲，为海匪盗寇每常必扰之地。因此，其治下日日有警，寇患常现。严叔父为保境安民，今日北堵南防，明天东征西战，弄得家破人亡，疲惫不堪。对此，朝廷不但不察，不褒不奖，反而偏听偏信，严谴严叔父剿寇不力，渎职误国，下旨逮京严办。并委老衲为钦使，火速南下逮拿严叔父。"

华公子急迫地问："上必遵朝廷严旨，下须顾及兄弟情谊，师伯父为难了。后来，师伯父如何处置严叔父了？"

老僧说道："朝廷严旨，老衲哪敢怠慢。于是，一路急急南下，不日已到浙省杭城。杭城与处州仅有咫尺之隔，遵旨缉拿严叔父只在指掌之间。但此时老衲确实犹豫犯难了，因为老衲深知严叔父忠正冤屈。一夜辗转，拿捏不定。最后，老衲经过艰难选择，还是派人秘密知会严叔父，嘱其暂时隐迹以待鸣冤。自己则连夜挂冠进了灵隐寺，削发为僧，从此结缘空门了。"

华公子幡然醒悟道："原来如此。师伯父能够为正义为朋友而不惜丢弃荣华富贵出世灵隐，实在令小侄感佩。"

老僧道："老衲有一偈相送，望你好好揣摩，将来必有大益。"说完从怀里掏出一黄色纸包，命小沙弥送与华公子。老僧随即闭目入定，不再说话。

华公子恭谨地从小沙弥手里接过纸包，告辞退出。回到僧房，华公子急切地打开纸包，取出纸笺，只见其上一偈云：

勤拜圣姥勿懈怠，白茶出世天机证。
金花警幻结姻缘，秋色霞光美前程。

第 五 章

谒见圣姥始证姻缘　美眷婚成好合堪慕

反复看过偈语，虽然对于其中所隐含的机禅，甚觉似懂非懂，但华公子相信，这也许是关乎自己事业前程和百年姻缘的天机。为了弄清心中的疑惑，回家后的华公子决定遵照灵隐老僧的指引，前往太姥山拜谒圣姥。

圣姥修真的庵堂地处两山夹峙的一片凹地之中，凹地正中有一处方圆百丈的向阳台地。台地靠山处，有一整块自然延伸的巨石。巨石下方便是三进开间的庵堂，庵堂简朴清幽。

庵堂正面极为开阔，远处群山延绵，青葱黛绿；庵堂左侧百丈开外横亘一堵陡峭山崖，犹如一道天然屏障。崖壁上稀疏镶嵌着几棵千年老松，偶尔有几只松鼠自由来往跳跃于其间；崖壁底下，一条清澈见底的小溪常年流淌着甘甜清澈的溪水；小溪与庵堂之间的平地上，相间长着翠竹和挂满果实的果树，地上开着四时不谢的鲜花。庵堂的右侧，一条百十级的石阶路，沿着山腰通向一个山洞口，洞口峭壁上方，天然生就一块两三丈见方的小盆地，盆地上长着几棵千年古茶树。

华公子很早就听说过，家乡太姥山鸿雪洞崖壁之上，有圣姥亲植的白茶，可以治病救人，只是常年关在书斋里读书，未曾到过。今日上山，何不趁此机会先行一睹神茶的风采？想到此，华公子精神为之一振，陡然间勇气大增。他攀缘着千年老藤，轻松地上到了崖顶的盆地。

放眼看去，盆地上的茶树长得郁郁葱葱，一股浓烈的奇香不断地向四周弥漫着。离茶树不远处，有一常年不绝的泉眼。正是这一泓常年不歇的甘泉，滋润养育着这几棵古茶树。盆地通风潮湿，茶树不但能够经常笼罩在浓雾之中，还能常年得到来自鸿雪洞深处冰爽湿冷的地下凉风的洗沐。由于长期接受山上经雨水冲刷而带来的丰富营养和各种矿物质土壤的补充，因此，才成就了这一处天下罕绝的茶树生长佳地。

正在徘徊考究灵茶树和赏玩美景的华公子，忽然听到崖下有人在叫他："公子，圣姥有请！"

华公子见状，赶紧援藤下崖。小道童见华公子已经下崖，说了一句"请跟我来"就转身前面带路。他们来到庵堂。华公子跟着小道童进了庵堂的大门，穿过开满各种香花的院子，来到了庵堂左侧一间静室的门外。小道童很有礼貌地说："公子请稍候，容我禀报圣姥相请。"

小道童说毕，转身推门入内去了。少顷，小道童推开房门，对着华公子请道：

21

"圣姥请公子进见！"

华公子一进房门，只觉一股浓烈的奇异香气迎面扑来，闻之似兰非兰，似茶非茶，沁人心脾。细看房间的布置，十分雅洁明亮，赏心悦目，纤尘不染。沉浸于欣赏房间布置的华公子，一时忘形。突然，一声极为慈祥的声音将其唤回了现实。只听圣姥招呼道："公子请坐，请喝老身亲种于鸿雪洞的千年白茶！"

华公子一边说着"谢谢"，一边走到香几旁的绣礅上坐下。华公子低首垂眉，拘谨地慢饮着灵茶，不敢抬眼正看圣姥。

圣姥见华公子的窘状，就以鼓励的口吻说："公子不必拘谨。老身当年曾以此茶救治过公子和秋霞小姐。其时，你们才刚六岁。转眼之间已过十五六个年头，你们已经长大成人了。"

华公子听闻圣姥提及此事，感激地抬眉看了一眼坐在房里正中的圣姥，只见圣姥云鬓高悬，面貌秀美慈祥，身穿粉红绣花夹袄，外罩纯白飘带长裙，手持能治百病的神山白茶枝。

当公子的眼神，最后定格在圣姥手上那枝青葱欲滴的白茶枝的时候，似乎突然觉得有一股心血上涌，情绪激动。他虔诚地对圣姥说："谢谢圣姥当年用白茶救了弟子之命！救命之恩，高德比天，请受弟子一拜！"

说毕离座，对着圣姥行了大礼。圣姥慈爱地对华公子说："公子免礼，请坐。"

等到华公子重新落座后，圣姥继续说道："老身今日召唤公子到来，是因公子之凤缘已至。有一能造福于地方之大功德，需公子和秋霞小姐去共同完成，公子不可忤逆天意。"

华公子恭敬地说："弟子不敢！圣姥有何吩咐，请明示，弟子定当谨遵教命！"

圣姥嘱咐道："公子与严府之秋霞小姐，不久将有百年好合之缘。你两人一生都与神山白茶有不解之缘。老身今赐你神茶种百粒，公子与秋霞小姐完姻后，可共育此灵茶，待其长大繁盛，再用剪枝扦插法，进行大量移种以成园圃，采摘其芽叶制成茗茶，推销五洲四海，造福天下人。"

说毕，即命身边的小道童将装有白茶籽的锦盒交与华公子，公子郑重地接过锦盒说道："谢谢圣姥点化和赐予灵茶种。如圣姥吉言，弟子如能与秋霞小姐结成夫妻，定当以灵茶同心广结善缘，宣扬圣姥对天下人之深恩厚德而始终不渝。"

圣姥欣喜地说："千万记住，凡事坚志定心，百折不挠，始得功成。愿公子勉力为之，请回吧！"

华公子告别圣姥下山。一路回想着这一段时间以来的际遇，暗下决心，一定不辜负灵隐师伯父和圣姥对自己的热望和期许，将家乡的白茶产业做强做大。终于，一个原本只懂得熟读诗书和游山玩水的风流公子，开始致力于从商经济。

从杭城回家后的华公子，简直换了一个人似的，全家人均为此而感到诧异。唯独华母看出了一些端倪，她在暗中欣喜的同时，觉得儿子长大了。于是，华母决定先为儿子操办婚事。

华老夫人拣选了一个好日子，差人请来远近最有名的媒婆，备下重礼，谨遵丈夫生前的交代，正式到严家提亲。其实，华忠与严家兴之间，兄弟情笃，高中皇榜后，就曾约定，日后两家若有儿女，定要结为姻缘。因此，当严家兴举家避难回到廉忠村后，华老夫人就曾派人到严家重申先人之约。后因两家孩儿年纪尚小，再加上严家事故不断，才将两家的婚约延误至今。

在严家秋霞小姐的内心里，不说已有先人之约，就是以华公子的才学和人品，也早已让自己心仪。以两家父辈的通好和在当地的地位，更是堪称门当户对。于是，华家遣媒撮合，两家自然一拍即合，乐允顺喜了。

华严两家为公子和小姐下了大定，接着，开始紧锣密鼓地为两人筹备大婚喜事。两家长辈商定，取当年秋后的第一个黄道吉日作为公子小姐的婚喜好日。

光阴如梭，转眼间公子小姐的大婚吉期到来。华家迎亲的那天，山里秋高气爽，喧天的锣鼓和喜庆的气氛激荡着整个廉忠村。迎亲的队伍延绵十几里，八个壮实的青年小伙子抬着喜轿，前后簇拥着二三十个着装艳丽的娇美喜娘，妆奁丰盈，琳琅满目。观看迎亲的人们，站满道路的两旁。他们瞪大了羡慕的眼睛，不断发出"啧啧"的声音。

按照两家主人的意思，为了增加婚事的喜庆气氛，也为了融洽周围畲家乡民的亲和关系，婚礼决定融入畲族传统婚嫁风俗。远近乡亲听说华严两家的婚事要把汉族传统婚礼礼仪和畲家婚俗结合起来穿插进行，都感到新奇和高兴。乡民们争先恐后地前来观婚礼吃喜糖。

整个娶亲过程，除了有传统的八抬大花轿、吹拉弹唱、拜天地、拜长辈、夫妻对拜、喝喜酒、闹洞房等等以外，最热闹也最能体现畲家风情的就是村头对歌了。

迎亲的当日，迎亲队伍一到廉忠村的村口，一场喜庆热闹的村头对歌就开始了。新娘除了显示娘家在当地的显赫和富有以外，主要是为了增加婚喜吉庆的气氛，事先精心准备了一个极强的对歌团。对歌团由五位貌美姑娘组成，这些畲族姑娘是远近最厉害的歌手。姑娘们清一色畲装打扮。云鬓高悬，上绕红头绳，银饰耀眼；身穿深蓝镶红边的绣花宫装，下着青色短装裤，绑腿绣花云鞋。五个姑娘手执精美的杭州天缘油纸伞，英姿勃发地走在花轿的前面，俨然是出嫁新娘的亲从护卫。

迎亲队伍刚一进入村头，顿时连续响起了鞭炮声和唢呐声，同时夹杂着人们的欢呼声和赞叹声。这些声音嘈杂交织在一起，显得异常热闹和喜庆。

早已等候在村头迎接的夫家司仪，不慌不忙地走上前去准备导引队伍进村。这时，五个美貌如花的畲装姑娘快速地跑到队伍的前头，一字排开，同时撑开了纸伞，阻住了队伍的前进。迎亲队伍戛然而止。只听夫家的司仪心领神会地捋着花白胡子，笑着说："哈哈哈，美丽的姑娘们，是要考考老伯了。"

按照畲家规矩，迎亲过程的村头对歌，也叫盘歌。一般地说，夫家一方要由长辈出马，以示礼重。头歌也要由夫家一方的长辈先唱，歌的内容不限，但大多是吉祥喜庆的。盘歌结果中输的一方，要受到喜罚。喜罚的内容，最常见的是在输者的脸上用乌烟画花，这种罚法不但继承了古代先民纹脸的传统，而且增加了喜事笑闹的欢庆气氛。当然，除了纹脸的罚法以外，输者也可以自己提出受罚的内容。

华公子家请来的司仪老伯，是当地一位德高望重的畲家长辈，年轻时就是远近闻名对歌能手，年纪虽大，但康健慈乐。今天，他穿着典型的畲族男装，豪气不减当年地往五个姑娘组成的伞阵面前一站，扯开嗓门，唱出了一首高亢的传统畲家《起头歌》。

> 叫我唱我就唱，郎今唱歌逗小娘。
> 爱唱麒麟对狮子，爱唱金鸡对凤凰。

五个对歌姑娘互相对看了一眼，就中一个高挑个子的姑娘接着对唱了一首。只听她唱道：

> 拦路郎仔爱唱歌，把娘拦在路中央。
> 人说黄鹅不拦路，为何你郎拦唱歌？

顿时，一场充满喜庆气氛但也互不相让的对歌比赛，正式拉开了序幕。五个充满青春活力的姑娘轮番搜肠刮肚，唱出了一曲曲动听的畲歌。她们对老伯展开了车轮战术，几乎费尽了九牛二虎之力，最终才使当年的对歌英雄认输认罚。其实，老伯的认输认罚是传统的，是故意的，这里面包含着夫家对女家的礼貌和尊重。

代表新娘赢得荣誉的五位姑娘兴高采烈，拿来了早已准备好的乌烟画笔，正要给司仪老伯的老脸上抹黑化妆，司仪老伯狡黠地求饶说："好姑娘们，还是罚老伯挑喜盒吧！"

几个姑娘小声嘀咕了一会儿，然后一起大声地说："好嘞！就罚老伯挑喜盒啰！"

其中一个姑娘快捷地从挑夫中选了一挑最轻巧的喜盒，恭敬地递给了老伯。司仪老伯高兴地接过喜盒挑子，发出了洪亮开心的一连串长笑，步伐稳健地走在前面。然后，面对着欢乐的迎亲队伍，大声招呼着说："走吧！回家咯！"

司仪老伯的话音刚落，鞭炮声和唢呐声又齐声响起，迎亲队伍跟着老伯，和着一片欢呼和喜庆向着村里的华家大宅开去。

不一会儿工夫，迎亲队伍就到了披红挂彩的华家大宅门前广场。霎时间，又是一阵猛烈的鞭炮声和高亢的唢呐声，夹杂着人们的欢呼声响了起来。远近的老少村民，争相观看和赞颂着山村罕见的婚喜大庆。

新娘花轿在大门外停下，一老一少的伴娘上前掀开轿帘，小心翼翼地搀扶着新娘下轿。新娘刚一出轿门，就有一位伴娘迅速递上一把精美的绘花油纸伞。新娘接过并撑开纸伞，款款走上已铺就的红布袋，一直走到中堂。在新娘通往中堂的路上，夫家的亲友长辈们要不断地向新娘轻轻抛洒花生米。就畲族的传统婚礼来说，这一道程序是非常重要的，其寓意为传宗接代，预祝着新娘早生多生贵子。

接着，新娘进入中堂，只听司仪老伯高亢地唱道："跪。一拜天地！"

老伯的话音刚落，新郎新娘双双拜了天地。接着，又先后完成了二拜高堂、夫妻对拜大礼。拜礼刚过，新郎新娘就得到了长辈们的祝福和红礼，一对百年好合的夫妻终算礼成。之后，新娘被送入洞房。亲朋好友纷纷入席，开始享受喜庆丰盛的婚宴。

三巡酒后，新郎进入洞房，要进行一项特别重要的仪式。穿着大红喜袍的华公子，刚进入红烛高烧的洞房，伴娘就递给了事先准备好的喜挑。公子接过，带着急迫的心情走到新娘面前，轻轻地挑去了新娘的头盖巾。

公子屏气一看，差一点惊叫出声。只见新娘美得超乎意料。但见：眉画青山，眼横秋水；脸若桃花，唇点红朱。娉婷能比弱柳临风，娇柔真如梨花带雨。莺声婉转，羞态堪怜。

出神呆立的华公子，恍惚之中觉得新娘起立，来到自己面前。一声好听的"夫君，请坐"，才将公子出壳的魂灵唤了回来。公子顺从地坐到新娘旁边，百看不厌地继续欣赏着新娘仙女般的容貌，喝了一杯新娘捧送的香茶，然后，相携走出洞房为宾客敬酒。

婚宴通宵达旦，热闹非凡。大家喝酒猜拳对歌欢舞，一直热闹到天亮，方才尽兴散去。这一夜，新娘要在伴娘的陪伴下坐守洞房。按畲族的传统，新娘在洞房守过一天一夜，夫妻方能和合百年。新婚的华公子和秋霞小姐也遵循了畲家的这一风俗，以求得婚后夫妻能够白头偕老，双栖百年。

在婚后七七的日子里，新婚宴尔的小夫妻，果然如胶似漆，恩爱无比。正所谓夜夜春宵，日日苦短，浓情蜜意，每每都有一番无法用语言能够描述的男欢女爱。有一首古莽先生的《汉宫春·新婚》词为证，词曰：

　　燕尔新婚，带雨梨花俏，妩媚堪怜。罗衾暖依，苦短春日缠绵。晨妆荡漾，笑声扬、闺外窥欢。齐美慕、姻缘美眷，人间天上婵娟！

　　恩重不必交盟，问将来何处，甜苦共船。天涯海角，月冷寂寞心牵。春播夏种，盼秋实、儿女绕轩。双皓首、牙松情在，风流不减当年！

一日，新婚不久的华公子和秋霞小姐，在书斋品茗叙话，两人都念起了往日圣姥的大恩大德。只听秋霞小姐无限感慨地对华公子说："我们所有的一切，都是圣姥恩赐的，我们决不能辜负了圣姥对我们的期望。"

华公子说："夫人说得对。为夫已经决定，遵守祖训，不走仕途之路。"

秋霞小姐试探地问道："夫君不继续读书参加科考取富贵，那有什么打算呢？"

华公子道："为夫已有一个想法，正想和夫人商量。不知妥否，请夫人参谋定夺！"

华公子用深情且信任的表情看了秋霞小姐一眼，继续说道："年前在杭城，决意从事商贾。为此，曾流连于杭城之市井商家多日，揣摩生意门道，心得颇丰。"

秋霞小姐对于夫君的决定，并不感到诧异。她以赞赏和鼓励的口吻说："夫君的决定，上合母亲训诫，下符自身志向，不要犹疑！"

华公子听到夫人的赞赏和鼓励，高兴地说："难得夫人如此深明大义，为夫无后顾之忧也！只是从何入手，尚需夫人一决。"

秋霞小姐道："所谓三个臭皮匠，胜过诸葛亮。夫君有何疑难，请道其详，我们商量着拿主意。"

华公子道："考之杭城商市，比之家乡物产，最适合经营且具丰厚资利的是竹子。家乡竹子漫山遍野，为夫在杭城时曾经与制作纸油伞的老板有过接触，探讨过为其加工伞骨的事宜，该老板极为感兴趣。"

自古以来，杭城的天缘纸伞冠绝天下，销路很广，销量极大。但杭城缺少制作伞骨的竹子，须常到盛产竹子的山区购买，费时费力不说，所需成本极高。华公子曾经与纸油伞老板商议过，以家乡盛产的毛竹作为取之不绝的资源，建议纸油伞老板与自己合伙出资，在家乡办起加工纸油伞伞骨的作坊，然后，将加工好的伞骨制成品，经由海路直运杭城交货，纸油伞老板验货计件付资。年终结算，扣除成本后，再按股资多寡分所得利润。

秋霞小姐听了夫君的详细计划后，十分赞成地说道："听了夫君的介绍，想来夫君已经决定与纸油伞老板合作经营，这是一个极有远见的决定。经营得好，不但可利用对方的出资作为我们的初始本钱，解决我们筹措初始资金的困难，而且可以利用此机会雇佣村里及周围乡村的部分青壮小伙，使他们能够赚些工资，改善他们的贫穷，造福乡梓。另外，尚可带领乡亲学会一门谋生的手艺。这可是一件一举多得荫及子孙的好事，夫君当可勉力为之。"

听了夫人一番头头是道的分析和肯定，华公子异常高兴。他不但领略了夫人的绝色美貌，同时也初步见识了夫人的深谋远虑和聪慧，果然是耳闻之不如眼见之。于是，公子站起身，朝着夫人深深地鞠了一躬，然后说道："夫人见识，不让须眉，真闺中丈夫也！"

秋霞小姐道："夫君切勿取笑。夫妻之道，贵在同心。夫荣则妻欢，夫忧则妻愁。望夫君在外努力，妾当以圣姥所赐之白茶种进行试种，将来如果成功，也可增加一项收入，聊免夫君内顾之忧。"

第 六 章

初试身手从商伞业　痴情老板命丧黄泉

华公子和秋霞小姐双双来到华老夫人面前，郑重地把决定从商之事作了禀告。老夫人听了极为高兴，语重心长地交代了一些勉励的话和从商事贾应该注意的事项。

三日后，华公子辞别老夫人和新婚不久的娇妻，带着仆人又来到了杭城。所谓"士别三日，当刮目相看"，此番再到杭城的华公子，已经不是当年初赴杭城游山玩水的那个书生阔少了。

稍事休息后，华公子约纸油伞老板见了面，针对有关合作的事宜进行了商谈。纸油伞老板因历年苦于原材料的缺乏，更鉴于华公子的热心守信，爽快地以极优惠的条件和华公子签订了合作契约。

与纸油伞老板的合作，显然是互惠互利的。天缘纸油伞近年极为畅销，供货量越来越大，而用于生产纸伞骨架的竹子供应却越来越紧。与华公子的成功合作，不但能够得到伞骨架的稳定货源，而且能够把纸油伞生产中劳动强度最大的部分转移出去，以腾出手来加强其他的生产环节。华公子是个文雅书生，少年倜傥；而纸油伞老板素来也最敬重读书人，二者天生投缘。因此，仅用两天的工夫，双方就把如何合作的所有事项谈妥，力争使华公子能够尽快生产交货。

俗话说，人逢喜事精神爽。饱读诗书的华公子，本来天性就风雅逸致，事情一经办妥，高兴之余，终究不忍辜负西湖的风光美景，因此，特地推迟一天回南，以使能够重游西湖览胜。

这天，华公子和仆人起了个大早，雇车径直前往西湖，再次去饱览西子湖迷人瑰丽的湖光山色。

时值晚秋，天晴风爽，西子湖中，到处水波激滟，船帆点点；抬眼远眺，双峰插云，碧色空蒙；山湖相映，妙趣难言，美不胜收。

华公子英姿勃发，兴致盎然。一会儿驻足于花港观红鱼，一会儿徜徉于苏堤步柳荫，一会儿出神欣赏曲苑风荷的圣洁风姿。唯一让华公子深感遗憾的是重上灵隐寺访老僧而不遇。当得知老僧已云游他方而未知定所，华公子若有所失，顿时游兴全消。于是，一路从灵隐寺回到了客栈，决定第二天南下回廉忠村。

带着雄心和希望的华公子回到了廉忠村，紧锣密鼓地筹备开十起建作坊。几日后，杭城纸伞老板派来指导的师傅也及时到达廉忠村。作坊盖起来了，雇工请来了，原料备足了。三个月后，公子就顺利地把第一批精心加工好的伞骨架运到

27

杭州交货，验过货的纸伞老板极为高兴，设酒宴为亲自押货到杭州的华公子庆功，邀请了杭城商界的一帮同道好友作陪。

酒宴上，纸伞老板举杯为华公子祝之曰："公子聪明、敬业和守信，开业即告成功。为了我们长期的友好合作共赢，请允许在下提议，为华公子，大家共饮一杯。"

众人欢呼，果然同干了杯中之酒。华公子神情激动，不由得也起立举杯说道："在下华义著，本以诗书为业。偶游杭城而得遇天缘伞老板，一见投缘，受之提引而入工商。首次经营侥幸成功，今后商路迢迢，还望在座诸位前辈提携。在下此杯，诚祝诸位事业兴旺，全家和乐。"纸伞老板和在座诸友点头赞许，大家尽欢而散。

华公子带着天缘伞老板全额付清的货款，一路春风地从杭城回到了廉忠村。文弱书生出生的华公子，成功地收到了从事工商以后的第一桶金。

此后的一年多，华公子和夫人秋霞小姐同心合力，伞骨作坊诸事一帆风顺，杭城需货量越来越大。公子日夜操劳，从不失信，总是赶着及时交货。

正在事业蒸蒸日上的时候，喜事成双。秋霞小姐为华家诞下了一个传宗接代的孩儿。乐得华老夫人颠进颠出，全家从上到下沉浸在一片喜气洋洋的气氛之中。

转眼间冬去春来，刚过完元宵，华公子就为新的一年开工作准备。忽然，接到杭州急报，要其火速北上为纸伞老板办理后事。这突如其来的变故，惊得平时沉稳有度的华公子顿时手足无措。

还是夫人冷静，她赶忙为丈夫准备了简单的行装，派了得力有经验的家人，催促公子迅速北上。

话说杭城天缘伞老板本是个极优秀的工商好手，老板姓师，单名畅字。幼年时期的师老板，家境清苦，父亲多病，不久撒手西去。为奉母持家，师畅忍痛放弃了学业，进了一家纸油伞作坊当一名学徒。由于师畅聪明勤快好学，待人诚恳有礼貌，加之读过几年诗书且识见过人，因此，上到纸油伞作坊老板，下到师傅工友，无不欣赏和善待师畅。

几年过去了，作坊老板逐渐年老体衰，眼看着这油伞作坊越来越经营不动。偏偏这作坊老板膝下微寡，晚年好不容易育下一女，遗憾的是女儿一生下来就眇一目聋一耳。老板夫妇遗憾之余，仍然把女儿视若掌珠。

让纸伞老板夫妇欣慰的是女儿虽然天生容貌有缺，但性情德慧却极好。女儿的孝顺和乐观，给老板夫妇带来了无比的天伦之乐。然而，随着女儿年龄的瓜熟，女儿的终身归宿又成了老两口牵肠挂肚的烦心事。一年又一年过去了，由于女儿天生的缺陷，眼看着女儿的芳龄一天天渐长而仍然待字闺中，这成了纸油伞老板夫妇最大的心病。

临近年关，油伞作坊结算下来，虽然不如往年，但也盈余可观。老板高兴之余，举宴犒工发红包放假过年。按惯例，宴席之上自然免不了有老板的一番感谢激励之词,之后才是一番行酒宴乐的场面。可今年大令众人意外的是老板在作了简单的祝词之后,突然宣布明年作坊改由师畅主持打理。听到这个决定的众人,一时齐刷刷地把诧异的眼神投向年轻的师畅,场面沉默了好长一会儿,继而才出现一片"哗啦啦"的拍掌声。这些发自内心的掌声,表露了大家都能理解和赞扬老板的眼力与决定。

其实,油伞老板的决定是经过长期的观察和深思熟虑才做出的。他不但需要将祖辈留下来的天缘伞技艺传承下去,甚至希望进一步将之发扬光大。更重要的是能够十分放心地把产业和女儿,交给一个可靠的人。正是基于此,油伞老板才选中了师畅。

对于师畅来说,因家穷清寒,谈婚之事连想都不敢想。如今,竟然能得此殊遇,岂不是三生才能修来的福?况且,在老板家学徒有年,老板视自己如亲生,恩同父母。小姐虽然天生痼疾,然其平日的贤惠孝顺,都是自己目睹能详的。因此,师畅看重于小姐的兰心蕙质更甚于其外貌。老板当众宣布自己入赘于东床,师畅自然喜上眉梢,乐遂所愿了。

师畅成了纸油伞老板未来的东床快婿,也成了天缘伞年轻有为的新老板。开春后,师畅深入研究了人们对纸油伞的消费喜好,亲自设计并生产了几种全新款式的纸油伞。新款纸油伞有雅致的,有美观的;有厚实的,有轻巧的;有适合文人雅士用的,有适合贵妇小姐用的等等。它们一出现在市场上,不几日就被喜欢赶时髦的杭城人抢购一空。不久,这些让人耳目一新的纸油伞,又以其独特的时新款式走出了杭城,畅销于江淮流域和南方各地。

经过一年的努力和奋斗,师畅果然没有辜负未来岳父的期望。年终结算下来,利润增长了数倍,分店增开了好几家,高兴得全家和纸伞所有工友喜笑颜开。为了奖励全体师傅工友,老板当即宣布,按往年惯例,利钱红包照发以外,每人加发两个月工钱。同时高兴地宣布,于年前为小姐和师畅完婚,请所有师傅工友都参加婚宴喝喜酒。

很快,纸油伞老板为女儿和师畅办了喜事。喜事办得极为风光热闹,引得远近人们称慕不已。婚后,更因妻子的温顺和文雅大方,果然让师畅感到无比的幸福和满足。师畅因与妻子的结合,由一个无家无资的贫穷伙计,瞬间变成了一个富甲杭城的老板,一时成为杭城人们最津津乐道的逸闻。

欢欢喜喜过完大年后,师畅以老板女婿的身份,正式成为了日益壮大的天缘伞新的掌门人,谋划着如何进一步发展壮大纸油伞产业,憧憬着将来属于自己的宏图伟业。

此后的数年间,师畅以超人的胆识和对各种人群消费喜好的随时把握,始终能走在同行的前头,使得其生产的天缘纸油伞销路越来越广,利润水涨船高,事业越来越红火。为了管理好遍布江南江北的分店,每年仅两次出外巡视,就占用了其半年多的时间。因此,师畅与妻子聚首的时间自然就越来越少了。

常言道：人怕出名猪怕壮。师畅随着事业的红火，名声自然也越来越大了，加上其平日喜交文人墨客，因此，杭城和秦淮一带，凡有文人墨客经常进出逗留的风月场所，也开始频繁出现师畅的行踪影迹。

其实，师畅本来天生就是一个风月情种，只是投胎贫穷，此前迫于生计，敛性奋斗，不敢放性为之。如今，事业有成，腰资万贯，且随着岳父的仙逝和对贫穷时日记忆的逐步淡去，加上正值血气方刚，却长期离家，因此，长期被压抑在心底的风流本性，由于多种因素的共同诱发，终于逐步摆脱了道德、家庭、感恩等重重枷锁制约而得到滋长。

世界上本来就没有不透风的墙，师畅老板在外的风流韵事，终于陆陆续续地风传到了家里。师畅夫人本来贤惠恭良，况且还常因自身之痼疾而觉得对不住丈夫，因此，起初听到这些风言风语，并未认真计较。每值丈夫回家，除了更加温存款曲以外，也只是略略委婉讽劝一番罢了。

没想到，妻子的贤惠隐忍，恰恰助长了师畅更加放纵的胆量。其对于妻子的婉转规劝，不但不以为意，反而觉得妻子可欺可憎可恨。起初，师畅还时不时地认为一个成功的男人，偶尔放纵自己，借此调节一下因操劳而疲惫的身心，也不值得惹是生非和大惊小怪，后来，竟然发展到一发而不可收。师畅于秦淮风月场中的放纵和挥金如土，终于发展到迷失本性而不能自拔的地步。

师畅在一家叫颐春楼的勾栏里包养了一个色艺俱佳且已经颇有名气的姑娘，这个姑娘的名号叫香云。魂落香闺收不回，影终随形分不开。师畅对于香云的缠绵、恩爱和海誓山盟，简直到了"含在嘴里怕溶，拥在怀里怕化"的地步。

说起这秦淮名艺俱绝的香云姑娘，其生平来历更令人称奇。香云原名叫香茗，原本生于太姥山的一个茶商富家。其父只育有此女。早年丧母，故其父钟爱此女如掌上明珠。香茗之父常年贩茶于南北，不忍心将此女孤单留在家中，只得将香茗带在身边走南闯北。后来，因中奸人预设的圈套，香茗之父在扬州遇害而客死他乡，香茗为报父仇而杀了奸人。走投无路的香茗，不得已沦落勾栏为妓。

几年以后，香云除了出落得桃花为面，春柳为身，袅袅婷婷惹人怜爱之外，还学就了那抚琴弄箫、清唱评弹的绝技，真是清音撩人，歌喉婉转。

在香云的身上，最让人倾倒的还在于其佳绝的点茶工夫，在当时的十里秦淮，堪称一绝，无人能比。

香云从小跟随父亲南北贩茶，耳闻目览，结识了各种各样的茶商和嗜茶高客，不但精熟各地名茶的品味和特征，而且还通晓于冲点各种名茶的绝技，简直能够把如何用水、用具，如何掌握火候，如何冲泡，运用得恰到好处，将茶叶的色香味形，通过其出神入化的点茶绝技而发挥到极致。

自从香云沦入勾栏以后，颐春楼老鸨就已经预感到香云将会成为一棵取之不尽、榨之不绝的摇钱树。为了使香云一炮走红，颐春楼专为其举行了一场点茶会，邀请了几乎囊括十里秦淮及其远近的风流名士、商家大贾和王孙公子参加。好一场点茶会，其热闹真可比肩古今。

点茶会的当天，香云明眸素妆，光彩照人，举止雅致，落落大方，几至让所有在座的宾客，疑其为仙女临凡。香云坐在一个搭起的点茶台上，左右各站立着一个支应女侍。坐在台前的三排贵宾人物，皆为本场点茶会的头面客人。当中的一位，就是远近闻名的天缘伞老板师畅。

点茶会开始，香云首先为客人们烹点了一道产于福建武夷山的著名武夷岩茶。为了让客人们对武夷岩茶有深刻的认识，香云先用甜美的歌喉，为客人们弹唱了一曲以唐代诗人徐夤盛赞武夷岩茶诗改编的弹词。诗曰：

> 武夷春暖月初圆，采摘新芽献地仙。
> 飞鹊印成香蜡片，啼猿溪走木兰船。
> 金槽和碾沉香末，冰碗轻涵翠缕烟。
> 分赠恩深知最异，晚铛宜煮北山泉。

这武夷岩茶在宋代就成为皇家贡品，名贵至极。点烹此茶，尤为讲究。整个点茶过程大致须经过二十道程序，主要有：倾茶入则、鉴赏侍茗、孟臣淋霖、乌龙入宫、悬壶高冲、推泡抽眉、春风拂面、重洗仙颜、若琛出浴、玉液回壶、游山玩水、关公巡城、韩信点兵、三龙护鼎、细品佳茗等。在完成上述程序中，点茶者动作必须优雅连续，大方自然，雅韵之中含有诗意。佳人的美貌与漫溢的茶香必须有机地融合为一体，吸引品茗人在观评慢饮中如入仙境，浮想联翩。

香云唱罢弹词净手后，先命女侍取茶待用，将上好泉水置于专门用来煮水的茶壶中煮至初沸，用纤指取适量茶叶置入另一把更为精致的茶壶中，以初沸水冲入，盖好壶盖，用剩余沸水冲浇壶身。约过一刻钟的工夫，香云以优雅和一气呵成的姿势，极为恰到好处地完成了"关公巡城"和"韩信点兵"的点茶招式。这一绝妙的点茶功夫，立刻引来了台下众人的一片叫好声。

接着，香云走在前头，女侍用双手托着茶盘紧随其后。到了前排最尊贵的客人前面，香云用春笋般的一双素手将茶逐一捧献给贵客。

带着阵阵茶香的佳人，如仙如幻般地来到了师畅的面前。当香云把一盏奇香扑鼻的茶水捧送给师畅的时候，师畅两眼直勾勾地注视着香茗那大方优雅的一举一动，想入非非竟至失礼。香云是一个见过世面且冰雪聪明的女子，她低低地用甜美的声音提醒师畅说："请老板品茶！"

如莺啼般的声音飘荡至师畅的耳际，一时如醍醐灌顶，激灵醒悟。师畅慌忙站起，以一招雅致飘逸的"三龙护鼎"式接过茶盏，当着香云的面一饮而尽，连说："谢小姐好茶，谢小姐甘露！"还忙不迭地对香云鞠躬为礼。

众人看到师畅的失礼和憨态，都觉得可乐。唯独香云，却暗暗在心中留下了个极好的印象。香云给了师畅莞尔一笑，然后轻移莲步到邻座献茶。

这美人一笑，可真应了古人"倾国倾城"的说法。对于师畅来说，虽然无国无城可供美人倾覆，但是，香云这勾魂摄魄的一笑，却注定了师畅要为之付出沉重的情债。

自从点茶会后，香云一路走红，很快就成为远近王孙公子和风流名士争睹芳颜、角逐宠幸的对象。师畅更是为之而神魂颠倒，他倾巨资包下了香云，甚至产生了为香云赎身的念头。但终究良心未泯，生怕家中妻子的伤心失望而暂时作罢。

为了香云，师畅有求必应，挥金如土。一年下来，其经营的产业每况愈下，凡师畅所能动用的积累和资财，逐渐被其花销殆尽。师畅在外放荡的风流韵事，终于发展到尽人皆知的地步。家中的妻子和所有的亲友，想尽办法劝其浪子回头，总不见成效。无奈之下，妻子只好狠心逐步断其银钱的供应。

俗话说，有钱就是爷们，没钱一条狗都不如。大凡沉迷于勾栏酒肆的爷们，到头来的结局都是一样的。本来，颐春楼老鸨就把香云当成摇钱树看待。师畅有钱，在老鸨的眼里，就是天皇老子，就是爷们，就能成为香云朝夕恩爱的唯一姑爷，就能在颐春楼呼风唤雨。现在景况不同了，师畅已经被其榨干，身无分文而形近乞儿。起初，老鸨只是对付之冷脸，进而冷嘲热讽；最后，发展到禁其与香云相见厮守。

对于老鸨的绝情寡恩，就连香云也对之深恶痛绝。尽管香云对师畅也是爱怜有加，但她无法也无力帮助师畅。偶尔师畅能够弄到一点现银，求得老鸨开恩见到了香云，香云也只能温言款语，劝其尽早浪子回头。

为了能够继续维持与香云的恩爱，师畅几乎变卖了所有他能变卖的商铺产业，他真的山穷水尽了，再也无力充填老鸨那无底的淫窟欲壑了。但是，师畅并没有因为自己的贫穷而少许动摇过对香云的爱恋，也没有对自己过去的行为和现在的结果产生丝毫的后悔。

有时，他也觉得很对不住妻子和家人，受到良心的谴责和鞭挞。正是基于此，他自觉无颜回家，不愿意回家再去拖累妻子和家人。他宁可挨饿受冻，宁可流落街头。师畅躲着家人的寻找，拒绝着妻子的呼唤。

长期沉迷于酒色的师畅，此时身体早已筋疲力尽，只剩余一腔死不悔改的强烈欲望，支撑着一副已经被掏空的躯壳。尽管如此，他仍然时刻记挂着香云。

一段时间以来，虽然已经贫困潦倒，但他仍然天天来到颐春楼，求老鸨看在往日的份上，让他进去和香云相见。可冷酷的现实是一次又一次地让他失望了。有好几次，师畅是被老鸨喝令妓院护丁抬着扔出去的。他已经很长一段时间没有见到香云了。强烈的思念和贫穷的交相折磨，终于使师畅再也支撑不住，他在一座破庙里病倒了。

师畅躺在用一些稻草铺就的地上，高烧不止。一阵阵剧烈的咳嗽声，不断地从破庙里传出来，又向着空旷的破庙四周散去，显得特别凄惨。破庙左近几棵孤零零的老树上，一群乌鸦齐刷刷地瞪眼朝着破庙，"呱呱"地拉长声音欢叫着。

天阴沉沉的，刺骨的北风一阵紧似一阵。破庙前方远处的路上，一个黑点越来越大。一袋烟的工夫，一个缩着颈，穿着到处露出黑絮的破袄，瘦骨嶙峋的老乞儿来到了庙门前，他熟练地推开庙门，艰难地跨进门槛。

老乞儿大口喘着粗气，从墙角的草垛中摸出一个破瓢，到庙后取来一瓢水，又从胸口掏出一块巴掌大小的黑色豆饼，准备为饥肠辘辘的肚肠添点东西。

忽然，一声微弱的呻吟从墙角的那边传来。老乞儿赶忙放下已经送到嘴边的黑色豆饼，蹒跚着步子走到墙角一看，吓了一跳。地上躺着一个气息奄奄的人，其蜷曲在稻草上的身体，只剩下一张皮包着一副骨架；柴色的脸，深陷的眼眶，微睁的眼睛呆滞而无光，嘴唇轻微翕动着。地上的人用无光的眼神紧紧地瞪住了老乞儿，似乎在企求老乞儿，帮助他完成未了之尘间要事。

见多识广的老乞儿，知道临走之人，总是因平生最挂念的事未了而不肯撒手。于是，老乞儿俯下身子，尽量把耳朵贴近师畅的面前，但师畅的声音已经微弱到若有若无，根本就听不清楚。

突然，老乞儿发现师畅的脸色变得潮红，只见其用颤抖的手从胸前摸出了一个纸包，吃力地递给了老乞儿。老乞儿刚伸手接到纸包，就见到师畅的手已经无力地滑落下去，眼神定格在了企求的状态，不肯闭上。老乞儿知道，眼前的这个人已经带着最后的企求和希望，走上黄泉路，前往阎君处报到画押去了。

老乞儿来到靠近庙门光亮的地方，打开纸包，里面包着一块玉佩，纸上写着字。老乞儿虽然不识字，但凭着丰富的经验，对照着刚才死者企求的眼神，他知道这是死者希望自己把玉佩转交给某个人。

老乞儿是个品行极为高尚的乞丐。在这个贵重的玉佩面前，老乞儿不但能坚志而不为所动，而且发愿要完成死者的重托，将其转交给死者希望交到的人手里。

老乞儿小心地藏好玉佩，带着有字的纸张，找识字的先生问清了字的内容后，好不容易来到了杭城，寻到死者的家，师畅夫人友善地接待了老乞儿。老乞儿如实地将师畅临死前的情形一五一十地描述了一遍，最后郑重地从怀里掏出玉佩，交给了师夫人。师夫人睹物思人，忍不住号啕大哭，全家人一时都沉浸在一片悲号哀痛之中。老乞儿看了看师家的情景，趁人不注意的时候，带着同情的心绪和完成重托后的轻松，悄然离开了师家。

第 七 章

遵遗嘱公子初掌事　中圈套伞业终破产

华公子日夜兼程赶到了杭州，在老家人的指导下，隆重风光地为师老板办理了后事。丧事办完后，师夫人当着师家一众亲朋好友的面，根据师老板生前的交代，郑重宣布由华公子接任管理师家天缘伞产业的全部业务。师家的决定，虽然令华公子感到意外，但为了报答师老板生前的倚重和帮助，他还是接过了这一挑沉重的担子。

经过三个月的熟悉和调整，华公子好不容易重新理顺了天缘伞的所有生产和销售渠道。为了迅速赢利以填清师老板留下的巨额亏空，他坚决辞退了一批师老板在世时为兼顾各方关系而雇佣的员工。在这些被辞退的人中，有一个叫陈尧的，此人是时任杭州知府陈海声老爷的远房侄儿。因杭州知府的关系，师畅将陈尧倚为亲随。

陈尧老家绍兴，家境一般，读过诗书，擅长刀笔。平日不好稼穑工商，整日游手好闲，结朋交党，干些不地道的勾当。自从跟上师畅以后，陈尧的聪明和刀笔功夫竟然得到了用武之地，因此，很快就得到了师老板的赏识和重用。

陈尧一时满足于衣食酒资有靠，倒也能够对师老板忠心耿耿。后来，师老板沉迷于风月，无暇顾及生意，竟然将所有生意往来，一概委与陈尧。眼看着每天白花花的银钱手进手出，却不属于自己，引得陈尧心里痒痒的。日子久了，陈尧天性之中丑恶的贪婪便被诱导了出来。于是，陈尧不失时机地抓住了难逢的机会，大胆地吞吃着师家的银钱。

陈尧一方面勤谨地帮忙师老板管理着生意，表现着自己的才能和忠心；另一方面则千方百计地投师老板之所好，变着花样使老板沉迷于勾栏而不能自拔。

自古色欲赌博最伤钱财。没有多长时间，师老板就花光了现银，开始委托陈尧变卖产业商铺。聪明的陈尧，自然不会错过如此天赐良机。在陈尧所有经手的变卖中，到底做了多少手脚，得了多少好处，已经迷失本性的师老板肯定无从知晓。总之，陈尧因此而富足，却是不争的事实。

陈尧发了横财，得到了莫大的好处，按理就应该急流勇退、见好就收了，可事实是这奸猾无比的陈尧，不管是师老板的生前或者身后，竟然丝毫也没有退出师家的丁点迹象。陈尧为何这么眷恋不舍于师家呢？

个中之因由，其实也属自然。人性中最可怕的无非是难以填满的欲壑，陈尧恋恋于师家而不舍离去的根由就在于师家的万贯家业。陈尧最清楚，师家在杭城家大业大，尽管因师老板之风流韵事，其资产商铺损失巨大，但大部分的核心资产仍然掌握在师夫人手里而毫发未伤。

本来，陈兖完全可以一鼓作气谋夺更多的师家资产，但世事总是最难预料的，在关键时刻，师夫人亲自接管掌控了杭城内师家的所有家资和产业。这样一来，陈兖原先算计的阴谋，自然无法实现。

陈兖是不死心的。他坚信，凭着师老板在世时对自己的信任，凭着一向以来表面上对师家的忠心，即使师夫人不会把全部产业交付自己经管，但只要能继续留在师家，以自己的聪明和果断，就一定会有机会。

陈兖还进一步认定，师夫人毕竟是个女流之辈，更何况其未有生育。换句话说，师家没有家财产业的直系继承人。这就是师夫人最大的软肋，只要自己足够聪明，就绝对会有机会。陈兖觉得，这是老天恩赐给自己的难逢机会，不能辜负了它。

还在陈兖做着发家致富美梦的时候，师夫人一招让陈兖始料未及的决定，正在悄悄地付诸实施。师夫人不但请来了华公子到杭州主持丧事，还当众宣布，让华公子接管掌握了师家所有产业的经营大权。

自诩甚高的陈兖，万万没有想到师夫人会安排这一着妙棋。更加让陈兖意外的是平时文质彬彬的华公子，竟然以极其干练娴熟的经营技法和雷厉风行的办事效率，在短短的时间里就理顺了师家产业的各个环节，并做出了大胆而有效的裁减多余雇工的惊人举措。

陈兖认为自己是个见过大世面的人，但他在深深佩服于师夫人知人善任的同时，不得不深深佩服于华公子的才能。当然，也由此在其肮脏的心灵中，种下了对师夫人和华公子的仇恨。

陈兖不是一个能够善罢甘休轻易服输的人物。以从小混迹于江湖总结出的经验，陈兖认准了一个理，那就是找准一个猎取目标，不惜运用一切手段，全力以赴，不达目的绝不罢休。虽然，谋夺师家产业的第一个回合是暂时失利了，但可以等待下个机会，再来个第二回合，甚至第三回合，直到实现自己的目标为止。

笃定心智的陈兖，终于决定模仿古人"卧薪尝胆"和"以退为进"的妙法来等待实现自己功业的良机。他潇洒地主动辞去了师爷的职位，离开了师家。临走时，甚至还帮助华公子说服了其他被裁减员工的不满情绪，博得了华公子极大的好感。陈兖的表演，成功地为将来重返师家留足了回旋的余地。

华公子顺利地接掌了师家的产业，充分运用其非同一般的聪明才智和天生的商人秉质，全力以赴地投入到天缘伞的生产与销售。为了报答师家的知遇之恩，仗着年轻精力充沛，夜以继日地在业务上打拼，就连回老家看望老母妻儿，也只是尽量安排在出差路过。即便如此，也还是来去匆匆，从不因儿女之情而耽误了事业。

常言道：功夫不负辛苦人。经过一年的努力，到年终盘点结账，华公子不但为师老板填清了所有债务，赎回了被典当的商铺财物，而且还有大笔盈余收入。师家上下和所有雇工，都沉浸在一片喜气洋洋的气氛中。这是自师老板去世后大家最开心的日子。

高兴之余的师夫人，与华公子商妥，决定按照惯例，在年节之前开宴犒工发红包过年。师夫人决定给华公子额外加发份钱，但遭到了华公子的再三婉拒。无奈之下，师夫人只好背着华公子，命人置办了一车杭州特产的绫罗绸缎和年货物品，指派家人专程送往南边廉忠村，嘱咐当面交给华夫人。

话说陈兖被辞出师家后，靠着远亲杭州知府的关系，在城里买了一处房产，做起了专门替人写讼词状子的营生。好在先前替师老板办事，果断吃下了一大笔可观的财物，加上平时可观的润笔收入，其全家的生活在杭城也算是富足有余了。如果陈兖是一个良善知足之辈，从此洗心安分，过着衣食无忧的日子，则后面的事情也就不会发生了。

偏偏陈兖就是一个不甘安分之辈，他处心积虑地觊觎师家的财富和产业，憧憬着有朝一日也能够高车驷马和妻妾满堂。因此，他时时盘算，处处上心，耐心地等待着下手的最佳时机。

平时，陈兖为了掩饰自己的野心，总装着好像与师家毫无瓜葛的样子，实则却把大部分心思都用在了师家上。他关注着师家的一草一木，监视着师家的一举一动，对于师家的热心，简直到了无所不用其极的地步。

终于，机会降临了。在春花烂漫的一天，陈兖照例到北山庙里替母烧香求签。也是机缘巧合，恰好邂逅师夫人身边的贴身丫鬟佳琴。

说起这佳琴姑娘，还有着一段来历。佳琴本花巷卖唱女子，因恶少争风，祸及其身。危急之时，被刚好路过的师老板花钱劝和了恶少，将佳琴救下。佳琴顺势哀求于师老板，师老板见其秀美伶俐，将之赎出带回府里。师夫人怜佳琴孤苦，又喜其聪明慧敏，遂将其收为贴身丫鬟。

常言道：女大不中留。随着年龄的增长，少女怀春的强烈欲望，时常烧灼着佳琴的情怀，躁动不已。佳琴早年曾经混迹于花街柳巷，其轻佻的本性加上芳心跳跃的春情，终于使佳琴犹如一捆遇到丁点火星就能燃起熊熊烈火的干柴。

遇到佳琴的陈兖，早就眉头一皱计上心来了。其实，这一对男女于先前就早有郎心妄意了。还在师家任师爷的时日里，陈兖虽然也对佳琴有意，但其满门心思都放在谋财上面，因此，只得暂时将这男女私欲强行压下。

今天，竟然鬼使神差地让这一对男女在这荒山野庙遇上，两人自然干柴烈火地哥长妹短起来。两人环顾了一眼四周，发现没有什么人迹出现，就迫不及待地手拉着手，说笑着进入一处隐秘的草丛中，做成了苟且销魂的好事。

此后，两人总要时不时地找机会到外面幽会。自然，佳琴也不知不觉地充当了陈兖随时了解师家内情的工具。每次幽会，佳琴都会从陈兖身上得到灵魂与肉体的滋润和满足。而每当此时，不待陈兖开口，佳琴就能心甘情愿地把所知道的师家大小事情告诉给陈尧。

一段时间以来，佳琴身上明显的变化还是引起了师夫人的注意。频繁的主动外出，以及每一次外出回来的满面春风和神采飞扬，这是只有青春少妇才能有的生理心理现象。师夫人是过来人，看着佳琴一次又一次地从外面带着无法掩饰的愉悦和满足回来，不由得不产生可怕的疑问。

佳琴又被师夫人支出到北山庙代为烧香还愿了。佳琴大喜，她已经半月有余没有和陈尧幽会了。连日来，师夫人偶感风寒，佳琴日夜不离地在夫人身边服侍着。每逢有事需要外出，管家总是另派别的下人去完成。已经屡尝风月之美妙的佳琴，总觉得度日如隔春秋，难熬那种对销魂的渴望。但是，作为夫人的贴身女侍，佳琴必须强抑着不敢告人的淫欲，尽心服侍，不敢懈怠分毫。

师夫人的身体和精神，逐渐恢复如常了。一日午后，佳琴服侍夫人喝过午茶。夫人的心情很好，于是，微笑着对佳琴说："佳琴啊，近段时日，辛苦你了！明日你可代我到北山庙里给菩萨烧炷香，谢谢菩萨的保佑。你也可以借此外出散散心。"

佳琴听后，高兴地说："服侍好夫人，是下人的本分。夫人不必对佳琴这么客气。夫人贵体康健了，自然要感谢菩萨的保佑。佳琴明日就去庙里，替夫人烧香，谢谢菩萨的保佑！"

第二天，佳琴打早就来到北山庙里，虔诚地替师夫人在菩萨面前，烧了香还了愿。出得庙来，佳琴便急匆匆地来到了往时与陈尧幽会的老地方。一到草房门口，佳琴站立下来，照样警觉地四周环顾了一遭，发现没有闲杂人等，这才小心翼翼地进了草房。

草房堆满了农家晒干储藏用作喂牲畜的稻草，里面光线不足。虽然如此，却不失为一处安全的幽会场所。陈尧精心地在稻草堆里布置了一个地方，弄来了席子和被褥，以作为两人颠鸾倒凤的淫窝。

佳琴今日上北山庙烧香，事前就秘密知会了陈尧。得到佳琴暗中送来的消息，陈尧早早就来到草房等待着可人的幽约。佳琴小心地往草房深处走去。忽然，斜拉里窜出的陈尧，从后面紧紧抱住了佳琴，嘴里喃喃念叨着让人听着会起鸡皮疙瘩的肉麻话。

尽管佳琴知道抱住她的就是她为之日思夜想的情郎，但还是被这突如其来的拥抱吓了一跳。只听佳琴娇嗲地骂道："天杀的，吓死人家了！"

陈尧一把抱起已经酥软的佳琴，几步来到淫窝。久旱逢甘霖的两个男女，迫不及待地宽衣解带。一个娇喘吁吁，一个淫声阵阵。不消多时，两人就进入到云雨初浓、忘情忘我的状态。就在两人沉浸在浓情蜜意、千恩万爱之时，一向比较警觉的佳琴，忽然觉得有两个黑影站立在他们面前。佳琴心里一惊，她猛地推开了还在淫声喋喋的陈尧，睁眼一看，顿时吓得冷汗淋漓，手忙脚乱地找衣遮丑。

被当场抓奸的佳琴和陈尧，由家丁押解回到了师家。两人虽觉得无地自容，但事已至此，也只能硬着头皮厚颜面对。其实，对于陈尧来说，这种结果早就在预料之中。况且，这种事情发生在陈尧的身上，本来就是司空见惯的事，不值得一提。唯独让陈尧懊恼的是，事情过早败露，不但将从此失去一个最佳的卧底，而且还会引起师家的警觉，这样，就有可能对其长远计划的顺利实施造成巨大的不利影响。

佳琴和陈尧被带到了师夫人的面前，夫人痛心地教训了佳琴。相反，却只以宽缓的口气责备了陈尧几句。大大出乎陈尧意外的，师夫人还和颜悦色地告知说："既然喜欢佳琴，就应该光明正大地遣媒说合，师家总会念在往日忠勤的份上，乐成你们的好事。如果这样，也不至于弄出今天的丑事。"

听到师夫人说到这个份上，陈尧只得装出一副悔悟知错和感激涕零的样子。他低着头痛心说道："陈尧无知，一切罪过皆在陈尧。夫人大恩大德，请念在佳琴姑娘服侍的份上，饶过她的初犯，陈尧愿意承担所有的责罚。"

师夫人看了看跪在眼前的两人，沉吟了一会儿，才十分伤感地说道："自古家丑不外扬！也罢，我也不说什么责罚你们了。你们准备一下，待我请人选一个黄道吉日，你们成亲遮丑吧！"

几天以后，师夫人不但把佳琴赐嫁给了陈尧，而且还为佳琴置办了一份丰厚的妆奁。陈尧和佳琴千恩万谢地接受了师夫人的宽容和恩惠。

尘世间的人和事，有时就是这么奇怪。虽然人们总是憧憬着善报恶报的常理，但事实却是屡屡出现以怨报德的事例。陈尧和佳琴就是这样的男女。在得到师夫人的宽容和恩赐后，本应对师家感恩戴德才符合常理，但事实却是恰恰相反，师家的宽容和恩赐，竟然进一步刺激了陈尧对师家全部财产的强烈占有欲望。

春华秋实，冬去春生。转眼之间，一年又过去了。杭城师家的天缘伞，在华公子的精心经营下，更加蒸蒸日上而名满天下。事业的成功，不绝于耳的各种赞誉，争相与之结交的官场商圈人物，极力巴结的市井勾栏等等，这些让人目眩神迷的一切，使得在盛名之下的华公子，也不免心意飘然，志满意得起来。

常言说得好：志满则骄，骄帜则孤，孤则为披着人皮的各色魔鬼所乘矣！话说华公子自接掌天缘伞之初，凡是重大的经营活动和交际来往，都能尽量征求他人的看法和建议。特别是每事必尊听师夫人的意见，做到兼听而明，谋定而动。其平日对待雇工和下人，态度谦恭，不论大小，都能对他们关心备至。更为可贵的是平时绝对不近花巷，不交匪人，律己甚严。如今，华公子虽然仍然没有在个人品行上擅越雷池半步，但是，由于事业一帆风顺，如日中天，有时在不知不觉之间，竟然也得意忘形，志骄行乖，凡事我行我素起来。

开春以来，天下一片和乐升平，人们安居乐业。繁华的杭城，一片歌舞升平，百业兴旺。华公子掌控的师记天缘伞，产销两旺，员工师傅敬业团结，上下各司其职，一切都在按部就班之中运转着。哗哗的银钱，如流水般流进师家的钱柜。华公子每日到各处走走看看，清闲得似乎变成了一个局外人，偶尔，甚至还会升起一种空寥和寂寞的感觉。

也是命该有事。一日傍晚，天布乌云。为防遭雨，华公子从厂里匆匆择一近路回师家宅院。路过一条荒僻小巷时，迎面发现有三个歹徒正对一姑娘欲行不轨。千钧一发之际，猛然间出现一声尖细的断喝："强盗，快放开我姐姐！"

三个歹徒激灵一下，齐齐转过头来一看，见是个十一二岁的小男孩，从街墙的拐角处冲出来，手里握着一条木棍，横眉冷对，随时准备冲过来拼命的样子。几个歹徒见是一个毛头孩子，放下心来。一边齐声大笑，一边打趣说："小英雄救美人，看看小裤头都快掉下来了！"

狂笑过后，一个长着一副刀疤脸的歹徒"唰"地从腰间拔出一把锋利的尖刀，逼上持棍小孩，嘴里恶狠狠地说："不知死活的小兔崽子，也敢管爷们的事，我先送你回姥姥家去！"

话未说完，歹徒就举刀刺向小男孩的胸口。为救姐姐的小孩，也不甘示弱，高举木棍砸向歹徒的光头。怎奈小孩力道有限，歹徒顺手抓住木棍，侧身轻轻一带，趁着小男孩立脚不住的当儿，另一只手举起尖刀狠狠地刺向小孩的后心。

华公子眼看着勇敢的小男孩就要命丧当地，提气"嗖"的一声，身子犹如闪电般地飞向了歹徒。正欲行凶的歹徒只觉得手一麻，"当啷"一声，尖刀就掉落在地上。还未等歹徒反应过来，一顿暴风骤雨般的拳脚就快准狠地落在了歹徒的身上。不到一刻钟，还没有弄清是怎么回事的恶徒，就懵懵懂懂地两眼一翻，"砰"的一声倒落尘埃，到阎君处报到去了。

华公子早年拜过名师，练就了一身极好的功夫。今日遇上恶徒行凶，勇敢的小孩危在旦夕，顿时激起公子的豪气和义愤，他毫不犹豫地出手救了小孩。想不到这个恶徒如此不经打，就这么三脚两拳而毙命当地。其余两个歹徒见公子的功夫如此了得，早就吓得脚底抹油，鼠窜逃命去了。

华公子救下了姐弟，看到姐弟可怜，安慰了他们几句，顺手从身上掏出几两银子塞到姑娘手里，吩咐其赶紧回家。姐弟俩无比感激地拜谢了公子，准备离开。

忽然，街巷那头传来了鼎沸的人声。一群附近的居民，簇拥着闻报的公人如飞而至。来到现场的公人和居民，瞬间就把华公子等三人围在核心。一个仵作模样的公人，首先验看了躺在地上的尸体，当场确认其为因殴致死。公人中的头儿走到华公子的面前说道："好啊！看你表面斯斯文文的，竟然会在街头争风斗殴而致死人命，只好麻烦公子到公堂走一遭了。"

说毕，喝令做公的将华公子和姐弟俩一并锁拿，带回衙门候审。恶徒尸体则吩咐地方暂时收殓，以待太爷随时查验。

话说两个逃脱的歹徒并未走远，他们躲在近处，一直看到华公子等人被做公的带走，方才回去向陈尧交差。陈尧详细问了事件的经过，重赏了两个恶徒，当场给足银两，安排两个恶徒暂时远遁埋名，不许在杭城露面。

原来，刚才的一幕是陈尧精心安排的圈套，陈尧得意地将之取名为"请君入瓮"。果然华公子不但应邀入套，而且还出了人命。事情做得如此顺利，真是大大超出了陈尧的预料。

华公子打死人命被官府带走的消息，当晚就传回了师府。一时，师府上下慌作一团。还是师夫人遇事冷静，赶紧找来知情者，详细询问和了解了事情发生的经过，盘算着如何才能解救华公子。

第二天，杭州知府即刻升堂审理华公子命案。知府大人轻拍惊堂木，简单询问了一干人犯的姓名籍贯后，对华公子说："看你一表人才，怎会沦落到街头争风而致死人命？如今人证物证俱在，你还有何话说？"

华公子道："禀大人，人命确是犯民致死的。但其中的隐情，大人不可不察。"

知府问道："有何隐情，可速速道来。公子须要如实禀报，不可隐瞒，以待本府查实，秉公断之。"

华公子道："谢大人！昨日犯民回家路过街巷，偶撞三个歹徒调戏此女，男孩勇力持棍拦阻。一恶徒举刀欲杀小孩，情势危急，犯民不及他想，出手搭救男孩与之打斗，绝非如大人所说是因街头争风而致死人命，望大人详察！"

知府大人道："如你所说，可有人证？"

华公子道："姐弟俩乃是受害者也是当事者，大人可详细询问之。另有两个行凶脱逃的歹徒，大人可派人缉拿归案，询之便可知悉事情原委。"

知府闻言转询姐弟。可这一对姐弟好像是被惊吓过度的样子，瞪大恐惧的眼睛，任凭知府大人询问，只是一语不答。知府无奈，只得先将姐弟俩交保候审，并当堂说道："既然如此，待本府缉齐人犯后再审。"

说完吩咐将华公子收监，宣布退堂。

自从华公子因命案而被拘入狱以来，师夫人除了派人通知南边的华家以外，就是想方设法地随时派人打探官府缉拿逃犯的消息。日子一天天地过去，可官府方面，似乎毫无进展。

一日，师夫人正为华公子命案而犯愁的时候，家人报说陈尧求见。夫人心想，陈尧今日来见，定然有事。于是，命家人引进。

陈尧跟随家人来到师夫人面前，谦恭地一边说着感恩的话，一边假装着要下跪行礼。夫人见状，赶忙制止说："陈先生早已不是师家之人，不可行此大礼，快快请坐说话。陈先生今日前来，不知有何见教？"

刚要在客座上坐下的陈尧，赶忙起身站立，低头显得十分谦恭地说："夫人见外，陈尧无地自容。过去陈尧深得师老板厚恩，更得夫人的宽容与厚爱，常思无以为报而烦恼。近闻夫人因华公子命案而废寝忧心，陈尧闻之日夜难安。陈尧与知府大人向为远亲，今日特来自荐，愿为夫人驱策一二，或许能够为华公子解脱和尽快结案尽点心力，不知夫人有意否？"

师夫人闻知陈尧来意，沉吟了一会儿，对陈尧说："既然你不忘旧主之情，老身甚为欣慰。虽说华公子命案纯属冤枉，但官府缉拿逃犯，长日未果。华公子深陷牢狱受苦，老身极为不忍。如今你有门道，只要能够促使官府早日秉公结案，还公子清白，恢复公子自由，需要花多少银钱，皆可由陈先生定夺。”

陈尧知道师夫人为了华公子，肯定会应允自己的自荐，但却没有料到夫人会答应得如此明了爽快。为了掩饰心中的窃喜，陈尧还是装着一副报恩的样子说：“往日华公子也对陈尧恩义两全，如今其有难，陈尧今生能有机会报之于万一，本该义不容辞。何况夫人愿意出资打点，不才就更应该赴汤蹈火了。陈尧先行告辞，请夫人静候佳音。”

此后一段时间里，陈尧三天两头到师家，报说进展，索要资财礼物。师夫人为了华公子，皆是有求必应，要多少给多少。其实，师夫人虽为女流，却是一个极有主见的女中丈夫，对于陈尧的阴险和诡诈，早就了然在胸。既然如此，那又为什么会任凭陈尧敲诈呢？

显然，对于师夫人来说，这也是别无选择的无奈。首先，师老板因嫌弃她而浪荡致死于破庙。虽临死尚能遣老乞儿回家报信，但对于一个女人的自尊来说，已然被伤害到极致。而比之于华公子，虽置身于繁华地温柔乡，然其始终能守身如玉，以家妻为念，其用情之坚，着实令师夫人感佩。再者，师夫人一生无出，早已暗中把华公子视为亲子。当师老板弃世而师家面临破产，自己面临归宿无着之际，是华公子及时力挽狂澜，使师家逃过最艰难之一劫。华公子对于师家，堪比恩同再造。论义论情论恩，师家就是为华公子而倾家荡产也不为过。

师夫人已然能够隐约感到华公子之命案，肯定与陈尧的奸谋有关。如果不能满足其欲望，凭着陈尧与官府的关系，就有可能危及华公子的性命。因此，师夫人只能无奈地不断满足陈尧的欲壑，借此先行保全华公子的性命，然后再想办法，求得公子脱离牢狱之灾。师夫人咬牙决定，只要能救出华公子，哪怕舍弃师家全部产业也在所不惜。

决心为救华公子而不惜破釜沉舟的师夫人，命人请来了陈尧。满心窃喜的陈尧，即刻来到师府。丫鬟奉茶后，师夫人先用冷峻的眼神看了一下陈尧，才以缓慢的口吻徐徐地对陈尧说：“陈先生，有关华公子的冤案，官府那边不知可有进展否？”

陈尧见师夫人发问，心里早有成竹。他想到：火候未到，必须再熬一熬这狡猾的老妇人。想定主意的陈尧，又是用极谦恭的语气，说了一番不着边际的搪塞话。

不等陈尧说完，师夫人就打断其话头说：“陈先生，公子现在狱中受苦，老身日夜难安！老身问你，你要说实话，先生是否真有把握替公子洗冤？”

陈尧赶紧说道：“请夫人放心，陈尧绝对有把握办好此事。但夫人不可操之过急，您要给在下以足够的时日。”

师夫人紧随陈尧的话头说：“既如此，我们今天打开天窗说亮话。老身要你在三天之内结案，并将华公子毫发不损地送交到师家。作为回报，老身做主将师家七成产业划归到你的名下，先生做得到吗?"

陈兖举眼看了一下师夫人严肃认真的脸色，低头喝了几口茶，算计了一回，良久，装出好像是下了很大的决心似的，抬头直对师夫人说："既然夫人如此爽快，陈兖也就没有什么话说了。陈兖愿意为夫人到衙门上下尽力，三日后人财交割。"

说毕起立告辞，出门扬长而去。师夫人看着陈兖逐渐远去的得意身影，两行眼泪顺着脸颊潸然流下。

第 八 章

邂逅香茗倾诉衷肠　拜师如水喜结茶缘

　　三天后，陈尭果然有信，早早就用一辆车，从狱中将华公子接出来，径直将之护送到师家。其实，华公子之所以能够得到无罪释放，固然是陈尭在府衙中的运作起了作用，但是，还有不为人知的原因，却应归结于知府陈老爷的秉公执法，以及受害人的如实证词等因素。当然，这些内情是师夫人所无法知道的。

　　师夫人亲自迎接华公子进了师府。大家看到华公子虽然衣衫破烂，脸色清瘦，但身体尚好，精神也足，这才感到放心。师夫人和公子的夫人秋霞小姐，更是感到心中吊着的石头落了地。高兴之余的师夫人，当即吩咐下人先行服侍华公子洗漱休息。

　　师夫人回到厅堂坐定，管家引陈尭进见。见礼后，夫人二话不说，命管家将早已准备好的产业清单取出，交割清楚给予陈尭。临送客，师夫人语重心长地对陈尭说："陈先生，请善待这些产业和雇工。千万记住：放下屠刀，立地成佛。"

43

　　听了师夫人的话，陈尭呆了一呆，脸色苍白，待要说句什么，厅堂内已无师夫人之身影矣！

　　话说刚刚脱离牢狱之灾的华公子回到了师家，师家上下皆为公子的安全归来而欢天喜地。自公子入狱以后，秋霞小姐就从廉忠村心急火燎地赶到杭州，与师夫人一道想方设法营救夫君。如今夫君安然无恙回来了，秋霞小姐自然更比他人欢悦心喜。

　　当晚，华公子与为他牵肠挂肚的妻子，自然有一番久别后的感慨和恩爱。妻子将师夫人舍财救人的高情厚义，如实地告诉了夫君。夫妻二人除了无比感激以外，就是相互约定，永世不能忘记师夫人的深恩厚德。

　　华公子感动地对妻子说："既然师夫人已经将大部分师家产业给了陈尭，那么，我们则守信将所有天缘伞产业的经营完全放弃，另找其他的营生。为夫已经想好，我们回廉忠村开辟茶园，扩大经营已经有一定规模的白茶种植。"

　　秋霞小姐高兴地说："夫君说得对，相信白茶将来定有良好的发展前景。为了免除师夫人的孤苦无依，为妻还有一个主意，不知妥否，请夫君决断。"

　　华公子急迫地问道："夫人有何高见，请快说。"

　　秋霞小姐说道："我们应该选个吉日，拜师夫人为义母。待诸事处理完毕后，奉师夫人一起回廉忠村颐养天年。"

　　华公子感慨地说："妙哉，还是夫人想得周到！"

于是，夫妻俩果然选了一个好日子，正式拜师夫人为义母。拜母仪式过后，师夫人欣然答应与义子夫妇一起回廉忠村安度晚年的请求。因华公子在杭州还有一些业务须理清，决定由夫人秋霞小姐奉义母先行回到廉忠村。其后，师夫人在廉忠村得到华公子夫妇的恩养，高寿至古稀之年，方才仙逝。

留在杭州的华公子，不几日就全部结算理清了所有的来往账目和其他的业务。一时，华公子感到了无比的轻松。天性喜欢雅逸的华公子，决定趁此难得的清闲，再次畅游杭州各地美景，饱览西湖秀丽的湖光山色。

一日，天气晴好，和风习习。华公子沿着北山小道，一边欣赏着道旁仍然焕发着青春活力的古虬松柏，一边倾听着春鸟们那动人的欢唱。偶尔，闲坐于道旁的石阶上，一边观看着匆匆来往的香客，一边触景生情地想着各种奇怪的心事。

不知不觉间，华公子爬到了半山一处专供人们驻足休息的凉亭，气喘吁吁地坐在石凳上，狠命地摇着纸扇纳凉，觉得有了饥渴。吃过家人奉上的自带茶点后，公子才感觉到恢复了充沛的体力。

公子和家人继续沿着逐渐陡直的山道向上攀爬着。过了两个时辰，他们终于绕过山巅，进入了一条长约百丈的山涧。山涧两边峭壁凌空，涧底流淌着清澈可爱的溪水。顺着山间溪流往上，一条用鹅卵石砌就的古道，沿着溪边蜿蜒深入。人行进于其中，感觉到雾气裹身，夹杂着林木芳香的清新气息直扑鼻翼，惬意之中透露着丝丝的冰凉。树上鸟儿的欢唱声糅合着溪流山泉的叮咚声，宛如一曲大自然的天籁之音，让人心醉神迷。

走出山涧，眼前豁然一亮。一座耸入云霄的大山横亘眼前，远远望去，峰巅银光闪烁，虹彩闪闪；山下缓坡之处，一座雅致的庵堂屹立其中。

华公子向着庵堂的方向，不由自主地加快了脚步。盏茶工夫，主仆两人就来到了山门前。公子抬头，只见山门上，题写着娟秀有力的"云崖庵"三个大字。庵堂左近，种植着一大片苍绿欲滴的高山茶园；庵堂右侧，溪流和小道并行其中，连接山谷直通山的外面。

此时天光已是夕阳西照，玉兔东挂的时候。华公子来到庵堂门前，举手叩门。须臾，有一小尼姑隔着门缝向外看了看，然后说道："阿弥陀佛！天光已晚，庵门已闭，施主明日再来吧！"

华公子知道，尼姑庵堂，晚间一般是不接待男客的，更不用说是留宿借寝了。但是，今日前后皆是山岭溪涧，左近再无可借宿的地方。想到此，华公子只得用商量的口吻对小尼姑说："山岭荒僻，别无宿处。小师父慈悲，可容在下于庭院廊庑之处，遮风挡露一宿如何？"

小尼姑见华公子实在，认定其是个有学问有修养的读书人。沉吟了一下，才以通融的口吻说道："施主等着。待我禀知师父，留不留施主，师父自有定夺。"

小尼姑说完，转身入内去了。少停，小尼姑出来开了庵门，告知华公子，说师父请公子入见。

华公子紧跟小尼姑来到了专门接见外客的客堂，其间布置得雅洁脱尘，身着素衣素帽的住持尼姑早已在客堂等候。见华公子进来，连忙起身迎接，并举手问讯说："阿弥陀佛，慢待施主了。施主请坐奉茶！"

华公子一边落座一边解释说："谢过师父！因游山忘情，错过宿头。故斗胆求助，望师父破例容弟子主仆借宿一宿，未知能高允否？"

住持尼姑似乎从华公子的身上看出了什么，就所答非所问地说道："公子面熟，敢问可是天缘伞的新老板？"

华公子惊诧地看了住持尼姑一眼，回答道："是的。不知师父怎么会认识弟子，师父能否道其详细？"

尼姑叹了一口气道："公子可记得扬州颐春楼的香云，当日公子与师老板曾喝过香云点的西湖龙井！"

公子听了猛地一惊。接着，睁大眼睛，依稀认出了眼前的尼姑，果然与当年的香云有几分相似。转念之间，公子又不敢相信眼前这位给人以无比圣洁的住持尼姑就是当年名震秦淮的名妓。因此，他还是半信半疑地问道："难道师父就是当日红遍扬州的……"

尼姑没有让公子把话说完，接过话头说："贫尼就是当年的香云，在家时名叫香茗，如今法号如水，在此皈依佛门已历三载了。"

公子听完香云的自我介绍，不知何因，总觉得有一股无名的惆怅涌上了心头。他呆想了一会儿，忽然刨根问底地说："请问如水师父，您怎么会在这荒僻的云崖庵出家呢？"

45

如水道："自从与你家师老板种下一段孽缘而致其抛尸破庙，贫尼便看破红尘，脱离情海，在云崖庵恨尘老师父的剃度下，来到这里出家修行。"

华公子道："以前，弟子似乎曾听师老板提起，您与弟子应是同乡，未知真切否？"

华公子的这一问，立即勾起了如水师父对往事的回忆。她对华公子说："公子是贫尼流落他乡唯一敢认的乡亲。公子对师老板乃至师家的高情厚义，常常使贫尼对公子的恩德感铭于心。今日能够在这荒僻古庵与公子再次相见，想来也是缘分所至呢！"

听了如水师父的说辞，华公子心里想：观之眼前已然出家的勾栏名妓，倘然念念于昔日的情人，虽说其仍然六根未净，但这却是自古风月勾栏罕有的红颜知己活生生的例证。

不容华公子继续想心事，如水师父那好听的声音又灌入了公子的耳朵。如水师父说道："公子宅心仁厚，年轻有为。虽然刚刚解脱牢狱之灾，但观之公子的精神气色，并没有丝毫的消极气馁，这正是有大作为者所必备的气质。相信在不远的将来，公子定当能够为我家乡增光添彩。贫尼已遁入空门，但有一能够造福于乡梓的制茶绝技尚未找到可托付之人。今日愿把祖传的制茶绝技传授于你，助公子兴我神山茶业，富我家乡万民，扬我家乡美名，公子其有意乎？"

华公子素知如水师父的才情，最让他终生难忘的是其出神入化的点茶工夫，以及对各种名山名茶的精熟。仅凭这些，博学多才的华公子，早就对其佩服得五体投地了。如今听如水师父说要将制茶绝技传授于自己，惊喜之中大感意外。他忙不迭地说道："有意，有意！师父念念致力于家乡福祉，弟子有幸能够附翼，三生之荣光也。师父有何驱策，弟子定当不惜赴汤蹈火！"

刚刚蒙受过人生重大挫折的华公子，此刻正徘徊于人生的十字路口，最需要有高人指点迷津，导引前程。今日邂逅如水师父，得蒙其亲口允诺愿传绝技，这岂不是雪中送炭吗？

大喜过望的华公子，迅疾从座位上趋前到如水师父面前，按照老规矩，对着如水师父跪落尘埃，眨眼工夫就行了拜师大礼。行礼完毕，公子就迫不及待地说道："恳请师父，可速将绝学传授于弟子。"

如水欣然接受了华公子的拜师礼后，说道："公子切勿性急，容为师说明。"

接着，如水师父带着无限感慨的语调，深情地告诉公子说："当年家父蔺虬，得圣姥点示，在偶然之中得到启发，并通过不断实验，终于成功首创了珍贵的名茶橘红。其后经过努力，竟能使橘红在短时间内畅销于江淮各地，远销于海外，且价高难求。但是，自古祸福相依。橘红的迅速成名导致了一些阴险商家，以各种手段企图谋夺制作秘方而据为己有。虽然，家父多次识破并躲过了不断的威逼利诱和巧取豪夺，但最终还是在扬州中了奸商预设的圈套。家父为了保住橘红秘方，终至不幸被害致死。"

如水说毕，站起转身入内。不一会儿工夫，拿出了一直珍藏的一罐橘红。小心打开封口，取出两泡茶叶，将一半放置在一张白纸之上，供华公子观赏，另一半则放入洗净的茶壶，用庵堂后所出之上好甘甜泉水冲泡。

在如水师父冲泡橘红的当儿，华公子小心翼翼地细观细闻了白纸上的茶叶。只见茶叶条索紧结，银白色的茶毫显露出名贵的金黄色，茶色乌润油亮，叶底艳亮如橘红色。嗅闻之下，一股饱浓且带有特殊花香的气味直沁心脾，顿时令公子气爽神清。

此时，如水师父亲自斟上煮泡好的橘红，送到公子面前的茶几上。瞬间，阵阵撩人的馨香，直冲公子的鼻翼。一种从来没有过的感受，搅动得华公子心醉神迷。

华公子从茶几上端起茶盏，眼前豁地一亮。只见杯里的茶水红如玛瑙，艳丽诱人。公子用双手捧着茶盏，慢慢地送到自己的唇边。用鼻翼再次贪婪地深深吸上几口，一股如麝如兰的奇香瞬间过肺腑，下丹田，彻五骸，和会身心而至飘飘乎如幻仙境。连啜几口，顿时舌齿生香，舒泰异常；茶水过喉入胃，畅快无比。

如水师父面带着微笑，看着华公子如醉如痴的样子，心里感到十分的欣慰和高兴。兴之所至，接着又为徒弟表演了点泡家乡白茶云崖雪茶艺的绝技。

如水师父表演的点茶绝技，曾经名满秦淮，技压群芳。表演的一招一式，一笑一颦，都无不优雅高贵，美丽动人，既可把茶香人美结合得天衣无缝，还能充分展现华夏茶文化的深厚内涵与神韵。

如水师父一边表演，一边解说道："云崖雪之茶艺所创造的气氛，应该重在感悟，既要可观可赏，又要使人能够浮想联翩，如入仙幻。徒弟，你知晓云崖雪还有极为优秀的养生保健功用吗？"

华公子道："小时候只听母亲经常提起过，据说徒弟当年的小命，还得益于圣姥以神山白茶云崖雪的祛毒解热之功而起死回生呢！"

如水师父说："是的。为师小的时候，染痘未发，高烧不退，也是用家里珍藏的陈年白毫银针退烧祛毒的，家乡白茶之药理功能极为神效。"

华公子道："这么说来，家乡白茶果然如神丹妙药一样，既能提神醒脑解乏，又能祛毒治病益寿。弟子每每阅读史书册籍，有关古人运用茶茗养生祛病，果有诸多记载，相信其传之不谬了。其中，史载诸如茶与仙道佛的紧密关系，茶与华夏礼仪的紧密结合，高人隐士身不离茶等等内容，更是俯拾皆是。如此看来，中华文化的历史长河中，茶与茶事所不断演绎的茶文化才最是堪称源远流长的。"

如水师父说："为师没有读过多少典籍，但也知晓远古就有神农氏尝百草寻医药，而后发现并利用了茶疗毒解毒功能的故事。这样算起来，在远古的时候，我们的祖先就懂得使用茶来作为医药之用是确真无疑的了。"

华公子恭敬地说道："师父评断十分准确。我华夏先民以超凡的智慧和勤劳创造了无所不包的古代文明。尤其是今日见闻师父高妙的茶道茶艺，更是让弟子观之胜读十年书了。"

接着，公子继续观赏完如水师父的茶技，如水师父的表演，佩服得华公子简直就忘乎所以。观完表演后，公子不无感叹地说："亲眼观赏到家乡竟然有如此的神茶绝品和师父这般出神入化的绝艺，太让弟子感到意外了！"

未等如水师父有何反应，华公子突然若有所思地请求道："师父，您和您的父亲创制橘红宝茶之初，肯定有着动人的奇遇，恳请师父一并讲给弟子听听好吗？"

如水师父道："讲给徒弟听也无妨，只是希望徒弟能够不负为师之所望，将橘红推广并发扬光大，造福于天下饮茶人，造福于家乡所有种茶的父老乡亲。"

华公子动容地说："请师父放心，弟子虽愚陋。但自今以后，定当谨遵师父之命，竭尽全心全力，光大橘红宝茶，使其闻名于天下。"

师徒两人高谈阔论，煮水品茶，面对冰轮沐浴清风，精神饱满。整整一夜，如水师父回忆讲述了当年与父亲一起创制橘红宝茶的艰辛探索和神奇经历。

第九章

蔺虬首创功夫红茶　秀才取名论说《橘颂》

初夏的夜晚，碧空如洗，月牙高挂。华公子慢品着如水师父点的橘红香茶，倾听着师父那一段有关家乡橘红宝茶诞生的动人经历。

如水的父亲是太姥山脚下廉忠村一户世代种茶的茶农传人，大名叫蔺虬。子承父业，蔺虬从小就跟着父亲种茶制茶售茶，以茶为业，伴茶为生。

小时候的蔺虬聪明颖悟，爱动脑筋。稍长，不但全部学会了父亲种茶制茶的本领，而且还青出于蓝而胜于蓝。其种出来的茶比别人的好，制出来的茶比别家的香。外地到村里贩茶的客商，争先购销蔺虬的茶品。日子长了，有时村里的茶农们为了多卖茶叶，难免以相互杀价来争夺生意。这恰恰便宜了外地的客商，而极大伤害了村里茶农的根本利益。这种现象，常常令蔺虬感到非常无奈和苦恼！

为了摆脱外地茶商对茶价的垄断，经过一番计议以后，蔺虬决定背上自己精制加工、品优质良的茶品，独自到山外去开拓市场。于是，他毅然北上闯苏杭，进南京，走淮扬。

一趟下来，不但卖光了带上的茶叶，结识了一批商家大贾，还初步了解到茶行市场的行情走向，特别是感受到了北地茶人茶商对家乡茶叶优良品质的认可和赞美。面对纷至沓来的来年订货，蔺虬看到了光明的前景。

蔺虬回到了廉忠村。经过测算，订单中扣除自家能够生产的数量以外，尚有可观的多余。于是，蔺虬逐家逐户与家乡茶农商议合作的事宜，以共同完成来年的订货。

经过反复的协商，与愿意合作的茶农乡亲约定，来年各家茶货由蔺虬加价两成买断。但各家在茶青的采摘规格和茶叶的制作加工方面，必须接受蔺虬的指导。如此优惠的条件，又可免除销售茶叶苦恼，茶农乡亲们无不欢欣鼓舞，企望着来年的早点到来。

春神终于蹒跚地来到了太姥山的茶乡。满山的翠绿中，时常徘徊着苦苦等待的茶农们。经过阵阵春雷的催发和春雨的甘霖过后，茶山迎来了茁壮的翠芽。随着翠芽的逐渐长大和饱满，茶农们紧锁的眉头也慢慢舒展开来了。有古莽先生的一首《等待》诗，最形象地描述了茶农们在寒春中等待的迫切心情。诗云：

寒风凛冽茶山里，放蕾梅花伴雪骄。

老汉痴情勤去来，青芽寸长迎春到。

清明节刚过，寂静的茶山一下子喧闹了起来。盛装的采茶女中，最显眼的就是穿戴着红黑相间的畲装的采茶姑娘了。她们犹如只只花蝶，飘忽点缀着铺满翠绿的山坡。姑娘们唱着此起彼伏的茶歌，使满山都荡漾着丰收的喜悦。

采茶姑娘当中，有一个特别出色的小姑娘，她就是蔺虬的独生女，名叫香茗。香茗命苦，三岁时就失去了母亲。

香茗的母亲是山乡远近闻名的美人，然天妒红颜。那年的春天，为采摘崖壁上的好茶青，不慎跌落深涧而撒手人寰。香茗的父亲日日思念着妻子，发誓今生决不续弦。从此，父女俩相依为命，蔺虬除了倾心于制茶和售卖茶叶，把所有的爱和希望都倾注到了女儿身上。

随着年岁的增长，香茗在继承母亲美丽和勤劳的同时，还继承了父亲的聪敏和智慧，她逐渐长成了一个心灵手巧的美丽姑娘。聪慧的香茗姑娘，不但心性开朗活泼，喜唱山歌，而且与其父一样，痴迷于茶叶。父女俩经常一起筛选茶叶的品类，一起考究茶叶的制作与加工。

太姥山白茶，是天下独有的茶种。传说其种源来自天上的瑶池，后西王母将茶种恩赐为南极仙翁，而南极仙翁又将之赐给爱徒圣姥女神，最后落户于太姥山。太姥山白茶具有祛毒、解暑热、清肺腑等功效。

自从蔺虬北上以后，太姥山白茶就逐年在江淮流域一带推广闻名，尤其深受苏杭和淮扬茶商的推崇。当然，北地商家在与蔺虬品评的过程中，也对太姥山白茶精细制作提出了一些独到的看法与建议。某次小型评茶会上，一位德高望重的杭州茶商在一次春茶品茶会中就对蔺虬说："如以天下最负盛名的西湖龙井进行比对，太姥山白茶先天品质与之不相上下，但加工后的香型，西湖龙井占优，而祛毒降火等药理之功效，太姥山白茶独占鳌头。因此，制作加工太姥山白茶时，如能在不影响其药理之功的前提下，提高它的香型，则将是天下饮茶人之大幸事也！"

蔺虬听了杭城茶界耆老这一番发自肺腑之言，十分感动，于是，举杯祝之曰："蔺虬行商于杭城宝地，一向仰仗诸位前辈之错爱和提携，回去定当多下功夫于制茶工艺，做出好茶，以报答杭城同道及天下饮茶人的恩德。"

转眼间，冬去春来，忙碌了一整个冬天的蔺虬，请本村老学究查遍了古籍记载，访遍了老少茶农，研究了做茶世家留下的诸多祖传技法，仍然没有找到能够大幅提高太姥山白茶香型的好方法。

时序不等人，年初罕见的暖春，早早就催发了茶芽。蔺虬不容别想，只得先把全部精力投入到安排采茶和制茶的诸多事务上。

一个旬日下来，采摘的芽茶茶青堆积如山，丰收的喜悦挂满了所有靠茶为生的山里老少茶农们脸上。但是，一连半个多月的绵绵阴雨，又使茶农们的心情凝重起来。原来只靠晒青就能制成质优品良的成茶，如今只好改用烘烤杀青来制作了。

最使蔺虬和众茶农焦急如焚的是事先准备的柴炭，眼看着已快用尽，可老天还是阴雨不绝。尽管大家用尽一切办法，最后还是剩下两大堆的茶青无法加工制作。

老天终于放晴了。一大早，蔺虬心疼地来到已经发酵的茶青面前，蹲了下来。看着这些已然报废的茶青，他一边抽着旱烟，一边心疼地盘算着其中的损失。

忽然，一股从来没有闻到过的浓烈茶香，从茶堆中散发出来。蔺虬再细细嗅了几口，方才真真实实确定这是一种从未闻过的茶香。

详细辨别之下，香气不但清高浓烈，而且还带有特殊的醇爽。有着丰富制茶经验的蔺虬，顿时兴奋得像触电一样。蔺虬猛地丢掉烟杆，用双手扒开已经发酵的茶垛，发现整堆的茶青已经变成橘红色，金黄金黄的，映得蔺虬的眼睛由精亮转为模糊。蔺虬的眼眶盈满了泪水，这是兴奋和激动的泪水，因为他似乎看到了茶农辛苦种植的青翠茶叶，即将变成金灿灿银闪闪的金子银子。

俗话说，有心栽花花不开，无心插柳柳成荫。世界上的事物总是这么奇妙。蔺虬在苦苦求索无着之中，竟然于偶然之间得到了奇遇。其后几天，经过反复检验，终于用白茶成功制作出了人们梦寐以求的浓香型好茶。这是一种前无古人的功夫红茶。蔺虬高兴地心想，一定要为这好不容易得来的宝茶，取一个高贵好听的名字。

蔺虬请来了周围远近的耆老文秀和品茗行家，亲自用太姥山取来的丹井好水煮泡出新制成的香茶，请大家品鲜。

被蔺虬请来品饮新茶的尊客约有二十来人，大家围坐在三张黑漆八仙桌上，每个人面前都摆放着一只出产于建窑的兔毫茶盏。这些兔毫茶盏是蔺家祖辈传下来的传家宝，没有重大节日和茶事，或者是尊贵客人的到来，是不会轻易拿出来使用的。

每张桌子中央摆放着八碟精致的茶果茶点，这些茶果茶点都是太姥山地域内才有的著名特产。有本地特产的红皮花生和黑芝麻糖，有出产于东海的大虾仁和五香黄花鱼片，有用出产于明堡村的槟榔芋精制成的各种芋糕和芋饼等。

最为忙碌的就是蔺虬的独生女香茗了。所有筹备点心茶水活儿全包了以外，还要专门为客人点茶。

香茗时年十二岁，长得娇小可爱，英气逼人。一对清澈见底的明眸足够摄人心魄；圆圆粉红的脸庞，微微上翘的嘴角，嘴角两边天生有一对逗人的小酒窝，酒窝的深浅随着小姑娘脸上表情的变化而变化，向人昭示着姑娘的颦笑愁喜。

年纪不大的香茗知道今日聚会的重要性，她决心在今日的试茶会上大露一手。姑娘身穿蓝底白色翠花镶银边直开布扣短衣裙，外罩黑红相间花边紧身夹袄，打扮得伶俐入时，光彩照人。

受到父亲蔺虬百般疼爱的香茗，除了拜师学得几年诗书文字以外，还经常跟着父亲走南闯北，帮着售卖茶叶。其间，不但目睹体会到了江湖的丰富多彩和深浅险恶，还从小就养成了见多识广、聪明果敢的气魄。尤其是在待人接物方面，更是显得落落大方，礼貌周全。

香茗令人叫绝的本事除了能够熟练于与人交道的各种方式方法以外，还练就了识别各样茶叶品种、产地和优劣的能力，学会了各种不同的高超茶艺。至于吹拉弹唱，更是样样精通。尤其是能够弹一手好琵琶，唱出一口好听的曲儿。

少顷，蔺虬已经用大铜壶煮好了丹井神泉水，香茗也已在客人面前的茶盏里分放了新创制的茶叶。诸事妥当，香茗才以清甜的嗓音唱道："有请各位长辈师傅们观茶！"

随着话音落定，在座的茶界耆老行家，纷纷从茶盏中取出几颗茶叶，放在各自的手心里细细地观闻，相邻的还捉对儿议论交换着各自的看法。其中有的连连点头，有的尽力找着不足。香茗十分注意地倾听着长辈的议论，关注着他们的表情，直到议论的场面慢慢安静下来。

香茗这才掉头向父亲使了一下眼神，蔺虬会意。香茗面向大家，拉长声音唱道："凤凰三点头喽！"

转眼间，蔺虬步着香茗的话音，以敏捷灵巧的身手，巡行着给每个客人冲茶，其冲水的手法飘逸准确，恰到好处。凡善于茶道茶艺的人都知道，这就是点茶中最为有名的"凤凰三点头"。

一般地说，表演"凤凰三点头"的难度极大。表演者必须将壶嘴十分准确地对准茶盏，先用高冲回旋法，后用直流冲水法，将茶盏里的水冲注至七分止。冲水完毕后，品茶者必须略等片刻，待到盏中的茶叶舒张，才能开始举盏闻香，各自鉴别茶叶之浓淡和型别，观看茶水的颜色和盏中茶叶的形态与色泽。

观闻过后，众人开始举盏轻啜慢饮，细细品味茶水之醇厚与悠长。大约经历了半个多时辰，蔺虬通共为众人添注了三巡滚水，在满室茶香的浓烈氛围中，众人开始活跃起来。其中有的喜笑颜开，有的高声议论，有的迷眼出神。总之，这些当地茶界的行家和长老们，欣慰地得出了一个共同的结论：太姥山白茶家族又诞生了一个珍贵的茶品。

众人沉浸在无比喜悦之中，也忘情地沉浸在眼前好茶好点的享受之中。忽然，香茗那甜脆的声音又在屋里回荡了起来。她大声说道："各位大爷、伯伯、叔叔和师傅们，承蒙大家对我家新创茶品的抬爱和赞扬，小女子和我的爹爹在此多谢了！"

说完，父女俩面对众人连鞠了三个满躬。鞠完躬，香茗又大声说："既然是好茶，就要有一个好名字。香茗在此冒昧请求各位大爷、伯伯、叔叔和师傅们，商量着赐给我家一个好茶名，小女子在这里先谢谢诸位啦！"说完，对着众人又是大方地行了一礼。

众人听了香茗的提议，都觉得应该。蔺虬赞许地看了女儿一眼，然后又忙着去给客人添茶注水去了。这时，场面气氛更加热烈，有的提议这个名字好，有的提议那个名字妙，有的甚至为此而争论得面红耳赤。最后，众人逐渐倾向于使用"云霞""飘红"和"橘红"三个名字。

力主用"云霞"为名者，是本地几个最有名的年轻秀才。他们认为，新创茶品的茶种来源于太姥山崖壁，常年沐浴于天云神雾之中，具有益寿延年之神效。表象上看，茶叶的本色是银白色，与天上的云相类；霞源于云，是阳光与云雾之结合产物。霞之美丽是人人所景仰的，霞是天地阴阳结合的精华。因此，以"云霞"名之最为恰当。

力主用"飘红"为名者，是几位常年行走于南北的茶商。他们认为，新制茶的茶汤为红色，泡开的茶叶也为红色。红色是大吉大利的颜色。飘是潇洒、飘逸的意思，也是漂洋过海、行走江湖的意思。取"飘红"为名，就是祝愿太姥山的这个珍贵好茶品能够行销四海，扬名天下。因此，新茶应该取名称"飘红"。

力主用"橘红"为名的，是几位德高望重的饱学耆宿和最有经验的茶界行家。他们认为，"红"字不但能够形象地反映茶叶的外表内质，是国人自古以来最吉利的贵字，而且，"红"字向来是雅俗通用之好字，故"红"可用。取"橘"字，则有两重意思：其一，"橘"与"吉"音似，有吉利的意思。橘的本色是金黄色，而茶叶从外表到茶汤，与之类同，橘可以形象地表达茶叶的本色。其二，橘子生于南国，是南方文化和南方人文精神的标志。橘乃造化所赐，吸天地之精华，成一代佳木。其绿叶离离，金实灿灿。它朝气蓬勃，果实累累君不见，茶和橘子是南方人乃至中国人待客的最佳上品吗？故而，新创之茶理应取名曰：橘红。

为"橘红"引经据典的是本地最受尊敬的饱学老秀才。老秀才的话音刚落，就有另一满面红光的老文士迫不及待地站立起来，以那洪钟般的声音说："老朽赞成以'橘红'作为新创茶品之贵名。'橘红'吉利、雅致和形象。今日最是值得庆贺的好日子，老朽一生最爱南国橘子的品德。每吟诵屈原的《橘颂》，总能感怀不已。今日遇上好时光，老朽不惜献丑，给诸位吟唱屈原《橘颂》以助兴，可好？"

众人举盏齐声说道："好！妙也！"

只见老秀才健步走到前台，面对众人，略微调整了一下自己的情感，就以充满感情和穿透力的语调吟唱了起来：

后皇嘉树，橘徕服兮。受命不迁，生南国兮。深固难徙，更壹志兮。绿叶素荣，纷其可喜兮。曾枝剡棘，圆果抟兮。青黄杂糅，文章烂兮。精色内白，类任道兮。纷缊宜修，姱而不丑兮。嗟尔幼志，有以异兮。独立不迁，岂不可喜兮。深固难徙，廓其无求兮。苏世独立，横而不流兮。闭心自慎，终不失过兮。秉德无私，参天地兮。愿岁并谢，与长友兮。淑离不淫，梗其有理兮。年岁虽少，可师长兮。行比伯夷，置以为像兮。

听过老文士的倾情朗诵，满屋的人一时都感动于屈原那高洁的品质、刚正的人格、无私的爱国精神。许久，大家才缓过神来，并对老秀才的朗诵报以热烈的掌声。

最后，众人一致认同了应以"橘红"作为新茶的佳名，蔺虬父女更是深表同意和高兴。

刚才朗诵屈原《橘颂》的老秀才，在茶酣耳热之中，还余兴未尽，当下又以《橘红》为题，吟诵了古莽先生的一曲《江南春》，以志今日为家乡宝茶取佳名之盛。词曰：

壶馨透，盖如池。金波嘉树映，梦幻橘红瑰。江南春尽红灯笼，古寺松风茶馥痴。

第 十 章

橘红出世初震杭城　香茗才艺倾倒茶商

话说蔺虬首创的橘红，不论是外形和汤色，还是内质和香型，都得到了太姥山地区内茶人、茶商和耆老的认可和赞扬。对此，蔺虬父女均感到欣慰鼓舞。但是，由于太姥山地域内，地处穷乡僻壤，这就使得橘红的销售极不通畅，且售价也极为低廉。考虑再三，蔺虬父女决定带着两百斤橘红北上推介，希望能以较高价钱售出，好筹集本钱，明年扩大生产规模。

蔺虬父女首选杭州为北上推介橘红的目的地。杭州除了有名震天下的西湖龙井茶，还是当时最大的茶叶集散市场以外，更重要的是集中了天下最有名的品茶群体和评茶师。蔺虬与杭城茶界的众茶商们，早前就建立了良好的私人友谊和商业诚信关系。如果橘红能够被杭州茶界所认可，甚至得到赞赏，橘红就有可能迅速走红天下而成为名茶。

蔺虬父女是极为自信的。父女俩认为：凭着橘红非同凡响的品质，加上与杭城茶界良好的社会关系，橘红宝茶扬名中外必在指日可待之中。满怀信心的蔺虬父女，经过多日的联系与筹备，租用了杭州有名的留香茶楼，举行了轰动杭城的品茶会。受邀参加品茶会的除了杭州本地茶界有名的品茶师、行家，有头面的贵胄、公子、茶商以外，还有来自苏皖江淮一带的有名茶商。

品茶会的当天，留香茶楼布置一新，好不热闹。茶楼前车水马龙，冠盖云集；茶楼主厅里，布置得古色古香，雅洁宜人，茶桌茶椅错落有致，茶壶茶杯净亮无尘。

辰时刚过，受邀的宾客陆续到齐入桌坐定。蔺虬的好友，杭城茶界有名望的耆老宣布品茶会开始。穿戴整齐的蔺虬，对在座的宾客光临品茶会，首先客气地深深鞠躬表示热烈欢迎和诚挚的致谢。

接着，蔺虬介绍了橘红宝茶的来历和品质特性，然后宣布将由女儿香茗为诸位高客布茶点茶。说完转入后台亲自煮水预做准备。

打扮得素雅入时、靓丽动人的香茗姑娘，流光溢彩地进到场内。但见香茗脑后梳一条乌黑长辫，粉红的脸庞衬托着撩人的明眸皓齿，身材娇小，聪敏秀慧。

香茗像一只彩蝶一样，穿梭飘忽于众尊客之间，手托银盘，盘里放着珍贵的橘红茶样。每到一位客人面前，香茗皆先敛衽为礼，然后，取少许茶叶放入客人面前的小瓷碟。分发茶叶完毕，香茗回到台上，对着众人再次盈盈敛衽，接着，一声如珠落玉盘的脆甜请词便回荡在厅堂之间。客人们随着"请众位尊客观茶喽"

的导引，十分顺从地开始认真观赏起瓷碟里的茶叶。

客人们对橘红的观赏和鉴评是十分认真的。他们观其色，考其形，闻其香，尝其味，品鉴着，议论着，最后，得出了一致的结论：橘红是一品罕见的功夫好茶。

高兴异常的香茗，面对着热烈的场面，开始巡行着为众人点茶。香茗在前，抱持着一把精致茶壶的女侍紧随其后。俩人每到一桌，香茗站立主位，以优雅柔美的手势，将桌上的茶杯拢齐排成一横排，然后，从女侍手中接过茶壶，一招快捷飘逸的"点水流香"，均匀地将茶水分点到每个茶杯里，茶杯里的茶水都是恰到好处，刚满七分，各杯整齐，真正做到了一滴不多一滴不少。

香茗姑娘这一招高妙流畅的"点水流香"，所到之处，都得到了宾客们的齐声叫好。每逢叫好的余音还未落尽，香茗就紧接着用上"敬奉香茗"式，以一双酥手将香气盈人的茶水分别捧送到每位客人的面前，连同清脆悦耳的"请尊客品茗"的礼请声，使得每一位老少客人都是受宠若惊般地赶忙接过杯，一边品啜着香茶，一边连声致谢。

整整一个时辰，香茗才为所有的尊客点茶完毕。香茗退入后台稍事休息。场面上，则由点茶姑娘继续为宾客们继续布茶点茶。所有的宾朋茶客都在茶香的惬意以及如梦幻般的气氛之中得到奇妙的满足。

突然，全场寂静下来，似乎就连场内的空气也如凝固了一般。客人们眼睛直直的，方向一致地盯着又出现在台上的香茗姑娘。

只见香茗已经换上粉白色绣花紧身裙装，手抱香妃琵琶，光彩照人地来到众人的面前，款款为礼说道："鉴于诸位尊客光临捧场橘红茗茶，为答谢诸位茶师对橘红的肯定和关爱，今日香茗不惜献丑，愿以小曲为诸位尊客佐茶。"

未等香茗话音落定，就响起了一阵经久不息的拍手叫好声。香茗落落大方地坐到台上，凝神静气片刻。忽然，人们只见香茗的纤指动处，便有一串柔美婉丽的琵琶清音，顿然穿梭回荡于茶楼大厅。引音过后，一首大家熟悉的由苏东坡《咏茶诗》改编而成的散曲，犹如涓涓清泉从香茗口中流出，灌溉和滋润着在座宾客们的心田，导引得他们产生出各种各样的奇思妙想。

顷刻间，不论年龄，不论修养，宾客们似乎都被这高妙的琵琶清音，导入旖旎春色之中，唤醒了每个人高雅的人性和青春的活力。他们停止了其他的活动，竖耳倾听着：

> 仙山灵草湿行云，洗遍香肌粉未匀。明月来投玉川子，清风吹破武林春。要知玉雪心肠好，不是膏油首面新。戏作小诗君勿笑，从来佳茗似佳人。

"从来佳茗似佳人"的结句曲词，似乎带着香茗的甜嫩和橘红的馨香，不停地缭绕在每个人的感官里，久久地回荡在茶楼的空间。此时的每位客人，眼前总觉得不停地变幻出金黄色的佳茗和粉红色的佳人。随着思绪和感情的变化，大家都进入了一个奇妙的梦幻世界，舒畅、愉悦和忘我，大有"两腋生清风，我欲上蓬莱"的感觉。

正当客人们还沉浸在如醉如痴的状态之中的时候，香茗姑娘改用湘妃古琴，又为客人们弹唱了一曲古莽先生的《天仙子·红尘悟》词改编成的宫调。词曰：

> 少小离乡经世去，茫茫人海皆如戏。先贤教导策如羁。晨昏奋，汗如雨，拼命只为争富贵。
>
> 耗尽青春居草屋，苦短红尘银发稀。决意山林饮清溪。观弈局，参天地，挣脱轮回天地齐。

这清新的词曲，好像把宾客们又一下子带入了另外一种绝尘与无我的物外境界。他们用各各不同的人生阅历感悟着这天籁之音般的琴声，细细品味着这从未有的高妙和超然。

一众客人的思绪紧随着跌宕起伏的琴声，似乎进入了那令人神驰的东南海上仙都，得到了神山仙姝们的盛情款待。众人在神女们的导引下，畅游了三十六峰与七十二洞，最后来到了摩霄峰望月亭，仙女们煮上了云崖雪、橘红灵茶，采来了蟠桃、李子、荔枝和四季柚仙果，捧出了珍贵的各色茶点，招待着这些临访神山的有缘佳客。

客人们的梦幻神游，随着琵琶、古琴的声起声落而飘飘荡荡，忽东忽西。这些见过大世面的文人贵族、巨商大贾，常年出入于歌台楼榭，拥有过无数的勾栏佳丽，就是从来还没有经历过一个带着山风野气、多才多艺且清新得像一泓清泉的姑娘，更没有见识过如此绝妙的乐技。

香茗的歌声和琵琶声已经寂然多时，可全场客人却仍然还沉浸在刚才的梦幻之中而没有回过神来。香茗见状，缓缓地从琴桌后站起来，带着梨花带露般的笑容，拿起茶壶，再次巡行着给每位客人斟茶请点，客人们这才好不容易回到了现实。

来自太姥山的宝茶橘红，终于通过一场成功的品茶会，通过香茗令人叫绝的娇美和才艺的衬托，征服了所有在座的茶人和客商，旬日之间而成为名满苏杭江浙的名茶。蔺虬所带来的两百斤橘红，顷刻间也以高价售卖一空。更有各地茶商，纷纷与蔺虬定约了来年购买橘红的数量。

在众多热衷捧场橘红的茶商中，有一位来自扬州名叫晏罴的大茶商，显得特别巴结蔺虬父女。晏罴长得中等身材，方面大耳，目光炯亮之中带有几分狡黠。此次晏罴因到杭州采购茶货，恰好赶上参加了蔺虬的橘红品茶会。

在品茶会上，晏罴早就被香茗出色的才艺和娇美的容貌所倾倒。当香茗最后为客人们斟茶来到他面前的时候，晏罴把早已准备好的订单递给了香茗。订单里注明，以每斤三两银子的高价买断八十斤橘红。订单里赫然夹着二百四十两的银票。

虽然，欣喜异常的香茗在当场并没有过多的失态，但老于江湖的晏黑，还是感受到了姑娘的惊喜。确实地说，这可是蔺虬父女到杭州后售出的第一大单橘红，也是给付价钱最高的生意。对于晏黑的识货和豪爽，惊喜之余的蔺虬父女没有想别的，有的只是对晏黑的感激之情罢了。

品茶会后，晏黑在杭州最豪华的酒楼专门宴请了蔺虬父女。宴席之中，晏黑除了大谈橘红的成功是茶界罕见的盛事以外，还声声盛赞香茗的多才多艺，彬彬有礼之中无不露出仰慕之情。

蔺虬常年行走江湖，对于江湖的险恶和识人的诀窍，虽然也经验老到，阅历丰富，但常言说得好，人逢喜事精神爽，杭城推介橘红宝茶的成功，无疑是蔺虬平生从未有的大喜事。当此天大喜事的面前，往往会给人以麻痹和假象，似乎人世间一切都是最完美的。人都是好人，事都是好事，一切都是美妙无瑕的。

在蔺虬父女的眼里，晏黑就是橘红成功成名的大功臣，就是一个萍水相逢的大好人大恩人。自然，好人与恩人值得尊敬和信赖。况且，晏黑还预付了明年购买大宗的橘红的足够定金。仅凭这个，蔺虬父女摆一桌宴席答谢晏黑也不为过，更不用说是晏黑反倒过来宴请自己了。席间，蔺虬十分感激地说："谢谢晏老板的抬爱，此次橘红能够在杭城成功，全仗晏老板鼎力相助。如此恩德，容蔺虬父女日后相报。"

晏黑听了，连连托词谦虚。最后，父女俩不惜频频借花献佛，尽量多敬晏黑畅饮，多说一些感激的话语，陪着晏黑尽欢而散。

蔺虬父女带着成功的欢愉和诚挚的感激之情，分头告别了杭州茶界朋友，起程回南。刚一回到家里，众乡亲们闻讯都来到蔺家祝贺，共享蔺虬父女初次成功的喜悦。

蔺虬父女热情地向众乡亲老少分发了从杭州带回来的各色礼物，讲述了此次橘红在杭州走红的过程和明年的发展计划，同时，郑重地宣布说："今年秋后农闲，我们父女决定无偿地给乡亲们传授培植和经管高产茶园的技术。请众乡亲们都来参加，大家一起把家乡的茶业做好。"

时光荏苒，转眼间冬去春来，山里茶农们最企盼的清明节又悄然来临。自从去年秋后，周围种茶乡亲在蔺虬父女的精心指导下，对茶园进行了成功的改造之后，茶园果然长势喜人。

开春以后，蔺虬父女就更忙了。为了能够制作出上乘的橘红好茶，从茶青的采摘到制作的每一道工序，蔺虬父女都亲力亲为，一点都不敢马虎。蔺虬父女反复告诫自己和徒弟们，今年大宗茶叶的品质，是奠定橘红真正成为名茶的关键。正因为此，蔺虬在年前就精心挑选了一批山里最优秀的年轻人为徒弟，手把手地将橘红的最新加工工艺传授给他们。蔺虬真心希望他们能够把山里人的真诚、热心和纯朴，把山里人的土气和才华糅合在一起，倾注到新出世的橘红中去，让天下人都能在品饮到橘红高雅品质的同时，多少也能领略一些土气的山里人那容易让人忽略的优秀内质。当然，蔺虬的心中还有一个属于自己的理想，那就是通过橘红的成功，给自己的宝贝女儿，给这些年轻的徒弟们，给所有山里的乡亲们创造一个美好的明天。

清明节到了，山里的姑娘们都起了个大早，她们按照传统的习俗，精心地梳妆打扮，穿上最吉利最漂亮的衣装，挎上茶篓来到茶山开采清明茶。

今年的清明节，天公特别作美，赐给了一个罕见的好天气。满山翠绿的茶园，在春阳的照耀下，银光闪闪。穿着黑红相间衣装的采茶姑娘们像一只只彩蝶，飞舞点缀在茶园之间；姑娘们灵巧的纤纤素手像梭子一样，飞快地往来于茶树与茶篓之间。轻快优美动人甚至带有挑逗性的对歌声，此起彼伏，回荡于茶山，使得整座茶山顿时充满了青春的跳动和丰收的喜悦。

有春阳和山风相伴随的歌声，阵阵传送入听者之耳际，男声淳厚豪放，女声清脆甜美。只听他们唱道：

（男）朝运茶，运茶山之阿；暮运茶，运茶山之麓。小伙壮实如茶山，铁肩只挑茶青篓。橘红名品今不同，娶妹还须盖金屋。

（女）朝采茶，采茶山之阿；暮采茶，采茶山之麓。佳人窈窕胜彩蝶，纤手只认旗枪绿。橘红名品今不同，阿妹嫁妆篓里出。

（男）茶树种在高山上，清明谷雨茶梢长；清明谷雨茶盛旺，采茶阿女满山冈。

（女）茶树种在茶园中，与郎上山采茶忙；郎手提筐娘（姑娘）提篮，篮装满后筐再装。

……

经过一春的辛苦，蔺虬及众茶农们也迎来了一春的收获。结算下来，总共收成了三百来担上好的橘红。欣喜之余的蔺虬，看着充满期待的乡亲们，知道他们憧憬着什么！

带着乡亲们的美好期望，押运着装满橘红的车队，蔺虬父女再次北上了。蔺虬父女深知此番北上的责任重大。摆在蔺虬面前的是必须把这三百来担橘红成功地售出换成银子，然后将银子分发给世代穷困的乡亲们。从众乡亲们送别的眼神里，蔺虬感受到了那种让他终身都难以忘怀的渴求和希望。

第十一章

扬州售卖推介艰苦　灵药白茶治瘟显扬

蔺虬父女晓行夜住，不日就到了杭城。安顿下来后，蔺虬将女儿留在杭城分送去年预定的橘红，吩咐女儿将茶货分送完后，即到扬州会合。为了守信，蔺虬则带着茶货赶往扬州交割。他带往扬州的茶货是一百四十担，除去晏罴预定的一百担以外，尚多带四十担橘红，希望能够在扬州成功售出。

话说扬州大茶商晏罴老板，自去年在杭州会过蔺虬父女后，马上以一个经验老到的奸商的敏锐和先见之明，意识到橘红的良好商业前景。在参加品茶会时，又被香茗的娇媚和才艺所倾倒。从此以后，在晏罴老板的脑海里，橘红和香茗姑娘的靓影便挥之不去。

大凡尘世上，财与色这两样东西是最能撩人心魄，最容易勾起人类最原始、最贪婪、最丑恶之欲念的。名满淮扬的晏罴老板就是在不可抗拒的财色占有欲念的强烈支配下，精心预设圈套来诱引蔺虬父女上当的。晏罴老板深信蔺虬父女必定上套，因为他有着平日积累的识人经验。凭着这些丰富的经验，他已然断定，蔺虬父女那种山里人普遍具有的善良本性是最容易用恩义两字来诱导上当的。

晏罴老板设计的圈套，可谓天衣无缝。其中有三点，蔺虬父女是无法回避的。首先，蔺虬是个山里人，山民天生的善良、守信和报恩本性是无法改变的。晏罴深明此理。于是，先施恩于蔺虬，使蔺虬常怀报恩意识而淡化江湖险恶的警惕心理。在这一点上，晏罴于几年前就已经打下了基础。

其次，当蔺虬父女以新制橘红前往杭州推介之时，蔺虬父女最迫切的心理就是希望能使橘红一炮而走红于杭州。晏罴则投其所好，在品茶会上率先捧场和大笔购买。对于橘红的扬名，其示范效应是非常重要的。仅凭这一点，晏罴就是橘红成名的大功臣，就足够让蔺虬父女更加感恩不尽了。

再次，蔺虬父女与其他山里人，长期处于贫穷的生存状态中。因为橘红的成名，眼看着能够依靠橘红的畅销来彻底改变山里人的生活。不管晏罴是出于何居心，但他大笔买茶和预付定金的银子却是真实的。正因如此，作为一个视商业信誉比生命还重要，且背负着贫穷山里老少殷切期望的山里茶商来说，这些白花花的银子是何等重要，何等诱人。如此义气，蔺虬父女岂能拒绝，就算是明知其中有诈，也只能是冒险一搏了。

几年前，蔺虬初涉扬州售茶，不慎遭遇地痞敲诈而面临危机，素昧平生的晏罴倾力为之解围，从此，晏罴便在偶然间成为蔺虬的恩人而使蔺虬对之常怀感念之心。

晏罴何许人？扬州商界赫赫有名之一霸也！晏罴家祖居扬州为商，已历三代。其祖晏逃，从中州因犯事逃难至此，后被一家林姓商铺收为帮工。因做事勤谨伶俐，且为人诚实有礼，遂逐渐取得林老板的喜爱和信任。不久，仁厚的林老板，突然壮年暴毙。无巧不成书。林老板膝下无嗣，于是，这晏逃就以义子的合法身份继承了林老板的产业。后来，晏逃以其精明把生意越做越大，终于成为淮扬一带首屈一指的商贾大户。

晏罴之父晏珂，是晏逃的独子。晏珂从小身体孱弱，其父本来对之寄以厚望，出重资延请名师，指望晏珂能于功名上面有所寸进，将来能够改换门庭，光宗耀祖。然而，人间世事往往总是与愿望相违背的。这晏珂一方面因身体不济，另一方面从小就是一个视书为仇的小祖宗。他瘦小的脑袋里天生就有许多对付先生的玩意。先生教授诗书布置学业，其总能变着法儿蒙混过关。哪位先生敢于责罚，晏珂总有办法让先生愤而离去。这样，延至弱冠，学业仍然一事无成。晏逃无奈之下，只得托媒说合，替儿子娶妻完婚。随着年事渐高，晏逃只得逐步把商铺产业交给儿子经管。

成家后的晏珂，诸事还算顺畅。不久，夫人坐喜，这给晏家平添了无穷的喜气。昔日不喜读书的晏珂，在老父的精心指点下，竟能在经营商铺产业上尽职尽责，勉强可以独立操持了。

某年冬至，晏逃偶感风寒，竟然一躺不起。苦熬几日，油尽灯残，不得已撒手西去。老父一走，本来就身体不济的晏珂，逐渐感到力不从心。此后，生意每况愈下，好在其父留下的老掌柜和几个伙计忠心耿耿，勉力维持，商铺产业总算还能撑持下去。

虽然诸事烦恼，但夫人为其生下了一个白胖的儿子，这让晏珂和全家都感到无比的高兴。晏珂给儿子取了个大名叫晏罴，意思是企望儿子将来能够健壮得像熊罴一样。

晏罴一生下来，果然健康好动，声音洪亮。说来也怪，晏家好像就乐于单传。自从晏夫人生下晏罴以后，肚子再也没有什么动静。因此，晏珂夫妇无奈，只得将百般宠爱集中到晏罴身上。全家上下，也都将晏罴视若祖宗，供之奉之宠之。弱冠以后，其戏弄于先生，阴损于家人，欺凌弱小和恣意妄为的本事，较之当年乃父，有过之而无不及。但是，让人惊讶的是有一样本事却是大异于常理。经事不多的晏罴对于商铺生意，却有着天然的喜爱和让人叹服的才胆。

扬州自古繁华地。自运河通航以来，更是成为南北东西水陆交通的总汇，天下客商云集施展拳脚之天堂，奸人盗贼耍阴弄谋之最佳场所。这里单说茶叶贸易，扬州就是唐宋以后最有名的售卖集散地。每年，南来北往的茶商，各地的名茶名品，云集展销，应有尽有。例如，安徽的云雾、信阳的毛尖、洞庭的碧螺、西湖的龙井、武夷的大红袍等等。

当年，蔺虬怀着为家乡改变穷困现状的美好愿望，带着"养在深闺人未识"的太姥山白茶云崖雪到扬州碰运气。这是蔺虬第一次北上扬州，人生地不熟。蔺虬找了一家普通客房住下后，就带着云崖雪到各家茶商店铺推介售卖。几日下来，蔺虬走遍了大街小巷，任由磨破嘴皮，扬州的茶商们总是对云崖雪嗤之以鼻。

倔强的蔺虬仍然不死心，继续一家一家地重复着自己的说辞，介绍着太姥山白茶独有的药理奇能，赞美着自己的云崖雪。

这天，蔺虬照例带着云崖雪，来到扬州城北最繁华的一条街上，赫然看到了一家店门装修华丽，正门上方写有"雅古堂"的茶庄。蔺虬决定前往碰碰运气。

蔺虬快步来到雅古堂前，略微整了整乡土气极浓的衣帽，提足精神进了店门。迎客侍者看到蔺虬进门，勉强上前迎请道："欢迎光临！请到客堂奉茶！"

蔺虬以十分谦恭的声调告诉侍者："鄙人是南边茶客，带有南边好茶云崖雪，慕名来请贵老板鉴定品评，麻烦通报贵老板接见。"

侍者说声请稍候，转身入内堂通报去了。片刻，侍者出来，对着蔺虬说："我家老板请客爷内堂相见。"

蔺虬跟着侍者来到了客厅，只见雅古堂老板迎着蔺虬，嘴里礼貌地连连说着"贵客临门，蓬荜生辉"的客套话。

主客落座看茶，双方互通了姓名。细心的蔺虬从这乐姓老板潮红的气色和短促的声音中，已知乐老板阴虚火盛，热毒攻心，脾气肯定不好；再观其眼神，忽闪不定，热情待人之中暴露着忽闪的精光。

按常理，此种人应属于贪婪狡诈之辈，不可与之交往。但今日之蔺虬是专为推介茶叶而来的，只要自己的云崖雪能够成功地售卖出去，其他也就顾不得什么了。

于是，蔺虬开门见山地说："在下初次携带蔽处独有的白茶云崖雪至贵宝地，希望得到贵地识者商家的高眼青睐。乐老板慧眼，能否斗胆请求鉴定品评一番？"

乐老板点头，示意侍者取茶，蔺虬慌忙亲自将茶叶奉上。乐老板对茶叶十分认真地闻观一番，心中已然对云崖雪的品质感到十分的满意。特别是听过蔺虬的介绍，说此茶具有非同一般的祛毒降火、解暑化瘀和养颜益寿的神奇功效以后，乐老板一下子眼神发亮起来。

当然，乐老板毕竟是一个极为老到的茶商。他很快就用商家固有的冷静和淡漠表情掩盖了自己的真实喜好。其实，蔺虬带来的云崖雪所具有的奇异的药理功用，已经打动了乐老板，也勾起了一个奸商的贪婪欲望。乐老板心里暗暗想道：凭着自己对各种茶性的了解，正如蔺虬所介绍的一样，眼前的云崖雪确实是一品罕见的好茶。如能得到此茶治好自己久治不愈的疴患，岂不是天降福荫于我。此外，兴许还能因此茶发一笔横财也未可知。

想到这里，乐老板故作漫不经心地对蔺虬说："贵客带来的什么云崖雪，从茶叶的香型色味来论之，鄙意以为极为普通。高雅客商买茶，定然不屑为之。如果低价售与市井之民为日常之饮，尚有可为。尊客如有意，可将此茶布放一些在敝店，敝店很愿意为尊客效劳。"

蔺虬听出来了，乐老板有意买茶。虽然言明必须低价，但这是蔺虬来到扬州后，第一个有意购买云崖雪的茶商。对于蔺虬来说，这已经足够让他惊喜的了。于是，蔺虬带着感激的神情对乐老板说："承蒙乐老板厚爱，有意代销云崖雪，在下自然极为愿意。只是在下本钱微寡，还望乐老板能以成本为价，在下愿把所带茶叶全数转让给乐老板。如蒙乐老板不弃，在下愿以此高攀一个朋友，不知乐老板能俯允否?"

乐老板故作为难道："尊客苦衷，敝店深表理解。然敝店也是外强中干，现银有限。尊客所带之茶货，敝店愿悉数购入，茶叶之价，也以尊客之说为准。但敝店只能先付货银总数之半，另一半货银须待茶货卖出方可付清。未知尊客意下如何?"

乐老板见蔺虬犹豫不决的样子，适时地使出了欲擒故纵的伎俩。他假装宽容地说："尊客不必着急，三日内给敝店一个准信就行了。生意不成仁义在，尊客可以常临敝店喝茶。"

蔺虬听言，赶紧起立拱手致意道："既然乐老板如此宽宏大量，在下就此先行别过，三日内定当登门回话。"说毕告辞，回客栈不题。

话说晏家公子晏罴终日游荡于大街小巷，拈花惹草，窥人隐私，拨弄是非，胡作非为。一日，偶过一家客栈门口，恰遇两个人在客栈门口，鬼鬼祟祟地不知作何勾当。晏罴好奇，上前打问，两个人见是惹不起的太岁，赶忙打算躲避。岂知这恰恰激恼了晏罴，只见晏罴快步上前，一把揪过一个，顺手就是一个掴掌，嘴里狠狠地骂道："不知死活的东西，大爷赏脸问你，竟敢躲避。老实回话，否则叫你们尝尝这个!"晏罴边骂着边又举起了拳头。

这一来把两人吓得连忙跪下，对着晏罴，一边磕着响头，一边求饶说："晏爷息怒，容小的们细细告知!"

晏罴见状，始放下举起的拳头，把两个人带到一处人少的地方。在晏罴的再三逼问下，两个人将自家老板的图谋一五一十地抖了个干净。

本来就极为喜好惹事的晏罴，听说南边茶商带来了罕见的珍品白茶，有奇异的药用功能，还是一向最让自己瞧不起的乐老板揽来的生意，一时，便来了兴趣。听完后，晏罴当即堆下笑脸，赏给两人喝酒钱，交代今天之事不许声张，之后，一路哼着小调扬长而去。

当晚，晏罴带了几个家人，找到了蔺虬居住的客栈。寒暄之后，蔺虬热情地接待了晏罴。两人热络地交谈起来，大有相见恨晚的感觉。晏罴详细询问了太姥山白茶的奇异药用功能后，当下就高兴得手舞足蹈。蔺虬煮水烹点了云崖雪招待晏罴，晏罴连品三杯后，果然感觉不同凡响，于是，以高于蔺虬自报成本价两成的价格，买断了蔺虬带来的全部茶叶，并当场按价付足了银票。

晏罴的这一举动，无异于给正处于艰难境地的蔺虬以绝处逢生的恩德。对于蔺虬而言，理所当然地在内心里种下了对晏罴的感恩之情，其后，在与晏罴的进一步交道和生意往来中，几乎完全丧失了对晏罴的任何警惕性。其日后轻易坠入晏罴预设的圈套，也就是顺理成章的事了。

晏罴买断蔺虬能当灵药用的茶叶后，第二天还亲自带领家人将蔺虬护送出了扬州地面。送走蔺虬后，晏罴马上命人包上五斤上好的云崖雪，带着两个家人，亲自登门拜访雅古堂的乐老板。

话说雅古堂乐老板，正在因为飞了煮熟的鸭子而大发雷霆，借题恶骂下人。忽然，伙计入报，说夺走生意的晏罴来访。乐老板闻报，不禁怒从心中起，恶向胆边生，对着伙计吼道："叫这厮到客厅相见！"吼毕，火冒三丈地快步向客厅而去。

乐老板一进客厅，已先期在客厅等候的晏罴，马上反客为主地迎了上来，对着乐老板连连打躬，嘴里还不断地说着："晚辈斗胆，前来领罪！"

挟着丈丈怒火而来，准备兴师问罪于晏罴的乐老板，甫一见晏罴谦恭服软，连说好话，反倒不好马上发作。他只得慢慢地将火气强行压了下来，于客厅正中的交椅上坐下来，冷然地对晏罴道："半路劫财，不守市场规矩，你还有脸来见我？"

晏罴笑嘻嘻地说："晚辈无知，不晓得南边茶客已与乐老板有约，这才冒犯了乐老板。也是晚辈太过心动于白茶之独特药理功能，故此才没有深究其他就草率将其购下。如今晚辈已经知错，特奉上上好白茶五斤，聊表心意，还望乐老板海量笑纳。"

乐老板平日也耳闻晏罴在市面上是个惹不起的青皮太岁，双方平日并没有什么交情，只是见面打个招呼而已。今日为夺己生意之事，能够亲自登门赔礼送茶，已属难得。再者，自己身为扬州商界老辈，如果不能容一个晚辈之认错赔礼，那倒显得自己没有容人之量了。想到这些的乐老板，马上也勉强堆出宽宏大量的笑脸，对着晏罴说："不知者不罪。况且，人非圣贤，孰能无过。贤侄既已亲临寒舍说明，此事就算过去了。所送宝茶，实不敢受，还请贤侄带回吧！"

晏罴见乐老板大方地接受了现实，心中着实高兴。于是，拱手为礼道："既然老世伯宽恕了小侄的无知，些许茶叶，是小侄孝敬老世伯的。老世伯若还推辞，就是看不起小侄了。叨扰良久，小侄就此告辞了。"

晏罴说毕，不容乐老板再有反应，留下茶叶，出门扬长而去了。乐老板看着晏罴逐渐远去的背影，只得无奈地摇了摇头。

自从晏罴劫买了蔺虬的白茶后，恰值那年江淮一带瘟病流行。起初，晏罴对于白茶能够祛毒降火、解暑化瘀和养颜益寿并没有特别在意，后来，不承想年事已高的乐老板竟然也染上了热毒，用尽解毒药方也不见好。自古就有病急乱投医的说法。对于蔺虬带来的白茶及其所介绍的功用印象深刻的乐老板，抱着试一试的态度，用了晏罴送的白茶，果然解去了热毒。后来，乐老板又用白茶治好了几个亲戚挚友。不久，白茶云崖雪能防治瘟病的消息很快在淮扬一带传播开来，精明的晏罴因白茶发了一笔大财不说，还一跃而成为江淮一带治疗热毒的名人。

此后的数年间，晏罴和蔺虬建立起了牢固的供货关系，垄断了白茶在江淮一带的货源，逐渐发展成为当地有名的商霸。

第十二章

晏罴设计圈套宝茶　蔺虬舍命保护橘红

蔺虬成功创制了橘红，却舍弃扬州而首选杭州为橘红珍茶举行品茶会，这使得青皮出身的晏罴对蔺虬产生了嫉恨。天生阴狠毒辣的晏罴，经过精心策划，一场谋夺橘红珍茶的大戏随即开演了。

蔺虬父女带着今年收成的大部分橘红，带着家乡茶农一年的寄托和希望来到了扬州。常年来往于江湖的蔺虬，凭着丰富的江湖经验和敏感的直觉，预感到有某种恐惧在袭扰着自己。但是，为了家乡贫穷的茶农，为了倾注自己全部心血的橘红，蔺虬只能尽力地把这种恐惧丢之脑后。他相信祖辈人说的"天下好人居多"的信条，也相信自己是个好人。好人就得有好报，好人就应该得到上天的庇护。

但是，历来好心人的善良愿望，往往被险恶的江湖所淹没。像蔺虬这样善良的山里人，一生死抱着诸如"好人必有好报""诚以待人，信而为商""害人之心不可有"等信条，涉足于江湖，其代价当然是极为惨重的。其实，蔺虬忘掉了老祖宗还有一条"防人之心不可无"的保命法宝，因而，成为狡诈无比的晏罴的猎取对象，也就是结果之中的事了。

晏罴针对蔺虬父女撒开了一张罪恶的大网。按照晏罴的计划，至为重要的环节就是设陷阱套住蔺虬，收香茗为美妾，夺取白茶云崖雪和橘红的制作秘方，通过香茗垄断甚至收购太姥山的所有茶园，建立神山白茶的王国。这些计划都是环环相扣，紧密相连的。晏罴深知：其中只要有一环失败，则整个计划就要全盘皆输。

蔺虬父女来了，带着数量可观的橘红来了。为了顺利推行和成功实现其计划，晏罴一方面派出爪牙四处威胁知会扬州所有茶商，不许洽购蔺虬的茶货，另一方面又假装十分高兴地接收了预定的一百担橘红，足额付清茶银。而且，让蔺虬从内心里感激的是，晏罴还放下自己的生意，整日不厌其烦地陪着蔺虬先城里后城郊地找寻余下茶叶的买主。在几近半个月的时间里，两人足迹踏遍扬州城里城外，访尽所有茶商。但茶商们不是说茶货滞销，暂不进货；就是嫌茶价太高，无利可赚。总之，种种借口，不一而足。

一日，晏罴带着蔺虬来到了离城较远的运河渡口碰运气。这是一个通往北方和中原各地的水路交通咽喉，南来北往的商船货船穿梭不绝。官府在这个渡口设置有水卡，征收着各种杂税。因此，所有过往船只，都要停靠接受检查和完税。过往客商船工往往也会借此机会下船，或是喝茶休息，或是逛市买物，使渡口成为扬州北郊最热闹的去处。当然，在热闹熙攘的表面下，这里也是黑道与白道并存、鱼虾与蛟龙共舞的天堂。

蔺虬此次应晏罴之约，来到扬州碰运气，本来是带着满怀的信心和希望来的，但他万万没有想到，运到扬州的一百四十担橘红，除了晏罴订购买走的以外，其余的竟然一担都没有售出。情急的蔺虬开始逐步失去了耐心和理智，并且毫不生疑地一步一步迈进了晏罴预设的陷阱。

晏罴在带蔺虬到渡口碰运气的前一晚，预先用重金雇来打手，进行了任务分配。众打手受领任务后，各自连夜去分头准备不题。

第二天，蔺虬和晏罴起早来到了渡口。此时的渡口，已是人声鼎沸，车水马龙，一片热闹景象。蔺虬和晏罴徜徉于渡口各处，两人皆睁大眼睛，竖起耳朵，寻找着机会。忽然，晏罴用手拉了拉蔺虬的衣角，附着蔺虬的耳朵，轻轻地说："北地大茶商来了！"

说完，两人一前一后地快步迎了上去。未等两人说话，那人似乎先认出了晏罴，抢先以北地浓重的口音和晏罴招呼道："哈哈，这不是晏大掌柜吗？幸会，幸会！"

晏罴也赶紧热情地应和道："哦！原来是仇大老板莅临。也不先知会一声，晏某也好远迎。"

晏罴说毕，不容分说地以地主的身份将仇大老板带到了渡口有名的茶楼叙话。茶楼侍者引路，三人来到了一间布置得极为别致的雅室，分宾主坐下。

侍者上前请客人点茶，晏罴赶紧交代侍者说："今日我等自带有上等好茶，请备好滚水即可。"

侍者答应着退出准备。须臾，侍者取来滚过的好水，为三人冲好茶，掩门退出。晏罴为两人分别做了介绍。

从晏罴的介绍中，蔺虬得知了眼前的仇大老板，来自北地山西，向以贩茶出名。仇大老板单名讳熊，中州人氏。仇熊每年来往于北南，足迹遍及长城内外和江淮各地，是个鼎鼎有名的实力大茶商。

之后，晏罴又将蔺虬介绍给了仇熊，还特地扼要介绍了蔺虬创制的珍茶橘红。介绍完后，蔺虬颇感受宠若惊，他亲自为客人斟茶，谦虚地请之品评。

忽然，有一家人敲门探头，气喘吁吁地招呼着晏罴。晏罴恼怒地斥责家人道："什么事慌里慌张的，没看到老爷在接待客人吗？"

家人显得很委屈的样子，硬着头皮来到晏罴的身边，附耳告知说夫人忽然患病，要老爷立刻回去。晏罴无奈，只得起身说道："贱内有恙，在下只得少陪。你们在此先谈，待在下处理好贱内之病后，即来相陪。"说毕告罪，随家人匆匆而去。

晏罴去后，仇熊大老板品尝了蔺虬斟好的橘红，连声惊呼说："色香味形俱绝妙无比，果然是罕见的茶中珍品。"

于是，显得十分郑重地问蔺虬说："蔺老板，尚余有多少橘红存货？"

蔺虬说："尚余有四十担。"

仇大老板听后，先是迟疑了一下，随即以探询的口气问蔺虬说："鄙人愿意以高于晏黑老板之茶价买断所有橘红，当场付足现银票。同时，尚可续定明年大宗茶货，不知蔺老板是否愿意做成这笔生意？"

仇大老板的豪爽和干脆，使蔺虬高兴得忘乎所以，连日来的辛苦和懊丧顿时烟消云散，以至于江湖上本应有的谨慎和小心，竟然一时完全忘却。蔺虬当下不假思索地满口答应了仇大老板的提议，并在仇大老板的盛邀之下，登上了仇大老板的大货船办理相关契约和取银交货。

仇大老板的货船装饰得十分华美，看此货船便知其财大气粗。仇大老板先带着蔺虬参观了其货船，只见其货船的底舱和二舱载货，船楼住人，分有客厅、茶室和卧室。客厅布置得豪华富贵，与茶室隔一个小门相通，两个长得花柳临风、明眸亮齿的姑娘已经在里面忙碌开来。

仇大老板礼貌地引蔺虬在客厅略坐寒暄后，提议进茶室品茶，并请蔺虬先点茶名。蔺虬推辞不过，随意先点了个黄山云雾，仇大老板则要了洞庭碧螺春。两个茶界老手，边品饮着天下最为珍贵的茶中珍品，边天南海北地谈论着奇闻轶事，两个风流无比的姑娘在旁边为他们把盏。

这山里来的蔺虬，虽说也见过世面，但在走南闯北的经历中，总是埋头苦做生意，对于勾栏女色，是从来不沾染一星半点的。

今日的蔺虬，由于顺利地做成了生意，正是应了那句"人逢喜事精神爽"的古语，加上旁边的仇大老板，从旁极力撺掇，色胆竟然也大了许多。神志尚清醒的蔺虬，心里想到：眼前的仇大老板，虽说是初次认识，但他却豪爽地买断了所有的橘红。仅凭这一点，仇大老板不但是自己难得的大主顾，而且也可以算是大恩人了，因此，绝不能扫了仇大老板的兴。蔺虬决定逢场作戏，对于姑娘温声软语的纠缠，虽说十分不习惯，但还是半推半就地任其所为了。

终于，蔺虬感觉到蒙蒙眬眬地与姑娘相拥上了床。一个本来十分善良守本的山里人，不知哪来的胆量，竟然也变得如狼似虎。正当蔺虬带着从来没有过的强烈野性，受用着其一生从未遇到过的酥体温馨的时候，突然，眼前出现了两个凶神恶煞般的大汉，一把从被窝里揪出赤条条的蔺虬，狠力将其丢在地板上。

突如其来的变故，犹如一盆冰水淋得蔺虬打战不已。一时间，蔺虬觉得无地自容。他蜷曲在堂屋的中央，看到了站立在大汉后面的仇大老板，正满脸狞笑地看着自己。一个管家模样的人走上前来，蹲在蔺虬的面前，大声说道："蔺老板，你太忘恩负义了。我家老爷买尽你的茶叶，视你为知己，不惜让家室劝茶，所谓朋友妻不可欺，你都不懂吗？"

清醒过来的蔺虬，虽然知道是中了局，但眼前的尴尬场面，已经是万口莫辩的事实了。于是，蔺虬只得万分无奈地对管家说："事已至此，我无话可说，任凭仇大老板处置罢了。"

管家站起，走到仇大老板的身边，附耳与仇大老板嘀咕了一阵，仇大老板连连点头。之后，仇大老板带着两个凶汉退出门外，管家示意蔺虬穿上衣服。

穿戴整齐的蔺虬，跟着管家下了大船，在两个凶汉的随护下，来到了一间屋子，屋子里有简陋的桌凳，两人在凳子上坐定后，管家就将仇大老板的意思转告了蔺虬。

蔺虬沉思片刻，回答管家说："请管家转告仇大老板，橘红的制作秘方乃在下父女心血所聚，且在下已经答应作为嫁妆送给女儿，在下不能失信于女儿。如今在下唯一可以答应的，就是愿将所带来的全部橘红赠送于仇大老板。万望仇大老板怜悯，放过在下父女。"

蔺虬说毕，颤抖着双手从怀里掏出银票，请管家代为奉还。管家见状，从蔺虬手里接过银票，对蔺虬说："委屈蔺老板在此稍候，待我将蔺老板的意思禀报给我家老爷后，再给蔺老板回话。"

一个时辰后，管家回到屋子，口气变得十分生硬地告诉蔺虬说："只有把橘红的制作秘方献出，其他免谈。交出橘红秘方，不但发生的事概不追究，将购茶银票全数奉还之外，而且可以另加五百两纹银作为补偿。成与不成，给蔺老板一天时间考虑。"

说完，不管蔺虬愿不愿意，管家走出，顺手将房门锁上。临别，管家对着门内撂下一句"如果拒绝献出橘红的制作秘方，请蔺老板自己掂量后果"的话后，傲然扬长而去了。

被关在屋子里的蔺虬，懊丧极了。自嗟自叹了一番命运的捉弄后，更加深恨自己的粗心和可鄙。思前想后，才知道自己一开始就落进了奸人的圈套。但这能怪别人奸狠吗？不能！只怪没有把持住自己，做下了那种见不得人的丑事，活该得到报应。

如今，如果为了自己的苟活而献出橘红的制作秘方，虽说自己能够活着回去，但又将以何颜面去见家乡父老，更有何脸面去见自己相依为命的女儿呢？想到这些的蔺虬，决然下了决心，他要为自己铸就的大错做个交代，更要为女儿完整地留下橘红的制作秘方。

晚上，管家按约前来讨信。老远就看到屋里没有点灯，黑咕隆咚的。管家上前推开了屋门，顿时一股阴冷的气息扑面而来，经验丰富的管家猛地一激灵，似乎感到了情况的不妙，他赶忙举灯照看，果然看到蔺老板已经悬梁自尽了。

第十三章

孝女报仇巧计脱身　红颜薄命远离风尘

管家连夜将情况驰报给晏罴得知，说蔺虬为保住橘红的制作秘方，已经悬梁自尽了。闻报的晏罴老板，连连顿脚，大呼可惜！

冷静下来的晏罴，除了吩咐不许声张以外，迅速安排了善后。随命管家带领打手，一方面务必迅速找到仇老板，将其除掉，另一方面，将蔺老板的尸体，不露痕迹地弄到临近渡口的偏僻地方，伪装成遭强人打劫致死的现场。

做完这一切之后，晏罴才在手下的陪同下，急匆匆地找到了客栈。人未进门，先大声问香茗说："香茗姑娘，蔺大老板回来了没有？"

香茗姑娘在杭州仅用一个旬日就将近百担预定的茶货分送完毕，基本上收清了货银。因惦记着父亲，随后也赶到了扬州，住进了蔺虬住的客栈里，帮着父亲看管茶货。当下，听到晏罴的问讯，赶紧迎到门口，惊讶地回答说："没有啊！我爹自今早跟晏大老板出去后，于午间派人回来取走所有茶货。可是，至今一直未回，小女子也正在着急呢！"

晏罴听了香茗的否定，先自假装慌张起来，然后，将与蔺老板今日打早去北郊渡口，遇到北方大茶商做成生意，而后家人报信有事先行回家的过程简要讲述给香茗，并告诉香茗，一直到傍晚还没有得知蔺老板回来的消息，这才亲自赶来客栈探问。

香茗听了晏罴的解说，情急之下，先自惊慌起来。她连声恳求晏罴帮着多派些人手去寻找父亲，自己则马上要去码头找仇老板问讯。晏罴装出义不容辞的样子，转头命令管家说："多派些人手，保护好蔺小姐，寻找的范围要尽量扩大些。"

手下遵照主人的吩咐，当即雇上马车，带着心急火燎的香茗赶往渡口。他们找遍了所有的酒馆茶楼、客栈商船，由闹市区找到了近郊。忽然，香茗听到了迎面而来的两个路人，正边走边议论着前头杀人的事。心里有事的香茗，急急叫停马车，上前拦住两个路人，焦急地探问道："请问两位老伯，哪里发生杀人的事啦？"

两个路人见香茗着急的样子，就赶紧告知说："不远，就在离这两里地的一片小树林里。姑娘，赶快去瞧瞧吧！"

焦急如焚的香茗也顾不得道谢，就催车向着前方赶去。一到小树林，车未停稳，香茗就奋不顾身跳下车，冲前拨开围观的人群，果然看到了父亲的尸身。一阵天旋地转之后，香茗当场昏死了过去。

随后赶到的管家，遵照晏黑事先的安排，大声吩咐代为报了官。待到官府勘点验尸确切后，便由晏黑出资买棺木装殓了尸体，暂寄存于附近一家寺庙，以待官府缉凶结案后再行处置。

悲痛欲绝的香茗得到了晏黑的全力帮助。晏黑除了尽心尽力地帮助香茗以外，还慷慨资助着香茗的一切花销用度，使得已经举目无亲的香茗从内心里十分地感激。香茗在父亲的灵柩前坐守了三天三夜，过度的劳累和悲痛，终于使这个好强的姑娘支持不住而晕倒在地。晏黑的管家用早已准备好的小轿将香茗抬进了晏家，吩咐两个丫鬟服侍着。对此，昏迷之中的香茗虽然有所感觉，但连日来的身心交瘁还是再次让她迷迷糊糊地昏睡过去了。

不知过了多久，熟睡中的香茗，蒙眬间觉得有重物压在了自己的身上。忽然，下身一阵钻心的剧痛使得香茗一下子清醒了过来。她睁开眼，映入眼帘的是喘着粗气的晏黑，正涨红着脸，得意地扭曲着五官，不遗余力地做着人类最原始的野蛮行为，正忙得不亦乐乎！

香茗明白了一切，她没有喊叫，也无力反抗。她默默地闭上了眼睛，随之两颗豆大的晶莹眼泪从眼角边滚落。

香茗穿戴齐整，坐在灯下，拭去泪水。她轻蔑地瞟了一眼熟睡如猪的晏黑，细想着这突然之间的一连串变故。父亲被害，所有橘红被谋夺，自己被奸占而失去姑娘的贞洁。这一切，是偶然的巧合，还是有其他的原因呢？

冰雪聪明的香茗想了很多很多，她逐渐清晰地得出了一个结论：所有发生在父亲和自己身上的事情都与眼前的这个禽兽有关，甚至有可能就是其一手策划的阴谋。

香茗站立在纱窗面前，望着茫茫的暗夜，她想到了自己的苦命，几次觉得不如一死了之，至少，还可以保住自己清白的名节。

但是，转念之间，她又打消了死的念头。香茗深信自己是个坚强的人，她要为报父仇而活着。杀父之仇，不共戴天。父仇不报，枉为人女。小的时候，常听父亲讲述自己最百听不厌的木兰代父从军的故事。如今，自己何不仿效史上贞烈的作为，忍辱负重，等待时机为父报仇呢？

香茗打小失母，为了艰难的生计而随父亲经商闯荡天下，练就了只有男儿才具备的诸多品格和胆略。其实，当香茗从昏迷中醒来，发现晏黑正在强奸自己的时候，她不事声张和反抗，足见香茗与一般弱女子不同。当时的香茗，闪念之间已然决定用自己的顺从和不动声色来敷衍于晏黑，以便寻找和发现其与父亲被害的关联和证据。

一段时间以来，香茗观察着，等待着能够发现任何可能的疑点。而晏黑对于香茗，不但日日与之缠绵恩爱，而且还表现得十分体贴入微。

一天傍晚，香茗发现管家接待了一个慌慌张张的人，两人鬼鬼祟祟地来到了一间偏房，关上了房门。香茗蹑手蹑脚地来到偏房后面的窗户底下，侧耳细听。

只听管家十分严厉地对那个人说："仇老板走脱，总是一个祸根。你到柜上去支些银两，带上得力人手，就是追到天涯海角，也定要把姓仇的除掉。老爷这边，我再替你敷衍。"

只听那个人道："大哥厚重恩德，容当后报。告辞！"说完开门走了。

一连几天，香茗总显得闷闷不乐。对于晏罴的殷勤与恩爱，既不拒绝也没有高兴的表示。但是，作为情场老手且谋算无遗策的晏罴并不急。晏罴十分有把握地盘算着，凭着自己往日积累的对付女人的经验，相信假以时日，定能将香茗调教成为一个百依百顺的娇娘美妾。水到渠成之日，相信就是香茗主动献出制作橘红秘方之时。

对于晏罴来说，美人已经拥怀，梦寐以求的橘红眼看也指日得手。于是，平日沉稳老成的晏罴，不免人前人后也显得轻飘飘、美滋滋起来，一副得意忘形的样子。一些明眼人观之，似乎觉得晏罴有点反常。

某日夜里，喝得酩酊大醉的晏罴，颠三倒四地进了房门。口中仍然还在断断续续地念叨着："你们这帮浑小子，还要跟大爷学着点。大爷我略施小计，就美人与财富兼得，这才是人生——最大的本事，乐——事！"

听了这酒后失真言的不打自招，香茗心中的最后一丝疑惑完全得到了证实。此时，晏罴已经歪横在床上鼾声大作起来。

第二天早上，香茗的丫鬟在上房门口已经等候一个多时辰了，但始终没有听到主人的传唤。不得已，只得轻轻地叩门，请主人起床。可是，扣了许久，并没有听到内里有何回应。无奈之下，丫鬟只得大着胆子推门进去。乍一看，丫鬟惊叫一声就吓晕在地了。

闻讯赶来的管家和晏家亲人，进门一看，只见主人晏罴只剩下一具无头的尸身，躺在溅满血浆的床上，惨不忍睹。晏家上下，瞬间一片混乱，哀号之声迅速传遍了远近，引来了无数的街坊邻居前来观看。

还是管家冷静，他一方面喝令保护好现场，迅速派人报官，另一方面指派人手，维持好家中的秩序，分头准备办理老爷的后事。

话说昨夜带醉回家的晏罴无意间吐露了真言，使香茗最后印证了其就是蓄谋杀害父亲的凶魔。于是，香茗当机立断，趁着晏罴酒醉之机，畅快地杀掉晏罴，报了杀父之仇，并且，还以利刃割下了晏罴的头颅，取一包袱裹好，趁着夜色的掩护，潜出晏府，直奔山庙而去。

香茗来到了山庙，点起香烛，用晏罴的头颅祭奠了父亲。同时，在父亲的灵前发誓，定取另一个杀父仇人仇老板的贼头祭奠父亲，万望父亲的在天之灵保佑女儿成功。之后，香茗伏在父亲的灵柩上，狠狠痛哭了一气。哀痛和怨恨之声交织在一起，震荡得这冷僻的山野阴云四合，狂风呼号。许久，香茗才拖着疲惫的身心，依依不舍地离开了荒郊山庙。

几天以后，已经走投无路的香茗，蓬头垢面地进入了颐春楼，求老鸨收留自己。于风月场中做了几十年生意的颐春楼老鸨，甫一看到可怜兮兮的香茗，就以其老辣的眼神，辨认出在满脸污垢的后面，却是一位能够倾国倾城的国色天香，这可是一个能为其变换出无数银钱的摇钱树。于是，老鸨装出一副慈悲心肠收留了香茗。

香茗时年十九岁，老鸨为之取艺名曰：香云。经过一段时日的调教与历练，果然不出老鸨之所料，香云很快就成了颐春楼的红角。

香云以其山里姑娘的清新无尘和高超的才艺，一下子扬名开去，不久，成为江淮一带王孙公子和文人雅士争相追逐的名伶。整整三年，她终于利用各种关系找到了杀害父亲的另一个凶手仇老板，并由仰慕自己的江湖侠客将仇老板除掉，完成了报其杀父之仇的大愿。

在颐春楼期间，最让香茗永远不能忘怀的是与师老板的一段恋情。说来也怪，以当时香茗的才艺和盛名，多少王孙公子和文人雅士想见她一面尚且不容易，更不用说与之亲近了。可偏偏香茗却是实实在在地爱上了从事商贾的师老板。在香云的心里，她知道师老板虽说不是达官贵人，也算不上风流倜傥，可他却与自己情投意合，心心相印，里外如一，从来没有轻薄过自己。

香云是个经过风雨见过世面的姑娘，为了报父仇而不得已沦落风尘。当父仇报过之后，香云开始考虑自己的归宿了。长时间托身于风流富贵场所，再也不会使香云选择去死。她觉得，应该选择一个深爱自己的夫婿，从良过完满的人生，才不枉到人世间走一遭。

当然，香云也深知，虽然自己已经名满淮扬，门庭若市，捧场和数说恩爱的风流公子可以车载斗量，但这些都是为色欲而来的风流浪人，是一群采花的蜂蝶，甚至还是一群衣冠禽兽。如果将终身托付予他们，无异于是施肉喂狼，最终结局必然悲惨。

自从在品茶会上遇到了天缘伞的师老板，师老板就给了香云极好的印象。此后，在与师老板的交往恩爱中，香云觉得师老板为人憨厚。虽说其已有家室，但香云深信，师老板是全心全意地爱着自己的。于是，香云决心将终身托付给师老板，哪怕到师老板家里扫地烧饭做下人也心甘情愿。但是，自古红颜薄命，师老板为了自己而死了。自师老板死后，香云便心灰意冷，渐渐地崇佛了。

一次偶然的机会，香云随缘结识了云游在外的杭州云崖庵老尼恨尘师父，得老尼允诺等待机缘给予度化。不久，香云趁老鸨不注意，便一刀斩断尘缘，毅然进山求云崖庵老尼恨尘师父为自己剃度。

老尼可怜香云的身世，收了香云为弟子，为之取法名如水。从此以后，如水便出世于云崖庵，潜心诵经修道，日日陪伴着青灯古佛，并在诵经拜佛之余，于云崖庵左近劈山植茶，成功引种了家乡的白茶，继续完善着父亲传授给自己的橘红宝茶的制作工艺。

错过宿头的华公子来到了云崖庵，邂逅了如水师父，一见投缘而求拜于如水为师父。如水师父十分喜欢这个家乡晚辈，欣赏徒弟的通灵悟性和卓识才华，肯定徒弟的人品和坦荡无尘，同时，于交谈之中，感受到了徒弟浓厚的故乡山水情缘。如水师父觉得：华公子正是自己心仪的最合适的衣钵传人。于是，决定将父亲用生命保住的橘红制作工艺传承予他。兴许，将来还能由华公子将橘红宝茶加以发扬光大。

时值清明前后，正是采茶制茶的大好时日。如水师父利用自己培育出来的良种白茶采摘来的芽茶，进行了现场的反复演示和讲解，让华公子能够目睹和体验橘红制作工艺中的各道工序，以及其中任何环节的细微变化。比如最难掌握的温度、湿度和火候的变化等等。

一春下来，在师父手把手的指导下，华公子已然能够极为娴熟地掌握所有橘红的制作要领。除此之外，华公子还有幸目睹和感受了如水师父根据各种名茶的不同特点而进行的高妙点茶功夫。

为了把毕生所学全部传授给徒弟，特别是有关鉴识茶叶优劣的知识，以及各种点茶相关的技术和技巧，如水师父隔三岔五地将各种名茶拿出来，用不同的泉水和烹煮方法进行煮泡，让华公子细细地品尝和体验，直到其能够熟练掌握各种名茶的产地特征和形色香味的变化和区别为止。闲暇之时，还将各地风情迥异的茶艺茶俗茶事，逐一地精心讲解，以丰富公子对茶知识的了解和领悟，比如，盛行于闽地和台湾的功夫茶的饮茶风俗等等。

某日，如水师父取来无根之水煮泡铁观音，演示功夫茶茶艺。华公子有感而请教于师父说："历来闽台茶客，最喜欢泡饮武夷山的大红袍和安溪的铁观音。尤其对于素有'美如观音重如铁'之誉的安溪铁观音，更是痴迷。其中原因，徒弟已能了然于胸。但是，对于精美茶具的选择，为何单喜用所谓的'孟臣壶'而大为不解，诚请师父给予详解。"

如水师父道："昔时闽台、潮汕的茶客，一般要求茶具必备四宝：供春或孟臣冲罐、若深瓯（小而薄的白瓷杯）、玉车碾（烧水陶壶）、潮汕烘炉。其中，紫砂名品中的供春和孟臣壶名列'功夫四宝'之首。清人俞蛟《梦厂杂著·潮嘉风月》记载：'壶出宜兴者最佳，圆体扁腹，努嘴曲柄，大者可受半升许。'《蝶阶外史》说：'壶皆宜兴砂质，龚春、时大彬，不一式。'台湾史志学家连横《茗谈》中论道：'台人品茶，与漳、泉、潮相同……茗必武夷，壶必孟臣，杯必若深，三者为品茶之要，此非不足为豪，且不足待客。'可见其品饮风尚之讲究。徐珂在《清禅类砂》中更有进一步的形容：'闽中盛行功夫茶，粤东亦有之，盖闽之汀漳泉、粤之潮，凡四府也。烹治之法，本诸陆羽《茶经》而器具更精。炉形如截筒，高约一尺二三寸，以细白坭为之。壶出宜兴者为最佳，圆体扁腹，努嘴曲柄，大者可受半升许……杯小而盘如满月，有以长方瓷盘置一壶四盏者。且有壶小如拳，盏小如胡桃者……壶盘与盏旧而佳者。'从以上这些精通茶道的名家先辈的论述中，为师认为，如此讲究茶具和喜用紫砂壶，首先是追求紫砂壶的精美艺术享受。一把高妙的紫砂壶，一般都制作得诗书画印齐全，雅致无比，使人在享受茶韵的同时，还可以从观壶中得到文学艺术的陶冶；其次是追求紫砂壶泡茶时所具有的特殊功能和实用价值。紫砂壶呈朱红色或紫褐色，具有泡茶不走味、贮茶不变色、夏暑不变馊的实用价值。"

三个月后，带着如水师父倾囊传授的制茶秘方和各种有关茶的知识，怀着雄心壮志的华公子，回到了太姥山老家廉忠村。

学成后平安归来的华公子，令全家欢喜异常。华公子依次拜见了母亲华老夫人和义母师夫人，询问了日常起居，向两位夫人简单描述了拜师学艺的经过后，才回到了夫人秋霞小姐的房里。夫妻久别重逢，自然是一夜恩爱，非比寻常往日。有古莽先生《念奴娇·新婚别》词为证，词曰：

小别款软，意绵绵，欲语还羞心急。罗帐被衾摇动处，娇喘低吟胶漆。柳浪闻莺，禾田翠绿，陌上结桃李。殷勤嘱咐，勾栏俏丽荆棘！

几度春暖情深，东山盟誓，玉落珠盘里。托付终身君莫负，与共白头不弃。风雨同舟，相濡以沫，堪慕两欢契。金银婚满，合商还聚来世。

第十四章

筹联营乡老谋兴茶　议楼名夫妻起涟漪

回家后的华公子，经过一番周密的思考和谋划，最后决定以廉忠村为中心，联合周围村寨，大力发展家乡的茶业。

华公子分别约谈了各相关的茶农乡亲，将自己的设想简单明了地知会了乡亲们，尽力争取得到乡亲们的支持和合作。

在整个协商合作的过程中，起关键作用的首推廉忠村的陈姓和梅姓两位耆老。陈姓耆老是廉忠村最有威望的长辈之一，其讳知昌，平日村里老少尊称其为陈伯。凡村中一应大小公益之事，村人都请陈伯决断。除此以外，陈伯还是村里最富经验的老茶人。他生产的康泰记红茶，素有成名。

如今，华公子谋划村里茶人乡亲联营生产橘红，成与不成，陈伯等村中耆老之赞同与否至为关键。于是，华公子择日请来了诸位耆老，烹煮上品橘红，以供众位长老品评。

三巡茶点过后，华公子先将联营的计划和好处简要分说了一遍，并征求诸位长老的高见。公子说："联营的好处和优势，短期内不但可以大幅提高家乡茶农的收入，改善世代茶农贫穷的生活状况，长期来讲，还有可能使家乡茶茗扬声于外，从而促进家乡茶业的全面大发展。"

听了华公子的说明，陈伯首先发话。他说道："刚才品饮过公子创制的橘红，确实是我家乡前所未见的好茶。老朽臆断，将来定可为家乡带来莫大的好处。"

陈伯话音刚定，有一梅姓耆老也紧接着说："的确如此。如果能够将橘红推广开来，兴许还能为我家乡带来意外的荣耀。请公子直说，你打算与乡亲们如何联营？"

华公子感激地看了两位长辈一眼，然后说道："具体的做法是以晚辈为甲方，以各家各户茶农为分立的乙方，双方分别以契约形式确立产销关系。乙方严格按照甲方规定的茶种、管理、采摘来生产茶青，甲方则保证把乙方的茶青按照事先约定价格照数收购，并按双方约定的方法付清所有乙方的茶青价款。"

华公子说完，各位耆老顿时安静了下来。静默了一会儿，有一位耆老嘴唇嚅动了几下。华公子赶紧鼓励他说："叶老伯，有什么担心，请直说无妨！"

被尊称为叶老伯的鼓足勇气，说道："如果大家都按照公子规定的只种茶，单卖茶青给公子，我们各家的制茶技艺日久就要荒废。一旦公子不收茶青，我们岂不是要喝西北风。"

陈伯听了，觉得这个担心大可不必。况且，如果以这个作为问题来和华公子谈联营是不公平的。总不能要求人家包销你百年千年。想到这里的陈伯建议说："公子提议联营的事，本来就是一件大利于家乡的好事，作为乡亲老辈，应该给予义不容辞的支持。今日老朽有一个提议，大家同意联营，公子则先与诸位乡亲签一个十年的包销合同。十年期满，再协议续签与否。大家看是否可行？"

众位乡亲见陈伯已经赞同联营，同时也觉得这个提议公允合理，于是，纷纷与华公子签了契约。签约完成以后，为了答谢大家的支持，华公子与夫人备办酒席宴请了众位乡亲。

宴席上，华公子携睿智与贤惠的夫人亲自为众乡亲把盏。华公子夫妇的诚心和热心，使得众耆老和乡亲们感动不已。大家欢宴竟日，其乐融融。

清明节过后，华公子如约从众茶农们那里收到了上好的茶青，并按照如水师父传授的制作秘方，进行精心的加工制作。

为了成功加工出上好的橘红，华公子于做茶期间常住在作坊里，三餐都由夫人亲自送去。华夫人十分体贴和理解夫君，时不时还烹调一些人参燕耳羹，给公子补身益神。

忙碌了整整一个春天。原本温文儒雅的华公子，虽说人黑瘦了，但却成功地做出了整整数百担的上等橘红。所有人都为此成就而欢欣鼓舞，喜笑颜开。

常言道：夫妻一体，心有灵犀。正当大家都在为丰收而兴高采烈的时候，华公子夫妇却已经在筹划着售卖茶叶的事了。

夫妻俩合计，为了迅速提高橘红宝茶的社会认知度，到离家乡不远的赛港开一座茶楼。

赛港自古以来就是闽东水陆商贸有名的集散地，除了经常进出有南来北往的巨商大贾以外，还常常有海外客商光顾。在赛港开办茶楼，专门点卖橘红以接待巨贾茶商，让这些南来北往的客商亲身了解和体验橘红的优良奇特品质，这一着可谓用心独到。

古赛港位于太姥山之南，澳海之北，自古以来就是华夏东南最为重要的海上通衢古港。这里山海相环，港深水阔；古迹林立，人文厚重；景色秀美，气候宜人。

古赛港及其所在周围地域西晋时隶属温麻县管治，唐宋以该地为长溪县，元明则升治域为福宁州府，古赛港就位于州府治的左近。

元明以来，随着海上商贸的兴起和发展，作为海陆通衢的古赛港，迅速成为东南海边一个繁华热闹的去处。这里不但是浙南闽东北海洋贸易的吞吐港，而且也是本地区最重要的商品集散地。整个港湾街巷商铺林立，商品琳琅；巨商大贾，往来不绝；市场喧哗，车水马龙。

山海交通的便利，商贸的繁荣，引来了南北各地文人雅士来往与滞留于其间，同时，更成为歌舞杂技、勾栏卖春的理想之地。正因如此，本地茶楼的生意特别红火。平时，总有不少商贾官宦和士人知音，看中茶楼的素雅洁净，邀约品茗，举杯交好，谈诗论道，洽商欢愉，各得其所。

华公子本来属于文人雅士之列，如今全力投身于商贾，仍然不改天性，时不时地还是透露出儒雅秀逸、清高豪放的本质。

对于开茶楼之事，华公子除了凭借着一个商人的敏锐，预测到开茶楼的巨大商业发展前景，以及对橘红进行商业推介的诸多好处以外，更深的打算就是要以茶楼为平台，广结天下儒人雅士，满足自己内心物类相聚的愿望。况且，华公子的这个想法，还得到了睿智与远见绝不亚于自己的夫人的理解、鼓励和全力支持。

华公子做事，从来是谋定而后动。其一旦决定的事，总能雷厉风行。不久，他就亲自莅临赛港选址动工开建茶楼。几个月后，一座堂皇中不乏雅致的茶楼就竣工了。

新落成的茶楼靠近港湾西北的临海山冈上，地理位置极好。仿古楼阁式建筑，外观精巧雅丽。茶楼甫一落成，夫妻俩就商议着给新茶楼取一个好名字了。依夫人之建议，不但要为茶楼取一个响亮的名字，而且还要公子亲书楼名，用金字书雕于金丝楠木制成楼匾挂上，以张扬夫君飘逸的好书法。

没有想到，夫人的提议竟然遭到了公子的否定。为此，围绕这取楼名和书写楼匾的事，夫妇间还发生了一段有趣的争论与对峙。

在公子看来，正好借取楼名书楼匾的机会，找寻一位成名的名士书家，或者德高望重的达官显贵，为新起的茶楼取一个响当当的楼名，求一幅能够张扬四方的金字墨宝。

依公子的用心，是要借名士书家或是当朝达官显贵的墨宝，张显茶楼主人厚重的社会根基，使新开张的茶楼显荫扬名，借此吸引天下嗜茶的士人雅客趋赴观瞻交流，可以更多地为茶楼吸引到络绎不绝的客源和商机。

但是，华公子的想法，立即遭到了夫人的反对。夫人坚定地劝勉公子道："为商之道，首取正途，才可致远。所谓正途，即君子取财，应该取之有道。依靠自身的勤劳和智慧，谋取正当的工商利益，决不能将之建立在趋炎附势的基础上。因此，茶楼之名，不但须自取，而且还得由公子自书，以免将来招来骂名，反而不利于茶楼的生意。"

听了夫人的规劝后，公子勉强采纳了夫人自取楼名的意见，两人商定为茶楼取名曰：橘红楼。

关于为楼名书帖刻匾的事，公子还是固执地定要请一位重爵高名的大人为之。公子的任性，使得夫人感到非常失望。夫妻两人互不相让，因之发展到互相争执起来，这是两人自结婚以来从没有过的事。

平日里，华公子和秋霞小姐本恩爱异常，甚至连些微的脸红耳热之事都没有发生过。两人心心相印，夫唱妇随，互相尊重。自公子从事茶业，两人更是凡事商量，同心协力，心有灵犀处处通。每逢重大事情，两人往往都能不谋而合。今日为取茶楼书帖之事而产生争执对峙，实属首见。

秋霞小姐见夫君无理，除了大感委屈以外，心里也着实对之生气失望。同样在气头上的华公子，一气之下竟然一连数日赌气留宿于书房，这更让秋霞小姐伤心落泪。于是，她一边流着委屈的眼泪，一边命丫鬟取来粉笺，提笔给丈夫写了一封长信，诉说反对的理由，希望夫君能够理解和回心转意。

秋霞小姐本为才女，不消片刻工夫，一封写得情理并茂、感人心肺的长信立挥而就。后有好事者，将此信抄出，得时人争相传诵。信文曰：

夫君如面：

昔者，妾以弱质之体，得承父母之溺，视为掌上之珠。然天道不豫，妾何其不幸，以至幼年失恃；祸不单行，雪霜交侵，得痘而至毁容。此时，妾尚知已然无颜立于天地之间。然高厚父恩未报，何忍辄去而致老父孤寡伤心。于是，妾忍辱偷生而承欢膝下，苟活以求将来能够送终慈老，再紧随老父跟侍于地下。何其圣姥慈悲，数降法像，循循开导于妾；为复妾之容颜，行遍于南北东西，历尽了千难万险，求来灵药仙丹，精心为妾医治，妾始得复容如初。圣姥之恩，实比再生；圣姥之德，天高地厚。

及得君聘，妾坚信托付得人。发誓终身倾力，佐君成就事业，以报君恩于万一。婚后，妾与夫君耳鬓厮磨，相濡以沫；患难同肩，甜苦共尝；心心相印，互为生命；孝养亲长，抚儿育女，共享天伦。至夫君北赴商贾，奋斗在外；而妾内守家道唯勤，呵护儿女，勤俭持家，外守妇德，孝敬长辈，从未懈怠丝毫于晨昏，雷越半步于阃外。

曾记得，当妾丑容陋貌之时，君怜爱之志不改；及妾许嫁，君又能遵妾志而不遗余力。妾因之感君恩于无穷，常自许今生必扶君家至兴旺发达。即使呕心沥血，也在所心甘。

妾今忤夫君之议，而极力属意夫君自写楼名书帖者，何也？盖因凡企求显贵者，欠人以情事小，日久于夫君清议则大不利焉！更可虑者，或将授人以柄，资其为无尽索取之源，此诚如以绳索自缚手脚也。以君之学养及法书，自起佳名，自书匾联，横竖自由，好歹属己，潇洒示人。此诚所谓求人不如求己，何其美哉！

故此，妾才忍心忤逆君颜而企盼夫君回首更正。万望夫君能体妾之苦衷，鉴纳妾之深意，则妾既感于五内，更为夫君与妾乃至全家之万幸矣！

妻百拜

华公子早起，梳洗刚毕，丫鬟送上早茶和点心，并将夫人之信札奉上说："请公子读信，致公子早安！"

说毕，将信札小心放于案上，并以狡黠和调皮的眼神大胆地指了指信札。秋霞小姐的这位贴身丫鬟名字叫如絮，从小就服侍于秋霞小姐，除了聪明伶俐以外，就是对小姐忠心耿耿了。

华公子顺着如絮所指的方向，看了一眼信札，装作漫不经心地说："知道了。"

如絮转身走出书房，带上房门，回报秋霞小姐去了。临出门，顺口还说了一句："公子可别辜负了我家小姐的一片深情喔！"

书房里，华公子一等如絮带上房门，就迫不及待地拿起信来，慌乱地取出粉笺展开，映入眼帘的是满纸的点点泪痕和娟秀的书体。瞬间，心痛、懊悔、怜爱一齐袭上心头，顿时使得公子百感交集。

华公子强忍着翻腾的情感，读开了夫人的信。每读一字一句，都被夫人至性的真情所感染所撞击。同时，也被夫人的远见、睿智和骨气所折服。此时的华公子，如沐春风，如饮甘露，一口气不知连读了多少遍夫人的信。

迫切见到夫人的华公子，信步如风地出了书房，顷刻间就来到了夫人的卧室。房门开着，如絮正忙进忙出，服侍着夫人早妆。

华公子见到梳妆台前的夫人，似乎觉得既亲切又陌生。一时间站立于房中，呆呆地竟不知如何是好。

从妆镜里，秋霞小姐看到了夫君的窘样，不觉"噗嗤"一声笑了出来。笑过之后，才使唤如絮："如絮，贵客到了，还不快给公子看座奉茶。"

如絮含笑答应，公子这才坐到椅子上，一边喝起早茶，一边欣赏着夫人早妆。少顷，秋霞小姐妆毕起身。一看，丈夫坐在椅子上，手里捧着茶盏，两眼直直地看着自己。看到夫君这个异常的样子，秋霞小姐倒有点慌乱了。

其实，此刻的华公子，心里清楚得很，只是太过于专注地欣赏夫人的美貌和风韵罢了。公子似乎今天才真正发现自己的夫人，不但有着赛过天仙的外在美貌，而且还有绵密远见的内在智慧。夫人的美，是秀外慧中的美，是外在柔弱内里刚毅的美。华公子深恨自己的粗心、眼拙和蠢笨，竟然不懂得珍惜夫人的蕙质兰心。

还在心猿意马的华公子，忽然觉得夫人在喊他。公子猛地激灵一下回过神来，看到夫人正站在自己的面前，焦急带泪地喊着自己。看着夫人梨花带雨般的娇态和为自己焦急揪心的样子，公子顿时觉得万般内疚，觉得自己辜负了夫人的一片真心。此时的华公子，再也控制不住自己，"扑通"一声跪在了夫人的面前，泣声道："亲爱的夫人，请饶恕为夫的无知与无礼吧！"

秋霞小姐慌忙扶起公子道："夫君别这样。男子汉大丈夫，请惜膝金。"

在旁服侍的如絮也赶紧上前，帮忙搀扶着公子坐下，知趣退出。夫妻俩和好如初。

79

第十五章

闽地功夫名震京都　柳云微服暗访茶楼

依夫人的主意，夫妻俩共同商定，决定将茶楼之名正式定为"橘红楼"。在一个风和日丽的早晨，夫人秋霞小姐研墨，华公子笔走龙蛇，以篆隶为体写就了"橘红楼"三个大字。随后，将书好的楼名拓于上好的金丝楠木之上，请有名的雕刻师傅精刻成匾，并加金髹漆使之金碧辉煌。

茶楼开张之日，放炮升匾。果然，华公子飘逸风雅的书法和文韵涵深的楼名，立即引起了轰动和广泛赞誉。满心高兴的华公子，从内心里感佩夫人的先见之明。

"橘红楼"顺利在赛港正式开张了。一时间，宾客盈门，座座爆满，生意红火。"橘红楼"的大名，橘红茶的贵雅，楼主人的文采和书法，随着南北各路客商，迅速传遍了南北东西，传遍了海海外。

不久，汇集天下所有的京城，出入于街巷茶楼的达官显贵、公子王孙和文人墨客，甚至于宫廷内院和坊间茶楼，都在茶余饭后津津乐道起南边的"橘红楼"及其橘红宝茶的大名。不管是官民士商，皆以能一临"橘红楼"为荣，一品橘红宝茶为幸。

在皇宫内院里，时值一位明主坐朝，天下升平。南北工贸农商兴旺，物产丰盈，百姓安居乐业。这位有德承平之君，每天日理万机之余，尚有一大嗜好，那就是赏玩古物和品名茶做诗文了。

橘红宝茶在京城的扬名，自然瞒不过掌理天下的九五之尊。皇帝虽然对于橘红宝茶是否真如坊间所传的名贵与神奇，仍然持着半信半疑的态度，但心里总是时常惦记着。

一日，大学士柳云到书房单独觐见皇帝。议决国事之后，皇帝询之于柳云道："柳爱卿，近日京城盛传的所谓橘红名茶，爱卿听闻过吗？"

柳云赶忙答道："回皇上，知道。听闻此茶原生于东南太姥山之中，为山中女神所种。东南福宁府赛港，新近开张了一家专门售卖橘红的茶楼，茶楼的牌名就叫'橘红楼'。橘红茶出于太姥山脚下的廉忠村，属于功夫红茶。这橘红如何神妙，臣也未曾品饮过。另外，臣还听说创制橘红和开办茶楼者，乃先朝功臣之后，姓华名义著，字承重，是一位遗失草莽之中的博学之士。"

皇帝动容道："既然草莽之间尚有如此名士和名茶，柳爱卿何不辛苦一趟，代朕暗访翔实，以解朕念。另外，顺道也了解一下东南疆海的邪患，是否死灰复燃。"

柳云赶忙俯伏奏道："臣领旨。臣明日即微服南下，寻找橘红主人，暗访东南。"

柳云领旨辞别皇帝，择道南下。柳云乃山东诸城人氏，科甲出身，其父祖皆为国朝高官显宦。柳云出道以来，为官清廉刚直，绩显名隆，被皇帝视为股肱之臣。

平时，柳云能写一手好字，喜与宿儒才子讲经论佛，书联作句，品茗赏砚，留下了不少雅趣逸闻。有国朝另一有名的显宦大才子，曾得好友柳云所赠之一方好砚，一时感慨，提笔为之铭曰："余与柳云皆好蓄砚，每互相赠送，亦互相攘夺，虽至爱不能割，然彼此均恬不为意也。太平卿相，不以声色货利相矜，而唯以此事为笑乐，殆亦后来之佳话欤？"

柳云是一位饱学卿相，自然无法脱去喜山悦水的本性。其只带着一个随侍的书童，一路沿运河南下，过江泛湖、微服潜行的同时，未免也顺道纵情于山水。尤其是置身于东南灵秀山水天堂里的柳云，更是忘情忘我地徜徉于览之不尽的神山妙境之间。他访天台，寻昭明，觅诗仙之遗迹；登雁荡，窥龙湫，览合掌之雄幽。

时值天高气爽之秋日，柳云始从温州坐海船直达福宁府境。他带着书童，并不急于直驱橘红楼，而是不紧不慢地一边顺访着福宁府境的民风民情，一边游览着太姥山域内各处的知名胜迹。

柳云熟知史乘。某日莅临赤岸，慕名参谒了大宋端明殿学士、参知政事王伯大之"留耕堂"。正在触景生情感叹于衰宋时这位直臣的忠贞与建树之时，不由自主地脱口吟咏起了纪昀"浮沉宦海如鸥鸟，生死书丛似蠹鱼"的名句。

猛然间，柳云听到了有人为之鼓掌叫好。转头视之，见一位风流倜傥的公子，身穿长衫，手持执扇，眉清目秀，彬彬有礼，一看便知道其为满腹珠玑之辈。

未等柳云开口问讯，这位公子已经紧步跨前来到柳云面前，打躬为礼道："适才闻老先生好句，忘情惊扰，万望先生海涵冒犯之罪。"

柳云赶紧还礼道："公子能为好句鼓呼，足见你我同道知音。昔日俞伯牙、钟子期高山流水之雅，至今仍为世人津津乐道。你我陌路相知，何罪之有。敢问公子高姓大名？"

公子道："晚生华义著，字承重，本地人。现今在赛港开一茶楼，偶值小暇，前来拜谒王留耕。听口音，先生乃北地人氏，如不弃，请移驾至敝茶楼品茗一叙如何？"

柳云心里暗暗高兴。一边心里想着"踏破铁鞋无觅处，得来全不费工夫"的古话，一边嘴里回答道："老夫姓柳，名云。祖籍山东，乃一落地夫子。向来仰慕东南形胜，今日特来参谒大宋王留耕之遗迹，有幸得遇公子，何其幸运乎？"

华公子道："原来是柳先生，正所谓有缘千里来相会。今日已晚，先于左近馆舍暂住一宿，来日起行前往敝楼如何？"

柳云赞同道："很好。"于是，两人相邀一路说笑着到旅店住下。第二天，两人起早前往赛港。

时近晌午，柳云被热情的华公子请到了"橘红楼"。刚至楼前，柳云就被门楼上飘逸有力且兼备古韵的楼匾书法所折服。常言道：内行看门道，外行看热闹。在柳云这样的大书家面前，书法之优劣高深立见。有幸能得之青睐者，足见其功力已经是非同一般的了。

当下柳云心想，在此东南僻壤之地，竟然有老夫不认识的书家高手。于是，情不自禁地问道："请教公子，此楼名牌匾乃是何方高人之墨宝？老夫孤陋寡闻，敢请公子不吝赐教。"

华公子谦虚地回答道："柳先生别见笑，那是晚生涂鸦充数之作。先生慧眼，请多多给予指教！"

柳云嘴里一边答着："原来是公子大作。失敬，失敬！"一边心里自忖着，书如其人。以其书法之修为揣之，这位草莽名士之才学果然名不虚传。

柳云在华公子的引导下，来到了茶楼二层的书房，书房布置得特别雅致洁净。宾主坐定后，书童奉上了香茶，柳云举杯观闻之后，信口对华公子道："此乃清明前后，三日内采制的上等云崖雪。好茶，好茶！"

华公子乍听一震，猛然醒悟到自己邂逅的老者，不但是个饱学先生，而且还是茶道中的高人。惊喜之余，颇为自责地说："多谢先生谬奖云崖雪。在下眼拙，不知茶中高人莅临，实在惭愧！"

柳云笑了笑，表示理解。华公子接着对柳云说道："地方简陋，敢请先生驻留几日，使晚生能够有幸聆听于先生之教诲。待一会儿用过晚餐之后，晚生尚有一品新制好茶，名叫'橘红'，诚请先生品啜点评！"

柳云欣然合掌道："公子客气了，全凭公子安排。"

华公子见柳云应允，极为高兴，于是，暂时辞出准备晚膳。柳云趁公子离开书房的当儿，一边品饮着好茶，一边细细地观赏起书房的布置。

书房为一室一厅，中间隔着一扇月亮拱门。里间室内西北两面靠墙，立着两架紫檀木做就的大书橱，书橱上摆满了各种精刻的线装书。书的内容主要是经史子集和诗词歌赋，其中还不乏珍贵的孤稀善本。南面靠中摆放着一张黄花梨条案，案上靠左放置着名贵的笔架和狼毫，下面是一方由顾二娘精雕的水洞青花上等端砚。东面墙上，高挂着一幅几可乱真的自仿怀素狂草。

客厅的布置给人以极为简洁明亮，素雅无尘中处处透露着文章气息的感觉。正面墙上挂的是一幅尺幅很大的《太姥山仙女图》。北面靠墙，放置着一对香楠木打造的精雕太师椅，中间隔着一架雅致的香妃几。背后墙上挂着醒目的东阳楠木浮雕春夏秋冬四条屏，左右墙上挂的皆为主人自家真书。其中，左面墙挂的是录自宋清真居士的《菩萨蛮·梅雪》。词曰：

银河宛转三千曲，浴凫飞鹭澄波绿。何处是归舟，夕阳江上楼。

天憎梅浪发，故下封枝雪。深院卷帘看，应怜江上寒。

　　右面的墙上，挂的是一阕落款为古莽先生的《南柯子》。柳云心下自忖，这古莽先生不知与主人有何关系，且看其文字功底如何，再作定论。于是，柳云近前细观，但见词云：

神山深闺里，仙人聚散留。天生丽质几千秋。山外苍茫尘世，冷暖谁忧？

宫梦憧遥远，灵茶九州求。竟前游客挤路羞。云岛琼浆佳酿，情醉心揪！

　　柳云心想，词义清新雅致，意境宏远博大，足见这位词主人的情怀与志向了。不论这阕《南柯子》与华公子是何关系，见词如见其人，其人品道德才华已然立现。姑且搁过词文与书法之佳妙不谈，仅凭其中对太姥山之深厚情感，就足可断定，主人对于家乡及其所从事之茶业的热爱与忠诚了。

　　当朝宰辅柳云是奉旨微服暗访的。自到赛港后，随着所见所闻的感受，心中已经不断加深了对华公子的良好印象。不久，华公子回到客厅，礼请柳云到餐室用晚膳。

　　华公子的餐室，同样布置得非比寻常。其中间摆放着一张就餐用的大八仙桌，旁边布放着珍木做就的太师椅。此时，餐桌上已经摆满了各种极精美的山海珍馐。

　　主客两人分宾主坐定后，一个眉清目秀的小姑娘走到桌前，很有礼貌地对柳云福了一个万福，然后，一边给客人布菜，一边口齿伶俐地对菜肴逐一作了介绍。

　　晚膳小请，公子只着意于为柳云洗尘。晚膳之前，小姑娘先将所出六道精雅菜肴，逐一介绍了一遍。眼前这些诱人的美味佳肴，是公子根据一本当年在坊市间偶然得到的明室宫廷菜谱，推陈创新出来的。它们分别是：扒烧四宝开乌参、银球干贝、熏河鳗、龙凤虾、秋水芙蓉、太极芋泥、阖府团圆。这些具有宫廷菜肴特色的名菜，虽然用的原料都是本地特产，但却是满桌琳琅，让人观之赏心悦目。而且，其味道鲜美异常，风味特别，尝之能给人以鲜嫩和淡雅的美食感觉。

　　听了小姑娘娴熟的介绍，柳云顿时胃口大开。在华公子的殷勤劝请下，柳云用银筷夹了一片熏河鳗放入口中，紧接着连吃了三片，方才放下银筷，赞不绝口地对华公子说："好看、鲜嫩、荤香、肥腴，果然是宫廷名菜的制法。老夫平时喜食鳗鱼，可家厨就是无法烹调出如此鲜美肥香的好味，今日得尝于此，口福，口福！"

　　华公子见柳云高兴，索性顺其话题说道："先生喜食熏河鳗，这有何难，待晚生开列出烹调佐料和方法，由先生带回，让厨子照着做就是了。"

　　柳云为进一步测试华公子见识的深浅，接过公子的话头说道："得公子如此抬爱，老夫何其幸也！老夫孤陋寡闻，关于鳗鱼之出处及特点，知之甚少，尚望公子多多赐教。"

华公子谦逊道："先生下问，敢不如命。此鳗鱼古称白鳝，又叫鳗鲡。产于海中，其洄游至溪河于淡水中长大，成年后又洄游海洋产卵，养育后代，完成生命更替。其生于咸水，长于淡水，故才使肉质鲜嫩异常。更因其一生匆匆来往于河海，几乎是在长途跋涉中完成其大部的生命历程，故鳗鱼又是极滋补气血之良膳佳肴，素有'水中人参'之美誉。"

柳云听后，感叹地说："公子博闻，老夫受教良多。"

说完，根据公子的推荐，柳云用银勺切了一块香甜酥软的太极芋泥放入口中。顿时，一种从来没有过的受用，让柳云舒服得不知用何话形容方好。

平日里，柳云喜食广西栗普芋头，对于芋头的各种吃法和做法，可谓了如指掌。但是，柳云绝没有想到，在这东南海边的太姥山赛港，还能尝到如此佳妙的太极芋泥。恍惚之间，柳云还真以为是置身于琼宫而尝到了仙肴。

柳云好不容易停下了筷子。他好奇地问道："请教公子，如此酥香的好芋头，不知出自何处？用何法烹制，才能得到如此佳妙的太极芋泥，也请公子一并赐教！"

华公子微笑着道："芋头出自本地一个叫明堡的小山村。太极芋泥的烹制加工也极易。加工太极芋泥，所用原料主要是上等槟榔芋、红枣、冬瓜糖、樱桃、瓜子仁、白糖和熟猪油。烹调的关键是力求将蒸熟的芋头和其他佐料捣碎至无颗粒即成，芋泥要越细越好，这样吃起来才能口感细腻，甜香诱人。"

柳云道："不怕公子笑话，老夫平素喜吃芋头。夸口地讲，天下出名的芋头品尝过可不少。但不论是品质，或是色香味，都不如今日所尝到的太极芋泥。老夫细细想来，个中原因除了烹调手艺以外，就得归功于芋头产地的地理特殊性之佳妙了。"

华公子高兴地说："先生高见，确实如此。此芋头学名叫槟榔芋，其产地明堡村，系本邑太姥山北麓一处山清水秀、鸟语花香的好地方。明堡村属于山溪冲击小平原，发源于闽浙交界崇山峻岭中的龙山溪，山水常年将山间肥沃的腐蚀物质带出沉积于此。土层的肥厚和富含各种有机物质，决定了产自于此的槟榔芋具有罕见的优良品质。另外，明堡村有世外桃源般的美丽景致，所谓美景出尤物嘛！往常的每年春秋，晚生都必邀家人或者友人，到此赏春景品秋芋，真是惬意极了。改日，先生如有意，晚生愿陪前往一游。"

柳云兴奋地说："老夫正有此意，只是不便启齿。既然公子盛情，老夫在此先致谢了。"

第十六章

烹橘红宰辅赞仙品　论商道首相赐忠言

当日晚膳后，柳云在华公子的陪侍下，回到了书房。公子吩咐书童准备烹茶器具和上等橘红茶，书童领命前去。就此当口，两人心随意到，拣着古今史乘和诗词歌赋，先行闲聊了一番。两人都觉得相互之间极为投缘，大有相见恨晚之遗憾。

不久，书童报说已经备齐了烹茶器具。华公子一边随命书童到地下室取贮藏的太姥山丹井水，一边请柳云到茶室烹茶品茶。

两人于客厅相携进入茶室，分宾主坐下。书童煮水，公子亲自点茶。虽然，公子还不知道眼前这位老先生就是一人之下万人之上的宰辅，但他却本能地感觉到这是一位学问深邃、为人和蔼和让人敬仰的老者，是一位与自己极为投缘的知音。因此，华公子非常愿和他亲近，与他推心置腹，甚至愿意把自己的一切都拿出来与他分享。

今天，公子拿出了通常难得一用的珍贵茶具。这是一套极为稀罕的茶具，共有一壶两杯。但见摆在茶桌上的宝壶宝杯，珠光盈盈，温润可人。宝壶呈桶形，净洁素雅；壶把雕成弯腰向上的螭龙，龙头对着壶口，成饮茶状；壶盖与壶身连成一体，盖钮雕成一凤，凤头遥对着龙嘴。显然，这是寓意龙凤和鸣的意思。宝壶的颜色鲜红，透着迷人的脂光。两个宝杯，一个褐紫红，一个淡粉红，素雅滋润，毫光隐隐，与茶壶互为呼应，可爱迷人，珍罕无比。

柳云才刚看到宝壶宝杯，心里的第一个反应，就是觉得这套茶具绝非凡品之物。他眼露惊讶之色，继而看了华公子一眼，以赞叹的口吻说道："老夫何幸，能睹此公子至爱宝物。然老夫眼拙，能否赐教这茶具的来历？"

华公子连忙谦恭地答道："先生客气了。说起这套茶具，还真的颇有些来历。请先生听晚生慢慢道来！"

传说，当年太姥山圣姥在岩洞庵修道时，得到了其师南极仙翁赐予的一棵灵茶苗。本来仙翁赐予的灵茶苗有两棵，遣仙鹤赍送。仙鹤飞至梅山地界受毫光之扰，惊落一棵。掉落的灵茶苗，飘飘荡荡于太姥山西侧之梅山峡谷中落户。仙鹤于梅山上空绕飞了几圈，发现峡谷深邃，无法下达。仙鹤无奈，只得作罢。

仙鹤将剩余的一棵灵茶苗送到太姥山，交给圣姥，并述说了丢失一棵茶苗的经过。圣姥笑而安慰之曰："此乃天数，不必自责。"

仙鹤感激，别过圣姥，自回南极去了。圣姥将得到的唯一茶苗，小心种在鸿雪洞崖壁上天生的一处凹地上，运来东海福瑶的沃土，滋以丹井神水，灵茶苗遂成活茂盛。

逐渐长大的灵茶，经过常年吸食天地间的日精月华和太姥山的仙脉灵气，不知过了何年何月，终于长成了碗口粗细的大茶树。圣姥将茶树上采摘下来的芽叶制成灵茶妙药，救治了无数的稚童和病患者。

不知哪年，灵茶树的根部，突然长出了一个红艳艳的树瘤。树瘤越来越大，碗口粗细。不久，大树瘤旁边又长出了两个小的树瘤。两个小树瘤的颜色长得不一样，其中一个与大树瘤的色泽基本一样，是粉红色的，另一个却长成了褐紫色。让人惊奇的是每逢夜间，三个树瘤都能发出大红、粉红和褐紫色的毫光。随着时间的推移，毫光越来越强，特别是每逢十五月圆之时，毫光最是强烈。

某年的八月中秋月圆，圣姥照例趁着满天清辉，来到了茶树下，检视仙茶树和三个树瘤。此时，皓月当空，碧蓝如洗；秋风阵阵，山树披银。圣姥面对如此美妙难言的景致，心中畅快无比。

忽然，一束强烈的七彩毫光从三个树瘤中激射而出，直抵天上的月轮。之后，从月轮中逐渐幻化出一个橘红色的火球；火球顺着七彩毫光电击而下，只听到"乓"的一声，在茶树的周围迅速升起了一团彩雾。少时，彩雾散去，一切又恢复如常。

遇此罕见的奇象，圣姥心知定有宝物出世。于是，圣姥运用法眼一瞧，灵茶树安然无恙，只有三个树瘤已经瓜熟蒂落，成扇形滚落到圣姥的脚边，大的在前，两个小的紧跟其后，活像三个顽皮的稚童在和娘亲嬉戏娇耍。圣姥心喜意会，遂弯下腰，一个一个地小心拾起，轻轻地说："孩儿们，该是你们出世的时候了。"

说完，抱起三个茶树瘤轻盈一跃，回到了岩洞庵。后来，圣姥通过巧思设计和精心雕刻，将三个树瘤做成了这一套稀罕的茶具而成了太姥山之镇山至宝。

那年，公子梦访岩洞庵晋谒圣姥，得圣姥指示前程，才知道自己一生与太姥山仙茶结缘。后来，公子与严小姐喜结百年之好。圣姥恩赐这套茶具作为贺礼，并叮嘱说："此套茶具有缘公子，合当随公子扬名出世，同时，还将助公子事业成功，扬太姥山仙茶美名于普天之下。"

柳云凝神听完了这套茶具的来历，虽觉得半信半疑，但凝视着眼前毫光隐隐的宝壶宝杯，也觉得确非世间所能够拥有的宝物，于是，情不自禁地对华公子说："想我华夏神州锦绣，真是山川处处有灵物了。"

公子领首。此时，负责煮水的书童，已将水煮好。于是，华公子取橘红若干，放入壶中，冲入煮好的丹井水，迅速将此水倒出涮过茶杯。再往宝壶中冲入滚水，约略用了片刻工夫焖茶，才以优雅的手法，将茶水均匀点注进入宝杯。

瞬间，从宝杯幻出一股毫光，夹杂着浓烈的香气透空而起。那似兰非兰的馨香冲进柳云的鼻翼，直透脑门。柳云情不自禁地捧杯，连连深吸三口，顿时觉得神清气爽，大有飘飘乎欲仙之感觉。

少停，柳云回到现实，以老到的眼力观之于茶水。但见茶水橘红如金色琥珀，清亮透彻。豪气翻滚之中，似乎隐藏着无穷的仙家奥秘。

观茶赏杯许久的柳云，终于忍不住轻啜了一口茶水。茶水甫一入口，即刻顺着齿颊漫延，清香浓烈，上透天庭，下通丹田，浑身轻松舒泰。此时的柳云，索性不加客套地眯上眼睛，凝神忘我地品啜起这闻名已久的神品灵茶。

看着老先生如醉如痴的样子，感受到其对于自己精心创制出来的橘红茶如此挚爱，华公子感动得差点不能自持。他静静地坐在那里，静观着柳云的忘情享受，默默地为之不断添着茶水。他甚至生怕弄出些微的声响来，以至惊扰了老先生的品茶雅兴。

过了有半炷香的工夫，整整一壶好茶，不知不觉间已被柳云饮尽。只见柳云长舒了一口气，睁开眼睛，以智者明亮的眼神看着华公子说："橘红好茶，果然名不虚传；宝壶宝杯，更是珍贵无比。老夫平生饮茶无数，相较之下，尚无能与之相匹者。"

华公子赶忙谦逊地说："先生谬赞，晚生荣幸之至。只是晚生尚有一不情之请，先生见多识广，对于橘红茶之可改进者，万望先生不吝赐教。"

柳云见华公子能以敬老之心而求教于己，心想，这个后生年纪轻轻，竟然有如此的胸襟和眼力，真正是个可造就之才。继而又深深感到惋惜，如此优秀的明珠英才竟然遗落商贾，未能为朝廷所用，真真遗憾之至。

柳云带着不易让人觉察的感情，极有深意地看了华公子一眼。随即转念想到：自古天下奇才，各有志向，向来不能强求。尚此子将来能在商贾上畅写春秋，资国富足，也可传为史乘佳话。若如此，老夫不妨于将来不时稍助其力，资其成功。于国于私，也是大功一件。

于是，心中释然的柳云，肯定地对华公子说："公子所创制之橘红，堪称佳茗极品。与老夫所知之历代贡品相比，则有过之而无不及。关于此茶之种植和制作，想来公子已然成熟在胸，在此就不需老夫赘述了。如今当务至要者，当为此名茶之售卖与扬名筹策。"

华公子欣喜道："先生此议，正为晚生所最病者。先生言及于此，定有高妙之计赐教于晚生。"

柳云道："以老夫愚见，公子应于来年将橘红推广于京师。京师乃国之皇都，贵胄风流所聚。如使橘红畅行于京师，为官家及名人文翰之士所崇，则天下风行此茶就不成问题了。如有幸能被皇家所器，列为贡茶，那就是万千之幸了。另外，尚可尝试将橘红茶推行于东洋海西。东洋素与华夏国朝一致，盛行饮茶；海西诸国遥远，近闻也学会品饮茗茶。特别是有一个叫英吉利的国度，其时尚女主当政。其中有一位人称维多利亚女王者，尤喜品饮中国茶茗，以至上行下效，举国成风。故公子如能把橘红销往海西诸国，岂不是名利双收的好事，也是宣扬我华夏国朝物阜文明之美事。"

华公子听完柳云绵密致远的建言，当即高兴得手舞足蹈，继而又皱眉道："先生之高议，固然绝佳，只是晚生孤陋寡闻，从未与官家有过来往，更未与东洋、海西之人打过交道。如欲将橘红输往京师，或者东西洋各国，将如何运作，心中着实无谱。"

柳云道："这个不难，老夫于京城颇有些交情，也认识几个洋人。届时为公子引见一二，当为举手之劳。"

华公子听柳云如是说，忙不迭地站起，快步走到柳云座前，无限感激地说道："晚生何德，能有幸得老先生如此惠顾。"言毕，一躬到地。

柳云见状，连忙伸手扶住华公子，动情地说："公子不必如此。公子乃难得之英才，本应为朝廷效力报国。但人不可夺志，老夫深明此理。今老夫能聊助公子成大志于一臂之力，这是你我有缘所致，也是老夫三生之幸也。"

华公子道："先生之教，诚为肺腑也。此恩此德，晚生将永生铭记。"

柳云道："顺天应人，常以天下苍生百姓为念，每存报效家国之心，乃君子所为也。公子从商行贾，如能牢记于此，自然也能标榜于青史，流芳于后世了。"

华公子道："先生所言，固然不谬，然自古以来，士农工商，以商为末，祖宗之制也。历代多少巨商大贾，即使富可敌国，到头来还是让人觉得只是满身铜臭而已。既登不了大雅之堂，更无缘于青史流芳。"

柳云道："公子差矣！历代巨商大贾固然给人以唯利是图、浑身铜臭、脑满肠肥之印象，然他们之中，忠国利民而留芳于后世者，其实并不寡见。例如，范蠡隐世而成商贾之祖陶朱公，吕不韦巨富舍财而有《吕氏春秋》，沈氏万三捐义资助太祖定天下而奠大明近三百年基业等等，不胜枚举。这些历史上有名的大商贾，皆因有一善念而至千古流芳。因此，凡从商者，只要其常留善念，能做一些于国于民有益的事，同样会得到人们的赞誉，也同样会得到历史的尊重和永远留芳名于青史。"

华公子道："先生通今博古，见识高远。只是晚生尚有一事请教于先生。既然商资贾利皆有助于富国裕民，为何历朝历代屡屡制定抑商鄙商之法规呢？"

柳云犹豫了一下，始而答道："我国历来是个人口众多的大国，民以饱食衣暖为天，故农桑乃国家定天下之根本。稳定、鼓励和发展农桑，成为各朝都要面对的首要问题。而从事商贾，利厚而富快，富则欲壑难填，往往于国之稳定不利。而且，如放任大量人口从商，肯定会大大影响农桑的生产，影响到万民的温饱。同时，还会造成人口流动过度频繁，造成国家统治成本的提高。因此，势必冲击国家的稳定，增加国家统治的困难。所以，历代就因承了农本商末和重农抑商的策令与传统了。"

华公子道："原来如此，难怪古人从商，一有赢利，即将赢资用来买田置地。究其本源，最为普遍者，应是基于田地为家国之根本，上有朝廷政策之保护，下能传承之子孙。而且，一旦富有土地，不但可保世代衣食无忧，尚可充当朝廷的顺民。以此推论之，这就是历代世人重士农而轻商贾之根由了。"

柳云道："公子聪慧，能认知至此，已属难能。倘若公子将来从商有大成，只要时时记住家国，上报国恩，下惠万民，遇善而施，逢困而济，始终如一，如是则可保富贵常在，青史流芳。"

华公子动容道："先生良言，晚生将时时铭记于心，镌之于行；上不辱祖宗之德惠，下不负先生之教诲。"

柳云道："公子言重了。"说毕，略显倦意。华公子见状，即着书童服侍柳云歇下不题。

第十七章

衔皇命柳云祀古塔　访手稿三家论昭明

话说柳云逗留于赛港，日日与华公子或是寻道踪踏古迹，踩青山沐斜阳，或是对饮高楼，谈文章论佛道，以至两人忘乎所以。正是所谓"山河自古演风流，人间到处多轶事"了。

一日，柳云与华公子莅临赛港左近之莲花山中览迹怀古，徜徉于唐宋古遗迹之旁，议论与感怀着人间沧桑巨变的冷酷与遗憾，忽然，有一朝廷信使，由府衙差役引路，气喘吁吁地来到柳云的面前，神情庄穆地对柳云道："柳相爷接密旨。"

柳云和华公子慌忙就地掸尘跪下，朝廷信使郑重地将皇上的密旨交到柳云的手里，然后，十分恭谨地对柳云说："打扰相爷雅兴，请见谅！皇上口谕：希望相爷尽快还朝。"

信使说完，迅即下山回京缴旨。站在一旁还没有回过神来的华公子，猛然被柳云挽手一带说："走，回去说话。"说毕，俩人默默地快步朝着山下走去。

两人刚跨进橘红楼，华公子就抢先一步，推金山倒玉柱，惊惶拜伏于地下，谢罪道："宰相莅临，晚生竟然有眼不识泰山，惶恐告罪。"

柳云慌忙双手扶起华公子，慈和地说道："公子不可见外，你我相知于无意之中，相见恨晚，本无官民之分。老夫未向公子显露身份者，实在是欲与公子平等相处、实心相交罢了。如今公子已知老夫身份，还请公子能如之前，不必生分，对外更不可张扬。"

华公子感激地说："诚如相爷之命。"说完将柳云延入客厅坐下，赶紧煮水布茶去了。

柳云小心翼翼地开读皇帝的密旨。原来，当朝皇帝精通文史，喜欢临幸天下之形胜。早年下江南登天目、览古迹、怀史乘之余，尤其感念南朝萧梁昭明太子的文采和胸襟，赞誉昭明太子的潇洒人生。皇帝知道昭明太子的隐居地除了天目山以外，尚有南边的北鳌山。因国事所羁，每常以未能临幸北鳌山而为憾事。此次恰值柳云微服闽地，偶然想起北鳌山就在赛港北向境内，故此才特差钦使，旨令柳云代为前往瞻祭鳌峰寺塔，顺便探访昭明太子之遗迹。

少停，华公子烹茶已毕，遂延请柳相国入座品茶。柳云先将圣旨内容对华公子说明，并要华公子一同前往完成皇命。华公子欣喜领命。

次日，华公子打点简单行装，带着随侍书童和两个家人，随柳相国起程前往鳌峰昭明寺完成皇命。

一行人紧走慢行，于第三天来到了北鳌山下。恰值秋雨绵绵，但见北鳌山笼罩在一片浓密的雨雾之中，给人以一种厚重和神秘的感觉。虽然晚秋的雨雾已经使人感觉到丝丝的凉意，古老的石板路也显得比平时涅滑难行，但这些并没有妨碍柳云和华公子去完成皇命的热情与决心。他们一前一后，艰难地攀行于人称"十八盘"的险峻青石路上。

"十八盘"是登上北鳌山的唯一通道，其循山而上，中经十八盘，高险无比，是考验每个朝山香客的第一道难关。

整个北鳌山是个独立隆起的山峰，海拔近六百米，形似出海神鳌。山之四周峭壁临空，古木参天，虬松翠柏。山上有一平展台地，面积约有五六十亩光景。

当年萧梁的昭明太子南行寻找隐居福地，过分水关而心念来潮，于是，驻足踏勘，遂得北鳌山而搭寮驻留。不久，更上书太祖梁武帝，得父皇恩准，遂于北鳌山赐建寺塔以镇温麻，留下了一段历史佳话。

至今，北鳌山上的鳌峰寺，仍然留有不少与当年昭明太子有关的古迹，更世代流传着有关昭明太子在此读书崇佛的事迹与传说。

柳云和华公子不顾路途劳顿，兴致勃勃地沿着险峻的十八盘向上攀爬。好不容易到达山顶，一行人气喘吁吁地来到鳌峰寺门，方丈和众僧侣早已列队迎于寺门两侧。

柳云整衣上前，方丈前导，众人随后，来到了大殿之前。柳云登上殿堂台阶之上，当众大声宣读了皇帝的圣谕。僧侣们俯伏地上，齐声高呼："谢皇帝隆恩，祝圣主万寿无疆！"

宣旨毕，方丈即引柳云和华公子进入佛堂，拈香拜佛，瞻仰古迹。每到一处，方丈皆讲解至详。尤其是与昭明太子有关的古迹，柳云都询问再三，绝不放过任何疑问。

晚斋过后，方丈请柳云和华公子品茶论佛。他们来到了一间方丈平日休憩的房间。这是一间佛韵浓烈，且文儒兼具、绝尘雅洁的静室。估计能有幸到此静室做客的，定然也只有与方丈相知和投契的文儒高僧了。

静室坐西朝东，前临峭壁，后靠藏经楼。室内北面靠壁是一座精致小巧的佛龛，龛内供奉着一尊小巧的缅玉释迦牟尼像，正西靠墙是一架素雅的香楠木坐床，靠南是一架码放着整齐的线装书籍的书橱，正东开一窗，可直面海口。靠窗处摆放茶几，茶几和椅子都是百年老樟木做成的。几上的茶具特别雅致诱人，一只毫无装饰的紫砂壶，观其厚重的包浆，可知其是颇有年头的宝物。清一色的六只紫玉茶杯，从其暗紫色中，隐隐透露着迷人的油脂光晕；以内蕴的油脂毫光和精致的做工断之，玉材来自新疆和田，做工定然是出自名满大江南北的苏州师傅。

三人分宾主坐下，方丈取出产自于鸿雪洞的上等云崖雪款待贵客。方丈高妙的烹茶技艺，甚得柳云和华公子的称誉。几杯好茶下肚后，柳云就话题一转，询之于方丈说："老夫闻知，史上昭明太子曾经在贵寺隐居读书经年，颇富著述，有

《文选》和《金刚经解》等手稿遗留，未知确否？"

方丈的长眉不易觉察地抖动了一下，随即就低眉垂目地恭敬答道："阿弥陀佛！施主博闻，果然名不虚传。老衲年轻的时候，曾经听师父谈过此事，说是本寺曾经珍藏有昭明太子留下的《文选》和《金刚经解》等手稿，这些手稿是本寺最为珍贵的镇寺至宝。后因贼人频频窥视，为了安全，本寺高祖就将这些手稿密藏于山后的某处洞穴之中。数百年来，这些珍贵手稿再也没人看过。"

柳云略带遗憾地说："请问方丈，为何贵寺其后就没人知道这些手稿藏于何处呢？"

方丈答道："自经书密藏以后，历代以来只有在方丈传位之时，方才口传一密偈，并交代只有机缘到来，这批珍贵手稿才会出世。但密偈至今无人破解。至于藏经方位，从不下传。时日久远，后代的住持方丈，也就无从知晓了。"

柳云疑惑地说："贵寺几百年来就没人寻找过它们吗？"

方丈肯定地说："有的。本寺历代继位方丈，学识殷厚者，不乏其人。特别是仰慕昭明文采者，更是大有其人。他们中有的穷其一世，以期破解偈语，希望一睹经书的风采，但到头来都是徒劳心力而无缘。至于心怀不轨而窥视这批珍宝者，历代更是不乏其人。只是其挖空心思所得，最终也仅仅是竹篮之水罢了。"

柳云说道："这么说来，这批珍贵的昭明手稿虽没有出世，但也还是安然无恙了？"

92

方丈郑重地点了点头，然后，举壶为柳云和华公子续茶。柳云一边品茶，一边以探询的口吻问道："贵寺历代高僧不断，至今就没有人破解得了偈语吗？"

方丈犹豫了一下，接着缓缓地说道："是的，偈语内容确实生涩难解！历来本寺住持方丈新老交接，偈语是最重要的信物之一。一般地说，由老住持方丈亲自口授下传。老衲三十年前得继师父衣钵，师父口授密传偈语于老衲。此后，老衲也是绞尽脑汁，企图破解密偈的谜底。时至今日，仍然还是水中捞月。"

柳云道："适才老夫观之于室内的文章书法，心想必为法师手笔。以此推之，即知师父也是一位隐士高僧了。以师父之道德与文采，相信机缘一到，定能有福使昭明真迹重见于天日。"

只见方丈眼神一亮，直面柳云说道："感谢相爷之夸赞与鼓励！如有幸应验相爷之吉言，届时定然迎请相爷共赏指教。"

柳云客气道："老夫盛名难副，研读文牍遗留至深者，当属这位华公子。璞玉待琢，后生可畏啊！"

柳云推赞华公子，方丈内心里颇不以为然。但方丈还是带着赞佩的表情看着华公子，说道："公子一表人才，英气熠熠逼人。诚能得到文名满天下的当朝首辅推赞，定然是满腹经纶、人品优秀了。老衲平时也颇喜附庸风雅，喜读昭明典籍。但因学养有限，尚有一些不甚明了。今日有幸，得以当面请教于相爷和华公子，还望两位高人不吝赐教。"

柳云见方丈如是说，知道其有测试华公子文才之用意，遂以目示意，鼓励公子大胆应对。公子心有灵犀，对着柳云坦然笑了笑，然后，谦虚地对方丈说："师父研读昭明文选，心得精妙；所示问题，自然更是高绝。晚辈学问肤浅，还好当朝文魁和师父在座，识见不到之处，万望两位前辈纠正教导。"

柳云笑着说："自古长江后浪推前浪，世间总是新人胜旧人。方丈有何问题，尽管考问年轻人，不必顾忌。"

方丈见柳云如此说，就转而面对华公子道："以昭明太子短暂的三十一年阳寿而论之，请问公子，其如何能做到儒佛道的融会贯通呢？"

华公子胸有成竹地答道："史载说，昭明太子生而聪慧。三岁受孝经、论语，五岁遍读五经，悉通讽诵。可见其从小就受到了良好的儒学教育和经史修养，这为其后来入儒出道崇佛奠定了基础。昭明太子以宽容容众，以和谐理国；对上实现了'忠'国的立志，对下实践了'仁'众的大义。以至孝事其母，尊顺其父，力行了'孝'的精髓。他夜以继日、殚精竭虑地披览经史子集，以其聪慧的才思，独到的见解，著述了对后世具有极大影响的五言诗二十卷《英华集》，三十卷《文选》。昭明太子以至仁至孝立德，以大量著述立言，从而榜样地做到了儒家的最高典范。以昭明太子所处的地位和时代背景而言，当他无力与父皇和权贵势力抗争的时候，他不得已采纳了道家隐世的方法而安身，以崇佛念经而寻求心灵的安静。就昭明太子的际遇来说，他用短暂的一生，奇迹地完成了以儒入，以道出，以佛归的最佳归宿，遂成为我华夏文儒千古罕见之佼佼者。"

华公子品了一口茶，润了润喉嗓，接着补充道："浅陋之见，请两位前辈批评。"

方丈和柳云对视了一眼，柳云示意方丈先说。不得已，方丈先开口说道："公子之论，可谓是有史以来给予昭明太子之生平最简约明了之概括，所评公允且恰到好处。由此观之，公子确实是满腹经纶，英才罕见。但公子所论之中，认为昭明太子之皈依我佛是因时遇之不顺所至，老衲以为不然。以昭明太子尊贵之身而终归于我佛，绝不是因际遇的无奈而被迫为之，应是与生俱来之佛根和后天之佛缘相因所至。"

柳云说："以公子之高论，把昭明太子后来居山林寺庙从事著述归结于对俗世的逃避一说，老夫也有不同的解说。"

柳云暂时打住话头，借端茶润喉的当儿，看了看方丈与公子的反应，然后，缓慢地放下茶杯，带有无限惋惜的口吻接着说："历史上的昭明太子，不但是个仁义聪慧的储君，而且是个胸怀天下极有责任感的英雄。老夫愚见，昭明太子之所以在其短暂的一生中，能够做到尊儒入道崇佛，其实是其天性之中绝代聪慧与高度责任的集中体现。泱泱古今人寰，具备如昭明太子之素质者，史上并不多见。历代世人议论昭明太子，大多以'至仁至孝'作为对其一生最光艳的总结。其实不然，昭明太子作为国家的储君，当其父皇将国政委其监管时，出于高度的责任心，他尽其所能，大力推行仁政，以取民心，这是心怀父皇，更是心怀天下的大仁大孝。当其父皇一时听信奸佞之辈加给自己的谤言之时，年轻的昭明太子能毫无眷恋地离开权力中心而隐迹于山野林泉，是其以牺牲个人而顾全国家大局的高尚情操。另外，也使其能够集中精力地从事于自己最痴心的著述事业，以其超凡的才学和识见，完成了让人惊讶的锦绣硕实，其以一部《文选》而独步于天下后世，从而留给了后世一笔丰厚的文化遗产。这其中，还以博大的胸怀，既维护了其父子之间的慈孝关系，顾全了国家政局的稳定，又完成了自己最痴心的文章伟业。昭明太子以入于儒而出于儒，他是能留给后世大硕果和大典范的大儒。至于说其入道崇佛，那只不过是为其从事的伟业所进行的包装而已。"

方丈闻过柳云对昭明太子的评说，更显得极不以为然，忍不住委婉辩驳道："以昭明太子皇皇文章而显名于天下后世，这本为天下所共知的事实。然其显绩之本源，老衲以为无疑是来源于佛根禅养。对于昭明太子来说，无佛即无其后来之显绩，犹如无源便无浩浩之江河一样。"

聪敏的华公子知道方丈与柳云之争论，一个是以儒入论，一个以释者之观点评之，其实并无根本之不同，于是，赶紧接过方丈的话头，说道："两位前辈对于昭明太子的评说，可谓入情入理，精辟独到，令晚生聆之耳目一新。自古儒佛道本互容互通，以昭明太子之显绩而言，其无儒学之修养不行，无佛荫之庇护也不成。因此，是儒佛道共同造就了昭明太子之显绩而使之扬芳千古。"

柳云与方丈听了华公子之说，皆赞许地对其微笑着点了点头。方丈起身重新烹了一壶好茶，三人边饮边聊，继续着有关昭明太子的评说与争论，尽欢而散。

第十八章

顺道明堡娱情山水　俏丽村姑诘难宰相

柳云与华公子在鳌峰寺足足盘桓了数日，纵览了鳌峰寺的奇景风物，领略了北鳌山的雄险峻绝。这一日，天气晴好，两人告别了方丈和送行的僧侣，离开鳌峰寺下山。

根据华公子的提议，顺道前往明堡村考察槟榔芋。两人顺着桐川溪北行，一路纵情于迤逦的山水风光。长年生活于北地和终日忙于国家政务的柳云，忽然置身于这明山秀水之中，顿时萌起了仿学前朝之高人隐士，观秋花于旷野，闻鸟鸣于松林，嗅幽兰于空谷，品老茶于山寮的旷达意境。

两人走走停停，放任心性，率意感想，戏秋花惹鸣蝉，玩秋水听啾虫，直至傍晚，才来到了盛产槟榔芋的明堡村。一行人住进了华公子常设于明堡村收购槟榔芋的处所。这是一座精致的两层楼房。楼下为收购和仓储之用，两边为员工的住处和厨房；楼上就是华公子专为自己预备的住处，房间布置得清雅洁净。

华公子本一风流文士，即使从商事贾，仍然不改喜欢山光水色之本性。每稍遇闲暇，或者春花烂漫，或者秋实丰硕之时，总要到这秀美如世外桃源般的明堡村逗留几日，或饮清风尝美景，或吟即景索绝句，或捕风物作高画，重温一番文人隐士的行径，而后才重入尘世专心商贾。

柳云最欣赏华公子的就是与常人迥异的不羁本性。在华公子身上，他感受到了其具有的优秀儒商品行。平时，身居首辅的柳云，在与无数商贾打交道之中，他更多的是领略到了商人的唯利是图和无孔不入，也领教了他们之中的狡黠圆滑与势利冷酷。而眼前的华公子，虽沉浮于商海，但仍然能坚守文士之高洁儒雅和不亢不卑的本质，更将经商赢利，定位于展示才华和造福于社会、贡献于国家的崇高事业。这个定位与理想，是与做一个清官能吏而造福桑梓社稷殊途同归的。

柳云徘徊于华公子的居室，梳理着连日来对华公子的考评和看法，暗暗庆幸于此行所获得的丰硕成果。此时，前去亲自安排晚膳的华公子回到了楼上，礼请柳云到餐室进餐。

两人来到餐室，分宾主坐定。柳云举眼观之，只见桌上摆满了各种花色的山野美食。除了有用槟榔芋做成的各色菜肴以外，最显眼的就是一钵清蒸桐江鲈鱼，一瓮陈年女儿红佳酿了。除此之外，桌旁还站立着一位秀色可餐的村装小姑娘。小姑娘像一湾秋水，如一牙上弦月。

身为宰辅的柳云，惊讶于小姑娘的清雅，遂以怜爱的口吻问道："请问小姑娘，称何芳名，年龄多大啦？"

小村姑敛衽道："回老爷话，小女子尚在冲龄，名叫梦秋。做梦的梦，秋天的秋。"

如宝珠落玉盘般的简洁清亮的回话，更使柳云感到诧异。梦秋不但口齿伶俐，官音标准好听，而且回话礼貌大方，用词文雅。

其实，柳云在问话中，不经意间带出了一种想法。梦秋仅仅是这荒郊僻壤一个稍有姿色的女孩而已。绝顶聪明的姑娘，从眼神中解读出了柳云不经意间露出的轻视山村女孩的想法，这恰恰刺伤了梦秋小姑娘纯洁高傲的自尊心。因此，梦秋才以"冲龄"二字来作答柳云。

本来无心的柳云，听到姑娘的回话，即已察觉到自己刚才不经意间的失礼，同时，也领略到了眼前这位小姑娘的非比寻常。于是，柳云决定将错就错，索性进一步考考小姑娘的学问深浅。

柳云半认真半玩笑地说道："小姑娘聪明，以'冲龄'二字应付了老夫的问话。你可知道'冲龄'二字做何解释，有何出处吗？"

梦秋不甘示弱地说："回老爷话。老爷是尊贵的客人，小女子何敢应付于老爷的问话。山野小女子，有幸能得老爷下问年龄和名字，这是小女子的荣幸。至于老爷见问'冲龄'二字的意解和出处，小女子还是略知一二的。"

还是滴水不漏的回答，但柳云并不在意这些。他甫听梦秋小姑娘知道"冲龄"的意解和出处，就高兴地连连催促道："小姑娘，请讲！"

梦秋姑娘用秋水般清澈的眼睛，分别看了一眼柳云和华公子，然后，一本正经地学着平时华公子给其讲解文章的腔调，侃侃说道："冲通'僮（童）'也。僮，幼小之意。旧时有冲弱（年幼，幼稚）、冲年（幼年）、冲幼（年幼）、冲眇（幼小）等之说。故冲龄既指幼小的年龄，一般也泛指幼龄至二十岁之间的年龄。《记徐司空逸事》篇中有云：'始上亲政，方冲龄。'《正义》中解释说：'冲，与童声相近，皆为幼小之名，自称童人。言己幼小无知，故为谦也。'《后汉书·冲帝纪》注曰：'幼少在位曰冲。'"

柳云未等小姑娘脆甜的话音落实，即连连鼓掌道："小小年纪，便有这般识见和博闻，真让老夫耳目一新，大开眼界了。"

柳云微笑着转头看了华公子一眼，接着对梦秋姑娘道："姑娘秀外慧中，学养即能如此丰实，果然名师出高徒。单就取芳名为梦秋，想来定有高妙讲究了。老夫好奇，不知姑娘肯赐教否？"

梦秋赶紧答道："老爷客气了。其实，乡野农家取名，本也没有什么讲究，只认好叫好听就行了。至于小女子之名，虽说也随风就俗，然正如老爷适才所说，确实也有一些讲究。"

梦秋姑娘的父亲是明堡村的长老之一，为人古道热肠，深得村人的敬重。华公子从小喜食槟榔芋，随着商贸往来的增多，往往也用槟榔芋作为日常交际之用，因此，需用芋头的数量逐年增多，遂索性派人常驻明堡村，采购上等槟榔芋。久而久之，与梦秋的父亲平伯结交成为莫逆，与梦秋全家也处得如亲人一般。

随着梦秋年龄的增长，其超常的聪慧和理解力逐渐被华公子所发现，公子深深喜爱之。华公子每次来到明堡村，总要专门抽出时间，教梦秋诗词歌赋文章。聪明的梦秋姑娘，往往一学就会。几年下来，梦秋姑娘已经是满腹经纶而不亚须眉了。

今天，柳云发现小姑娘兰心蕙质，楚楚可人，有意要考问其才学根底，故此数以问话激之发挥。而梦秋姑娘也是一个恃才傲物，天不怕地不怕，得理不饶人的小姑娘。正因为柳云不顾姑娘忌讳的问话，让梦秋觉得他大有藐视村姑而居高临下的嫌疑，所以，梦秋才尽显才学以报之。

姑娘接着刚才的话头说："小女子临世之时，娘亲确曾得一梦才至分娩。听娘亲讲过，当时她做了一个好奇怪的梦，梦见自己来到一个百花盛开的处所，到处繁花似锦，鸟雀和鸣，小桥流水，馨草葱绿，蜂蝶捉对戏舞。

"这是一个从来也没有见过的陌生地方，娘亲不辨东西南北地走着看着。走累了，遂就地倚在一棵大如伞盖、开着洁白繁花的柚子树下休息。她背靠树干，观赏着好看的柚子花，闻着香甜的柚子花香，浑身感到非常舒服。看着看着，娘亲就坐在树下睡着了。等到娘亲一觉醒来，竟然发现已经生下了小女子。此时，头顶上的柚子树，忽然挂满了金黄色的颗颗柚子。正当娘亲感到诧异的时候，树上掉下了一只饱满的柚子，柚子着地后弹跳了几下，就滚到了小女子的面前。小女子伸着小手要抓柚子，却怎么努力也够不着，于是，'哇'的一声哭了起来。这一声尖利的婴儿哭声既惊醒了娘亲，也向人们宣告，小女子来到人世间了。"

华公子没有听过这个故事，他十分感兴趣地插口问道："这么说，你娘亲是在梦中把你生下来的，而且是在秋天，所以才给你取名叫梦秋了。"

柳云也接口道："有趣，有趣。梦秋，梦里的秋天。名字是够雅趣有诗意的了，只是萧瑟了点。如果是生在春天，取名叫梦春就好了。"

柳云的话音刚落，就听到梦秋姑娘反驳说："两位老爷都错了，小女子就是降生在春天。"

柳云和华公子几乎是异口同声地问道："那又为何取名叫梦秋呢？"

只见小姑娘停顿了一下，分别看了两位长辈一眼，似有难言之隐。华公子见状，以鼓励的口吻说道："说吧，今日不讲忌讳！"

柳云也用鼓励的眼神看着小姑娘。梦秋见状，这才大方地说道："世间的官家老爷们都是锦衣玉食者，只知道吟风赏月，纵酒勾栏，追逐名利，甚至于因权因势而鱼肉百姓，伤天害理，哪里知晓农家的苦楚和艰难啊！农人之家，一年到头，不管是风霜雨雪，或是日头灼人，日日披星星戴月亮、顶风雨冒严寒地干活劳作，哪里顾得上什么春花秋月。本来，父母确实决定选用'梦春'二字作为小女子的名字，娘亲觉得给女儿取名梦春好听吉利，但是，父亲却说，农人家年年盼的不是春花而是秋实。女儿见金色柚而降生，这是丰年的好兆头。况且，'柚'通'有'，寓含富有的意思。金色柚成熟于秋天，春华秋实，秋实才是农家的祈望。既然女儿是梦中所生，且与秋天成熟的金色柚有缘，那就为女儿取名叫梦秋吧！"

第十九章

梦秋女夜宴解佳肴　桐江鲈风俗说典故

　　小姑娘一席借题发挥的犀利议论，窘得两位老爷脸红耳热起来。柳云生于显宦之家，能够给予柳云严厉教导的，屈指也就只有父亲和业师。除此之外，还从来没有人敢当面指责于他。就是当今皇帝，通常也是极为礼重于柳云。让柳云万万没有想到的，这第三个敢于当面教训于他的，竟然是一个尚在冲龄的乡野小姑娘。当然，小姑娘的议论确实是入情入理。就算有所偏颇，也是出自一个冰清玉洁、毫无尘杂、让人无比怜惜的小姑娘嘴里。况且，自古还有童言无忌之说。

　　想到这里的柳云，刚才心中泛起的一丝不快，顷刻间冰解释然。他满脸笑容地对小姑娘说："父亲给你起了一个好名字。这里秀美的山水养育了你的聪慧和美丽，你的话不但让老夫无地自容，而且也指责了你的恩师。因此，老夫现在要罚你为我们斟酒。"

　　正在暗暗为梦秋捏一把汗的华公子，看到柳云如此大度和潇洒，又增加了一层对柳云的敬佩。于是，他顺着柳云的话头，笑着对梦秋说："只顾着闲聊，却冷落了桌上的这些酒菜。还不快点斟酒，可别饿坏了柳老爷。"

　　梦秋姑娘就势嫣然一笑，说道："正是，只顾着说话，倒耽误了老爷们用膳，小女子该死，该死！"说完，轻盈伶俐地分别给柳云和华公子斟了一杯女儿红。

　　看到满桌精致的山珍海味，特别是各色槟榔芋肴点，柳云早就乐开了怀。他迫不及待地夹起了一块如霜似雪的芋条，才刚放入口中，那种酥软清甜的感受立刻传遍全身。柳云边吃边用眼神看着梦秋姑娘，梦秋会意，马上介绍说："这叫'太姥山挂霜芋'，是以本地产的槟榔芋切条，用新鲜滚猪油炸到橘黄，最后将芋条放入煮开的蔗糖浆中煮一两刻钟，捞起晾干冷却即成。这道菜肴的特点是：香酥可口，滑爽甜嫩。"

　　尝过"太姥山挂霜芋"后，柳云没有顾得上品饮上好的女儿红，而是一口气接连品尝了"太极香芋泥""金鱼戏莲芋""八宝芋泥"等。梦秋姑娘同样对这些槟榔芋菜肴的烹制和特点，逐一详细作了介绍。

　　品尝过道道精美的菜肴，柳云独对"太极香芋泥"颇感新奇。于是，以考问的口吻说道："小姑娘，你能否解说一下这道'太极香芋泥'呢？"

　　梦秋忽闪了几下美丽的大眼睛，欢快地回道："老爷，这个不难。不过，说得不好，请老爷们指教！"

　　接着，梦秋先简约介绍了"太极香芋泥"的作料和烹调方法，然后，对之侃侃而谈了一番带有童稚般想象的说法。只听小姑娘说道："品尝这道菜肴，最能使人淡化功利，调和阴阳，升华敬畏自然的品性。"

听到小姑娘竟然于一道菜肴中套出如此大说辞，柳云不解地追问："小姑娘，怎能将一道普通菜肴随意与'淡化功利，调和阴阳，敬畏自然'牵强附会在一起呢?"

梦秋不慌不忙地笑着说："老爷，请您再细细品尝'太极香芋泥'，然后，才听小女子解说，好吗?"

柳云果然听从梦秋姑娘的建议，连连举汤勺从盘中挖出香芋泥，送入口中细细品味。果然，香芋泥那种热甜清爽的感觉迅速从口中扩散到全身。这是柳云品尝天下美味佳肴从未遇到的惬意感觉。

冰雪聪明的梦秋姑娘，已然窥知到了柳云的美妙感受，于是，不失时机地说道："以香芋泥恰到好处的甜淡爽滑之特点，定然能够使尝之者得到感化而淡化掉平日的忙碌功利；以菜肴具有调中补虚、益气消乏之功，能够使食之者得到调和阴阳、补身益壮的好处；以菜肴主料中的槟榔芋头、红枣、樱桃和瓜子仁而言，其都是来自原野中对人体最有补益的神物。正因为此，所食之人才会感受到自然的恩养而更加敬畏自然。"

柳云听了小姑娘的说道，不得不颔首表示赞同。尤其让柳云惊奇的是梦秋姑娘还介绍了本地的一道名菜。这道名菜叫清蒸桐江鲈鱼。有关鲈鱼的诸多典故，柳云知之不少，独有这里也出鲈鱼的典故，还真的是闻所未闻。

传说当年有一邵姓秀才，家住桐江边上，妻子临盆。恰值渔家海船回港，捕回鲜活的桐江鲈鱼。秀才久闻鲈鱼大补，遂向船家选购几尾上好鲈鱼，携回家给妻子补身子。

秀才的妻子生下孩儿后，身子血虚，几至气奄。于是，秀才马上命用人杀鱼烹煮鱼羹，为妻子补身子。安排妥当后，秀才来到妻子的床前，将烹煮好的鲈鱼羹喂给妻子食用。鱼羹汤鲜味美，须臾喝尽。

一连数日，秀才都用鲈鱼羹汤将养妻子的身体。这珍贵的桐江鲈鱼羹汤，果然不负盛名。妻子的脸色红润起来了，身体也康健了许多。盘问相公后，方知是桐江鲈鱼救了自己。妻子本性良善，顿时起了恻隐之心，马上要求秀才说："相公用鲈鱼羹滋补妾身，致使妾身身体复原。为妻适才偶得一梦，梦见圣姥嘱咐：临街有一老者鱼店，正在售卖两尾鲜活鲈鱼，此乃桐江鱼祖有难。恩请相公，快快过去将之买下到桐江放生。做此善事，神必佑汝。"

秀才听说是圣姥梦喻，不敢有违，匆匆赶到老者鱼店，果然看到两尾硕大鲜活的鲈鱼，安然无恙地养在鱼池里。于是，秀才遵照妻子的吩咐，掏钱将之买下，小心拿到桐江放了生。

从此以后，桐江以至濒海一带的港湾中，鲈鱼更加繁盛，成为本地有名的一大鱼种。硕大肥美的桐江鲈鱼，也成为本地最有名的海产佳肴。桐江一带从此相因成俗，凡女人生产，必以桐江鲈鱼羹为补。

听了梦秋姑娘讲的故事，柳云道："老夫再考问你一个问题，小姑娘愿意应对吗？"

梦秋谦恭地说："老爷垂爱考问，正是小女子难求之幸事！老爷请赐题，小女子定当知无不言，言无不尽。若有不妥之处，万望两位老爷批评指正。"

柳云说道："鲈鱼自古就是上品鱼珍，从来即为上流社会追逐的美味佳肴，尤其是千古文人食后感慨唱和的对象。鲈鱼又称花鲈、鲈板等，我国南北江海皆有产地。鲈鱼之表面有酷似七星的花纹，故俗名又称之为七星鲈鱼。七星鲈鱼与黄河鲤鱼、长江鲥鱼、太湖银鱼并称为'四大名鱼'。鲈鱼喜欢生活在咸淡水交界的近海港湾中，有名的产地南北皆有，其中也包括闽地的桐江，小姑娘可知道其中的典故吗？"

梦秋胸有成竹地答道："鲈鱼成为闻名天下的美食，首先应归功于宋代文人的推崇。军旅词人范仲淹一首《江上渔者》诗中的一句'江上往来人，但爱鲈鱼美'，就是历代咏鲈的千古绝唱。元代有一诗人叫张庸者，流寓江南，泛舟秋钓于彭郎矶，得肥美鲈鱼。欣喜之余，赋诗以舒心志。诗云：'小姑山到彭郎矶，老树含风黄叶飞。何人泊舟秋色里，钓得鲈鱼三尺肥。'昔日，本朝皇上临幸江南，地方鲈鱼羹汤进奉。皇上对当地鲈鱼之美赞不绝口，遂诏令当地成例入贡。此后，鲈鱼就成名天下而为人们追求的美味佳肴了。时人有诗为证：'芽姜紫醋炙银鱼，雪碗擎来二尺余。尚有桃花春气在，此中风味胜莼鲈。'"

梦秋侃侃而谈了一通有关鲈鱼的典故，听得个柳云不住地点头。其实，历代有关鲈鱼的史章典籍，对于学富五车的柳云来说，更是了然于胸。当下，他轻轻地对梦秋说："史载还有一个非常知名的'只钓鲈鱼不钓名'的典故，小姑娘可知晓否？"

梦秋还是不假思索地回答道："知道啊！老师喜欢这个典故，故此小女子也耳熟能详。"

说到这里，梦秋先看了华公子一眼，得到了公子的鼓励，于是，继续说道："'只钓鲈鱼不钓名'的典故，出自元代山水名画家吴镇名画《洞庭渔隐图》中的题词。词题于画作的上方，词牌名为《渔歌子》。"

接着，梦秋停顿了一下，略微调了调情感，然后，朗声诵道："洞庭湖上晚风生，风揽湖心一叶横。兰棹稳，草花新，只钓鲈鱼不钓名。"

听到梦秋带着稚嫩情感朗诵出来的《渔歌子》，竟然别有一番韵味，柳云高兴地说："好好，朗诵得好！小姑娘能否将词义与画家志趣结合在一起，作进一步点评啊？"

梦秋忽闪了几下清澈无尘的大眼睛，想了想，然后说道："小女子不知能否说得好，请两位前辈教导！"

在柳云和华公子的鼓励下，梦秋说道："在北方胡人统治下的元朝，汉族文人大都郁郁不得志，吴镇就是其中最重要的代表之一。他所作的《洞庭渔隐图》和画作上题写的《渔歌子》，应是其抒怀畅志的真实写照。对于当时的吴镇来说，远离政治，归隐林泉，纵情山水，吟诗作画，应该是最好的归宿。言出心声，'只钓鲈鱼不钓名'就是吴镇现实生活的真实写照。"

听到这里的柳云和华公子，齐齐拍掌喝彩。梦秋的一席讲解，使得柳云受用无比，慨叹此行开了眼界。

酒足饭饱的柳云，乘兴又考了一番梦秋姑娘的诗词典故。对此梦秋皆能对答如流，乐得个饱学宰辅开怀畅快，连连饮酒。

忽然，带着些微酒意的柳云，附耳对华公子说："老夫常以膝下缺少螟蛉之女为憾，今观此女颇与老夫有缘，老夫有意收为义女，还请公子勉力玉成。"

华公子且惊且喜地响应道："此乃天大的喜事，乃梦秋姑娘三生之造化。请相爷放心，一切包在晚生身上。"

梦秋姑娘见两位神秘，知趣地收拾起杯盘退下，少停，为两位老爷沏了一壶橘红好茶。两人又闲聊了一会儿逸闻风物，饮尽壶中好茶，方才各自歇下不题。

第二十章

祖上厚德相府千金　神山三宝相得益彰

受到柳云重托的华公子，于次日将柳相爷欲收梦秋为义女的喜讯，委婉地告知了梦秋父母及其家人。除了梦秋显得冷静以外，其父母和家人皆欢喜雀跃。

一时，当朝宰相莅临明堡村，农家女梦秋姑娘即将成为相府千金的喜讯，如春风般迅速传遍了这偏僻的山野村落，引起了整个山村的空前轰动。村里的长辈们聚首议论说，这是山村千古未有之奇闻与荣光。

梦秋姑娘的父亲平伯，早年曾念过几年诗书，略通文墨。由于勤劳奋斗，家道还算殷实。平日里，为人更是厚实公道，乐于助人。因此，村里人都将其视为主心骨，凡事皆请之决断处置。每逢排解纠纷，解决邻里矛盾，皆能公平无私，以故村人将之尊称为平伯。如今，女儿被当朝宰相收为义女，平端里又出了一位相府千金，村民们都为之感到骄傲和欢欣鼓舞。

平伯领着村里较有头脸的长辈，谒见了柳相爷。柳相爷亲切地接见了他们，询问了一些有关种槟榔芋的问题和村民的生活状况。平伯代表村民感谢相爷的关怀，还代表全家感谢相爷恩收梦秋为螟蛉的大德，再三说着希望相爷今后对女儿梦秋要严加管教的话。

当晚，柳云出钱委托华公子置办了酒席，宴请全村的成年男性村民。村民们雀跃欢声，齐赞柳相爷的深恩厚德。宴席上，由华公子主持，在村民们的瞵瞵眼光中，尊请柳云上座，引导梦秋姑娘行了跪拜大礼。只听梦秋姑娘款款跪拜，高声说道："父亲大人在上，请受女儿三拜之礼。愿父亲大人宦途顺远，吉祥安康。"

柳云受了小姑娘三拜后，赶紧起身双手扶起梦秋，高兴地说："好女儿，别多礼了。为父在外，没什么好礼物，只有随身带着的一块御赐玉佩，给女儿作个纪念吧！"

说毕，解下玉佩，亲手交到小姑娘的手里，梦秋姑娘谢过。接着，华公子将专门托人连夜打制的一个小金佛送给梦秋。其他人也多有礼物相送，小姑娘逐一谢过。

第三日，华公子为柳云备办了鞍马暖轿，另备了一顶小轿供梦秋乘坐，全体村民集中到村口，依依不舍地欢送柳相爷父女回京。平伯老夫妻目送着女儿的轿子渐渐隐没在山路的尽头，两行不知是喜还是悲的眼泪，簌簌不停地顺着脸颊往下掉着。

话说柳云一行，轻车简从，晓行夜住，不日就回到了京城。北返途中，梦秋无微不至地照顾着义父，使柳云免去了许多旅途劳顿困闷之苦，乐得柳云在心里老是念叨着："感谢上苍眷顾！"

回到相府，柳云第一件事就是引梦秋拜见了夫人，并简单叙说了收梦秋为义女的经过，乐得柳夫人如获至宝似的，拉着梦秋左看右看，问长问短。柳云见状，才放心地换上朝服，坐轿前往宫中谒见皇帝缴旨。

皇帝在南书房接见了柳云，行礼毕，皇帝赐座。柳云先将此行所了解到的有关橘红茶和华公子的情况，详细向皇帝作了奏报。

皇帝听了后，关心地问道："柳爱卿，这个华义茗的才学和人品如何？橘红茶真的有那么神奇吗？"

柳云根据自己考察的结果，介绍了华公子的才学和为人品行，然后，又将华公子进献的一包上好橘红茶献给了皇帝，请皇帝亲自品评。

近侍收过茶叶，皇帝吩咐泡上一盏。不久，近侍将泡好的橘红奉上。皇帝闻啜品饮后，觉得果然名不虚传。

听过柳云介绍，又品了好茶的皇帝，也觉得朝廷遗落像华公子这等人才于草莽之间，确实是可惜。皇帝顿了一下，随即颁旨柳云说："柳爱卿，今后朝廷要时刻留意，有机缘定要荐引华公子报效国家。"

柳云领旨，接着，向皇帝陈述了奉旨鳌峰寺宣示皇恩的整个过程，并密报了查找昭明太子遗稿的结果。皇帝惊喜地问道："昭明太子的遗稿，确实还存在鳌峰寺？"

柳云答道："根据寺僧提供的情况，应该还在。只是埋藏于何处，只有待到参破密传偈语后，方有得瞻此宝的可能。"

原来，当朝皇帝自即位以来，四夷宾服，天下承平，人民殷富。国事之余暇，极喜诗词歌赋，书画古玩。流落于天下之珍稀的古籍善本、名家书画、瓷珍宝玉等等，源源不断地流入宫廷，以至皇家藏珍之富有，历代罕有其匹。

有关昭明太子之遗稿的传言，今上早在储居东宫之时，就曾听先生讲述过，从此以后，念念于昭明太子之遗稿而不能忘怀。自从即位以来，渴望得此珍宝之愿望更加强烈。今次柳云密使南方，故发饬令使其密访之。

皇帝听过柳云的禀报后，虽然觉得甚为遗憾，但因知晓了遗稿的确切下落，心中多少有了些许的慰藉，于是，对柳云说："爱卿此番南下，解去朕忧不少。朕甚感欣慰。爱卿旅途劳顿，应好好养息几日。至于有关遗稿的事情，往后慢慢再想办法。"

柳云连忙起座跪下，叩谢皇恩之余，似乎还有话说。皇帝见状，问柳云道："爱卿，尚有事启奏吗？"

柳云说道："是的，不过是臣的私事。臣正在为难，不知当奏不当奏。"

皇帝笑着说道："爱卿是朕的股肱大臣，私事即国事。快快奏来，有何为难，朕为爱卿解之。"

当今皇帝，本是个甚能体下的太平天子，更何况柳云是当朝最忠诚最有才华的股肱之臣，平日里皇帝就优礼有加。今日柳云说有事，皇帝自然要打破砂锅问到底了。

柳云看到皇帝着急的样子，赶紧禀报说："其实也不是什么大不了的事情。此次臣奉旨南下，为了考察太姥山槟榔芋的产地，与华公子前往一个叫明堡村的小山村，偶遇一聪明伶俐的小村姑，不但人长得雅致聪明，而且能文会诗，与臣议论典故，滔滔不绝，文底深厚，口辩极好，思维敏捷，连臣都自愧不如。当时，臣觉得与这山村女孩甚有缘，因此，就将其收为螟蛉之女而带回了京城。"

皇帝听后，大为高兴地说："好事！大好事嘛！明日早朝后，爱卿可带小姑娘见朕，朕倒要考考这能让当代大宰辅动心的小姑娘。"

柳云领旨，再次谢过天恩，辞朝回府。

话说梦秋姑娘进了相府后，见了柳夫人，柳夫人一见就喜爱有加。柳云回府，召集柳府上下人等，由柳云向全家人介绍了新来的小姐，柳夫人还当场为小姐指派了贴身伺候丫鬟，吩咐伺候好小姐。

初入相府的梦秋姑娘，聪明伶俐之中还特别显得落落大方。很快，小姑娘就与柳夫人相处得亲密无间，并获得了相府全家大小的喜欢。从此，梦秋姑娘就成为相府全家上下最疼爱的千金小姐了。

第二天早朝后，柳云遵旨带女儿梦秋等候皇帝的召见。太平盛世，海晏河清。皇帝登朝，本无紧急政务。每日朝堂理政，照例只是听听一班文武大臣说些歌功颂德的开心事而已。很快，掌殿太监拉长了声调，高声宣布退朝。

皇帝心情特好，退朝来到了南书房。随侍公公提醒道："启奏皇上，柳大学士带女儿梦秋在外候旨。"

皇帝一听，高兴地说："快宣，快快宣来见驾！"

太监走到书房门外，高声宣道："皇上有旨，大学士柳云带同女儿梦秋见驾喽！"

柳云和女儿听到宣召，即刻整衣趋入觐见。父女来到皇帝面前，行过大礼。皇帝恩宠，赐柳云座，梦秋则随侍在父亲之侧。

皇帝举龙目，细看了一回梦秋小姐，不觉赞叹道："果然眉清目秀，国色天香。柳爱卿得此佳女，福气，真是福气喔！"

柳云赶紧回道："谢陛下夸奖！老臣能得此女，乃是托皇上之洪福，仰赖祖宗之庇荫。"

皇帝面对梦秋，和颜悦色地问道："梦秋小姐初至京师，感觉习惯吗？"

原本低着头略显羞涩的梦秋，听到皇帝点名询问自己，便不慌不忙地抬头答道："回皇上话，小女子得蒙义父母疼宠，全家人关心，入京师如置身天堂。承蒙皇上浩天大恩召见，小女子和父母全家得沐浩荡皇宠，铭感于五内。"

梦秋小姐优雅、礼貌、得体的对答和银铃般的声音，高兴得皇帝且赞且问道：

"好个伶俐孝顺有礼的小姑娘。梦秋姑娘，想家吗？"

梦秋正色道："得皇上恩佑，义父慈养，才至小女子以乡野之弱质而一步登兰桂之高堂，本不该再有非分之想。小女子自从进京以来，得义父母之千般宠爱，视若掌珠，锦衣玉食，享不尽的荣华富贵，若以常人观之，正所谓可以乐不思蜀了，然越是如此，小女子越不敢忘却本源。每逢夜静，家乡的父母、兄弟姐妹和山林草木，甚至是春耕夏耘秋收冬藏等劳作场面，总是历历在目，有时连做梦也能常见。真是游子关山万里遥，才珍家乡千日好了。"梦秋说完，眼角已是珠光闪闪。

此时的皇帝和柳云，君臣俩竟双双被梦秋的一番话感动得不知所以。皇帝面对柳云说："这才是天性纯良孝心可嘉的好姑娘。百善孝为先。假如刚得富贵就忘掉父母，忘却过去的贫穷，那就不是做人的本分了。"

柳云赶紧接口道："皇上以孝治天下，正所谓为人不能忘本，更何况是生养自己的父母。梦秋可要牢记皇上的教诲！"

梦秋急忙知趣地跪下，谢过皇帝的召见和教诲。然后，与父亲柳云拜辞皇帝回府。

此后，每遇闲暇，皇帝每每召柳云带义女梦秋觐见，倾听梦秋姑娘讲述东南的风情逸事和丰饶的物产奇珍。

在府里，梦秋小姐更以其丰富的奇闻逸事，逗引得柳夫人及全家新奇不已。大家经常聚集在一起，听小姐讲述着新奇的故事和逸闻。

一日晚餐，柳云和夫人一边品尝着小姐亲自烹制的香酥槟榔芋，一边兴致极高地听小姐讲述家乡的特产故事。当讲到家乡太姥山有三宝的时候，柳夫人已经等不及了。柳夫人催促着说道："女儿，别卖关子了！快先说说三宝是什么吧！"

小姐答道："母亲勿急，请先听女儿清唱一首太姥山民歌，您就知道什么是三宝了。"

说完，小姐先清了一下嗓子。接着，一串甜美的太姥山民歌就犹如清泉一般，汩汩地从梦秋的樱桃小嘴里流了出来。其歌词是：

> 槟榔芋，酥而香；四季柚，增寿年；频饮一杯大白茶，体轻神健飘欲仙。太姥三绝扬四海，仙都珍宝缮八方。

听完民歌，柳云有感而发地对夫人说："这神山三宝确实是名不虚传。为夫此次奉旨南行，有幸在产地品尝到了槟榔芋和四季柚，品饮到了白茶珍品白毫银针，可算是口福不浅了！"

这神奇诱人的神山三宝到底有何佳妙呢？梦秋小姐对全家人逐一作了详细的介绍。

槟榔芋出产于神山北麓之明堡村一带，史载槟榔芋于当地栽培历史已经极为久远，属于天南星科魁芋类。神山地区因优良的自然环境，尤其是松软肥沃的土壤，具备了槟榔芋生长发育的完美条件。槟榔芋收成季节约在每年的晚秋。成熟的槟榔芋，外观形美个大，一般单个可达两三公斤左右。芋肉乳白带紫红色，蒸煮易熟，肉质细、松、酥，浓香可口。

四季柚是罕见的仙果。它一年四季开花，花色雪白，浓香四溢迷人。果实呈倒卵形，清香甜美，单果重一两公斤，果皮黄绿色，气味芳香，皮薄籽少，果肉瓣若银梳，肉似白玉。特别奇异的是四季柚有很好的祛毒降燥、延寿养颜之神效。另外，四季柚果实大小适中，素有高贵、团圆、吉祥之誉，象征花好、月圆、人寿之意，是祈求美满幸福的珍贵祭品和赠物。

茶叶发源于中国，唐宋以后，人们根据其加工方法之歧异，将之分为红、绿、青、白、黄、黑六大类。凡是珍稀茶属，更是只有名山异境才能孕育。白茶源起于东南神山中陡峭之崖壁上，传说其祖树为圣姥亲手所种。白茶特别珍稀，常喝能祛病延年和驻颜美容。

听了小姐诱人的讲述，柳夫人最是兴奋。她对小姐说："乖女儿，你说的神山三宝，为娘也是尝过了。只是听了女儿如此一讲述，为娘倒特别想到南边，目睹一番了。"

柳夫人说完看了看柳云，柳云微笑不语。梦秋小姐意会，面对柳云说："父亲大人，可否向皇上讨一道圣旨，带同母亲大人到南边一游？"

柳云只点头而不作答，全家心照不宣。当晚，一家子吃着四季柚，品饮着白茶珍品云崖雪，天南海北闲话着，一直到夜深，方才尽兴散去不题。

第二十一章

东南物产誉满京华　洋商夜访初会公子

柳云从太姥山带回来的珍贵物产，除了贡奉给皇家的以外，余下的尚有少许。为此，柳云特地举办了一次小型的家宴，几位平时与柳大学士相契的同僚，都得到了柳云的邀请。席上，品尝到槟榔芋和四季柚的时候，众人皆啧啧称奇，齐赞果然名不虚传。

有好事者，竟然将柳云收义女得奇珍异物的事传为佳话。一时，酒馆茶楼、市坊街巷，都在热议着发生在相国府的好事。皇帝的召见和赞誉，更使得文武百官趁机推波助澜，闹得整个帝都沸沸扬扬。这一传播，倒把梦秋小姐连同原本深藏于东南神山之中的槟榔芋、四季柚和橘红宝茶折腾出个名震中外来。

天朝帝都，物阜丰华；士商僧俗，摩肩接踵。正所谓南腔北调，黑白人种，无不汇集于其中。或因仰慕观光，或为商利而来。在众多纷至沓来的东洋人、南洋人，甚至是西洋人之中，不乏懂茶嗜茶者。其中有高明的洋人客商，更以其敏锐的嗅觉，似乎已经闻到了京师热传的橘红宝茶所蕴含的巨大商机。他们在各种传说之中，寻找着能够接近华公子的线索。有消息灵通者，得知南方神山三宝之所以能够在京师迅速扬名，与当朝宰辅柳云的引荐有关。于是，这一班无孔不入的洋商，开始变着法子与柳云接近，企图能够得到柳相爷的引路，直接与华公子接上关系。

当时，一派繁华的京师，可谓鱼龙混杂。每天熙熙攘攘的人流之中，混杂着天朝贵胄、王孙公子、文人雅士、富商大贾和市井平民。尤其是那些肤色白的、黑的、棕的洋客人，不但脸形和体貌都有别于天朝子民，还操着各种叽里呱啦的语言。

表面上看，这些洋人成天旁若无人地在京城各处闲逛着，显示出对中华神都那种迫切的好奇与仰慕。其实，这些来自遥远的英吉利、法兰西、荷兰、葡萄牙、西班牙、印度、斯里兰卡等国度的洋人，不论其身份是传教士和学者，或是使者和游客，他们之间都有着一个目的，那就是到天朝淘宝，寻找发财的机会。

置身于物宝天华的京师，犹如进入了人间天堂。洋人们几乎对任何东西都觉得新奇。最让洋人们着迷和倾倒的首推丝绸、瓷器和茶叶。最让他们捉摸不透的，就是如何区分各种茶叶名品和与之相关的茶文化知识了。

从十四世纪开始，西洋各国因推行重商主义而致富，因发展资本主义而强大，因富强而向世界各国强力推行血腥的殖民主义。他们先后征服了非洲、美洲、大洋洲，直至亚洲的印度、缅甸和南洋诸岛国。接着，这些号称上帝使者的殖民者们，开始以贪婪的野性从四面八方涌向了中国。

一时间，西洋各国从政府到民间，一波又一波的使华热潮，接连不断。他们越来越频繁地去目睹和了解东方中国的富庶和神奇，同时也越来越迫切地企图打开中国几乎关闭着的国门。由此，他们不厌其烦地给天朝皇帝和首辅大臣赠送着各种新奇礼物，努力培育着友好的关系，希望能与天朝皇帝及其治下的商贾臣民建立互为信任的永久商务关系。

天朝皇帝本来就是一个喜欢热闹和新奇玩意的太平天子，因此，不管是哪国来的政府使团，或者私家商贾，都十分高兴地收下他们带来的进贡礼物，旨令有司热情款待，以显示天朝的好客和宽容大方。这些使团和客人临离开中国，还大多数能荣幸地得到皇帝的接见和优厚赏赐。天朝总是能够极尽好客之礼，让远客高兴而来，满载而归。

由柳云从太姥山带回的橘红贡茶，因洋人慕名喜欢，很快就被皇帝赏赐殆尽。一日，皇帝召见柳云，令其迅速从太姥山增加上贡橘红宝茶。柳云领命，立即以六百里加急，火速派人到太姥山宣旨，令华公子火速拣选上好橘红茶百斤，亲自押送上贡朝廷。

华公子接旨后，不敢怠慢，连夜亲自监督包装。华夫人则亲自为夫君整理远行的一应衣装行李，以备公子明日北行。

第二天早上，华公子带着管家平伯和一应伙计，押运着贡茶，由水路日夜兼程地赶往京师。梦秋的父亲平伯，已于两年前成为华公子的管家。自从梦秋被柳相国收为义女入京后，他一直想念着女儿。此次奉旨入京贡茶，鉴于平伯思女心切，故华公子决定带平伯一同入京，一者路上有个老成的管事照应，二者也能让其父女见个面。

华公子一行，于赛港搭海船，恰好一路顺风，两日就到达了扬州。稍事休息后，就转道运河直航通州，不日就十分顺利地到达了京师。

华公子先向有司交割了贡茶。然后，在柳云的引领下，觐见了皇帝。皇帝在书房召见了柳云和华公子，公子不慌不忙地行了大礼，皇帝赐柳云和华公子坐。华公子惶恐地奏道："臣一布衣，得蒙皇上召见，已是天恩浩荡，累世之幸。今于天子和当朝宰相面前，草民岂敢失礼！"

柳云笑着对华公子说："当今皇上，开明亲民，公子不必过分拘泥于礼数。何况皇上今日是以家礼接见于你我，皇上还想见识考问你这个来自海上仙都隐世大才子的学问深浅呢！公子不必过谦，遵从皇上的旨意吧！"

华公子听到柳云如是说，倒觉得有点不知所从了。皇帝见华公子局促不安的样子，开心地放声一串长笑。笑过之后，进而激之曰："山中才子，倒拘泥于繁文缛节了。随便些，随便些！"

华公子听完，脸色一红，赶忙叩头谢之曰："谢皇上隆恩，草民告坐就是了。"

谢毕，坐于柳云的下首。柳云见状，欣慰地点了点头，然后，转头徐徐地对皇帝说："皇上，依老臣愚见，这华公子可是遗之草莽之璞玉，不但人物倜傥，文采风流，而且深得制茶之精妙。所独创之橘红，已然名满天下。如此修为，也是仰仗皇上之洪福，国家之万幸了。"

皇帝高兴地说："柳卿家所言极是。以一品橘红名茶，而能独步天下，足见公子之能。能以一年轻布衣而与心高气傲闻名天下的当朝首辅柳云结为忘年，足见公子之德才。百闻不如一见，今朕亲眼见到公子，果然一表人才，气宇轩昂，始信公子确实是个难得之人物。听闻柳爱卿奏报，知道公子无意于功名而专心于茶业，朕甚为嘉许。今朕封公子为东南置茶使，领五品衔。每年于晚春为朕入京贡茶一次，好与朕和柳爱卿共品佳茗谈诗论文，如何？"

柳云听了，紧接着皇上的话音大声地说道："华义茗还不赶快谢主隆恩，这可是当今皇帝从未有的恩典！"

华公子闻声，迅疾跪倒尘埃，诚惶诚恐地说："谢皇上天恩！谢皇上与柳相爷之褒扬。皇上之深恩厚德，臣定衔枚以为报，就算粉身碎骨，也在所不辞！从来年始，每年必于春夏之交，入京贡茶，聆听皇上教诲，尽我臣子之忠责！"

皇帝赞许地点了点头，伸手端起茶杯。柳云领会，赶紧起身和华公子一同行礼，陛辞回府。受柳云盛邀，华公子客居于相府。留京期间，柳云公务之余，必与华公子日日相聚，高谈阔论，饮茶作诗书画，夤夜不知疲倦。

旬日之间，华公子入京贡茶得到皇上恩宠，与柳相交密的消息不胫而走，顿时传遍官场商界。一时间，有企图借台向上巴结者，有求橘红欲品宝茶之神韵者，有寻商机欲谈合作者，纷纷通过各种关系，争相与华公子结识交好。原本清高不喜交际应酬的华公子，一方面为了橘红的四海显扬，另一方面也有碍于各路官家的推荐，不得不使浑身解数，随风入俗地与之周旋一番。

一日，柳云郑重地告诉华公子，有一英吉利的外交商务使团到京访问。其团长叫马葛，自称是个中国通，已经多次率团访问过天朝。其不厌其烦的访问，目的就是要求通商。因而每次来华，都带来了一帮商家巨贾随行。

偏巧，马葛这一次来华，随行的有一位名满西洋的大茶商，这位茶商名叫约翰。约翰的父辈是最早来往东西方，经营中国茶叶贸易而发家致富的西洋商人。

论说起来，约翰的远祖还是英国维多利亚女王时代的江洋大盗，其加入英国东印度公司，干着亦盗亦商的勾当。其间，在马六甲华埠结识并相好了一位开茶馆的华人寡妇，从此学会并痴迷上了饮用中国茶的习惯。在华人寡妇的引导下，逐步收敛了杀人越货的勾当，专门做起了茶叶生意而发横财成为巨富。后来，其家族后代秉承祖业，把茶叶生意经营得越来越大，遂成为英吉利乃至西洋最具影响力的大茶商。

早前，约翰就已经知晓了橘红的大名，并有幸品饮到了皇帝赏赐给使华团员带回的宝茶，对于产自于东方太姥山之名茶的奇妙品质，印象极为深刻。约翰以商人对利润和商机的特有敏锐，预见到橘红将来必有不可估量的商业前景。因此，此次特地随使团来华，其主要目的就是要结识华公子，力求与之建立直接的商业关系。

约翰的运气特别得到上帝的眷顾。其刚到北京没几日，就从京师沸沸扬扬的传言中，得知他要寻找的华公子因贡茶也到了北京。约翰深知，这是一个难遇的机缘，不能错过。于是，约翰马上通过马葛与柳云的良好私人关系，求柳云引见认识华公子。

柳云拗不过马葛的请求，只得在未经华公子同意的前提下，就应允了洋人的请求。没想到这个约翰是个急性子，竟然不顾天色已晚，请求随柳云回府，马上引见华公子。

这种得寸进尺的失礼，也只有这些不懂华夏礼仪之洋人才会做得出来。柳云宽容地答应了洋人的请求，果然将约翰带回府里。然后，知会了华公子，安排约翰与之在自己的书房会见。

毫无思想准备的华公子，不好违背柳云的吩咐，只得硬着头皮到书房会见洋人约翰。已经在书房等候的约翰，一见华公子到来，赶忙快步地迎了上去，极为热情地操着半生不熟的华语，连连说着："你好，密斯华！"

乍然之间，从没见过西洋人的华公子，对于约翰的热情和大方显得极不自然，但在稍后，就被约翰的憨态和殷勤逗乐了。约翰是个见过世面的商人，最擅长于在短时间内捕捉到其所要交往对手的心理活动，更擅长于将自己的精明和目的隐藏在表面的憨态之下。

约翰先用最甜美的语言，恰到好处地赞扬了华公子及其橘红宝茶的好处。通过观察，发现华公子表面上虽不作任何反应，但对自己已产生好感，至少没有拒绝的意思。于是，约翰不失时机地表明了渴望购买或代销橘红的愿望。

约翰告诉华公子，只要每年能够卖给一定数量的橘红，价钱可以随华公子定，定多少他就给多少，而且可以预付。总之一句话，只要能给橘红，约翰什么条件都可以接受。

约翰的爽朗和大方，惊讶得华公子无言以对。华公子不敢相信，世上还有这样优厚的商业条件。简直是绝无仅有，打着灯笼也无处找寻。

华公子瞪大眼睛，看了约翰一会儿，不但知道约翰没有心理疾病，而且相信其绝非玩笑。平心而论，他无法拒绝洋人的请求。于是，经再三权衡后，才开口告诉约翰说："约翰先生，橘红是贡茶，是我们的国宝，本不欲售卖于你。然鉴于你的诚心，每年售卖给你五十斤，请不要嫌少。至于价钱，在下自会一视同仁，绝不会多收你一文钱。如果方便，希望你每年晚春时节，到赛港橘红楼做客，在下定会优礼款待于你。在取茶付款的同时，还可顺便饱览敝处之山水风光。"

约翰见华公子的回答如此豪爽，一时高兴得不知所措。他几步冲到公子的面前，猛地拥抱住了公子，亲热地拍了拍公子的肩膀。松开后，还极为真诚地拉着公子的手，连连说着成串的"Thank you（谢谢你）"。

约翰告辞回旅店了。他说明天要来和公子签合约，公子虽觉得多此一举，但他还是顺着这个洋人。

第二天，约翰果然拿着一纸拟好的合约，来见华公子，请公子审阅签字。合约是用华文写的，文辞不错。公子看完后，惊疑地说："约翰先生，每斤单价十二两，五十斤橘红总价六百两银子，你是否写错？"

约翰慷慨地说："没错，没错！我愿意出这个价。公子如觉得不够，我还可以添加些。"

约翰如此爽快，华公子也就不再说什么，顺势十分洒脱地说道："既如此，这次就依先生的。往后合作的时日还长，下次约翰先生可得依在下说了算数。"

华公子说完，约翰走上前，两人的手紧紧地握在一起，热情地传递着给予对方的信任。

华公子愉快地在合约上签了字画了押，两人各执一份。约翰拿着合约细心地看了看，小心翼翼地藏进随身带的皮包里收妥，然后，从包里掏出预先准备好的六百两银票，按约付给了华公子。双方再次握手，约翰还顺势紧紧拥抱了华公子，这才带着成功的喜悦，告辞而去。

第二十二章

父女同游结缘红螺　公子荐师执馆相府

华公子来到京师，又得到柳相国邀请，住进了相府。柳云和华公子虽年龄悬殊，但因秉性相似，爱好多同，实已成为无话不谈的忘年交。每次华公子留京期间，都是柳云最精神焕发的时候。柳云除了白天随朝伴驾以外，其余时间总是和华公子待在一起，不是品茶吟诗，就是徜徉于京师的名胜古迹。尤其是晚上，两人有时是守着一壶清茶，有时是饮酒碰杯，作诗唱和，直至夜深方休。

整个相府上下，对于华公子，也始终热情有礼，待之甚殷。更没有任何人敢将华公子看成是一个来自山里的白丁或商人。对于此，华公子打从内心里感激。

与华公子一同进京的管家平伯，与女儿梦秋相见，自有一番父女久别相逢的喜悦场面。

在家里时，梦秋小姐打小就乖巧懂事，故平伯宠爱女儿更胜于儿子。梦秋北上京师，入相府而成为千金小姐，对于做父亲的来说，这是一件连做梦都不敢想象的荣耀，自然高兴。但随着时日的推移，平伯夫妻思女之情却也越来越强烈。

临入京之时，夫妻俩一夜没睡，商量着给女儿带点什么。最后，老两口决定连夜为女儿做些平日最爱吃的槟榔芋葱油糕带上。比之平伯，老妻思女之切更加强烈，但因路途遥远不便随行，故而一夜之间，一遍又一遍地向平伯交代这个，叮嘱那个，唠唠叨叨个没完，一直到天明送丈夫出门远行，方才流着老泪回家。

平伯来到京师后，女儿梦秋小姐一直陪伴着老父亲，不厌其烦地听着老父亲讲述着自己离家后家里的一切，讲述着家乡新近发生的新鲜事。

在老父亲叙讲着母亲如何思念自己的时候，梦秋的脸上总是随时变换着伤心与喜悦的神情。最后，她满脸流泪地告诉父亲，恨不得马上重新回到母亲的膝下，以免去母亲对自己思念的痛苦。看到女儿如此恋亲孝顺，平伯高兴地劝慰着女儿说："傻孩子，你的幸福就是我们最大的宽慰，也是我们最大的荣耀。千万别生此傻念头，以免辜负柳相爷的一片慈爱之恩！"

梦秋懂事地点了点头，不再说什么。

与梦秋小姐一样，柳云全家也十分热情地款待了平伯。除了让梦秋小姐多陪陪老父亲以外，还专门指派两个家人随时听候小姐调遣，让小姐带着老父亲多多游览京城的繁华街市和名胜古迹。

平伯是个极为虔诚的佛家居士，在家里是鳌峰寺的常年护法。因此，梦秋小姐尽量满足着父亲的意愿，引领父亲逐个烧香拜访于京城的各大佛堂名寺。他们先后访问了广化寺、广济寺、灵光寺、龙泉寺、碧云寺、潭柘寺、大钟寺、法源寺、智化寺等。

某日，父女俩兴致勃勃地来到比较偏远的红螺寺烧香，先前梦秋也没有来过。父女俩刚一到红螺寺，一下子就被其间深厚的佛韵仙迹迷住了。

红螺寺位于京师北面，是一处风景秀丽的世外桃源。这里寺庙宏伟，香火旺盛。有关红螺寺来历的诸多传说中，至今还流传着一个最为让后人津津乐道的美丽传说。

曾有西天王母的两位公主，因为厌烦天宫生活的冷寂和天条律法的苛严，以至时常商量着伺机结伴下凡，去畅游人间美丽的山川大地，观赏令之神往的世间万象。

两位天庭公主好不容易等到了一个绝佳机会。她们趁着守卫天兵不注意，成功地溜出了戒备森严的瑶池仙境。姐妹俩一阵风驰电掣，一路从西牛贺洲、南赡部洲游玩而来，最后到达了东胜神洲。

东胜神洲在世界的东方，其雄奇与美丽较之其他地方更胜一筹。姐妹俩兴奋异常，她们无拘无束地畅游于其间。飞遍了三山五岳，领略了冰原草地；登昆仑，下东海，探访神仙洞府。饮丹露，品佳茗，遍尝了神果仙馐。

一日，两位仙姝驾祥云，飞临燕赵大地上空。忽然，一束柔和的佛光挡住了云头的去路。姐妹俩止住云头，举眼下瞧，发现下界有一处佛光闪烁的好所在。只见：

一座雄伟的大山之间，镶嵌着一片参天的翠绿古木。林木之中掩映着一座青砖灰瓦、古色古香的寺院。寺院幽静肃穆，随风不时传出"笃笃"的木鱼声和朗朗的诵经声。寺院的四周，除了有潺潺的溪泉以外，到处还生长着四时不谢的馨花仙草。有古莽先生一首《西江月》为证：

> 北地灵山独秀，银花翠竹溪环。天宫姐妹比玄天，变化红螺金灿。藤绕松青绝景，霞霓翻涌生莲。江南香客恋菩山，情愫柔肠百转。

姐妹俩站立云中观赏了一番，终于按捺不住好奇，于是，按落云头，化作一对进香农女，来到了寺庙。她们先后观赏了"红螺三绝景"之"万株翠竹""雌雄银杏"和"紫藤寄松"，然后才礼拜了大雄宝殿的三世佛。

红螺寺大雄宝殿内供奉的三世佛，正中是释迦牟尼，东边供奉的是药师，西边供奉的是阿弥陀，两边分立的是著名的十八罗汉。三世佛虽是西方教主，但自从传入神州以后，便有了无数东方信仰徒众。究其因，恰是佛自进入东土，便与东土传统儒道互相融合，使佛更加符合东土之信仰内涵。于是，佛在东土迅速流行就有了深厚的社会根基。自然，其寺庙便遍布于东土各地，且三世佛成为各大小寺庙的供奉主神。

在两位天庭仙家姐妹的眼里，这深藏于山中的红螺寺，并不在于其供奉的佛有多灵验。她们看中的是红螺寺的雅秀和宁静，远胜过往常住惯的天堂宫阙。于是，两姐妹商议了一下，便决定在红螺寺暂时驻留下来。

过了一天又一天，纤尘不染的神圣境界，更是深深地打动了这一双久居天宫的公主仙姝，让她们流连忘返，不忍离去。姐妹俩遂决定在红螺寺长住下去。

为了不被人们识破，两位天庭公主夜晚化作一对斗大的红螺，愉快地居宿在寺前放生池的清澈泉水中。白天，她们化作人身，与寺中僧人或是一道礼佛诵经，或是尽情游玩嬉戏于左近的山水。

来往于红螺寺的人们，忽然发现不知从何日始，红螺寺出现了罕见的奇妙祥瑞。每逢一到晚间，放生池里总能放出万道红光，将寺院和周围掩映在一片红霞普照之中。经过观察，人们惊奇地发现，红光原来是来自于池中的两只硕大红螺。

更让人惊奇的是自有大红螺出现以后，寺院和周围村镇就年年风调雨顺，林茂粮丰，万民安居乐业。

话说天庭的王母，某日终于发现了两位公主偷下凡间游玩，知道她们快活地居留在红螺寺。于是，王母严命天使把姐妹俩召还天宫。两位仙家姐妹无奈，只得离开红螺寺返回天庭。至此，人们才知道寺里吉祥的红螺，原来是天庭下凡的仙姝所化。

寺院的僧侣和周围远近的人们，为了缅怀两位红螺仙子驻留的功德，同时也祈盼有朝一日仙子能重新回到这里，于是，此后便将寺庙改称为"红螺寺"，把寺庙北边的大山尊称为红螺山了。

梦秋父女在红螺寺逗留了很久，他们皆为红螺仙子的传说而感动着，对红螺寺增加了特别的亲近感。尤其是已经成为相府小姐的梦秋，冥冥之中似乎与红螺寺特别投缘。她徜徉于寺院的每一个地方，似乎都觉得似曾相识，十分亲切。

自从与父亲一道首访红螺寺以后，梦秋小姐便时不时地到红螺寺上香礼佛，有一次，竟然在红螺寺邂逅了游方到此的如水师父。叙谈之下，两人一见如故，情同母女。已经历尽天下佛林禅院的如水师父，同样被红螺寺如天堂般的景致和梦秋小姐的真情羁绊住了脚步，她终于在红螺寺长住了下来。

不久，如水师父以其高深的法德获得了红螺寺僧尼的拥戴，住持了红螺寺。自然，梦秋小姐索性便成了红螺寺的常年护法居士。

从此以后，梦秋小姐每隔三五日，就会来到红螺寺，或者与如水师父一起诵经读书做佛事，或者听如水师父讲述那些过往的故事和见闻，或者向如水师父学习点茶功夫。

前者，如水师父于云崖寺缘遇华公子，将其收之为徒。出于对徒弟的喜爱，故将平生所学，一股脑儿全数教给了徒弟。如今，又于红螺寺再遇梦秋小姐。梦秋小姐除同为家乡人以外，更以其温婉的品行，横溢的才学，深得如水师父的喜爱，终于成了如水师父的关门弟子。

如同对待华公子一样，如水师父也悉心地把平生所学倾囊传给了梦秋小姐，当然也包括所有的点茶功夫。

话说柳云与华公子，一日饮酒于京师有名的碧云轩酒肆。两人酒逢知己，开怀畅饮，直至酒酣耳热。两人说话就更加复原于本性，无所顾忌地思及而谈不加客套了。只听华公子说道："柳相国父祖三代，出将入相，荣华至极，堪称古之罕有了！"

柳云舌头带僵地答道："公子岂不闻，富贵不过三代的古话吗？观之老夫的几个犬子，皆是不成器的东西，平时顽劣无教，不喜读书。老夫一连为他们请了好几家老儒耆宿，竟然都被他们变着法子气跑了。"

华公子平静地说："以晚生观之，几位公子还是可堪造就的英才。至于气跑先生之事，也许另有别因。相国何不找一个有刚性的饱学儒宿试试，兴许能行！"

柳云叹道："此事老夫也曾在意过，难啊！"

华公子不解地问道："以堂堂的柳相国，谁不想钻营巴结。找聘一个馆师会有难处，这简直是天下奇闻了！"

柳云解释道："公子不解其因。表面上看，老夫欲聘一个馆师易如反掌，甚至还有踏破门槛之虞。但是，不瞒公子说，在这些应聘者之中，十有八九就是冲着攀附权贵而来的。我柳云一生清廉，岂能为这些钻营者所乘。"

华公子恍然大悟地说："原来如此，这就不足为奇了！然尽管如此，如相国之门生故吏遍布于天下，聘请一个品行良好、饱学端行和不恋权贵的馆师也还不是什么难事。为贵公子之学业计，晚生以为，此事万万不可迟误，应尽早为贵公子物色一位有作为的馆师才好。"

柳云再次叹道："此事确真极难！当今太平盛世，凡饱学俊才，皆以求取功名而为大志，有谁愿意长期屈就馆师之位呢？再者，老夫也不愿做此埋没国家良才之事。因此，聘请馆师之对象，就只能在老儒耆宿之间物色。而老儒耆宿虽饱学，但皆已脱尽刚锐之气，更且大多迂腐。偏偏几个犬子，不能体会老夫之良苦用心，尽让老夫操心，此事真是无奈！"

柳云的真情表露感动了华公子。他略为思忖了片刻，决然地对柳云说："相国如不弃，晚生倒可以推荐一位试试。"

未等华公子说完，柳云就插话道："公子推荐，这正是老夫之所愿！快请说，所荐者为何人？"

华公子品饮了几口香茶，慢慢道出了一个人来，以至此人因老友之推荐而成为相府馆师。又因其成为相府馆师，使太姥山士子之风骨和太姥山之物产，再次扬名于京师而成为一段佳话。

第二十三章

举人潇洒东南才情　折服纨绔教法高明

华公子向柳云举荐之人，正是自己最契好的金兰挚友，姓路，是一位饱学的举人。路举人家住太姥山脚下之古镇，乃当地世代书香之后。其父曾任闽省政和县训导和福州鳌峰书院监理。路举人从小敏慧，喜读诗书，十二岁即上太姥山就读于水湖之瑞草堂。乡试中，一举而高中举人。

常言道：物以类聚，人以群分。因学问、禀性和爱好的相同，路举人平素与华公子相知相合，于孩时就已经结成莫逆至交。每逢春花秋果或节日闲暇，两人都会相约畅游远近之名山溪涧和古寺道观，戏珍禽赏花果，采逸闻听传说，吟诗章作对子，消磨一年四季中的最好时光。远近山上各个寺庙道观的住持道长，皆与两人相熟，甚至结为莫逆。两人上山，不时也到寺观，或与之饮茶论法，或围坐于老松下设局对弈。

这年秋闱，天下举子齐集京师。路举人也在亲友的督促和资助下，北上参加科场比对。可惜魁星不照，以至名落孙山。本就不太在意于功名的路举人，正准备卷囊南归之时，恰值好友华公子奉旨入京贡茶。因此，华公子相邀于路举人，于京师再逗留数日，等待贡茶事毕，一起结伴回程南归。

凑巧，柳相国苦求馆师而不遇，华公子深佩相国清廉，又兼饮酒失言，以故在没有求得路举人应允的前提下，就向相国举荐了路举人。事后回来，华公子将此事一五一十地告知了好友，还真引来了好友的一顿埋怨。

路举人是个极重义气的人，表面上虽然埋怨了华公子，但是，即便为华公子赴汤蹈火，眉头也不会皱一下。况且，路举人平时也是极敬重柳相国。因此，路举人爽快地答应了柳云的聘请，入相府驻馆教授柳家的公子们。

诸事办妥后，又因路举人聘馆之事耽搁了数日，华公子才与管家平伯和一干人等，辞别柳云、路举人和梦秋小姐回南方去了。

柳云相国选择了一个上好的日子，率领几个顽皮的公子，正式拜师授馆。柳云当着路举人的面，语重心长地向公子们表露了作为父亲的殷切期望。

开馆的头一天，大出柳家公子们的意外。与以往先生截然不同，路先生既不摆师道尊严，也不教授四书五经，而是邀公子们前往柳府花园的湖心亭赏玩荷花。跟在路先生后面的几位柳公子，被先生的这一举动弄得一头雾水。

本来，几位公子事先已经商量好了，要给这带着乡佬气味的路先生，来一个实实在在的下马威，好让先生以后要么像前几位老儒一样，卷铺盖滚蛋，要么就乖乖听他们摆布，少管他们的闲事。

没想到先生竟然来这一手，弄得几位公子毫无思想准备。正当几位公子哥儿还在犯着嘀咕的时候，路先生率先热情地招呼公子们，于周围开满各色荷花的湖心亭上的石凳上坐下来。公子们尽管面面相觑，但还是乖乖地听从先生的调遣，各找座位坐了下来。

公子们坐定后，路先生才笑着说道："几位公子尽管放心与先生平起平坐，绝不犯忌。先生带公子们到这里来，是想让我们相互之间先有一个基本的认识和了解。为此，今天我们不讲师徒规矩，可以平等关系相处。你们可以充分发挥你们的聪明才智，运用各种方式考问先生。如果你们将先生考倒了，先生明日就回南再去读书修行；如果你们无法难倒先生，说明你们的本事还不行。那么，从明日开始，你们就必须听从先生的教导，努力读书上进，更不许心生邪念。你们同意先生的这个提议吗？"

几个本顽皮不羁的贵家公子，还从未碰到如此真诚对待他们的先生。常言道：人心都是肉长的。路举人的真诚和新颖教法似乎感动了几位公子哥儿，他们毫不犹豫地异口同声说："同意！不过，先生可别恼怒我们无礼！"

路举人道："既然几位公子没有意见，非常好。但是，先生还是要再强调一下，希望公子们说话能够算数。至于先生，如果学艺不精，被公子们难倒考倒，自然无颜在公子们面前称师道尊，更没有理由恼怒公子们之无礼了。别犹豫，请公子们提问吧！"

在柳云的几位公子中，以大公子最本分，二公子最顽皮，三公子年纪尚幼。路举人的话音刚落，二公子就马上尖锐地说："路先生，您皇榜无名而能受聘为相府馆师，您如何看待自己的幸运呢？是否可以说，您是通过旁门才走进了取富贵谋荣华之捷径？"

路举人不慌不忙地答道："公子差矣！所谓：谋事在人，成事在天。先生虽然皇榜无名，但从来不怀疑自己的能力和学问，更不动摇自己报效国家的决心和忠诚。至于受老友之荐得相国之聘而能执馆贵府，有幸成为几位公子的先生，确实是先生的荣幸。不过，先生可以实话告知公子们，对于功名利禄，先生一向淡之；对于钻营取巧之事，先生一向鄙之；至于旁门左道之事，先生则素来最恶之。"

柳大公子道："先生之德才，学生早已如雷贯耳。然请问先生，为师之道如何？为子之道如何？为学之道又如何呢？"

路举人道："为师之道，应承宣天地神灵祖宗之厚德，导化后辈青年愚顽之进步。以良德感人，以大善待人，以真才艺服人。举此数款以执馆学，才能为家国教化出孝子英才。古往今来，凡良师，皆有不拘一格之师道。大者，如春秋之孔子、战国之鬼谷子、宋代之朱熹等，其余未留史载之良师，可谓数不胜数。华夏五千年，之所以文明鼎盛，英才奇才、忠臣良将辈出，首先就应该归功于历史上良师教化之功。"

二公子道："我虽好动顽皮，不服管教，皆因平时最恨迂腐虚伪道貌岸然者故也。诚如古之教者，最佩服鬼谷子因才导化之教法，最慕宋代书院活跃开化之学风。"

路举人道："二公子之见精辟。因材施教提出者，孔圣师也！然真正实践之而成就斐然者，乃战国之鬼谷子先生也。鬼谷子先生，史上高人隐士之佼佼者，其平生事迹，知之者寡，史载亦少。然倡合纵、连横之苏秦、张仪，专职军旅之庞涓、孙膑，鼓吹法家理论之商鞅、韩非子、李斯之辈，无不出其门下而扬芳名于千古。以此数辈弟子之大成就而推论之，鬼谷子教堪称圣人。其对于华夏历史与教育之贡献和楷模，除了孔圣先师以外，恐怕无人能与之相匹了。"

路举人用极为亲和的眼神巡视了一遭诸位相府子弟，然后侃侃而言道："华夏教育史上，人才最斐且对后世影响最大者，当以战国、盛唐和两宋为盛。何也？社会之政治、经济、军事等之所大需求为其一，兼容并包式的教育和倡导学术思想百花齐放为其二。二者相辅相成，以至英才良工济济，犹如繁星而光耀千古了。观之于战国、盛唐和两宋，其所出之英才俊杰，可谓各有类别，各有侧重。以战国而言之，其政治与军事英才之需求最为迫切。因之有商鞅、韩非子、李斯、孙膑、吴起、蒙恬等。这些英才的出现，应该说是其师审度天下大势而有目的教导的结果。换句话说，是为统一华夏，结束长期战乱而准备的大才，是专门培养为改变华夏历史而造就的英才。以盛唐而言之，如房玄龄、褚遂良、姚崇、张九龄等人者，虽寡闻其师之名讳，然则以其后皆成为治国干臣而论之，诸辈为学之时，其师定然主教以治国牧民之妙术。以两宋而概论之，当时复杂的社会背景和全方位的社会需求，决定了为师者所教之内容，除传承优良传统以外，应审度繁荣的社会经济和人们对物质精神的需求而确定开创性的教育取向。这就是说，教育应根据社会对各种各样人才的迫切需求，赋予创新的内涵。有鉴于此，两宋教育才出现了特别具有历史意义的官民并重的繁荣景象。其中，民办书院教育的繁荣及其开放式的教育方法，更是为培养各色各样的人才奠定了基础，也为后世教育走出了全新的路径，在华夏教育史上，可谓具有承先启后的历史意义。"

119

柳大公子说："请问先生，以教育之先后主次而论之，是品德为先为重呢，还是以才以能为先为重？"

路举人答道："要培养出类拔萃的人才，优德与良能，二者缺一不可。具优德而庸碌无为，于国于家无益；具良才而品德败坏，则害国害家害己。因此，为教者，切忌偏重其一而轻略其二。只有把培养具有优良品德又有非凡才干英才的目的贯穿到整个教育过程的始终，才是最好的教育方法。"

二公子调皮地问道："那么请问先生，您准备用什么方法来教导我们呢？"

大公子赶紧接下去说道："先生，您还没有回答学生刚才提问的为子和为学应该如何作为的问题呢？"

三公子也同声地问道："是啊，先生将用何方法来教导我们呢？"

显然，这几位公子已经不由自主地认了路举人的先生地位。路举人分别看了三位公子一眼，然后把眼光停留在二公子身上，缓缓地说："先生未进相府之前，已经耳闻几位公子的大名，知道公子们都是堪为造就的英才。但也听说了公子们屡屡用各种高招，请走了不受欢迎的先生。本先生觉得十分有趣，也觉得非常具有挑战性。所以，今天才在这里与几位公子平等相会，任你们检验和考查先生是否有德才担任公子们的馆师。"

几位公子听完，对视了一眼，然后齐刷刷地站立起来，一边面对路举人作揖为礼，一边异口同声地说："路先生，您才是我们向往已久的先生。我们愿意真心听从您的教导，请先生为我们上第一堂课吧！"

路举人不慌不忙地站立起来，优雅大方地回敬了公子们一礼，然后，请公子们重新坐下，以不疾不徐的口吻开讲第一课。课中不外乎先讲了一通"先天下之忧而忧，后天下之乐而乐"和男儿须立志"上报国恩，下报父母恩"的道理。

最后，路举人概括地说："至于先生用何方法教授于诸位公子，总体而言，可以归结为几句话。即：品德为骨，才学为肉；忠国为志，显家为要；四书五经，择要为先；艺文策术，选用为学；中西各长，兼收并蓄。"

此后，路举人开始全心全意地执馆于柳府，以学以致用方法，为柳公子们安排了除科考必备的内容以外的一些喜闻乐见和适用的学习内容。教与学之间，方法多变，新颖有趣，学用并重。

果然，自从路举人执馆以后，公子们不但改掉了不少顽皮之风，而且学业有了明显的精进。对此，柳云深为欣慰，柳府上下也对路举人更加敬重，更加信任了。

一段时间以来，柳云一家喜事连连，诸事顺畅。特别是收义女承欢膝下，得良师教授诸子而致其学业精进等等这些美事，于同僚中竟然沸沸扬扬而传为佳谈。特别是有关柳云新得一位来自南方的良师之事，连日理万机的皇帝也获知了。

一日，单独召见柳云谈完国事，皇帝便询及所聘馆师之事，柳云据实奏明了路举人的情况和能力。皇帝龙心大悦，当下决定将最为娇宠的三皇子也委托柳云带出，拜路举人为师。柳云答应，领旨辞出。

其后，又有几位大臣好说歹说，央求将各自的儿子收拜于路举人门下。柳云不好坚辞，只得在征求路举人应允的前提下也答应了。这样，在路举人的门下，逐渐聚集了上到皇子，下到相国大臣诸显贵一班公子的贵胄门生。

时朝中有一大臣，名叫忽里韩，属于皇家贵胄，天子近臣。平日里颇仗恃其先辈于开国之初所立之汗马功勋，而不怎么把柳云等治国文臣放在眼里，因此，每逢朝议，时不时地总要找碴儿。皇帝因念及其先祖之功，往往宽容之。但其行为和作派，则被柳云等一帮正直文臣鄙薄。

日而久之，忽里韩因屡屡遭到文臣们的鄙视，自然也逐渐感到文章学问的重要。忽里韩育有两个儿子，老大叫枘鸢，长得矮小粗鄙猥琐，秉承祖宗余荫，整天舞枪弄棒，专事结交江湖强类，常以做些伤天害理之事为乐。老二名叫枘鹰，却与其兄迥异，不但人长得如弱柳临风，眉清目秀，性格温雅，善于风月，而且从小喜读诗书，可惜早年因其父看不起读书人，以至未能聘请到名师而耽误了学业。

如今，忽里韩已然悔悟，发誓要为儿子寻聘天下名师执馆，以使儿子能够学有所成，成其光耀门庭之希望。但是，忽里韩几乎费尽了心力，也没有如愿找到令其满意的馆师。

近日，朝中首辅大臣柳云喜聘高才馆师，连皇上也命皇子拜其门下，可见其馆师德才之优秀。很长一段时间以来，忽里韩矛盾苦恼。欲相求于柳云，又颇觉得放不下面子。不求于柳云，自己又聘不到良师教导儿子。没办法，最后还是不得不腆着老脸，于一日早朝之后，驱轿直达柳相府，投帖求见。

柳老爷刚辞朝回府，正在饮茶稍事休息。相府家人持帖报知，有客到访。柳云从家人手里接过拜帖，展开一看，见是忽里韩到访，赶忙整衣出迎。

柳云将忽里韩迎进了客厅，分宾主坐下，家人奉上香茶。柳云先开口道："忽大人降尊纡贵，难得之至。贵胄降临，蓬荜生辉。不知忽大人有何赐教，尽说无妨，柳云当洗耳恭听。"

忽里韩脸色一红，赶忙拱手说道："唐突造访，相爷勿怪。忽里韩往日不知深浅，颇多冒犯，还请相爷海涵。只因犬子喜读诗书，老夫为其屡聘馆师未果。近闻相爷喜得名师执教家馆，老夫冒昧登门，求相爷能俯纳犬子于塾馆旁听，此乃忽家不世之恩也！"说毕起身，对着柳云深鞠一躬。

对于平时总与自己作对的忽里韩突然登门到访，柳云一时确实不知所以，及至听说是为其子求馆入学而来，心里始觉释然。对于忽里韩能够为子求学而捐弃前嫌，对己执礼如此，柳云颇为所动。于是，柳云慨然答应了忽里韩的请求，允其子可以就读于柳家学馆。

京城的人们，茶余饭后议论于柳云南方收义女之热情尚然未减，如今又有了柳家学馆之逸事，更是添油加醋而传说得活灵活现。其中，路举人以一寒士布衣，忽然高居贵胄高官公子之师位，攀龙附凤轻取荣华富贵而如拾草芥之易，确实让诸多市井俗民羡慕不已。

然而，经历一段时日以后，人们却惊奇地发现，这个路举人却是迂腐得出奇。每日除了专心授馆以外，其余总是足不出户。既不交权贵，不迎来送往，更从不接受馈赠，终日只与清贫寡欲为伍，以粗茶淡饭为食，以诗词书赋为娱。

最让其弟子们好奇的是先生一日三餐，必闭户以自食，从不轻易示之外人。先生如此隐秘的饭食，逗引得弟子们好奇心大炽，非窥探清楚不可。

为了弄个明白，三皇子和柳二公子于某日先生不备之时，突袭造访。他们吃惊地发现，先生正以白饭就着一碗黄色如金和一碗白色如雪的菜肴，吃得津津有味。俩弟子惊叹道："原来先生在独享此美味佳肴也！"

对于学生突然造访，路举人泰然对之。其中三皇子以眼示意柳公子，两人来到老师的面前，小心探问道："请问先生，此佳肴何名耶？"

路举人分别看了两位弟子一眼，故意神秘地回答道："此罕有之海珍也！黄者，名金丝钩；白者，乃白玉板也！"

俩弟子听后，果然觉得名字高贵，以此推之，味道也必然佳妙。于是，还是三皇子先开口，眼睛盯着桌上的佳肴，先吞了一嘴口水，然后请求道："先生，如此珍贵罕有之物，是否可以赐予我俩尝尝？"

路举人笑了笑，一边点头应允，一边赶紧布箸盛饭。未等路举人盛好饭，俩弟子就迫不及待地举箸，各夹了一块白玉板尝了起来。两人初尝如此佳肴，果然觉得味道口感奇特佳好。两人一顿风卷残云，瞬间就各吃了两碗米饭，扫除了桌上的两碗菜肴。

回家后的三皇子和柳二公子，还分别余兴未尽地将在先生处品尝到佳肴的事告诉了皇帝和柳云。皇帝和柳云听了，虽然分别严厉训斥了两位公子对先生的无礼，但也不免引起了好奇。特别是皇帝，本来就是一位快乐的太平天子，遇到如此美事，绝对是不会放过的。于是，于一日朝会之余，暗约柳大学士微服来到学馆。在柳云的安排下，皇帝品尝了所谓的"金丝钩"和"白玉板"，也颇觉得风味独特。皇帝一时兴起，竟然下旨将两味佳肴列为朝廷贡品。路举人为了节俭饭食而带来的家乡廉价土特产，意外地被官家看中，成就了天下有名的美味佳肴，这也算是一段有趣的奇闻了。

路举人在相府兢兢业业地教学，从不萌生任何非分之想，坚守着自己清高和廉洁的操守。在其精心培育下，凡出其门下的学生，后来都学有所成，有的甚至成为治国良臣。为此，有好几次，柳云均主动有意荐拔路举人出仕为官，但都被路举人婉拒了。

路举人要从京城回家了，过意不去的柳云将路举人的高风亮节奏明了皇帝，皇帝也深为路举人的品行、操守和才学所感动。皇帝本欲将路举人留京为官，但也被执拗的路举人婉辞了。皇帝无奈，只得特别敕令地方，待路举人回乡后，必须每年给予禄米恩养。路举人带着一身正气和清贫，悄然回到了东南老家，与他痴迷的金丝钩和白玉板相伴一生，过着清寒的生活，高寿至八十多龄而仙逝。

第二十四章

风月浪子单恋梦秋　兄弟情深问计江湖

话说忽里韩的二公子枘鹰，得柳云允准，如愿以偿地进入了柳家塾馆，拜路举人为师。这对于忽里韩全家来说，真是一件天大的喜讯。尤其是二公子枘鹰，更是喜上眉梢，满面春风。

起初，枘鹰每日随皇子和公子们入馆习文吟诗作对，十分勤谨努力，不敢懈怠。平日里，常常以对学问的渴求和谦恭礼貌的态度，拿着新作诗词文章求教于先生，都能得到先生的悉心指导。对于枘鹰之勤奋有礼，路举人内心里甚为赞许。对于先生的教导和指点，枘鹰也总是唯唯牢记。

在过去的年代，神圣的学馆一般是不允许女性出入的。由于柳相国的宠爱和特许，再加上路举人是世伯和老乡，梦秋小姐获允例外。她时常来到学馆，有时是专来看望王伯父，有时则是向其求教诗文学问。

每次梦秋小姐来到学馆，总是犹如春风一股，在学馆掀起阵阵涟漪，引得整个学馆到处春意盎然，欢声笑语。每当遇到这种时候，作为先生的路举人，常常会被学生们冷落在一边。

123

这些贵家公子们，不是围着梦秋小姐问这问那，就是由梦秋小姐考问他们的诗文。似乎这个时候的先生，不是路举人而是梦秋小姐。一群平日顽皮跋扈的公子们，面对梦秋小姐，竟然一下子变成一群温顺的绵羊，异常乖巧听话，而且彬彬有礼。

国色天香且秀外慧中的梦秋小姐，怎么能不惹得这一群青春年少的公子燃起倾慕之情呢？

梦秋小姐自从进入相府以来，本来就天生的兰心蕙质，又得到了锦衣玉食的滋养，再说，已到了女大十八变的豆蔻年华，因此，一位袅袅如弱柳临风，娇娇如梨花带雨，画眉如黛，红唇似血，一笑可以倾人城，再笑可以倾人国的绝世美人就出现在当朝宰相家了。

梦秋小姐的到来，令公子们都沉浸在忘我的亢奋之中。大家都争先恐后地在梦秋小姐面前，施展着各种表现，企图博得小姐的垂青。但只有枘鹰例外，他对梦秋小姐显得冷漠，每一次都局外人似的，默默地坐在旁边。

起初，大家还以为枘鹰尚不解风情。时日一久，大家也就习以为常，不足为怪了。其实，公子们还是小看了枘鹰。枘鹰在谦恭冷漠的外表之下，却有着畸形的欲望与心计。

枘鹰对于梦秋小姐倾国倾城的美貌，早就看在眼里，热在心里。表面上，他似乎置身其外，对于梦秋小姐毫不在意，但是，暗地里早就日夜盘算着如何能得到梦秋小姐。梦秋小姐每次来到学馆，通常都会导致枘鹰连续几天几夜的彻夜失眠，甚至神情恍惚。正所谓：

色欲伤身如利剑，恍迷贪恋必遭殃。
修神定性滋正道，防鬼祛魔致永年！

枘鹰陷入了严重的单恋之中，他无法自拔于对梦秋小姐的强烈欲望。虽然，白天照例到学馆读书，可一到夜间，便是整夜整夜地胡思乱想。他一遍又一遍地设计着单独约见甚至占有梦秋小姐的计划，也一遍又一遍地燃烧着对其他公子的强烈妒火，反复设想着有朝一日如何狠狠地教训那些敢于和梦秋小姐亲热说笑的公子哥们。在枘鹰恍惚的心思中，似乎已经认定了梦秋小姐非他莫属。对于其他任何人，哪怕是皇子贵胄，或是宰辅公子，谁敢和他争夺梦秋小姐，或是阻挠他得到梦秋小姐，他都将不惜一切代价与之为敌。

在朝廷中，自从柳云爽快地接纳枘鹰进入柳家塾馆读书后，忽里韩一改往日傲慢顶牛不配合的态度，每逢朝堂议事，不但极为尊重柳云等一班文臣的政见，而且变得谦恭而识大体了。连皇帝都发现，忽里韩在有意弥合着与文臣们的关系。

忽里韩的这种变化，只有柳云心里最明了其中的缘由。一段时日以来，在路举人的严厉教导下，枘鹰的学业有了明显的进步。正是儿子的这一进步，才使得忽里韩感到了从未有的欣慰和希望。

常言道：人逢喜事精神爽。做父亲的看到儿子有出息，并且因儿子的出息，使自己最迫切的愿望出现曙光，会因欣逢人生快事而变得心胸开阔与融洽温和。

对于忽里韩来说，儿子的学业进步就是全家最为重大的喜事。因此，忽里韩每天除了上朝议事以外，就是过问二儿子的起居学业。可是，不经意间忽里韩还是感到儿子出现了不寻常的变化。他发现儿子消瘦了许多，整日里心事重重、郁郁寡欢，以往那种清雅俊秀的精气神没有了。

起初，忽里韩还以为是因为学业太紧张的缘故，或者是因为受到了先生的批评，故而没有太过在意。但是，随着时日的推移，忽里韩还发现儿子对于学业的主动性和强烈的求知欲明显淡漠了，甚至可以感觉到儿子是在应付了事。

忽里韩感到了情况的严重性。为了弄清儿子发生变化的因由，他几次将儿子叫到书房训诘。面对父亲的考问，枘鹰不是一言不发，就是顾左右而言他。儿子的表现，弄得忽里韩简直一头雾水，束手无策。

父亲对儿子的表现感到沮丧。面对父亲的失望，作为忽里韩长子的枘鸢，心里也是着急如焚。尽管平日里父亲偏爱于弟弟，但这并没有影响枘鸢对父亲和弟弟深厚的感情。忽里韩的两个儿子，外貌特征和性格爱好有着截然的不同。但世间万物总有让人意想不到的精彩，偏偏忽里韩的这一对秉性和外貌相差极大的宝贝儿子，最是兄弟情深，绝非一般常人可比。

枘鹰进入柳家塾馆读书，枘鸢也一度为弟弟而感到自豪。他甚至还经常为弟弟执镫牵马，随弟弟到学馆。有关弟弟的情绪变化，枘鸢比父亲发现得还早。

他看到弟弟整日眉头深锁，心里也觉得为之难受。几次以话挑之，想问清缘由，但弟弟总是守口如瓶，不肯告知。平日里兄弟在一起时的欢快和无话不谈，逐渐没有了，这使得做哥哥的感到十分伤心。

于是，枘鸢下决心要弄清导致弟弟发生变化的原因。起初，枘鸢也以为是因学业太紧张的缘故。后来经过观察，甚至暗中跟踪，枘鸢终于逐渐明了其中的原委。

弟弟恋上了相府的千金小姐。经过反复观察和验证，枘鸢还惊讶地发现，弟弟犯上的竟然是单相思病。枘鸢有着丰富的江湖经验，对于单相思病症的危险，心中极为了然。为了尽快挽救弟弟，做哥哥的必须有所行动了。

一日晚上，枘鸢来到了弟弟的书房，发现弟弟和往常一样，正在专注于学业。枘鹰见哥哥到来，略略显得有点慌乱。他赶忙掩上书册，草草地整理了书案，请哥哥在书案边的椅子上坐下，起身为哥哥倒茶。

枘鸢坐下，猛然间发现案桌上的书册中，夹着一张诗稿。趁弟弟倒茶的当儿，枘鸢快速地伸手将诗稿从书册中抽出，诗稿上似乎还点缀着朵朵泪痕。枘鸢顾不得细看，赶忙将诗稿袖入怀中。

枘鹰把茶水端给哥哥后，仍旧坐回椅子上，一副无精打采的样子。枘鸢喝了一口茶水，将茶杯放到桌上，深情地看了弟弟一眼，然后试探地问道："弟弟，近日为何萎靡不振？身子哪里不爽，应该禀明父母，请医问药，免得影响了学业。"

枘鹰看了哥哥一眼，轻轻地说道："谢谢兄长关心。只是觉得累了点，休息一下就好了，请别惊动父母。"

枘鸢用狡黠的眼神看了一会儿弟弟，才说道："既然如此，请弟弟不要太累了身子。早点休息。哥哥不打扰你读书了，告辞！"说毕起身走出，并轻轻地带上书房门离去。

枘鸢匆匆地回到自己的房间，掏出诗稿，左看右看，却看不懂，急得抓耳挠腮。忽然，枘鸢灵机一动，赶紧将诗稿藏回怀里，快速从房门趋出，瞬间就消失在暗夜之中。

原来，这枘鸢虽然大字不识一个，可功夫武艺却是极为了得，常年混迹于江湖，还结交了不少南北绿林豪杰。为了弄清弟弟诗稿的内容，他连夜拜访了一个家住通州地界颇精文墨的老者，请其代为解读诗稿的内容。

这个老者，向来是最被枘鸢敬重的江湖朋友。其早年是个落籍秀才，文章笔墨皆好，可惜时运相背，不但未能驰骋科场，一展抱负，反而因议论时政而得罪权贵，差点身陷囹圄。其后，偶然结交了枘鸢，得其利用乃父之权势，上下通融，始得无事。从此，老者心灰意冷于科考仕途，反倒因感激于枘鸢的搭救免灾，遂与枘鸢等一帮江湖豪杰频繁交往。

常言道：近朱者赤，近墨者黑。久而久之，原本以苦读圣贤书，希冀荣登皇榜而能牧民治国平天下的儒士，竟然融入了江湖，以其文才笔墨逐渐沦落为一批江湖绿林敬重的黑道谋士。

老者感念这一帮江湖朋友的义气和豪情，尽心尽力地为他们出谋划策。有时明知他们做得伤天害理，但已然同流合污，便无心也无意去阻拦他们，甚至心甘情愿地为之谋划，愿意与他们共担任何风险。

枘鸢夤夜到访，老者已知其肯定是为要事而来。老者于书房接待了老朋友，请枘鸢落座，为之倒了一碗御寒的烧酒。枘鸢没有客套，举碗一口气喝干了烧酒，然后，迫不及待地从怀中取出诗稿递给老者，请求老者解读。

老者郑重地接过诗稿，快速地看了一遍，即以惊喜的眼神看着枘鸢，看得这个天不怕地不怕的枘鸢心慌耳热起来。接着，老者说道："此乃情诗，文采风流，韵律工整，情深意切，不知公子何来此诗稿？此事与公子有何关碍？"

枘鸢一听老者的说辞，生怕老者有所误会，便赶忙将事情的原委一五一十地告知了老者。老者捋髯静听，略做沉思，然后说道："以公子所述之情形断之，令弟对于柳相国千金之用情已深，欲使其罢手已属非易。为今之计，如能遂其所愿，当属万全之美。"

枘鸢一听，喜而紧接老者话题说："诚如先生所断，当用何计才能成吾弟万全之美？请先生务必为之设计，若能成就吾弟之好事，在下定当厚报于先生。"

老者笑而答道："从来成事在天，谋事在人。以令弟之愿而言之，说难极难，说易也极易。只是欲达目的，要费些周章而已。"

枘鸢颇为急迫地追问道："先生快别卖关子了，请简要明了告之于在下。"

老者道："也好！但有一个条件，公子必须先答应老朽。"

枘鸢应道："先生尽管吩咐，只要在下能够做到，哪怕上刀山下火海也在所不辞。"

老者道："事情也不至于那么严重。老朽一生别无所求，视财物于身外，唯独嗜茶如命。近闻南方出一品绝好功夫红茶，称为橘红。虽对之梦寐以求，然老朽乃风尘布衣，无缘得此绝品。倘事成之后，能为老朽谋之，如愿品饮到此天下奇珍，则此生足矣！"

枘鸢闻知先生只是为了区区茶叶，当下喜极而拍着胸口，爽快应承道："区区小事，何足先生挂齿。不论舍弟之事结果如何，在下定然为先生谋之，以偿先生之所愿。"

枘鸢在江湖混迹，向来最重承诺，视承诺如同生命。没想到今日的一个承诺，竟然使其后来演绎出一连串大事来。这是后话，姑且不题。

老者得到枘鸢满口应承后，甚为欣慰。为防隔墙有耳，招枘鸢近前，附其耳际，如此这般地授予了解救其弟的方法。枘鸢领计，连夜返回京城。

枘鸢从通州问计于老者回家后，不但将弟弟单恋于柳相国千金之事一五一十地禀明了父母，而且将通州老者所献之策一并向父母作了说明。

忽里韩为皇帝宗亲近臣，平日给人的印象就是仗恃着显赫身份，行事武断固执，常与一帮科场出身的治世文臣不和。虽然如此，但总体上还算是本分。

平日里，忽里韩也风闻其大儿子枘鸢的一些劣迹，对之进行过多次的管教和训斥。但儿子大都只是阳奉阴违，我行我素，忽里韩也只能是睁一只眼闭一只眼，无可奈何了。

如今，老大为了弟弟枘鹰，竟能如此用心，做父亲的自然从内心里感到高兴。忽里韩听完枘鸢的介绍，权衡了通州老者所献计策的可行与否后，对大儿子说："枘鹰入学柳相国学馆，对柳家千金生出非分之想，本属无礼。然事已至此，我们应以正途求聘于柳相国，想来以我的身份而求婚于柳家千金，也算称得上门当户对，不至于辱没柳家。柳相国乃当今皇上最宠信的大臣，天下最有名望的文士，千万不可因此而惹出是非来。"

听了父亲大人的训示，枘鸢唯唯称是。于是，忽里韩决定于近日遣人请出京城最有名的媒婆，前往相府提亲。

第二十五章

提亲遭拒衔恨毒计　得救古寺相国御状

几日后，忽里韩果真请了京城专为王孙公子搭媒妁合的媒婆前往相府提亲。这是一位在京城颇有名望的媒婆。媒婆慨然应允了忽里韩的委托，择日如命前往相府。柳夫人亲自接待了媒婆。媒婆说明了来意，当然也免不了一番天花乱坠的说辞。柳夫人耐住性子听完，告知媒婆，小姐的终身大事，须禀明老爷后方能定夺，请媒婆三日后来听信。

媒婆到柳府为梦秋小姐提亲的当天，柳云辞朝回到家里，柳夫人马上将此事禀明了老爷。柳老爷听了以后，脸色现出凝重，许久没有表示意见。

柳夫人忍不住提醒说："男大当婚，女大当嫁。小姐已年过二八，是该为之物色夫婿的时候了。此次忽家提亲，妥与不妥，请老爷尽早定夺，忽家三日后要听回信。"

柳老爷见夫人着急，只得安慰说："女儿婚嫁事大，请夫人勿急，容老夫斟酌考虑后，再行定夺好吗？"

夫人素知老爷行事谨慎周密，何况这关系到女儿的终身幸福与否，于是不再说什么。

待夫人走后，柳云反复权衡了忽家的提亲，虽然也觉得两家颇为门当户对，但是，对于忽里韩二公子的人品和才学，自己却知之甚少。于是，他差人到学馆，请来了馆师路举人。

柳云开门见山地将忽里韩遣媒，为其二公子枘鹰求娶梦秋小姐的事情告知，请路举人谈谈忽里韩二公子枘鹰的品学，并征求对此桩婚事的看法。

梦秋是路举人看着长大的，对于路举人而言，梦秋既是侄女，又是他最喜爱的学生。虽然梦秋如今已是相府千金，但路举人仍然将之视为亲闺女般，关心而且疼爱。对于关系到梦秋终身幸福的婚嫁，既然柳相国征求其看法，他岂有知无不言的道理。

略做思考，路举人就回柳老爷道："相爷询之于枘鹰之品学，以其在馆学平时表现而论，大致可以将之归纳为：勤学而好问，谦恭而有礼；风流倜傥，温婉有雅韵。但其寡言而少语，机变而有心计，且时时隐露阴狠贪婪之目光。故此，鄙意以为其属于非可托付终身之人。不过，婚姻事大，行与不行，还是请相爷自己权衡定夺。"

柳云听了路举人的分析，认可地点了点头，似乎是下了决心地对路举人说：

"谢谢路先生指点！关于忽家的提亲，老夫已有主意。先生请喝茶！"

两人又针对学馆内公子们的学业和表现，热聊了一阵。之后，路举人方才告辞回学馆。

三日后，柳夫人托词梦秋年龄尚小，拒绝了忽家的提亲。忽里韩对于柳家的拒绝，颇有心理准备，因此，也就没有太将这一件事放在心里，只是劝诫二公子应集中心力放在学业上，至于婚姻大事，父母自会为之操心。

可是，柳府之拒绝婚事，却极大地惹恼了大公子枘鸢。他再三地在父亲面前撺掇，极力渲染求亲遭拒是忽家的奇耻大辱，再三强调弟弟非柳府小姐不娶，婚事不成不但影响弟弟的学业，甚至还有可能危及弟弟的生命等等，三天两头地在父亲面前进言。老大的反复说辞，不禁勾起了忽里韩往日与柳云的诸多不快。

俗语说：谗言和失去理智最容易使人走向极端。于是，忽里韩也越来越觉得不能在柳云面前示弱。他决定请皇帝做主，再向柳府提亲，看柳云还敢不敢驳皇上的面子。

某日早朝后，忽里韩趁皇帝国事稍暇，龙心畅快，托请掌事太监传禀求见皇上。皇帝在南书房传见了忽里韩。呼拜已毕，皇帝赐座。论辈分，忽里韩还该是当今皇帝不出五服的堂兄。按照民间的说法，算是族人至亲。

早年，忽里韩的父亲因卷入宫廷大位之争而被先皇摘去了铁帽子世袭王爵，幸好忽里韩在孩童时就成为当今皇帝的陪读一起长大，感情非同一般。当今皇帝继承大统后，虽然没有恢复忽家的世袭王爵，但却十分宠信忽里韩。

忽里韩落座，将欲聘柳云养女梦秋为媳之意，禀明皇帝，求皇帝玉成。皇帝未等忽里韩说完，先哈哈大笑起来，笑得忽里韩瞪大眼睛，不知所以。皇帝笑完，马上沉下脸，训斥忽里韩道："聘娶梦秋小姐，嫁给你那个大字不识一箩筐，长得矮小粗鄙的儿子为媳，你别陷害人家姑娘了吧！"

忽里韩慌忙从座上站起为礼道："臣不敢。臣是斗胆求聘梦秋小姐嫁给二犬子枘鹰为媳。"

皇帝听忽里韩说是为次子提亲，脸色才恢复了亲和的神态。皇帝说道："这个孩子朕见过，温雅倜傥，文章也不错。把梦秋小姐说与此子，倒也还说得过去。"

忽里韩听皇帝如是说，忙不迭地跪下谢之曰："谢主隆恩！老臣代犬子谢皇上玉成。"

皇帝见状，赶紧补充道："先别忙着谢恩，此事朕还须征求柳相国的意思，卿家可回府听信。"说完端茶。忽里韩赶紧谢恩陛辞回府。

次日早朝后，柳云单独侍君于南书房，君臣俩议论了一会儿军国要政。皇帝接着话题一转，徐徐地对柳云说道："柳爱卿，令爱梦秋小姐近况如何？好长一段时间未见其入宫，今日得暇，何不宣来一会？"

柳云唯唯，皇帝即刻差中官传旨去了。梦秋接旨后不敢怠慢，当即乘坐一顶软轿随中官入宫。不一会儿，即在中官的引导下，来到南书房外候旨。中官入内缴旨，皇帝高兴，即命入见。

柳云是当朝最受宠信的近臣，梦秋小姐又以其聪慧和国色天香深得皇帝喜爱，因此，时常随父见驾，出入于宫禁，并不感到拘谨。

近段时间以来，因皇帝国事繁忙，梦秋小姐已经很长时间没有得到召见。今天奉旨进宫，梦秋还是觉得与皇帝之间生分了不少。当下，梦秋向皇帝行过大礼后，低头站立在柳云身边，等着皇帝问话。

皇帝细细地看了看梦秋小姐，笑着说道："女大十八变，几天不见，益发出脱了。朕今天召见你们父女，正是有事要跟你们商量。朕这里有一门好亲事，想给梦秋小姐保媒。"

皇帝停顿了一下，就把忽里韩请求提亲的事，告知了柳云父女。

柳云听完，心里先暗骂了一声"这个厚颜无耻的老狐狸"，然后，看了一眼女儿，见女儿脸色凝重。柳云知道女儿拒绝，故而奏明皇帝说："启奏陛下，忽大人之前已经遣媒婆到臣府上提过亲，微臣因考虑小女尚在冲龄，且从乡下归养臣之膝下，礼仪规矩未能谙熟，已然回绝。如今，皇上重提此事，微臣感谢皇上对臣及臣女梦秋之隆恩。但臣考虑再三，对于臣女之婚聘，还是再缓个两三年为好。"

皇帝听完柳云所奏，心里想，这个忽里韩也忒胆大了，竟敢欺君。然而，表面上还是和颜悦色地对柳云说道："爱卿考虑，极为周到。那就依爱卿所奏，再等两三年，朕再为梦秋小姐找个佳婿。"

皇帝说完，把眼光移向站在柳云座旁的梦秋小姐，羞得梦秋顿时满脸通红起来。柳云赶紧拉着女儿跪伏，父女俩口中一齐高声奏道："谢主隆恩！"

柳云父女辞朝回府后，皇帝马上传下口谕，召入忽里韩狠狠训责了一通。忽里韩甚觉无颜，此后再也不敢提及此事。

然而，让柳云和忽里韩都没有料到的事情还是发生了。自从柳家拒绝了忽家的提亲后，枘鸢就悄悄地将通州老者所献的第三条计策付之实施了。

枘鸢先是怂恿其父恳求皇帝出面，企图用皇帝的威权压柳云答应提亲。但是，刚直的柳云硬是不给皇帝面子，不但当殿拒绝了婚事，使老父丢尽面子不说，还使父亲在皇帝面前碰了一鼻子灰。对此，枘鸢气得七窍生烟，满肚子生火。

于是，本来就心狠手辣的枘鸢，决然实施通州老者密授的第三条计策。当日通州老者密授枘鸢解救其弟的方法，其实就是"提亲、压亲、抢亲"三策。常理论之，提亲和压亲都属于常情，唯独抢亲，按儒家传统人伦，则属于悖逆。因此，老者当时就再三劝诫枘鸢，这第三条计策不到万不得已不可用。但此时的枘鸢，一方面恼怒于其父亲在皇帝面前丢尽了面子，另一方面同情于弟弟的相思之苦，因此，决计铤而走险。

夏日的一个傍晚，雷阵雨刚过，天气由闷热转为爽快。在闺房烦闷了一天的梦秋小姐，忽然心血来潮似的，决定到学馆见先生，请教些诗文，顺便也散散心。于是，到上房禀明了柳夫人，乘坐小轿径直前往学馆。

从柳府前往学馆，约有几里地之远近，其间要穿过两条胡同，经过一大片梨树林。当初柳云选择佳地修建学馆，首要的是取此地有宁静致远之意境。

学馆盖在山坡向阳之处，背靠小山冈，面前阔远；山左山右，点缀着粗大葱绿的苍松翠柏。子弟在如此静谧秀美的地方修习文章诗赋，不但可以不受城市喧嚣器之干扰，气息清新，而且还可以随时感受到一年四季自然之精微变化，学会如何与天时地利相融合，以求学问修养的同步发展。

柳家学馆地处城郊，沿途经过比较偏僻，甚至有几段更是行人稀寡。这就给枘鸢策划绑架梦秋小姐创造了良好的先决条件。

太阳快下山了，梦秋小姐的随侍丫鬟提醒小姐该回府了。梦秋小姐无奈，只得告别路举人，上轿回府。

傍晚的城郊，暮色已经十分浓厚。偶尔有一两个路人，也是行色匆匆。梦秋小姐坐在轿子里，心情感到特别愉悦。轿夫抬着轿子，脚步轻松地下了山冈，不久就进入到梨树林的深处。

冷不防间，从树林中一下子窜出了几个蒙着面目的大汉，动作十分神速利索地两拳打昏了轿夫。未等轿子落地，就有两个轿夫打扮的歹徒顺势接过轿子，如飞般向西北方向奔去。其余歹徒将被打昏的轿夫拖到路边僻处，随后赶去。

梦秋小姐的随侍丫鬟，未及喊叫，就被突如其来的变故吓昏倒地。等到苏醒过来，发觉自己躺在地上，天上已经是漫天星斗。仔细想了想，刚才的一幕才回忆起来。她一骨碌从地上爬起来，慌慌张张冲出树林，一路小跑回柳府报信。

话说歹徒劫持了梦秋小姐后，一路轮流抬着狂奔，转眼间已经走出十几里地。坐在轿子里的小姐，虽然觉得轿子曾经轻微震了一下，起初并没有在意，后来，才越来越感觉到情况不对。她警觉地喊叫着丫鬟，丫鬟没有答应，接着，连叫了数声"停轿"，轿子不但没有停下来，反而跑得越来越快。

梦秋小姐心里一紧，脑海里很快就闪过一个念头，自己遭到了匪徒的劫持。她猛地掀开轿帘，大喝一声："停轿，你们是什么人？"

歹徒们不由自主地停下脚步，梦秋小姐趁此机会打开轿门，跳到地上。趁小姐立脚未稳，两个歹徒一拥冲到，抓住小姐手臂，另一个歹徒迅速上前，用一条洒有迷药的布巾捂住了小姐的口鼻。很快，小姐当场就昏迷了过去。

不知过了多久，梦秋小姐才慢慢苏醒过来。她睁开眼睛环顾四周，发现这是一处山洞。昏黄的灯光之下，几个陌生的黑衣歹徒看守着自己。小姐试着活动了一下身子，觉得没有任何异样和伤痛，只是双手被一条柔软的布巾绑着，动弹不得。

见梦秋小姐醒过来，山贼中一个头目模样的歹徒，赶忙取一瓢水来到梦秋身边，小声说道："小姐，请喝点水解解渴。"

梦秋柳眉倒竖，厉声喝道："你们这些强盗活得不耐烦了，竟敢在天子脚下挟持相府小姐。还不快把本小姐送回相府，兴许还可以饶你们不死。"

山贼头目显得很有礼貌地说："小姐无须动怒，小的们也是拿人钱财，忠人之事。请小姐放心，我们决不会动小姐一根汗毛。"

梦秋小姐知道，与这些山贼喽啰多说无益，便不再说什么。

话说梦秋小姐被成功劫持到偏僻的山洞后，主使这次劫持的柄鸢，正在精心安排着下一步的行动。

柄鸢在弟弟不知情的情况下，以上香为名，将弟弟诓到红螺寺住下来。当天晚上，柄鸢才将劫持梦秋小姐的经过告知了弟弟。柄鹰听到这个消息吓了一跳，还深怪哥哥胆大鲁莽，惹下了大祸，后听了哥哥的解释，才觉得哥哥的计划十分周密。

于是，兄弟俩在所租住的僧房里，针对如何实施下面的计划密谋了一阵。最后，柄鸢告诉柄鹰说："等弟弟将生米煮成熟饭后，再逼柳府承认既成事实遮丑，最后，请皇上赐个婚，补办一场热热闹闹的婚事。如此，绝世佳人就是弟弟的囊中之物了。"

常言道：要使人不知，除非己莫为。所谓天道昭彰，万事使然。柄鸢柄鹰兄弟的密谋，竟然一字不漏地被一个在隔壁打坐的老尼听了下来。老尼蹑手蹑脚地出了僧房，迅速将此阴谋禀明了住持如水师父。

如水师父听了大吃一惊，随后镇定地想了想，然后附耳老尼，低声进行了一番安排，老尼点头领命退出。老尼走后，如水师父似乎还不放心，迅速换上夜行服，出门消失在夜幕之中。

第二天清晨，歹徒们将梦秋小姐弄进软轿，抬下山来，沿着红螺寺的方向进发。而此时的柄鸢兄弟也带领着一众家人，以观赏风光为名一路行来。行至一处所在，柄鸢兄弟遇上了押解梦秋小姐的歹徒，兄弟俩几乎同时大声喝令停轿。接着，两人奋不顾身地打跑了歹徒，救出了梦秋小姐。

梦秋小姐发现是柄鹰兄弟出手救了自己，心中感动不已。柄鹰趁机把哥哥介绍给了梦秋小姐。小姐感谢柄鸢兄弟的搭救之恩。寒暄了几句话后，柄鸢建议大家先到离此不远的红螺寺暂作休息，梦秋小姐表示同意。

没有多久，一行人就到了红螺寺，大家鱼贯进入山门。忽然，三声锣响，只见柳相国带着一群侍卫和红螺寺住持如水及众僧尼，从大殿的两侧涌出。突如其来的变故，使得柄鸢兄弟一下子惊呆了。还是柄鸢善于机变，发现情况不妙，拉起柄鹰扭头便想退出寺门逃跑。但是，刚跑到寺门，就被寺门外的兵丁挡了回来。

柄鸢见已无退路，反而镇定下来。他拉着弟弟，轻松大方地来到柳相国的面前，一边行大礼，一边厚着脸皮说道："相爷来得正好，小姐被山贼劫持，恰好我兄弟路过碰上，奋力打跑山贼救出了小姐。小姐无恙，就此交给相爷，我兄弟告辞了。"

说毕，再次拉起柄鹰的手，准备出寺门。只听柳云一声断喝："拿下这两个贼徒！"

一群卫士迅疾上前，将两人绑下，推到柳相国面前跪下。

柳鹰早就吓得瘫软，任卫士所为。柳鸢则凭着高强的武艺，一边进行着反抗，一边还大声喊道："柳相爷，这是怎么回事？我兄弟俩舍命救下梦秋小姐，难不成相爷要恩将仇报？"

柳云冷笑一声，厉声说道："好个恩将仇报，真是不见棺材不掉泪的歹毒之徒。你们兄弟因老夫拒绝了你家的提亲，竟然胆大妄为，丧尽天良，策划如此卑劣的劫持事件。好在老天有眼，被红螺寺老尼听清阴谋诡计，又蒙如水师父连夜报信，才得以使小姐未坠入你们设的圈套。天道昭昭，人证俱在，你还不认罪吗？"

柳鸢听柳云如此一说，方知是昨夜密谋泄露，于是，不再抵抗，任凭卫士绑缚。柳云喝令卫士将罪犯押解入城，交给有司看管，等候皇帝发落。

第二十六章

罚俸三载皇帝弥合　求茶未果结怨成仇

次日早朝，柳云出班，俯伏奏道："皇上，臣有冤表，请皇上为臣主持公道。"

皇帝和文武百官听说当朝首辅有冤情，个个都惊讶得目瞪口呆，许久没有反应过来。掌事太监赶紧走下丹墀，接过柳云双手高举的状子，呈给皇帝。皇帝接过柳云的状子，快速地展开阅读。只见皇帝的脸色越来越难看，后来竟至龙颜大怒，当殿喝道："忽里韩何在？"

满朝文武大臣看到皇上动怒，知道问题严重。大家都屏住呼吸，生怕弄出点声音来。皇帝的一声喝问，震得众大臣全都吓了一跳，大家不由自主地齐齐把头转向忽里韩。此时的忽里韩，已经吓软得俯伏金阶奏道："老臣忽里韩见驾！不知老臣犯有何罪？请皇上明示！"

皇帝余怒未消地厉声道："看看你是如何教育儿子的，简直是无法无天，无君无父。你自己瞧瞧吧！"说毕，将柳云呈上的御状掷下龙案。

忽里韩战战兢兢地拾起御状，跪着细看，越看手越抖，越看心越慌，还未看完，豆大的汗珠已布满额头。

看完御状的忽里韩，声音颤抖地奏道："老臣教子无方，无地自容，罪该万死。"话未说完，差一点当殿气绝过去。

皇帝和众文武见状，不觉对忽里韩心生怜悯。冷静下来的皇帝，当下心想，从这老儿刚才惊慌失措的神态揣度之，对其子劫持相府小姐之事还不至于知情，肯定是其两个浑小子干出的不伦蠢事。幸好梦秋小姐没有出事，此事还是设法劝和为佳。

皇帝打定主意，心中释然。看了一眼还跪在阶下的忽里韩，提高声音对文武百官说道："忽里韩教子无方，竟敢胁持相府千金，简直是无法无天。诸位爱卿，你们认为应该如何处置忽里韩父子啊？"

正在议论纷纷的众大臣，忽然听到皇上的问话，顿时安静下来。此时，众大臣们都已经感觉到处置此事的棘手。虽然，众大臣有不少已经揣摩到皇帝的意思，但他们也不能不照顾到柳相国的面子。犹豫再三，众大臣之中还是没有一个愿意出头回答皇帝的征询。

柳云见状，知道同僚们的为难。于是，他出班俯伏奏道："启奏陛下，臣是当事人，对于此事的处置本不该多嘴。但臣有个想法，不知当讲与否？"

当今皇上最了解柳云这个股肱之干臣。柳云除了有超常的忠诚、睿智、干练和多才以外，还具有非常人可比的广阔胸襟、悲悯情怀和容人容物的肚量。皇帝相信，柳云已经有了处置此事的良策。于是，龙颜一展，吩咐道："爱卿但说无妨。妥与不妥，朕自有决断。"

柳云说道："谢万岁！如此，臣就直说了。忽里韩的儿子竟敢劫持微臣的女儿梦秋，按律应该严惩。但好在微臣女儿梦秋尚然无恙。鉴于忽里韩之子是因提亲不成而生此邪念，行此恶果，况其父定然未闻其谋，因此，微臣恳请陛下，可以对忽里韩法外开恩。"

柳云一段入情入理的陈述，立即引来了众大臣既钦佩又感激的眼神。皇帝听完，更是龙颜大悦，禁不住脱口而出曰："宰相肚里能撑船，这才是朕当朝首辅之胸襟。"说完，畅怀大笑。

柳云和众大臣也受到皇上的感染，无不开怀笑之。皇帝笑过，用眼神巡视了一遭众文武大臣。众大臣马上停止了笑声和议论声，殿堂顿时又一片鸦雀无声。

接着，皇帝宣旨道："忽里韩身为当朝老臣，教子无方，罚俸三年，以儆效尤。其子柄鸢、柄鹰无德，着有司革去功名，交其父严加管教，悔过自新。忽里韩父子须在三日内亲临柳府谢罪，以稍报柳相国父女宽慈之情。钦此！"

柳云、忽里韩和众大臣齐声高颂"谢主隆恩，臣等领旨"。之后，掌殿太监高声宣布退朝。

忽里韩父子得到皇帝的从轻发落，全家都感念地厚天高的皇恩，同时，也十分感激于柳相国的宽大胸怀。唯独柄鸢心里闷闷不乐，虽然他也觉得自己干出这样的丑事，有愧于人伦，对不起柳家，但他不甘心事情到此结束。尽管此次行动因自己的疏忽而失败了，但当初他对于通州老者的承诺，则无论如何必须兑现。柄鸢混迹于江湖，深知信守承诺的重要性。人在江湖，可以不要生命，但不能不要信誉。因此，无论有多艰难，他都要在近期弄到珍贵的橘红宝茶给通州老者送去，以兑现自己的承诺。

起初，柄鸢想请父亲设法从皇帝那边求赐个一两斤贡茶。但是，在经历过上述事件以后，柄鸢觉得很对不住老父亲。在朝廷中，本居重臣之位的父亲，不但受到了皇帝的重责，老脸丢失殆尽，而且说不定从此还与柳云结下了凤世仇恨。虽然老父亲没有责备于己，也从不再提及此事，但作为儿子，何忍再让老父亲为自己去求人呢？

柄鸢下决心要自己想办法搞到宝茶。经过多方打听和了解，他知道了橘红宝茶产自于南方闽东，制作橘红宝茶的主人叫华公子，是个宦官之后。华公子与当朝的柳相国极为交好，与柳家馆学师爷路举人的关系更是非同一般。

显然，如果为了宝茶，去求于柳相国的帮助，不但最便捷，而且成功的把握最大。但是，自己刚刚劫持了其女梦秋小姐，柳相国表面上宽宏大量，但内心里肯定对于自己的劣行深恶痛绝。况且，就算柳相国不计前嫌，自己也无脸求助于他。因此，此路行不通。

剩下的只能在路举人身上想办法了。枘鸢从弟弟和坊间了解到了路举人的大致情况，知道这位馆师性格孤僻。要想通过路举人代为求得宝茶，那更是水中捞月，自取其辱。原因很简单，路举人是梦秋小姐的世伯，素来疼爱梦秋胜过亲女。他没有找上门来与枘鸢算老账，已经算是很客气了。

枘鸢也曾经想通过黑道逼迫路举人就范，但很快就遭到自己的否决。姑且不说没有把握，其实他更不想再给老父亲增加什么麻烦了。这也行不通，那也使不得。枘鸢急得犹如热锅上的蚂蚁，在房间里直打转。忽然间，枘鸢想起了一个人，精神为之一振。

三日后，忽家的一个干练家人从京师出发，一路南下，不日来到了闽东境内的一个所在。这里地处荒僻的海湾，湾口是一条狭长水道，水道平均宽约两丈，长可两三里左右。水道两侧皆峭壁耸立，高约有十几丈。其上栖息着数不胜数的各种海鸟，纷乱嘈杂的鸟鸣声似乎在告诉人们，这里是一个人迹罕至的所在，当地人称之为栅港。

行舟进入水道后，汊港豁然开阔。此时，舟行其间，放眼四望，就会发现港湾四面除了耸立高峻的峭壁以外，有的就是匆匆飞来飞去的海鸟。置身于如此风平浪静的水面，那种怡然、脱世的感觉便会油然而生。

这是海陆之间一处罕见的世外天堂。它隐秘险峻，更因为其地处东南海隅，远离中原政治中心，自古便天高皇帝远的缘故，以故千百年来，成为海洋盗寇枭雄屯兵筑巢的绝佳穴居。

明清之际，郑芝龙就曾占有此地，用以控制海峡北缘，直至辽阔海疆。后其子郑成功又曾于此屯兵数万，力图北征从事反清复明。

自国朝一统，天下海晏河清，这里便经历了百多年"不闻刀铳声，只有渔歌晚"的祥和景象。但是，大凡天下总免不了盛极而衰的结局。自当今坐朝以来，天下承平已久，以故各种社会矛盾又突显激化，加之西洋国家殖民资本的膨胀和科技的强大，开始从海洋上不断地对东方天朝帝国进行渗透，栅港又成了海洋盗寇商匪的天然避风港。

当是时，西洋的重商主义开始浸染和腐蚀东方古国的濒海区域，无情地冲击着华夏传统的农本经济。一时间，贫穷了几辈人的天朝沿海居民，他们之中有胆大者，有被逼上梁山者，开始铤而走险入海为盗。在这一批人之中，有的还与东来的殖民者和西洋商人进行了接触，从其身上逐步了解到了一种能够轻而易举地改变他们命运的价值观和伦理观。他们聚集在一起，经历了由羡慕、彷徨、灵魂挣扎到偷尝禁果的过程，成为近代中国最有争议的一群人。

忽家家人来到了栅港，在港湾内崗堡寨的一座寺庙里，见到了主人的朋友。主人的朋友名叫麻岩韬，此人是东南摩尼教的首领，早年曾经参与领导过反清复明，遭到清廷镇压，失败后被俘解京。其时负责押解的官军统领枘鸢，因慕麻岩韬是一条好汉，暗中将其放归南下。麻岩韬立誓要以死回报于枘鸢的救命之恩。

麻岩韬从忽家家人处得知了枘鸢托办之事后，觉得这是不费吹灰之力就可以办到的小事，于是，当下就满拍胸脯说道："请贵主人放心，此乃区区小事，旬日之后，定派专人将五斤上好橘红茶送达京师。"

忽家家人得到满意的答复，即行告辞回京报信。麻岩韬馈赠了极为丰厚的礼物，派专船由海路将枘鸢家人直送扬州，然后取道运河北归。

送走忽家家人后，麻岩韬豁然间似乎发现了金矿似的，浑身畅快无比。他心里想到：有关本地神山橘红宝茶的故事，早有耳闻。自己与创制宝茶的华公子，虽然不能称之莫逆，但也还算熟悉。令人完全出乎意料，华公子所创制的橘红，竟然能够在短短的数年内，就使上到皇家和上流社会，下到中外士民和商家巨贾为之倾倒，为其趋之若鹜。此人此物，对于自己将来的宏图伟业，实在太有助益了。

麻岩韬进一步算计：如此珍贵的橘红宝茶，必须想办法将其货源垄断下来，使其成为将来做大事业取之不尽的财富源泉。

麻岩韬自从被枘鸢纵归南方后，经过多年的蛰伏经营，终于以东南闽浙沿海地区的险峻海山作为据点，重建了摩尼教。鉴于先前失败的教训，麻岩韬这一次并不急于求成，而是一方面隐秘地发展着摩尼教的势力，另一方面充分利用本地的地理优势，积极参与拓展海上贸易累积财富。

麻岩韬不甘心于早年的失败。他努力地重新积蓄着力量，希望有朝一日能够实现自己的宏图大愿。麻岩韬非常清楚，干大事除了要有人力以外，更重要的是还必须有雄厚的财力。如果于天朝仍然推行海禁的背景下，暗中垄断与西洋的海上贸易，就能保证有取之不尽的滚滚财源。因此，麻岩韬带着不可告人的雄心，充分利用了其先祖传承的海洋航行传统、经验和摩尼教的人力资源，进行着利润丰厚的海洋黑道贸易。

当时，国朝帝国为了防范海洋寇匪的侵扰，错误地实行了长期的海禁政策。故此，从事海贸固然利润丰厚，但却是犯禁的，以致一般人不敢轻易涉足。如此一来，恰好给麻岩韬为首的摩尼教创造了垄断海贸的难得条件。

为了增加与朝廷对抗的筹码，麻岩韬还与当时的荷兰、英国东印度公司建立了良好的合作关系。而当时的葡萄牙、西班牙、荷兰和英国等西洋殖民者，也正千方百计地企图打开华夏帝国的国门，建立正常的商贸关系。他们的要求几经碰壁之后，遂采取不光彩的海洋匪盗行径对华夏东南沿海进行劫掠和走私。这样，与麻岩韬的摩尼教自然是沆瀣一气，逐步走到了一起，共同控制和垄断了华夏东南乃至马六甲一带的海洋贸易。

当麻岩韬得知了近在咫尺的神山橘红宝茶具有无限美好的商业前景后，曾经与华公子就买断的事宜进行过多次的接触，但都没有谈成。如今，麻岩韬为了报答枘鸢当年的相救之恩，拍胸答应为之搞到五斤橘红火速送达京师。借此机会，他派人持拜帖投送华公子，要求再次约谈，得到了华公子的爽快应允。

麻岩韬带着随从来到了赛港橘红楼，双方重新就以前的合作议题进行了商谈。但是，麻岩韬关于坚持全部买断所有橘红宝茶的议题还是得不到华公子的响应。华公子郑重地告诉麻岩韬说："你我是邻居，麻兄有海贸之经验与优势，故在下才允诺将每年三分之一的橘红批售给麻兄，这已经是尽在下之所能了。在下每年生产的橘红，扣除交纳朝廷贡品和批给麻兄的以外，还须匀出一部分履约供给各地的老朋友和老客户。"

麻岩韬听了，觉得再谈已经无益，于是，装作心满意足地对华公子说："谢谢华兄的惠顾，麻某感激不尽！不过，麻某尚有一个不情之请，万望华兄帮忙。"

华公子说道："请麻兄明言，在下力之能及，定当任凭驱策！"

麻岩韬道："既如此，麻某就不客套了。事情是这样的，麻某在京师有一至交，急需五斤橘红宝茶，望华兄不吝赐予，价钱任凭华兄开口。"

华公子甫听麻岩韬要五斤橘红，马上接过话头说："实在对不起！只能委屈麻兄等待来年了。原本家里备有应急的十斤橘红，日前皇上宣旨加贡，在下已经将其中的八斤火速送达京师完贡。目今家里所剩不足两斤。既然麻兄至交急用，那就先匀给麻兄一斤如何？"

麻岩韬知道，华公子所讲是实情。无奈之下，只得连表谢意，随后，带着华公子匀给的一斤橘红，告辞回转栅港。

一路上，麻岩韬满腹的不快。他心想，拍胸答应恩公五斤橘红，如今只弄到一斤，如何相告于恩公？假使恩公不明事理，怪罪麻某失信，将来有何面目再见恩公？

江湖经验极为丰富的麻岩韬，虽然也清楚华公子拿不出更多的橘红是实情，但因屡次商谈买断橘红不成，无形之中，已然在心里郁积着对华公子的怨恨。这种不满与怨恨犹如火药包，随着麻岩韬不断膨胀的欲望而终于临界爆发了。

麻岩韬所乘的舟船已经驶入栅港。面对碧波如镜的水面，麻岩韬咬着牙恶狠狠地骂出一句："走着瞧！看我如何搅波翻浪！"

第二十七章

公子贡茶屡次逢凶　夫人智慧连环化解

又是一年好收成。由于华公子在如何提高茶青的产量方面下足了功夫，在没有增加茶园面积的基础上，今年的茶青足足增长了两成。最后一批橘红入库后，善后皆由夫人和管家完成。按往年的惯例，该到上京城缴纳贡茶的时日了。

今年的贡茶，朝廷在原有的数量上加了两成。不管是随行人员的挑选，或是茶叶的包装，华公子都进行了精心的准备。一切妥当后，公子拣选了一个上好的日子，准备起行入京。

临行之前，华公子总觉得心绪特别不宁和紧张，似乎有什么事要发生似的。正在亲自忙着检视贡品和行装，忽有家人报说麻岩韬来访。

华公子不自主地心里一紧，吩咐家人引麻岩韬客厅相见。华公子略整衣衫，赶忙来到客厅，边进门边大声说道："麻兄莅临，有失远迎，得罪！得罪！"

麻岩韬哈哈一笑，躬身为礼道："麻某闻知华兄今年橘红丰收，特来登门祝贺！顺便请华兄履行去年之约。来得唐突，还请兄台见谅！"

"谢谢麻兄的祝贺。诚信履约，是我辈商贾之人的本分，请麻兄放心。麻兄请坐，先品尝一杯新制的橘红。"

麻岩韬大方地坐下，华家仆人为之送上一杯刚沏好的新品橘红。麻岩韬注目着杯里的茶汤，金黄如琥珀，煞是可爱。他缓慢地捧起茶杯，慢慢靠近鼻翼，用心地闻了闻，一股沁人心脾的茶香，过腑入脑，顿时神清气畅。吸啜两口，瞬间齿香喉爽。

麻岩韬缓缓地将茶杯放于茶几上，然后，带着无比愉悦的口吻，对华公子一语双关地赞叹道："多诱人的橘红宝茶啊！"

华公子谦和地说："谢谢麻兄的金口夸奖。麻兄尊驾莅临，除了亲自践约以外，定然尚有高见赐教于在下？"

麻岩韬心里想道：精明入微的华公子，果然名不虚传，可惜无法为己所用。麻岩韬一边心里犯着嘀咕，一边嘴里却是哈哈一笑说道："华兄精明，一下子就洞穿了麻某的心思。不瞒华兄说，麻某还是冲着老兄的橘红宝茶来的呀！"

说到这里，麻岩韬故意先行顿住，一方面伸手捧起茶几上的茶杯，另一方面睨眼看着华公子的反应。

华公子听了麻岩韬隐含深意的话，尽管不能全然洞明其全部来意，但为了掌握主动，还是故意说道："刚才沏的就是今年的上等橘红。此等橘红，扣除贡品以外，尚有一些，留作待客和馈赠亲友之用。当然，年前协议给麻兄的橘红，在下已全数备足。"

麻岩韬笑了笑说道："今年之橘红，质量更超往年。所出茶汤，金红如九月之蜜橘，使人不忍饮用。难怪京师显贵以及西国洋商，能够不惜代价而求之。华兄遵约给足定数，麻某不胜感激！"

华公子颔首点头，接着说道："麻兄客气了，你我乃挚友与邻居也！匀给麻兄售卖，在下也是希望麻兄能够一如既往地襄助本地茶业之兴旺，为本乡亲拓宽生存之路多作贡献。"

麻岩韬说道："华公子谦虚。麻某何德何能，得公子如此期许。当然，今后公子如有用得着麻某的地方，麻某定当不惜赴汤蹈火，驱策于公子左右，以少补公子深情于万一。"

停顿了一会儿，麻岩韬显得很随意地问道："闻公子欲往京师贡茶，不知何时起程？需不需要麻某效力？"

华公子心里一惊：此人消息竟然如此神通。公子心里想着，嘴里赶紧答道："谢谢麻兄关心！稍事准备后，也就是一两日之间就当北行。北行路途遥远，哪敢麻烦麻兄。至于应给麻兄的橘红，稍后派人于近日送往贵处，请麻兄放心！"

麻岩韬道："公子太客气了。送橘红之事不急，公子先忙大事要紧。北上朝阙贡茶，麻某先在此预祝公子一路顺达了。"

麻岩韬一边说着，一边拱手与华公子作别。华公子亲自送到楼下，麻岩韬转身再次拱手，道声"公子留步"后，带着随从快步离去。此时，麻岩韬的嘴角露出了一丝令人不易察觉的冷笑。

麻岩韬的到访以及最近坊间的一些传言，引起了华夫人的警觉。为了防范意外，她进行了一些必要的准备和安排。

当天晚上，华夫人将自己的担心，详细告诉了华公子。华公子听后，虽觉得半信半疑，但他素来相信夫人的判断，更钦佩于夫人对于大事的预见和处置，因此，对夫人说："夫人考虑周到，就按夫人的安排行事。贡茶乃天大的要事，出不得半点纰漏。"

第二天，华公子于吉时放炮起行。华夫人和一干家人亲友等，齐聚码头送别。贡茶船队一路顺风，很快出海口折转北上，进入了浙东的舟山海域。

浙东海域，扼北上南下的航海要冲，地理位置极为重要。此处海域岛屿纵横交错，海洋地理极为复杂，历来就是海洋盗匪经常出没的地方。

华公子船队逶迤北进，眼看着进入了象山群岛海面。突然，在船队的后方同时出现了三艘快船，冲着华家船队呈品字形快速地跟了上来，形迹甚是可疑。华公子根据事先的安排，立遣贡茶船队中的两艘武装火器船放慢速度殿后，以防不测。其余的贡茶船，加快船速前行。

三艘不明快船似乎发现贡茶船队有了准备，没有放速追赶，而是保持距离，紧跟不放。

几个时辰后，贡茶船队进入了舟山水域。船队小心翼翼地绕行于纵横交错的岛屿之间，只听负责瞭望的水手大声报告说："前方又出现了三艘快船，好像也是冲着我们来的。"

一位经验老到的水手提醒说："公子，看来我们今天是遇到了有备而来的海匪。"

华公子镇定地说道："不要慌！继续观察，有情况马上报告！"众水手领命，各自提高警惕。

为了安全起见，华公子迅速将两艘武装保护船中的一艘调往前面警戒。同时，通知船队所有人准备武器，一边警惕攻击，一边继续小心向前航行。

船队穿行于一处由两个岛屿相夹之间的水道，前面的三艘快船迅速成一字阵形展开，堵住了船队前行的去路；后面三艘快船也迅速变换队形，加快速度追了上来。华公子见状，迅速下令船队向左近的一个岛屿靠近，利用岛屿避免海匪的前后夹击。

很快，匪船已经逼近到只有两箭之遥了。他们开始喊话，无非是放下货物银两，放弃抵抗，可以保证生命安全之类的话。

华公子一面继续拢船靠岸，稳定大家情绪，鼓舞士气；另一面详细观察对方的人数和具体的火器配备。只见对方个个都用黑巾蒙住脸面，每只船约有五六个人。其中两个使用西洋滑膛枪，其余的基本上使用比较老式的铳炮，一个负责掌舵。

临出发前，在华夫人的坚持下，花重金通过熟人从厦门的洋行里雇来了五人一小队的洋保镖，这些洋保镖也使用洋枪。除了火器不输于海匪以外，还富有海战经验。

见贡茶船队不但没有慌乱，反而拢到岸边严阵以待，匪徒头儿举起短枪，朝天开了一枪，做最后的威吓。其他匪徒则全部摆好架势，准备攻击。

情势已经十分危急，眼看一场激烈的恶斗就要开始了。突然，从岛后两侧传来了密集的锣鼓声、枪声和呐喊声。转眼之间，朝廷水师的快船就从两翼攻击包抄了过来。

突如其来的变故，顿时惊吓得匪徒赶紧升帆，仓皇分路逃命。朝廷水师鼓帆追赶了一阵，终因海匪的船速太快而作罢。官船擂响得胜鼓，准备回航。

转危为安的华公子，把船队泊好，带上十斤珍贵的橘红贡茶，驾着一艘快船，迎上官兵大船，求见统兵将军，道谢了官兵们的及时救援后，将橘红宝茶当面交给将军，作为犒兵之用。将军代表水师官兵接受了华公子的慰问，并下令分出三条兵船，护送华公子船队直达扬州地界。华公子坚辞不准。将军告知，这是奉上峰饬令行事，华公子方才俯允致谢。

贡茶船队辞别官兵大队，由舟山到扬州，再无任何骚扰。船队在扬州稍事休息，转入运河，一路顺风顺水。不日，船队就进入了山东地界。

由于担心船队于山东境内太过招摇，惹来意外，根据事前夫人的安排，华公子弃船登岸，改由旱路继续北行。为了保证万无一失，此前夫人已经先行派人雇下山东济南府的震远镖局，为之保镖北上直达京师。

说起济南府的震远镖局，自国初以来，就已经是威震遐迩，赫赫有名。在北方，不管是黑道白道，还是乡野泼皮无赖，凡是震远镖局保的镖物，无不敬而远之，绝不敢生出半点的非分之想。所以，大江南北，凡遇极重要的镖物，只要是震远镖局接了镖，那就算是贴上了平安招牌，万无一失。

华公子的贡茶车队，自震远镖局接镖以后，一路沿着官道往北，行进于淮北鲁南大地，果然风平浪静。但是，大凡世事总有百密一疏的时候。华公子于山东改走旱路的安排，恰恰被麻岩韬算准。因此，当贡茶车队沿着北上大道，晓行夜住地放心赶路的时候，又不知不觉地走进了麻岩韬预设的陷阱。

这一天，天气晴好，沿路景色迷人。一幅看不完赏不尽的风光画卷，逗引得车队不知疲倦地加快了速度，一天下来，竟然比平时多赶了十几里的行程。傍晚，大家已经感到十分的疲倦。华公子问道："不知前头是什么所在？我们该找一处宽敞的旅店歇息了。"

"此处离德州尚有一个时辰的路头。不过，绕过前方山包倒有一处刚开不久的旅店，地方颇宽敞明亮。"答话的是震远镖局的镖头。镖头姓万，人称万人敌。万镖头是一个精壮的山东大汉，功夫十分了得，尤其是有着极为丰富的江湖经验。

华公子听了，大声地对众人说道："请兄弟们坚持一下，到前边旅店过夜休息。"

大伙儿欣然欢跃，加力驱赶着车队向前奔去。不一刻工夫，车队就来到了旅店门口。大伙一看，旅店果然宽敞明亮整洁。发现有大队客人莅临，旅店掌柜和伙计们都热情地迎了出来。店掌柜亲自将华公子和镖头等迎进了客堂待茶，伙计们帮着卸车安顿马匹，准备热水饭食。

奉茶毕，店掌柜亲自将华公子和镖头安排到一间上房稍事休息。不久，伙计报说酒饭已备妥，请客人入席。

大家按座入席，饭食和菜肴都非常丰盛。辛苦劳累了一天，大家都迫不及待地举箸就餐，准备餐后早早歇息，明日好继续赶路。

这时，店掌柜笑容可掬地来到众人面前，倒酒举杯说道："华公子及诸位贵客莅临，敝店不胜荣幸。按敝店之惯例，今晚免费提供两瓮美酒，为大家洗尘，以表对诸位的敬意，请诸位随意尽兴。"说完，举杯对着众人礼了一圈，然后，自己干了杯中之酒。

面对店掌柜的盛情，华公子不得不有所回应。他满斟一杯酒，举杯面向众人说："主人盛情，却之不恭。镖局的兄弟能否饮酒，请万兄定夺。其余众兄弟，今天破例，每人可饮三杯去乏，不可多饮。吃完饭尽早休息，明日打早继续赶路。"

众人允诺。

万镖头正要吩咐镖局的兄弟不可破了规矩，以免误事，话到嘴边，他忽然发现镖局的兄弟们都用渴望的眼神，正齐刷刷地盯着自己。万镖头犹豫了一下。恰在此时，一股极为诱人的酒香随风扑面而来，透过脑门，他感觉到了晕眩般的美妙。于是，万镖头咽了一下喉头，改口吩咐镖行的弟兄说："也罢，各人破例饮用三杯。饱饭后打起精神，轮流值夜，不可大意。"

众弟兄高兴，果然饮用了三杯美酒。一众人等全部进入了云里雾里的状态，不多时，竟东倒西歪就地躺下，任人所为了。

第二天，华公子一觉醒来，发现日头已然老高。他一骨碌从床上坐起来，揉了揉仍然惺忪的眼睛，觉得头仍然有点晕眩。

突然间，华公子似乎想起了什么。他一下从床上跃到地上，顺手抓起衣服披上，顾不上穿鞋，三步两步冲到储藏贡茶的房间。他动作利索地点了点数量，一箱也不少。他奋力撬开其中的一箱，货真价实。华公子一颗悬着的心总算重新落回到胸腔，他看了看还趴在地上桌旁睡得死沉的镖局弟兄，无奈地苦笑了一下。

华公子一边擦着额头上的汗珠，一边想着昨晚上的事，一路回到了房间。正伸手准备取壶倒茶的时候，一眼发现了压在桌上的字笺。他顺手拿过来展开一看，才完全明了自己和整个贡茶队昨晚经历了一次生死劫难。此时，华公子的额头上，又重新布满了豆粒大的冷汗。

到底是哪路好汉解救了华公子一行呢？

事情原委是这样的。华公子一行人刚出发北上不久，华夫人就得到了知情者的秘密禀报，说麻岩韬与京师某大人物联合，布置了对华公子贡茶队伍的连环劫杀陷阱。情急之下，华夫人通过各种关系于沿途进行了周密的安排和布置。

在德州附近开设的旅店，就是专为劫杀华公子一行而预备的黑店之一。旅店的掌柜和伙计，都是由麻岩韬的亲信和匪徒假扮的。

果然，贡茶队还真按麻岩韬的算计主动送上了门。黑店匪徒利用华公子一行人的劳累和麻痹大意，成功地用蒙汗药药倒了所有人。眼看麻岩韬的阴谋就要得逞，没想到忽然从外面飞进了三个武功极高的黑衣人，大部分匪徒瞬间就身首异处了。唯有店掌柜警觉，依靠其不凡的轻功，侥幸逃脱。

三个黑衣人草草处理了旅店现场，一直守候到日头高照，估摸华公子一行人药效已退尽，才放心离去。他们前脚刚走，后面华公子就醒转了过来。看过救人侠士留下的字笺，华公子一边深恨自己的麻痹大意，一边逐个把所有人叫醒。醒过来的众人，无不从内心里感佩华夫人的再造之恩。

华公子和众人整理好车马和贡茶，点数无误。就地掩埋了匪徒的尸体，又继续朝着京师的方向进发了。

临出发前，万镖头带着镖局的弟兄，来到华公子的面前，"扑通"一声齐齐跪下。只听万镖头说道："我等惭愧，差点坏了公子大事，也坏了震远镖局的百年英名，这一切都应归罪于我老万。这几个弟兄跟我出生入死十几年，今天栽了跟斗，也只能怪自己贪杯。公子慈悲，放他们一条生路，我老万在此给您磕头了。"

说毕，面向华公子连磕了三个响头，从地上站立起来，整了整衣衫，然后仰面向天，大叫一声："气死我也！"

话音未落，就以极快的速度拔出佩刀自行了断了。见老镖头为保镖局的名声，竟然烈性如此，震远镖局的其他弟兄抚尸大恸一阵之后，又有两个弟兄趁人不备，相随万镖头而去。

华公子被这突如其来的变故惊得目瞪口呆。待其醒悟过来，方才赶紧命人夺下另外三个镖局弟兄的武器。再三劝导之下，三个镖局弟兄才放弃了死的念头。因无颜再回镖局，华公子收留了他们。此后，三人遂成为公子最得力效死的亲随。

华公子隆重殓葬了万镖头和两个镖局的弟兄。诸事处理好，车队才接着兼程赶路。一行人过德州，渡黄河，一路马不停蹄，不日就到了京师。投住了往年常住的馆驿，歇息养神后，于第二天向有司交割了贡茶，领了朝廷的赏赐。接下来几天，华公子分别投帖拜见了柳云等朝中大臣，探访了京师的亲朋挚友。

在与柳云的会见中，两人除了品评一番新品橘红的高妙以外，还畅谈交流了所见所闻之风雅韵事。长久离别的至交重逢，当然有着聊不完的话题。

华公子在京师盘桓了两三日，因为家里诸事牵挂而匆匆离京南下。临别时，华公子还是忍不住将路上曾经多次遇险之事，以及自己的忧虑，约略禀告了柳云，希望能够引起朝廷的注意。

第二十八章

赛港茶楼回禄肆虐　公子悟禅股东异心

　　华公子顺利回到了廉忠村家里，全家高兴异常。其实，夫人及全家都从早前先行回来的人中，了解到公子此次北上的全过程。特别是得知公子及贡茶均安然无恙，夫人和全家人悬着的心才放了下来。

　　夫人命人设家宴，为公子和所有参加北上贡茶的人洗尘压惊，大家踊跃欢欣。宴席摆了五桌，村里耆老长辈也得到了邀请。

　　宴席开始，华公子站起，举杯面向大家，动情地说道："此次北上，历尽险恶，最终能够处处化险为夷。除了应该感谢列位参与贡茶兄弟的共同奋力以外，更要感谢夫人的先见之明和运筹帷幄，让我们把第一杯酒敬献给夫人吧！"

　　众人听了，齐声赞同。华公子真诚地斟上一杯酒捧送到夫人的面前，温婉感激地说："夫人，为夫与列位北贡皇茶的众兄弟，敬夫人满饮这杯酒，略表我等的感佩之心。"

　　夫人起立，眼含泪花，道了声："谢谢夫君，谢谢众位兄弟！"然后，伸出纤纤玉手接过杯酒，一饮而尽。众人高兴欢呼。

145

　　接着，华公子转身面对众人，热情地对大家说："今晚欢宴，大家务必要开怀尽兴。"

　　这边华公子在家举宴庆功，那边麻岩韬正在安抚归来的部属。此次被派出执行任务的部属，都是麻岩韬长期培养出来的高手。他们不但绝对忠诚于麻岩韬，而且手段极为高强狠毒。一般情况下，麻岩韬是不会派他们出手的。临行前，麻岩韬十分信任地嘱咐亲信们，无论成功与否，都要活着回来。

　　此次劫杀华公子，夺取橘红贡茶，事关重大。为了确保万无一失，麻岩韬连环派出了数路顶尖高手，亲自规划了劫夺计划。没料到人算不如天算，被他寄予厚望的部属还是一个接一个地空着双手，狼狈地回到了他的面前。

　　最让麻岩韬感到惋惜和伤心的，是他精心安排的德州旅店也没能得手。而且，派出去的亲信部属还损失殆尽，只剩店掌柜回到面前。麻岩韬痛楚地意识到，他不惜血本的行动完全失败了。

　　事后，麻岩韬经过调查，才知道导致其整个行动完全失败的并不是华公子，而是其夫人严秋霞小姐。这个平日自视极高能够于东南呼风唤雨的摩尼教教主，几乎不相信自己费尽心力的谋划，竟然是被一介女流之辈轻轻地化解于无形。麻岩韬不甘心，更不服气。

经过一段时间的缜密思考和策划，一个对付华家的恶毒计划又在麻岩韬的脑海里成熟了。他要动用自己的所有力量，慢慢地消磨华公子夫妻的意志，扰乱他们正常和平静的生产和生活，让他们一点一点地破产，以解此次失败之辱，以泄未达目的之心头大恨。

华公子本是个儒者，投入商海，除了全身心地创制改进和生产挚爱的橘红茶以外，仍然不改儒者的本性，每每忙里偷闲，邀同相好，吟诗作文，赏玩他那些心爱的古玩书画。

平日里，最令华公子痴迷，与其形影不离的古玩书画有：古白茶树瘤雕成的两杯一壶茶具、宋代建窑兔毫盏、宋吉州窑玳瑁盏；明代唐寅、文徵明和仇英的古画，祝枝山等名家的书法宝帖，以及珍藏的不少古籍善本等。特别是文徵明的《品茶图》和茶壶盏具，尤其珍爱。每当面对这些珍玩，置一壶好茶或者一壶好酒，一边与密友品茶饮酒，一边感怀品评议论吟诗作乐，真可谓其乐融融。

作为一位儒者，华公子已经走过的人生路是成功的。但是，古往今来，任何一个有大作为的成功者，往往须历尽三灾七难。

在一个风雨交加的夜晚，恰值无客相访。华公子煮泡了一壶好茶，夫妻俩对饮闲聊。两人本恩爱夫妻，雅趣相投，但是，总因公子平日纵情于游玩诗赋，周旋于迎来送往，因此，难免就冷落了夫人。难得今日雨夜清静，才有了夫妻置茶抒情的机会。

两口子一边品饮着橘红色的香茶水，一边闲聊着。只听夫人柔情地提醒道："老爷，此次北上连番履险，妾细细思之，越来越觉得其来头不小，绝不是一般江洋盗匪所为。"

公子点头赞同道："对啊！为夫也觉得事情不会那么凑巧。这两天，为夫仔细品味柳相爷临别交代的任务，似乎与此有什么关联。"

夫人惊异道："柳相爷有何交代，为妾怎么从未听夫君提起过？"

公子道："为夫担心夫人劳心，故没有言及，请夫人不要见怪。其实，柳相爷也只是笼统地要为夫时刻注意东南摩尼教的动向。交代为夫如发现什么异常，要随时与当地官府取得联系，或者直接驰报柳相爷转奏朝廷。"

时近午夜，夫妻俩觉得困倦。于是，饮尽最后一杯茶水，吹灯歇息。

次日清晨，夫人早醒起床，丫鬟服侍梳洗毕。依照往常的习惯，夫人都要亲自指点丫鬟打扫客厅和公子的书房。丫鬟很快清扫完客厅，准备整理公子的书房。

忽然，丫鬟的一声惊叫，引得华夫人快步来到书房。只见书房一片凌乱狼藉。夫人心里迅速闪过一个念头，家里失窃了。于是，夫人一边吩咐丫鬟赶紧叫起公子，一边进入书房检视。

公子听到丫鬟报说书房失窃，一骨碌就从床上爬起来，披衣直奔书房。公子三步两步冲到一个大橱面前，"哗啦"一声打开橱门，一下子惊呆，许久没有缓过神来。

夫人见状，知道家里古玩珍宝没了。但她顾不得这些，而是赶紧趋到公子身边，轻轻地拍打搓揉着丈夫，口中柔情地劝说："宝物归属有缘，随它去吧！"

夫人的一句劝说，才使一时气塞神迷的公子清醒过来。他镇定了一下，随即恢复了原有的翩翩风度，并嘱咐家人说："不要声张，按原样整理吧！"说毕，牵起夫人的玉手，出书房用早点去了。

古今中外，商人追求利润，追求财富，视财如命，向来被认为是不可更改的共性。在延续了数千年农耕文化的华夏国度里，凡是商家给人的第一印象往往是唯利是图、为富不仁。自从华公子以儒者的身份而坠入商海成为一个货真价实的商贾以后，给人的印象当然也不出其左。但是，作为一个从小就受到儒家传统文化彻底熏陶的儒者，他那清高、视财物如粪土的天性，不但没有泯灭，而且还时不时地会表现得淋漓尽致。

昨天晚上，华公子失窃的珍宝古画，可是价值连城的财富。有珍贵的白茶根瘤茶具，珍罕的古画、书法和古籍等。其中单就那套白茶根瘤茶具来说，就是天上地下，也难以再找到第二套。因为它是用神山上千年白茶母树生出的根瘤雕琢而成的，共有一壶两杯。

传说宝壶能和合阴阳，杯有雌雄之分。这可是一套人间罕见的神来之宝，无价的珍物啊！至于明代唐寅、文徵明和祝枝山等名家的古画书法，同样是价值连城的宝物。华公子最以拥有这些宝物而自豪，每有贵客文友到访，必取出与之共赏。每逢心境欠佳，只要取宝物观赏之则豁然开朗。

如今，宝物在一夜之中不知去向，这对于华公子的打击是可想而知的。当然，在华公子的全部生命中，比之珍玩古画更重要的还有与其休戚与共的夫人，他们之间的恩爱已经升华为心灵的完全相通。正因为此，当华公子发现宝物丢失而一时迷失本性的时候，夫人轻声的一句点醒，就能马上激活公子那深厚的涵养和豁达的胸襟。

麻岩韬的眼线接二连三地回报着一个相同的消息：华家安然如常，没有出现任何异样。这个结果大出麻岩韬意料之外，更使他感到莫名的气恼。以麻岩韬先前对华公子的了解，他知道这批宝物对于华公子来说意味着什么。

本来，麻岩韬想利用此次成功的偷盗，不但能够如愿以偿地夺得让其魂牵梦绕的宝物，而且还能扰乱华公子夫妇的方寸，让聪明睿智的华夫人也不得不穷于应付家中的慌乱，这样，就可以趁华家顾此失彼的时候，更加有把握地实施其最终的目标。

无奈的麻岩韬咬了咬牙，只得开始布置第二步行动了。在晚春的一个夜里，田野里蛙鸣正欢，下弦月早已隐去。忽然，几个全身着黑的夜行高手，动作轻快地逼近了赛港的橘红楼，瞬间消失在楼房的四周。过了一会儿，茶楼的四周连续出现了几处火光。火势借着风威，越来越大，转眼之间就映红了半边天。

这一天的傍晚，华公子夫妇临时接到家人传报，由奶妈带着的三岁女儿，突然犯病高烧。无奈，夫妇俩不得已于傍晚坐车赶回廉忠村探视，冥冥之中躲过了一场致命的灾变。

茶楼没有了。存放在茶楼里的茶叶全部被焚毁，当晚住在茶楼里的雇工全部被烧死，橘红茶楼遭到了无情的肆虐。对于华家来说，这是一次伤筋动骨的损失，远胜过上次珍玩失窃的伤害。

华公子夫妇闻报赶到赛港，目睹已成一片废墟的茶楼。夫妇俩默默地承受了眼前残酷的事实，冷静地处理了善后事宜。

自北上贡茶以来，连番发生的事件，已经引起了华氏夫妇俩的高度警惕。两人清楚感受到了一股直逼而来的大力，这是一股有高人掌控的大力。夫人不无忧虑地提醒华公子道："看来几件珍宝和一座茶楼还无法满足这位高人的欲海。"

华公子怜爱地看了一眼处处为自己担心的夫人，柔声安慰说："夫人，不要自寻烦恼。该来的总会来的，且随他去吧！"

华公子嘴里这样说着，心里却十分清楚地感觉到：这位已经露出狐狸尾巴的高人，显然是针对他的橘红宝茶来的。在这个最终目的没有达到之前，这位手段不凡的高人是不会善罢甘休的。

念及于此的华公子，一方面继续安慰着夫人，以免其对自己过分担心；另一方面也在暗中筹划着如何采取措施，以防止这位高人再一次的突然袭击。

自橘红楼被焚之后，经过反复的对比分析，虽然尚拿不出有力的证据，但华公子已然觉得向华家及其橘红宝茶伸出罪恶之手的，无出于麻岩韬及其所统领的摩尼教之右。恰在此时，见地非比一般的华夫人也提醒华公子说："应该抓紧筹策，以对付非常之变。若等盗匪再次出手，则将给华家及橘红宝茶带来灭顶之灾。"

公子应诺着夫人的提醒，精心进行着谋划。

一日，华公子正与夫人议事，家人入报，说有几位乡邻股东求见。公子来到客厅，几位股东起立迎候。公子礼貌地请他们坐下，然后在主位坐定，开口问道："几位大爷一起到来，这可是少见的啊！"

几位股东互相对视了一眼，最后大家都把眼神集中到了一位中年股东的身上。只见这位中年股东自我镇定了一下，端起茶杯，滋润了一下嗓子，口气坚决地对华公子说："公子，真不好意思。近日几位大爷与在下凑巧都有大事要办，急着用钱。因此，我们合计了一下，决定从公子这里撤回股金。"

这突如其来的变故，大出华公子的预料之外。好在公子事先已经有了思想准备。当下，公子不动声色地想到：真是釜底抽薪的毒计啊！华公子心里这样想着，但还是满脸平静地说："几位大爷急着用钱，先行预支红利就是，何必撤股呢！"

说完，华公子拿眼看了众人一巡，有几位大爷一遇上公子的眼神，似乎都有回避之意。

华公子接着说道："自几位大爷合股以来，每年都按时拿到了丰厚的股利。眼看着橘红宝茶越来越红火，自然股利也会越来越丰厚。诸位大爷此时撤股，是否为明智之举呢？"

自古以来，对于凡夫俗子来说，利欲的诱惑是最能打动人心的。几位大爷听了华公子的一番话，有的点头，有的欲言又止。中年股东一看情形不妙，赶紧应答道："公子的恩惠和好意，我等永铭在心。但因实在急着用钱，只得让公子费心了。"

此时的华公子，已然心明透亮。于是，就以商量的口吻对他们说："几位大爷知道，现今茶叶还未售出，诸位的股金数额巨大，一时无法全部筹措。大爷们是否可以每人先支一部分，其余的等今春茶叶售出，得款后再全部兑付？"

几位大爷皆犹豫不敢开口，拿眼看着中年股东。中年股东见状，再也顾不得其他，口气转硬地说："那不行，我等就是急着用钱才出此下策。如公子实在兑付不了，乡里乡亲的，也不能太不讲情面。为了不使公子为难，公子可以用橘红茶折价代付我等的股金。这样既可以解决公子的兑付难题，我等拿到茶叶，也可凭着各自的本事售出得款，解决燃眉之急。此法可行与否，还请公子定夺！"

图穷匕首现。公子先用犀利的眼光看了中年股东一眼，然后微笑着面对几位大爷说："没有商量的余地啦？"

大爷们低头不语，中年股东眼露凶光。

公子无奈地看了诸位大爷一眼，一股怜悯之心油然升起。于是，他严肃之中仍然不乏提醒地说："也罢，既然几位大爷心意已决，那就按大家说的办。不过，几位大爷是在下的长辈，又承蒙多年来对晚辈的关照和帮助，晚辈再次请大爷们三思，不要被眼前的利益所迷惑而抱憾终身。"

中年股东已经极为不耐烦了，恶狠狠地直面华公子说道："既然大家都同意，那就不要再啰唆了，取纸笔立字为据吧！"

华公子知道再说无益，于是，再次分别看了一遍在座的列位股东，确认全体真正无异议后，就以坚毅的语气叫来师爷，迅速起草了字据，并为各人誊写了一份。然后，各人又分别在字据上签字画押，华公子当即叫来管家，吩咐按字据上的数额，付给足够数量的橘红茶。

第二十九章

澳海踏勘避祸寻地　福宁奇遇共商贸易

闽东域内之东南神山，史称鹫峰山，方圆周遭八百余里，山岭连绵，沟壑纵横。其襟险山而临浩瀚东海，海岸漫长，港汊交错，山海共景，奇妙无比。自古以来，有不少隐士常年藏迹于此，诸多文人墨客和英雄豪杰在此留迹、修学和养志。在这常年被薄雾轻纱笼罩的青山绿水中，历史曾经掩埋了多少惊天动地、感人肺腑的故事，也许已经成为永远无法解开的谜团。

但是，随着时代的发展，随着朝廷海权意识的逐渐增强，闽东这一方犹抱琵琶半遮面的东南神山，在国家总体战略中的举足轻重，早在宋元明时代就已经得到朝廷的推重。尤以其地处闽东浙南的濒海地理位置而言之，更是被智能之士视为一处罕见的海陆通衢战略要地。

总体而言，闽东神山北控瓯越，南抚八闽，东展跨海峡可虎视琉球、台湾，其地势险要优越，历来为兵家必争之地。就局部地方而言，虽说八闽在秦汉之时就已并入中央版图，但其后每逢中原战乱，天下沸腾，闽地都能偏安一隅以求自保。原因很简单，那就是闽地东面临海，其余三面则险山峻岭连绵不绝，易守难略之故也！

若以陆上交通而论之，闽东地处八闽的东北大门。在方圆近百平方公里之内，关隘星罗，崮堡棋布。始建于十世纪初的叠石、分水两座雄关，矗立于闽浙交界之上，其余数十处点缀于境内崇山峻岭的关隘崮堡，构成了一道固若金汤的天然防御线。在古代交通相对落后的前提下，如此险绝难攻的好地方，无论是对于皇朝正统之远略，还是乱臣贼子的割据称孤，无疑都是值得垂涎和争夺的。

若以海洋交通而论之，随着唐宋元明以来海上丝绸之路的空前繁盛，盛产于东南的茶叶已经发展成为仅次于丝绸和瓷器的大宗外贸商品。作为中国茶的重要产地，再加上其他的丰富物产，东南沿海地区遂成为历代海上丝路最重要的起始商港。

整个闽东沿海，良港林立。就中单说罕见的古港即有沙关、三沙、赛港、三都澳等。在这些良港的东面海上，更有一串串如珍珠般的列岛，由北而南环护着这些良港，其中最有名的如台山列岛、福瑶列岛等。

闽东沿海的这些良港，背靠辽阔的幅员和丰饶的腹地，雄扼海峡的北口。北航可达宁波、上海和北方各港口，东北可达日本和朝鲜，西岸可达福州、厦门，东岸可至台湾岛西部各港口。进入南海后，可远达广州、香港，再往南更可及东南亚、印度洋沿岸各国乃至欧美。

由于特殊的地理位置和丰饶的物产分布，这一地区自古以来就具有谜一般的诱惑力。特别是每逢乱世，或者是社会矛盾激化之时，这里还往往还成为歹徒和江洋匪盗立巢建穴的最佳选地。

元明以来，隋唐时代由西亚传入我国的摩尼教在东南繁衍，渐成气势。为了便于生存，摩尼教迅速进行了脱胎换骨的本地化，自动融和了当地道教、佛教的有关教旨，从而演变成为一种组织更加严密的民间宗教，通常人们也称其为明教。

九世纪晚，唐王朝曾经实施了严厉的"会昌禁佛"。首当其冲的其实就是摩尼教。本次被宗教界称之为"会昌法难"的禁佛，使中原的摩尼教几乎销声匿迹。传说中有摩尼教呼禄法师于法难中侥幸脱身，辗转南下来到闽地，"授侣三山（今福州），游方泉郡（今泉州），卒葬郡北山下"。

后来，摩尼教在闽地扎根，闽地逐渐成为摩尼教最重要的势力中心。摩尼教在长期的发展过程中，由于过多地参与了政治活动，威胁到朝廷的统治安全，以至屡屡被朝廷视为心腹大患而加以强力镇压。

明初，太祖方立国，摩尼教赞襄之功可谓举足轻重。甚至传说，太祖所定国号乃采自于摩尼教光明佛之"明"字。不管此说是否有根据，摩尼教在明朝初年盛极超过以往却是不争的事实。当然，此后的有明一代，摩尼教虽曾盛极一时，但还是摆脱不了"盛极而衰"的宿命。朝廷以摩尼教参加或发动政治叛乱为由，对其痛下杀戮。摩尼教不得不又转入地下，而成为秘密宗教组织。

151

从明朝中晚期到清代，朝廷始终视摩尼教为邪教而采取镇压政策。一旦侦知其存在，不论潜伏在哪里，不管有多少人，朝廷都会立即调发重兵而加以围剿和扑杀。

麻岩韬自从参加反清失败，得枘鹰暗助脱逃回闽地后，无时无刻不想着重整旗鼓，报仇雪恨。麻岩韬潜到闽东，占据了隐蔽险要的栅港作为巢穴。

栅港背靠险峻的莲花山，正所谓：枕雄山而面良港，得海利而美鱼虾。莲花山奇崖峭壁，山之北向余脉，如手臂回环至栅港的北岸，入海前伸出一个半岛。半岛向东，正对一个极具战略价值的小岛，岛名曰：烽烟岛。

烽烟岛是麻岩韬最重要的屯兵聚粮据点，也是其掌控东南摩尼教的秘密大本营。麻岩韬充分利用其扼北南海洋交通要冲的地理优势，暗中发展势力，苦心经营，等待时机，图谋东山再起。

麻岩韬从海商贸易中获得的巨额利润，就是其发展组织和开展秘密活动的可靠经费来源。随着西洋各国殖民主义和资本主义的成功，以英国为代表的西洋各国社会，饮茶之风迅速风靡千家万户。因此，进行茶叶贸易也逐渐成为销量最大且最有获利前景的买卖。

麻岩韬已经先于华公子了解到橘红宝茶深受西洋各国上流社会珍爱的情况。他断定，橘红宝茶在不远的时日里，将是贸易欧美最具商业价值的宝物。拥有或者垄断橘红，就能够得到源源不断的财源。正是基于这个原因，麻岩韬才接二连三地对华公子下手，企图控制橘红宝茶。

麻岩韬软硬兼施地策反了华公子的重要股东，成功地让他们撤了股。麻岩韬本想逼迫华公子濒临窘境无计可施时，顺势将其收降而为己用，但没想到华公子软硬不吃，竟然还轻而易举地化解了其所设下的一个个圈套。恼羞成怒之下，麻岩韬只得对华公子痛下更狠的杀手，毁其橘红楼以示警告。

恰巧，华家所在的廉忠村地处内海边上，与麻岩韬所占据的栅港也仅是山北山南之隔。因此，华公子的身家和茶叶的生产经营实际上完全置于麻岩韬势力的秘密监控之下。

股东的撤股风波刚过，一些之前有生意往来的客户也接二连三地出了问题。华公子心里了然，自己的事业已经到了最危险的时刻。在与夫人商议之后，华公子认为麻岩韬所统领的摩尼教在本地已经具有很强的势力，所以，决定先避其锋，以免遭到更大的损失。至于如何对付这帮摩尼教海匪，为朝廷除害，保境安民，只得等待时机另筹良策。如今当务之急，应是在尽量短的时间内，寻找一处既适合于橘红宝茶的生产和加工，又足以防卫自保的地点。

华公子亲自押送了一船茶货前往厦门。交割茶货取得现银后，回程则弃海船走陆路，秘密取道福州到了福宁府城。一路访高人，勘地理，秘密寻找着起建新居和茶叶基地的宝地。

某日，华公子和随侍家人来到福宁府城，留宿于一家客栈，无意中遇上了早年在杭城时的挚友何公子。何公子单名嵩，其父祖皆是朝廷的显官。何公子早年也读书进取，然屡试皆不第，后心灰意冷，遂下海从事商贸。

何公子家住杭城，时值华公子经商天缘伞长期留寓杭州，在一次西湖诗会上，何华两公子相遇相识，两人都极为欣赏对方所作诗词中淡雅脱俗的文风。慢慢地，两人交往越来越频繁，最后发展成为知心至交。金兰盟誓以后，遂以兄弟相称。何公子年长为兄，华公子为弟。

后来，华公子因被宵小谋夺了杭城的天缘伞产业，只得告别何公子等一众文坛挚友，回老家廉忠村投身茶业。自古商场如战场，人在江湖，身不由己。杭城一别，何华二公子竟然音信隔绝，无缘见面。

常言道：有缘千里来相会，无缘对面不相逢。久别的两兄弟，谁也没有料到竟然会在福宁府城意外重逢，两人甭提有多高兴了。

当下，华公子叫来了一壶好酒，点了几盘精致小菜，兄弟俩一边喝着小酒一边欢谈起来。三杯热酒过后，华公子关心地问道："何兄别来无恙，如今已是高车驷马、功成名就、妻妾满堂了吧！"

华公子这关切的一问，想不到一下子竟勾起了何公子的辛酸。他脸色淡然地说道："愚兄无德无能，屡次名落孙山，与宦海无缘。生计所逼，多年前就取末路而落海从事商贾了。如今妻妾各一，育有二子一女。"

华公子一听，哈哈大笑道："祝贺，祝贺！早年劝兄叛逆从商，然何兄胸怀大志，欲秋闱夺魁，重振先辈荣光。何兄昔日最不屑于商贾，如何也一改初衷，弃大志而沦落商海末途？"

何公子似乎有难言之隐，转而说道："往事如烟，不提也罢！贤弟想不想知晓愚兄到福宁府何干？"

华公子说："是啊，何兄为何南下出现在这福宁府呢？"

何公子笑着说道："愚兄现在经营海运商务，利润不错。如今西洋各国丝茶风靡，货紧运逼。为了扩大生意，想到三都澳勘考一佳地，运销茶货。如天缘巧合，也寻觅一理想合作伙伴，组建海贸公司。不想，遇到的竟会是贤弟，岂非天意乎？"

华公子精神为之一振，说道："太好了，如何兄不弃，愚弟愿附翼前驱。当然，愚弟也明确告兄，此次来福宁府，也是意在踏勘寻找新的茶叶生产基地。何兄经营海运，三都湾确实是物宝天华，天下罕有之佳地。敢问何兄，不知相中三都澳哪方宝地？"

何公子道："兄弟为本地人，自然精通本地历史和山川地理。在这三都澳中，有一青山岛，兄弟知其价值乎？"

华公子道："知道啊，对于三都澳的地理形胜，愚弟可以说极为熟悉。三都澳南北西三个方向共容纳有五县邑，澳中向东散布着四个较大的岛屿，依次为三都岛、青山岛、斗姥岛和鸡公山岛，四岛几乎成一线由大到小排列，直抵狭窄的湾口。两边由东冲半岛和南澳半岛回环包裹，构成内港和外海的形胜，造就了天下罕有的天然深水良港。何兄所提之青山岛，愚弟曾多次与友人游览过，素知其为三都澳中的第二大岛，风景迤逦，美如仙境。历史上还有众多名家墨客登临此岛，留下过不少墨迹呢！"

何公子道："是的，历史上诸如韩众、朱熹、陆游、文天祥、朱元璋、郑和等都游历过。其中，以宋代理学宗师朱熹给予此岛的赞誉最为知名。当年朱熹站立于青山岛之鲤鱼顶上，面对着三都澳无与伦比的山海形胜，不由自主地发出了'海中奇甸'的感叹，此后青山岛就以'海中奇甸'而闻名于世了。另外，三都澳还一度被明代大航海家郑和用作筹备远航的起始港口之一。"

华公子叹服道："没想到何兄对本地历史如此精晓，更没有想到何兄的商业卓见竟然如此高远。青山岛确实是一处罕见的海贸佳地。就地理兼商贸而论之，其价值绝不亚于三都岛。就其雄扼三都澳直通外海之澳口来说，它的价值就远胜于三都岛了。况且，三都岛成为官府在三都澳中的军政管辖所在地，各种官办的商贸机构云集于此。因此，如果选址三都岛，无论哪方面，都不是明智之举。"

何公子道："兄弟高见，比之愚兄高远。这里港深水阔，群山环护，平日风浪极缓。开发为商港，外连向北经东海可达江淮渤海、朝鲜和日本各港各地；向南入南海可达南洋诸岛，越马六甲可进印度洋沿岸各国，再往西还可到达欧洲各国了。其内靠闽东腹地，幅员广阔，物产丰饶。尤其茶叶一宗宝货，就取之不尽，用之不竭了。"

华公子道："何兄放眼和借重海洋，实在是愚弟所不能企及。这之前，愚弟到京师贡茶，曾与一洋商有过接触，从此才对海洋商贸略知一二。今日与兄一晤，才知道海洋商贸，才是我等将来大展雄志之希望所在。"

何公子点头道："兄弟不愧是一个与众不同的儒商，更不愧是珍贵橘红宝茶的主人。愚兄相信，在不远的时日里，橘红宝茶定能红遍海内外。"

兄弟俩久别重逢，欢谈不辍。时漏忽报更残，两人始相约明日同登青山岛踏勘览胜，这才回房休息不题。

第二天，何华两兄弟打早行船，果然登上了青山岛。恰值春夏之交好天气，兄弟俩漫步于岛上，只见三都澳海天迷蒙，水面上散布着点点渔帆，远处岸边苍山如黛，天上偶尔飞过几只自由翱翔的海鸟。

巡着岛周来到山下，两人攀爬到了岛上最高峰鲤鱼朝天顶。站立顶上，海风不时掀起两人的衣袂，登山溢出的汗水瞬间随风飞散。但见全岛林翠鸟欢，生机益然。放眼极目四周，整个三都澳海天，顷刻间尽收眼底。面对如此险胜与生机勃发的好地方，两人心中都下了充分利用青山岛的决心。

此时，文儒出身的华公子，触景生情，诗兴大发，面对海天，即兴高声吟诵了一阕《江城子·登鲤鱼顶观澳海》。词曰：

> 东南古澳碧波平。俏青山，海神灵。日出鸡公，百里和歌鸣。晚暮千帆舱满笑，山水富，万家情。
> 秋金登顶数华英。忆郑和，盼国兴。海西航起，泛海五洋惊。憧憬东方商贸港，渔火美，彩霓明。

何公子拍手大赞好词。之后，兄弟两人逗留鲤鱼顶，各自无端生出了诸多的遐想，预见着在这深藏于东南海山之间的罕绝良港能够为己所用的美好未来。

良久，两人沿着曲折的山道从鲤鱼顶下来。在临近海边的七星村稍事小憩片刻，才依依不舍地从码头登船，沐着落日的余晖，回到了府城旅馆。

晚餐后，兄弟俩又细细商量了一阵，最终才把开发青山岛的方案确定了下来，拟定了两人合作的方式和份额的分配，大致明确了两人的分工。兄弟俩约定，双方共同出资在青山岛组建一个海贸公司。同时，华公子还决定选址青山岛，重建橘红楼，并入天姥山寻找合适佳地，把生产橘红茶的基地转移于其中。华公子的决定，得到了何公子的赞赏和鼓励。

在华公子的再三邀请下，本来准备明天就要离开福宁府的何公子，决定陪华公子前往霍童古镇，为华公子踏勘选址做些参谋。

第三十章

霍童寻古道踪佛迹　夜宿支提观宝论史

霍童古镇在福宁府城西北方向，距离府城约有八九十里。霍童是闽东最古老的人类文明遗址之一，从各种古迹和遗存断定，本地先民很早就已经创造出了极为先进的文明。

霍童镇古名叫霍山，源于汉柳向之《列仙记》。传说西周时，有一自称"霍童真人"的在此结庐修道，故后人称此地为霍童。霍童域内有霍童溪纵贯其中，此溪素有"九曲十八弯二十七滩三十六漈"之说。溪水清澈如镜，两岸危崖叠翠，天工妙成，一年四季，鸟语花香。置身其中，疑入仙幻，流连忘返。

霍童古镇的周边，最负盛名的当数道踪佛迹。何华二公子此次霍童之行，除了勘寻适宜发展茶业之佳地外，最心仪的，就是瞻拜这里早已闻名的道踪佛迹了。

据传说，这里的古人类活动堪与中原同步。比如，燧人氏钻木起火的古迹就是一大例证。更为让人感兴趣的，此地还是华夏最早的道教发源地之一。华夏历史上最负盛名的道家宗祖，如茅盈、左慈、葛玄、陶弘景等都曾驻留或遗迹于霍童。霍童绮丽秀美的山水和独特的地理位置，造就了其成为道学家和隐者做学问和修身养性最佳地的基础，以至于历代以来道仙名家云集于此，留下了为数众多的古迹传说。

155

唐代道家学者司马承祯的《天地宫府图》，云"三十六洞天中之第一霍童，又名霍童洞天。"唐末，杜光庭在《洞天福地岳渎名山记》中将霍童山列为华夏"三十六小洞天"之首。北宋张君房的《云笈七鉴》卷二十七之《洞天福地》，也将霍童山列为道教中三十六洞天的第一洞天。大唐天宝年间，霍童山更被朝廷敕封为"霍童洞天"，列籍天下"三十六小洞天"之首。

何华二公子联袂来到霍童古镇，找一家客栈住下。天光尚早，两人稍事休息后，就迫不及待地就近前往最负盛名的鹤林宫游览。

进入鹤林宫，一种肃穆庄严、宁静幽清的气氛，马上就把两人带入了一种空幻的境界。两人拜三清，瞻神像，观圣物，身随意走，意随心潮。只听华公子轻轻地叹息道："意境如此，无怪乎被人们尊称为华夏东南道家圣地了！"

稍停，华公子转头考之于何公子说："何兄，你可知这鹤林宫的来历和地位吗？"

何公子答道："知道不全。愚兄只知晓，鹤林宫道家圣地，始建于南朝梁大通年间，后成为华夏道教四大名宫之一。愚兄鄙见，南朝时期，天下兴佛，而此时此地，却能逆势而大兴土木，修建天下闻名的道家名观鹤林宫，足见其在当时具有非同一般的社会地位和影响。"

华公子说道："何兄高见，果然非比寻常。霍童对于华夏道教的影响，确实非同凡响。何兄请看，这方唐朝御赐的'霍童洞天'石碑就是物证。"

两人带着十分景仰的心情，极为仔细地观摩了这方皇家御赐的珍贵遗物。他们一方面惊叹于盛唐对闽东蛮地的皇恩沐浴，另一方面也议论着天帝造物时眷顾于东南的宠赐。如此罕见的洞天胜地，再配以东南的暖湿奇秀，是北方中原景致不能与之相匹的。

兄弟俩交流着、议论着，不知不觉间来到了那谜一样的八卦村。霍童溪两岸散布着不少的古村落。这些古村落始建于何时，为何人所建，随着时光的不断漫漶，已经渐渐地在人们的记忆中远去和消失。只有那迷宫一样的八卦村，却能够世世代代地传承下来，吸引着无数对之钟情的人们，争先恐后地来朝觐它，赞叹它，追寻和研究着这里谜一样的过往。

八卦村本名邑坂村，位于碧秀青葱的霍童溪畔，犹如陶渊明所描述和歌颂的桃花源一样，清寂幽静祥和。难怪乎古人，很早就选中了此地作为栖息生养的宝地。在八卦村的四周，古木参天，灵猴瑞兽常出入，奇花异果，四季飘香增人寿。

何华二公子漫步着进入村口，一股古老浓郁、静谧迷幻的道家气氛，瞬间冲着二公子扑面而来。与文人描述和道听风闻相比，身临其境和亲眼看见就更加显得真实立体和富有动感。

站立高处俯瞰，村中全貌，尽收眼底。映入两人眼睑的，是那透露出华夏古人聪明智慧的九宫八卦建筑布局。在井井有条、错落有致的街井厝屋中，似乎隐隐蕴涵着天地人三才的因成变化与阴阳和谐。

华公子观看了一阵后，以十分佩服的口吻评论道："看来村子是以靠山处之水池为卦心，构成了整个村子的八卦布局，生息相通，阴阳共和。这卦心应该就是卦理中的阴阳池，寓调和阴阳之意也！"

何公子道："贤弟通于易理，解之精辟。"

何华二公子边走边指点议论着，终于走完了八卦村中的五弄二十七巷，领略了当年建造者所赋予的卦理。最后，兄弟俩还探问了霍童溪水回旋倒流入村的现象。两人虽学养丰富，精于文史典故，但是，对于溪水回旋倒流的精微奥妙，仍然不甚了了。

此时，日头落山。不得已，两人只得带着大开眼界的满足和些微的遗憾回到了旅店。饭后，两人议论了一回日间的所见所闻，相约养精休息，准备着明日拜谒名满东南的支提山和支提寺。

支提山位于霍童古镇的东南方，是华夏东南最负盛名的佛教名山，曾与山西五台山、四川峨眉山、安徽九华山并称为佛教名山。支提寺始建于宋开宝年间，为当时吴越王钱俶所赐建。历史上，支提寺曾得到历代帝王四次御敕寺名，五次派遣钦差太监赍资修寺。

何华二公子于支提山下落轿，步行上山，用以表示拜山朝佛之虔诚。甫到山门，迎面映入眼帘的就是高悬于山门之上的"天下第一山"金字大匾。两人驻足仰观了这方大明永乐皇帝钦赐的皇家御宝，华公子感叹道："观此御匾，不由使人联想到当年的永乐大帝以靖难之役而登大宝，念及道衍和尚（姚广孝）日夜参赞戎机之功，故使尊佛崇佛之风大盛，才留有诸多胜迹传之后世以供我辈观仰。这大概连道衍和尚本人，也是始料未及吧！"

何公子点头称是，两人举步进入山门。早有沙弥通报，住持知有贵人朝佛到访，慌率众僧快步出迎。

二位公子紧步上前，欠身打躬为礼。住持道："阿弥陀佛，两位施主不必客气，请到客堂看茶。"

住持领着二位公子来到布置典雅绝尘的客堂，分宾主坐下。住持取出从天姥山千岁茶树采制的好茶，煮泡款待贵客。

二位公子一边品饮着绝品好茶，一边与住持拉开了话题。只听华公子赞叹道："往日只是耳闻而至神驰。今天身临其境，方知何谓'佛巢仙窟'之真正意境了。"

何公子要求道："法师，本寺自创寺以后，单寺名就是皇家的恩典。能否将之作一介绍，以解我兄弟俩心中之渴望？"

住持点头，起身先为二位公子加添了茶水，然后归座，给二位公子讲述了支提寺。

住持说："大宋开宝四年，时吴越王钱俶为企求保境安民，故于支提山奠基立寺。后来赵宋一统，天下太平，百业兴旺，士农工商兴文崇佛之风鼎盛。本寺承接此惠，一时香火繁盛。因本寺在先朝曾有高丽僧释元表在此讲颂《华严经》，故朝廷先后敕赐'华严禅寺'与'雍熙禅寺'为本寺最初宝名。此后，华严寺、雍熙寺、华藏寺都曾为本寺寺名。由于佛教经典《华严经》载有'东南方有山名曰支提，有天冠菩萨与其眷属一千人常住说法'，又有'不到支提枉为僧'之语，支提在梵语中是'聚集福德'的意思，故其后本寺就改寺名为支提寺，所在的山名称之支提山。寺名与山名一直沿用至今，不再更改。"

华公子素闻支提寺有皇家御赐至宝，加之向来喜好古物奇珍，因此，见住持没有言及这些物事，就忍不住探问道："贵寺深得历朝皇家恩宠，曾经御赐有诸多宝物，留下美谈，法师是否能够索性一解我俩之好奇？"

住持微笑道："两位公子与本寺有缘，和尚愿意满足公子之所愿。由于我寺历代祖师法德隆远，以故历沐皇恩而成为美谈。就中最为显隆的当数大明皇朝，至今本寺所传之镇寺数宝，皆为大明皇家所恩赐。例如山门'天下第一山'之匾额系永乐大帝敕赐，寺内现存铁铸天冠菩萨像（俗称千圣天冠菩萨），系明永乐年间仁孝皇太后所恩赐。天冠菩萨像原总数一千尊，现尚存九百四十七尊。每尊重四十斤，高一尺左右。其形或合掌，或跏趺坐，或执三昧印，呈听、说法相，表情各异，形态生动逼真，个个栩栩如生，为寺内珍贵之遗藏。大殿正中供奉的毗卢遮那佛像为万历二十五年宫廷所赐供，以铜掺金铸造，重约千斤，为双层空心圆体。佛像端坐在莲花座上，头戴金冠，手成毗卢印，面容祥和，熠熠生辉，是天下所供奉铜佛像中罕有其匹之珍品。寺中保存完好的明版佛教经书《永乐北藏》，为神宗皇帝于万历二十七年所颁赐。这部佛教经典可称海内之稀本，堪为又一镇山之宝。此外，寺里还收藏有万历年间御赐京缎做成的金绣五爪盘龙紫衣一袭。原配的金钩玉环遗失已久，而紫衣幸存至今，其织绣工艺精湛细腻，令人叹为观止。"

住持接着还为二位公子讲述了一个故事。

话说明皇立国之初，定都金陵。雄武的太祖因担心太子过于仁慈，日后统驭不了功臣宿将，因此，寻因大肆诛杀功臣宿将，以便为将来太子登位治理天下扫清道路。不想，人算不如天算。仁慈的太子却因屡谏父皇保全功臣宿将未被采纳而忧闷失志，不久便撒手人寰。不得已，太祖只得立太孙朱允炆而备储位。

不久，太祖龙驭上滨。太孙朱允炆即位，史称建文帝。时拥重兵坐镇燕地的燕王朱棣，乃太祖之第四子。燕王勇武智慧过人，常怀九五之望。建文帝对此皇叔，如鲠在喉，遂行削藩之策。不想，反而给燕王找到了出兵篡位的口实，以至发动了"靖难之役"而夺取了皇位。燕王能够顺利夺取皇位，就中所倚重的道衍和尚功劳最大。功成之后，除了给予道衍和尚以褒扬以外，自然也爱屋及乌，给予天下佛家以普泽皇恩。

时地处东南的支提寺，正肇建山门，遂得永乐帝恩赐"天下第一山"之金匾。更有一奇，平日崇佛至殷的仁孝皇太后，不早不晚，恰在此时竟得一佳梦，说是梦中前往东南的支提寺，礼拜了天冠菩萨，得到天冠菩萨的赐福。

皇太后醒来命人普查天下的寺庙，报说闽地霍童支提山果有天冠菩萨道场支提寺。该寺自唐宋以降，已经数度兴废。如今之支提寺，香火黯淡，庙宇破败。

皇太后闻报，私下揣度，知是天冠菩萨赐梦兴寺。于是，不敢怠慢，当下招来皇帝，要其行饬有司，一方面拨银重修庙宇，另一方面选迁北地名僧称大迁和尚的，南下接掌支提寺住持。

名僧大迁和尚，法号圆慧。其俗姓杨，燕京人，为明左护卫杨邦卿之子，十九岁就已剃度出家。由于大迁和尚佛慧深厚，法德远近闻名，遂为天下所推重。

大迁遵奉永乐帝的诏命，护送着仁孝皇太后赐给的千尊铁铸天冠菩萨像，南下住持支提寺九年。他呕心沥血，终于又使古寺回春鼎盛，成为东南佛教中心。自然，大迁和尚遂成为我支提寺中兴之道德高僧。有当地善生信众感念其恩德，于寺东为其祀立碑塔，碑文曰"明敕中兴赐紫大迁国师塔"。

听完和尚讲的故事，何公子首先叹息道："看来千古以降，不论是名山名寺，或者是社稷庙堂，都必须有无数有心者为之奋斗终身，累积功德，方能有后来的成业留名。"

华公子一如既往地对珍奇瑰宝感兴趣，当下还是心有所属地问道："法师，我素闻贵寺尚收藏有一部宝书，是否也能舍爱，让我俩兄弟一饱眼福？"

和尚听了脸现凝重，先是沉吟了一会儿，接着才郑重地说道："今日两位贤公子施主莅降，与本寺有缘，权且破例吧！"

说毕起身，带着两位公子来到了藏经楼的一间密室。密室中出现了两个小和尚，他们分别来到何华二公子面前，举手说了一声"阿弥陀佛，得罪"后，各取出一条黑布将两位公子的眼睛蒙上，然后，各牵着一位公子进入一道暗门，经过一条弯曲的地道，走了约有二三十丈远近，方才到达目的地。

两个小和尚分别解下了两位公子的黑布条。两位公子睁开眼睛一看，发现这是一处宽敞的地下室。地下室中整齐地码放着橱架箱笼，其中摆满了琳琅满目的珍奇法器等宝物。

住持和尚带着他们径直走到一溜精致的大木箱面前，一个小和尚从腰间解下一串随身带着的钥匙，熟练地上前按顺序打开了箱子。

顿时，箱子中装潢考究的经书，瞬间展现在众人的面前。看着这些仍然闪耀着皇家气派的佛家经典，华公子忍不住发问道："法师，能否给我们介绍一下这些宝书的来历呢？"

和尚点头说道："此部经书就是本寺镇山之宝《永乐北藏》，共六百七十八函，六千七百八十册。分装于一百一十三个香樟木箱内，每箱装六函。经书是明神宗于万历二十七年所颁赐，堪称稀寡。"

华公子接着说："我素闻此部经书极为珍罕，乃我南方仅有的佛家至典，是研究佛学和佛教史的重要宝籍。今日得见，真乃三生之幸也！"

何公子也叹息道："没想到在这僻处海隅的山中，竟然深藏有如此珍贵的至宝佛典，这真是此行之意外奇遇了！"

接下来，和尚还带领两位公子观看了万历年间御赐的京缎金绣五爪盘龙紫衣。此袭紫衣做工考究，仍然透露着皇家气派，其精湛细腻的绣织工艺，观之直让人叫绝不止。

二位兴致勃勃，边看边问地参观了其他的宝藏。直到和尚再三示意，两人才无奈地被重新蒙上眼睛，跟随和尚出了地下室。

从地下室出来，两位公子随和尚晚斋后，与和尚重回客堂，闲论了一番茶茗道佛，直至午夜，方才各自安歇不题。

第三十一章

梦会茶圣励志茶业　探访隐者寻访古茶

兴许是太过劳累的缘故，两位公子很快就进入了梦乡。睡梦中的华公子，忽然觉得有人在叫他。循声望去，不远处的一座石桥上，一位眉清目秀的小书童，正在招手叫唤他。

华公子不假思索，快步沿着一条铺着鹅卵石的老路来到小书童的面前。小书童有点急迫地催促道："先生，快点跟我走，我家主人恭候您多时了！"

小书童说完就转身前头引路。华公子一边急急地跟着，一边礼貌地问道："小哥，能告诉在下你家贵主人为谁吗？"

小书童转过头来，惊讶地问道："原来您还不知晓啊！我家主人可是大名鼎鼎的茶圣！"

华公子一听说是茶圣见请，一股受宠若惊的感觉直袭脑门，于是，口里赶忙回答道："茶圣陆羽，千古一人。一部《茶经》独步天下，开创了我华夏茶学的先河。我何其荣幸，能得茶圣召见！"

说话间，两人已经来到了一处所在。但见：绿水青山，云蒸霞蔚，香花馨草，幽静绝尘，宛然是一处世外桃源。在修竹掩映之中，一座雅致的草庐落厝其中。草庐两侧，两泓涧水流淌不尽，涧水清澈迷人；草庐的前面，生长着几十株各异的茶树。已经先到草庐扉门的小书童，回头对华公子说道："公子稍候，容禀报我家老爷！"

少停，一位纶巾道服的精瘦老者，出现在草庐的门口，微笑地说道："唐突相邀，请公子别见外！"

华公子看到茶圣，一边快步上前打躬见礼，一边嘴里说道："晚生能得茶圣见召，三生之荣光也！"说完紧随茶圣进屋，跨入书斋，分宾主坐定。

华公子忍不住欠身为礼道："承蒙垂爱见召，不知茶圣有何驱遣，敬请直达，晚生当不避刀火。"

茶圣笑着说："请坐，请坐！你我与茶皆有大缘，故召公子相见聊聊，别无他事。"

华公子诚惶诚恐地说："晚生浅陋，岂敢与茶圣相提并论。今日得茶圣不弃，能够亲聆教导，感觉已是千古奇遇了。"

茶圣道："公子弃科考而事茶业，如此性情，本已为千古罕有，又能不因循守旧，推陈出新，完善橘红，使我华夏茶之奇珍能够远扬五洲四海，此乃我辈茶人千古之奇遇也！"

公子道："弃科考而就商贾，纯遵母命；首创橘红宝茶，功则应归之师父如水。至于晚生，只是为茶业略尽点绵薄之力罢了。"

茶圣道："居功不自傲，至孝而有情，后学之翘楚也！诚如是，老朽放心矣。"

接着，茶圣才转入召见华公子的主要话题，道："茶与茶文化乃我中华独创，随着人类文明的不断演进，它将越来越为人们所不可或缺。公子极聪慧也极有福荫，天降大任于斯。虽然，公子目前遇上了挫折，但相信公子定能坚定心志，继续将茶业及茶文化发扬光大。"

华公子聆听着眼前这个名满古今的茶圣给予自己的谆谆教诲，感激地说："茶圣及历朝先辈茶人之佼佼者，创造及演绎了华夏博大精深的茶文化，此乃晚生平生最为仰慕的榜样。无论前途有多艰难，晚生都将义无反顾。"

茶圣道："公子精神，让老朽感动。今日老朽有一诗相赠，望对公子有所裨益。"

茶圣说毕，即从怀中取出一封札，郑重地交到华公子手里。华公子急忙起身趋前，恭谨地接过封札。展开一看，原来是四句诗偈，篆隶老辣，笔力深厚。诗偈云：

> 千年古刹支提寺，万载灵茶天姥山。
> 佛祖西天早晚茗，赐播东土致弘远。

161

华公子还来不及道谢，突然间，一道刺目的毫光在华公子与茶圣之间发起，惊眩得华公子大叫一声，醒了过来，原来是南柯一梦。

尚有点迷糊的华公子，回忆起刚才梦中与茶圣之奇遇及其教诲，仍然历历在目。茶圣所赐四句诗偈，也一字不落地记忆在胸。华公子心里明白，茶圣赐予此诗偈，定然大有讲究。揣摩再三，华公子凭着深厚的才学修养，很快就看出了这是一首藏尾诗偈。将诗偈的每句最后一个字抽出连词，就是"寺山茗远"四个字。

接下来，华公子又反复推敲了一番"寺山茗远"的含义。虽说不能完全参透其中包含的禅机，但也隐然觉得其与自己，甚至包括兄弟何公子所从事的茶业与茶贸有关。

第二天早起，华公子将昨晚茶圣托梦及恩赐诗偈的事，一五一十地讲述给何公子听。对于华公子的解说，何公子除了基本赞同外，还进一步提出自己的看法。他说："看来，茶圣是在给我们指出了光明的前途。显然是暗示我们可以利用支提寺和天姥山的灵茶资源，将闽东茗茶运销西洋各国，并借此传播弘扬华夏茶文化。"

何华二公子留住支提寺期间，还游览考察了寺院周围的奇峰秀岭。支提寺所在的支提山，高二百一十余丈。以支提山为中心的方圆百里中，群峰拔地，层峦叠嶂，溪涧纵流。支提寺所处的位置，四周群峰环拱，状似千叶莲花，而寺院恰好建筑在莲花的花心上，真是一派雄奇伟秀的罕绝景象。

支提寺成为东南禅林中心之后，寺院周围的奇秀山岭也逐渐被命名为与佛教有关的名称。诸如普贤峰、维摩峰、菩萨峰、天冠林、帝释峰、钵盂峰、袈裟岩、香炉峰、舍利窟、甘露泉等等。而且，在这带有浓厚佛家禅林色彩的崇山峻岭之中，还林立有林林总总的大小寺庙，诸如小支提寺、仙峰寺、仙岩寺、甘露寺、那罗延窟寺等等，真不愧有"佛巢仙窟"之美誉。

兄弟两人为了探究久闻大名的天姥山老茶，决定入山探险，寻访传说中的山里老隐者。天姥山是闽东的最高峰，与太姥山、白云山同为本地最为知名的神山绝景。包括支提山在内的奇秀山岭和分布于其间的佛窟道迹都同属于天姥山的范畴。天姥山山势险峻奇绝，林木葱茏，奇花异草，四季不绝。最为珍贵的是山中至今仍然保留着一片野生老茶树。其最大最老的一棵已历千余年，堪称本地域内野生茶树之祖。

两位公子问明了上山的路径，带足了干粮，毅然投入到了天姥山的深处。时值晚春，山上春色烂漫，鸟语花香。在这罕有人迹的原始林莽里，迎面扑来的尽是略微腐潮的气息，闻之使人觉得有一种从未有过的惬意感觉，既舒服又兴奋，同时，偶尔还让人觉得有丝丝的神秘和紧张。

两位公子走走停停，徜徉于崇山峻岭中。一会儿玩溪涧戏绿水，与不怕人的鱼儿对话交流；一会儿绕古树丈年轮，与登神籍入仙班的树神互致问候。

在经过一棵未知年头的老树面前，华公子觉得能够与之通神。于是，他停下脚步，对着老树深鞠了一躬。忽然，华公子似乎听到了老树轻声地说道："公子可快快前行，前头有好缘分等着你们。"

华公子道了一声："谢谢！"急忙招呼尚落在后面的何公子，顺着深入山中的古道，快步行去。

两位公子紧走了一个时辰，才穿出了林木遮掩的古道，上了一个山冈。放眼望去，半山腰里出现了一片翠绿的茶园。茶园中央矗立着一座被林木掩映的庄园，庄园颇为显眼气派。置身于这满目叠翠的林莽之中，忽遇袅袅的人间烟火和宅院庄园，使人感觉特别兴奋和亲切。

两位公子兴奋地加快了脚步，朝着庄园的大门奔去。才刚接近大门，猝不及防地听到了一声"阿爷，来客喽"的报信声，声音高亢，脆如银铃，久久回荡在周围的山野沟壑。

两位公子不约而同地抬头，只觉得眼前豁然一亮。一位嫩如春笋、貌似山花的美丽姑娘，正站立在庄园大门的台阶上，含笑热情地招呼着他们。

华公子是个有心人，他既为仙女般的美丽姑娘所震撼，同时也为深藏于这密林之中的山庄建筑所吸引。

首先映入眼帘的是门楼正中镶嵌着的"柏柳山庄"四个泥金大字，书体笔力雄浑深厚，一看便知是个深宿老儒的书法。细观整座门楼，其建筑和雕刻风格都颇能显扬江南富家的奢华，正应了那句"人观脸面，户看门面"的老话。从这门楼的气势中，可知这深藏于山中庄院人家的主人，先前定然有着非同一般的来历。

就在华公子想着心事的时候，何公子已经上前礼貌地对招呼他们的姑娘说："请教姑娘，我们兄弟进山寻古迹访老茶，路过此地，唐突造访，不知姑娘家长辈在否？姑娘能否通禀引见则个？"

姑娘落落大方地说："欢迎，欢迎！贵客到来，阿爷高兴，我也高兴。阿爷就在后院，客人不嫌简陋，就请随我入内喝茶。"

说毕，转身前面引路。两位公子对视了一眼，争先恐后地跟在姑娘的后面进了大门，来到了厅堂。

姑娘殷勤地让客人在椅子上落座后，对着两位公子嫣然一笑说："两位贵客稍坐，我请阿爷出来见你们喽！"

过了片刻，姑娘紧随着一位飘髯精瘦的老者挟风而至。何华二公子赶忙起身为礼道："唐突造访，请阿翁不要见怪！"

老者甫一见到两位公子，大吃一惊，但又很快掩藏了过去，只用犀利的眼神多看了华公子一眼，就高兴地说："两位请坐，山野陋屋，承蒙贵客莅降，荣光之至！适才孙女怠慢，还请贵客勿为在意方好。"

两位公子争着回答道："阿翁过谦了！姑娘热情美丽大方。阿翁有此孙女，真乃是令人眼馋的福气。"

姑娘听到客人赞扬自己，只是用她那澈如秋水般的大眼睛调皮地对着两位公子看了一眼。而对于老者而言，客人夸赞孙女，恰恰是老者最为高兴和得意的事。因此，每逢这个时候，老者都会掏心窝地款待客人。尤其是客人想知道的事，老者都能有问必答。

此时的华公子，同样在心里犯着嘀咕，总觉得眼前的老者似曾相识，但就是想不起来在哪里谋过面。从看到老者的第一眼起，公子都觉得定然与自己有很深的缘分。

第三十二章

天姥山缘遇绿茶女　老隐者夜谈传熏花

两位公子进入这人迹罕至的天姥山，表面上是游览山色美景，实际上是为千年老茶树而来。

甫一见面，两位公子就给予老者极好的印象。老者高兴，自然话题就多了起来。老者首先考问了两位公子的学识文章，与之闲聊了一些名山大川的奇闻逸事。不知不觉间，日头已剩一竿。于是，老者高声吩咐家人准备晚餐，备好酒菜，款待山外两位贵客。

老者招呼站立在身后的孙女靠前，附耳说了句什么。孙女点头，转身对两位公子说道："阿爷吩咐，带两位尊客周围走走，然后才吃晚饭。"

两位公子一听，高兴地连连说道："好，好，太好了！"

两人马上从椅子上站立起来，对着老者慌慌地打了一躬，就急急转身跟上姑娘，出门而去。

老者家的庄院坐落于山腰，呈坐北朝南式。背靠高耸的天姥山，面前是连绵起伏的丘陵小山包。山色苍茫，视野极好。宅院左右两侧的十丈开外，流淌着两泓从大山里出来的山泉水，终年顺着山涧哗哗不歇。庄院与山涧之间，生长着各种各样的四时奇花异草。其中，最为显眼、数量最多的就是有名的茉莉花。

姑娘带着两位公子漫行于茉莉花之间，阵阵的馨香扑鼻而来，令人赏心悦目，两位公子几疑误入瑶池仙境。看着两位公子如此性情和专注，姑娘高兴得满面春风，神采飞扬。

姑娘望着天边渐渐散去的晚霞，估摸着家里晚膳已然备妥，于是，招呼正全神贯注地观草闻花的两位公子说："两位贵客，请先行回家用晚膳喽！"

两位公子闻声一愣，方才觉得冷落了姑娘。于是，两人不约而同地对着姑娘齐齐作揖道："不好意思，竟然忘却了这比茉莉花还纯美的姑娘了。该死，真该死！"

姑娘看到两个文质彬彬的公子，竟然会说出从未听过的悦耳话语，还一连作着滑稽的满揖，不禁"噗嗤"笑了起来。正在作揖的公子，看到姑娘"满面桃花开，春风露玉齿"的笑靥，竟都忘情定立在当地，痴痴地看着姑娘。姑娘见状，假装生气地转过头，向着回家的路上走去。还是华公子反应得快，发现情况不妙，赶紧追上姑娘说道："姑娘别生气，我等无礼，在下这里先给姑娘赔罪啦！"

姑娘加快脚步，头也不回地答道："谁生气了。再不回家用晚膳，阿爷可要生气了!"

华公子发现姑娘并没有因刚才的失礼而生气,这才把吊着的心放了下来。走了不到两步,又得寸进尺地问道:"请教姑娘,能否赐告芳名?"

姑娘用热烈的眼神看了一下华公子,带笑地回答说:"这有何不可,姑娘的名字简单好记得很。我的父祖皆世代祖传制作天姥山绿茶。为了不忘这个祖传技艺,就给小女子取名字叫绿茶了。两位公子就叫我绿茶吧!"

听到姑娘的介绍,两位公子的心里,同时闪过了一个念头。他们暗中想到:真是踏破铁鞋,得来全不费工夫,感谢上天眷顾,得此奇遇。

闻知眼前美丽大方的姑娘就是天姥山绿茶传人的后代。两位公子再次大胆地详细打量着姑娘。华公子似乎还不相信地问道:"绿茶姑娘,这么说,你的爷爷和父亲都是天姥山绿茶的传人喽?"

就在华公子问话的当儿,老家人奉阿爷之命匆匆赶来催客人吃晚饭。姑娘只对华公子莞尔一笑,算是回答了公子的问话。

绿茶姑娘带着两位公子回到了宅院。老者早在厅堂等候。见两位公子进来,热情地招呼入席。两位公子潇洒大方,分别坐了客位,老者坐了主位。绿茶姑娘则站在阿爷的后面伺候,阿爷转头疼爱地看了一眼孙女。华公子见状,知趣地对老者说道:"阿爷,何不请绿茶姑娘就座一道用餐呢?"

老者捋髯,满意地看了华公子一眼,转头对绿茶说:"孙女,两位公子同道之人,不会见外,你去坐末席吧!"

绿茶姑娘一边高兴地答应了一声"哎",一边感激地对华公子飞了一个调皮的眼神,然后,动作轻快地坐到了下席。两位公子欣喜异常,相视着点了点头。

老者客气地说:"山野偏僻,就地取材,运用孙女创制的菜谱,烧制了几道土菜,请两位公子将就着吃。以吃饱为限,千万不要拘束。"

两位公子看着满桌少见的珍馐美味,嘴里早就爬满了馋虫,于是,顾不得礼貌,一边嘴里胡乱回答着,一边早就伸箸夹菜,忙着往嘴里送。两人有没有听清绿茶姑娘对桌上菜谱的介绍,就不得而知了。只见满桌菜肴有:生炒土笋、秋水芙蓉、太极芋泥、珍珠豆腐、阖府团圆、嫩饼等。

两位公子一顿风卷残云,粗猛的吃相,逗引得爷孙俩高兴异常。忽然,华公子停杯住箸,好奇地请求绿茶姑娘说:"姑娘,是否能够赐教秋水芙蓉的烹制方法?"

绿茶姑娘看了阿爷一眼,阿爷满脸笑容地点了点头。绿茶姑娘这才高兴地介绍道:"很久以来,秋水芙蓉就是本地一道风味菜肴,其制作还算讲究。所用主菜有:泥鳅、鸭蛋清、火腿肉、水发香菇、绍酒和其他佐料。制作时,先将泥鳅洗净加入绍酒制汤,配以蛋清蒸制而成,因鳅与秋同音,故取名叫秋水芙蓉。享用这道佳肴时,菜中不见有泥鳅,食之则有其味,且鲜美异常。"

听了绿茶姑娘的详细介绍,何公子叹息道:"真是好菜好名!得享鲜嫩如斯的美味，真是不虚此行了。"

酒足饭饱之余，老者将大家带到了右厢房的一间屋里，吩咐绿茶姑娘从壁橱里取出一壶好茶。他指了指装茶叶的老壶说："老朽这把大陶壶，珍贵无比。用它装上好茶，十年之内，茶叶新鲜如初。两位公子为茶而入山，老朽托大，有意考问一下你们的辨茶功夫，两位敢应对吗？"

两位公子不假思索地齐声答道："敢不如命！"

老者见公子应允，遂取壶在手，小心翼翼地从壶里倒出些许茶叶，放入一只精致的水晶盘子中，命绿茶姑娘捧到两位公子面前。两位公子不敢粗心，分别对盘中的茶叶进行了认真的辨闻。

阿爷有如此好宝贝，就连绿茶姑娘也是头次听说。当下，她也好奇地和两位公子一道，极为认真地赏壶辨茶。经过一番反复的闻辨之后，两人似乎都已成竹在胸。何公子抢先发表见解道："茶叶上好，觉得有点像西湖龙井！"

华公子马上接口反驳道："不然。仅观其外形，就可断知不是西湖龙井。以其浓浓香味揣之，定然是久闻其名的天姥山绿茶了。"

老者含笑点头。其实，老者早就认出了眼前的华公子，就是当年在杭州时引起自己宦海浮沉的年轻人。对于华公子的才学，当年就赞赏有加。但是，世事沧桑，想来公子已然认不出自己了。于是，老者针对刚才华公子能够一眼就认出天姥山绿茶的话头，称许道："这位公子深谙茶理，当属茶人无疑。但观公子之相，倒更像是一位学富五车的读书人。老朽今日倒要请教两位公子，你们既然懂得天姥山绿茶，不知是否知晓天姥山绿茶的来历？"

老者直截了当的谈话风格，一下子就激起了两位血气方刚的公子的争强好胜之心。还是何公子抢先回答道："按华夏自古的成俗，名山就有名寺，名寺必有名茶的惯例，天姥山绿茶定然和支提寺有关了。"

老者笑了笑表示认可。接着，转头对华公子说："这位公子有何高见，不必顾虑，请直说无妨。"

华公子谦虚地说："班门弄斧，说错了请阿爷纠正。"

老者对于华公子的谦虚和彬彬有礼极为高兴。他再次赞许地对华公子点了点头，鼓励其说下去。

华公子见状，也就不再客套，侃侃而论："正如适才何兄所说，自古名山名寺必有名茶。宋代诗人周必大就有'淡薄村村酒，甘香院院茶'的吟咏。天姥山绿茶的前身确实渊源于支提寺的支提茶。"

此时，绿茶姑娘已经为两位公子和阿爷分别端上了刚泡好的香茶。华公子接过茶盏品啜了两口，接下去说道："其实，早在三国及晋代，支提山周围一带，就有为数不少的道家名人在此修身练道种茶。由于茶水具有凝精提神和调和人体阴阳的作用，因之凡是道家隐士僧侣，大多是种茶制茶品茶的高手。到了唐宋元明时代，这里所产的'腊面'、'团饼'和'芽茶'都曾名满天下，甚至一度被列为朝廷的贡茶。"

　　说到此，华公子忍不住又端起茶盏，一连品啜了几口浓香扑鼻的上好绿茶，然后，接下去继续说道："本朝定鼎以来，天下太平，五谷丰盈，人们寻品好茶之风更甚。随着本地的进一步开化知名，遂有更多的学者名家关注于天姥山名茶的渊源变化和特点了。曾有一位学者，采集各种零星文献记载说：'天山茶的前身支提茶，明代前已负盛名，国朝初已列福宁榜首。'近年，随着海贸的逐渐开禁，天姥山绿茶也开始广为海外洋人所钟情。"

　　华公子说完，用期待的眼神等着老者的评判。老者捋着花白的长髯，不紧不慢地说道："公子说的一点也不差，天姥山绿茶来源于支提茶。天姥山绿茶之所以品质优良，不但取决于传统独特的加工工艺，更重要的是因天姥山特殊的自然条件所决定的。加工工艺可以不断创新改进，独特的自然条件却是无法复制的。"

　　两位公子佩服地瞪大眼睛，心里都高兴地想到，眼前老者确是入山要找的隐世高人了。每逢奇遇，华公子总有超乎常人的想法和做法。

　　于是，华公子以探询的口吻说道："听过阿爷的高见，我等已是胜读十年书了。然晚生孤陋寡闻，有一件事长期困扰于胸，万望阿爷能够索性赐教于我们兄弟！"

　　老者打心眼里喜欢上了华公子的博学，笑着应承道："公子尽管问。只要老朽知道的，当倾囊而相授，绝不吝啬！"

　　华公子见老者如此慷慨，满心喜悦。他直截了当地问道："从古老的白毫银针，到我的新品橘红，甚至于天姥山绿茶，虽然其香气各有其长，但总体上无法与乌龙茶的浓烈香气相提并论。请问阿爷，这个缺点有克服的法门吗？"

　　老者惊奇地看着华公子，心里想到，真是后生可畏啊！这不正是自己毕终身之力想解决的问题吗？此时，在老者的内心深处，似乎在交织着一个痛苦的经历与期待的希望。老者没有让自己的内心活动表露丝毫，他带着欣赏的语气说道："公子精明，一语中的。老朽的一生，为了提高天姥山绿茶的香气，不知费尽了多少精力，可惜的是至今仍然无所成就。"

　　华公子见老者伤感，赶忙安慰说："阿爷勇于探索，精神实在令晚辈钦佩和感动。然阿爷探索尝试一生，总有心得可赐教于晚辈吧！"

　　老者没有马上回答华公子的问话。他闭目沉思了一会儿。然后睁开眼睛，叹息地说道："确实是有的。起初，老朽只是在制作工艺上下功夫，但屡试屡败，收效甚微，这个结果使老朽深深体会到此事的艰难竟至如此。但是，老朽就是不肯罢手。从哪里入手呢？好长时间老朽都未能找到解决的法门。"

　　华公子追不及待地追问说："那后来有进展吗？"

　　老者慢条斯理地举盏喝了两口茶水，接下去说道："屡试失败后，老朽为排遣心中的烦闷，就到屋左侍弄花草。时值晚春，两株高大的白兰花满树吐蕾，荡人心魄的馨香弥漫周围数里之遥。忽然，老朽灵光一闪，何不借用此沁人的花香来熏制天姥山绿茶，借外力来补充内质的不足呢？也许，通过这个途径，大幅提香的问题就可以得到圆满的解决！举一反三，其后老朽便用儿子从山上采回来的兰花，成功地熏制出了馨香无比的香茶来。"

老者说到这里，看了看站在身边的孙女，略有所思地打住了话头。

华公子听了老者的介绍，正所谓心有灵犀一点通。对于长期探索而未能如愿的提香问题，心中已然得到了启发。但是，熏制过程中的工艺火候，还须请教于老者。

处于亢奋状态的华公子，没有发觉老者的心思，仍然心到口到地继续要求道："阿爷，您何不索性将熏制方法也给介绍介绍呢？"

老者没有回答华公子，似乎在沉思着什么。华公子顺口的要求，没有得到老者的反应。此时，公子才发觉自己有点得寸进尺了。他转身看了绿茶姑娘一眼，发现姑娘正低着头，摆弄着自己长长的辫子。

过了一会儿，老者站起来，对大家说："夜已深，两位公子也劳乏了。先去休息，有话明日再说吧！"

于是，两位公子在家人的带领下，到客房安歇。躺在床上的华公子，心中忐忑，久久方才进入梦乡。

第三十三章

访野茶姑娘坪遇险　养蛇伤华公子感恩

华公子是个反应极快的有心人，从与老者的夜谈中，意外地得到了茶叶提香的启示，这是自己长期无法破解的难题。一大早，他就迫不及待地把尚在梦中的何公子叫醒，准备交流一下这个意外的收获。

睡意未消的何公子闭着眼睛，嘴里嘟哝着："这么早就吵吵嚷嚷，存心不让人家睡啊！"

华公子不管不顾地说："懒虫，赶快起来！有好看好吃的，不起床就没有你的份啦！"

何公子仍然不睁开眼睛，嘴里说道："别借口啦，肯定是你自己惦记着人家姑娘吧！"

华公子着急地压低声音说："兄弟，快别胡乱玩笑了。人家姑娘可是清纯美丽，别忘了你我兄弟都是有家室的人了。况且，人家这么热情招待我们，仅凭这一点，我们也不可存有非分之想。"

何公子被华公子一顿抢白，自知失言，赶紧坐起来，不好意思地说："愚兄失言，请兄弟不要认真！"

华公子见何公子着急，反而笑着说："睡不着了吧？何兄，昨晚阿爷讲用白兰花熏制茶叶，可以大幅提高香头，这可是个非常聪明的好办法。仅凭得知如此妙法，我们此行就已经是获益匪浅了。"

何公子道："对于做茶，愚兄可是外行。但是，愚兄也觉得这是个可行的好办法。看得出来，阿爷可是个隐士高人啊！"

华公子似乎又想起了昨晚上老者匆忙结束夜谈的情形。老者没有回答自己的提问，这里面定有隐衷。想到这里，华公子对何公子说："何兄，在阿爷身上，肯定还有很多不为你我所知的学问和身世。我们兄弟今日可要更加恭谨有礼，不可莽撞，好好向老爷子讨教。"

忽然，一阵银铃般好听的声音从屋子外头传了进来。"两位公子大爷，太阳高照了，还不起床。我阿爷坐等着两位公子吃早饭呢！"

华公子赶紧放大声音回答道："来喽，来喽！请姑娘回告阿爷，我们兄弟马上就到！"

草草梳洗已毕，两人赶紧来到了客堂，双双向老者作揖致歉说："让阿爷久等了，真不好意思。"

老者宽容地说："昨日劳累，略晚些起床也没什么。没有关系！快快请用早点，可别饿坏了身子。"

两位公子坐定，绿茶姑娘为两位公子和阿爷每人捧上一小碗香喷喷的红米粥。何华二公子确实觉得肚子空空的，加上甫闻红米粥诱人的香气，早就各自抓箸举碗，顾不得桌上丰富的菜肴，三下五除二地把一碗粥一扫下肚。两位公子齐齐举着吃空的粥碗，不约而同地将目光朝向了绿茶姑娘。

绿茶姑娘会意，对着两位公子莞尔一笑，动作伶俐地伸出如玉葱一样的素手，先接过何公子的粥碗装满，端放到何公子的面前，礼貌地叮嘱道："公子请慢用，桌上有菜。"

接着，才要过华公子的碗装上粥，顺手往碗里夹进一筷子韭黄炒鸡蛋，双手捧着送到华公子的面前。华公子慌忙从姑娘手里接过粥碗。就在两手相碰的刹那，两人都感觉到了如触电般的震颤，两人均不自然地呆了一下。华公子赶紧低头吃粥以掩饰自己的失态，绿茶姑娘的脸色则飞红了起来。

华公子、绿茶姑娘的举动和表情，虽然只是一刹那的事情，但却都未能瞒过老者的眼睛。老者看在眼里，记在了心里。

早饭后，老者告知两位公子，他要亲自带他们上山，去看看山上的千年野生老茶树。老者带着平时上山常用的工具，诸如柴刀、背篓、绳子等等，朝着长有野生茶树的姑娘坪出发了。

从老者的家到姑娘坪，大约要走半日路程。姑娘坪地处天姥山深处，这里峰峦相抱，景色奇美，孕育出一块最适合人类隐居的美丽小山村。

小山村的中央，潺潺流过闽东古老而著名的霍童溪上源。山村的周遭数百里内，原始森林密布。密林之中，除了有各种珍禽异兽之外，还生长着数不尽的奇花异草。最令世代村民受益珍爱的，毫无疑问地就是密林中的野生茶树了。

野生古茶树成片生长于峰壑之间，常年笼罩在温和湿润的气候环境下，碧翠茵绿。不知哪年哪月起，这里的村民就懂得采野生茶的嫩芽制成能治病的药茶，家家常备，历代山民将之称为苦茶。

苦茶性寒凉，有很强的祛毒保健之功。山民们就是用此特性来治疗各种热毒病症的。平时，他们还将之用作日饮、待客和馈赠的佳品。

姑娘坪最高大的苦茶树，位于一个叫望夫冈的山麓处。老茶树胸径近六尺，高两三丈左右，枝干虬弯。远远观之，犹如一位历尽沧海桑田的长寿老人，浑身透露出隐然的生命奥秘与慈爱祥和。在这棵不知有多少年轮的古老茶树身上，还流传着美丽的传说。

老者今天就是要带领两位公子去拜谒这棵古茶树。据说，凡有缘拜祭过这棵古茶树的人，都能得到古茶树的赐福。

一行人沿着陡峭的山路向上攀爬。老者在前，两位公子和绿茶姑娘紧跟其后。不到半日工夫，已经来到老茶树下。

做完祭拜仪式之后，老者告知三位年轻人，可以到周围领略一下天姥山密林的景致，但不要走远，特别要注意安全。交代完后，自己则坐于老茶树之下，取出常带在身边的精致小酒壶，掏出一包炒豆，惬意地喝起小酒来。

何公子也是一个好酒之人，加上爬山累乏，因此，那眼睛就多看了几眼酒壶。老者平望着前方的景致，有意无意地说："何公子，好几口吧？山色美酒，这可是难得的享受啊！"话毕，将小酒壶递给了何公子。

何公子受宠若惊，赶紧从老者手里接过酒壶，美美地品了一小口。于是，老少两人就在这老茶树之下，对着苍山美景，你一口我一口地快活起来。

只有华公子向来喜欢山野林泉，决定到周围勘考一番。老者让绿茶姑娘陪着公子，并吩咐好生带路。绿茶姑娘满心欢喜地答应一声，就带着华公子转过山冈左侧，消失在林莽之中。

华公子紧跟在绿茶姑娘的身后，沿着山冈往下，进入了茂密的森林之中。幽深的密林里，各种各样的鸟儿欢快地跳跃、鸣叫着，似乎在互相转告和议论着，林里来了两位不速之客。

绿茶姑娘也欢快得像只小鸟一样。两人走在柔软得像铺着地毯一样的林地上，时不时地还能看到开着不同颜色的奇花。花香伴随着原始森林里特有的气味，也糅合着姑娘浑身散发出来的青春气息，不断冲击着华公子的鼻翼和心神。

不久，两人走出了密林，姑娘将华公子带到了一个地方。这里四周群峰环抱，一块约有百丈方圆的山间小盆地中，屹立着一个不大不高的小山包。山包状如官帽，周边环流着一条清澈的小山溪，山溪沿着山包绕行到右侧后，经山口流下，形成了一帘陡峭的小瀑布。

山包前的坡地上，长着个头不大，高度有一两米的野生茶树。野生茶树翠绿青葱，惹人喜爱。茶树底下的坡地上，长着各种兰花和萱草。时值晚春，兰花与萱草花争相怒放，馨香醉人。

突到此绝尘佳境，天性风流倜傥的华公子，竟然一时忘性忘我，高兴得一把抱住身边的绿茶姑娘。猝不及防的绿茶姑娘，被这突如其来的异性拥抱，全身瞬间经历了电击、眩晕的感觉，但是，最终还是理智战胜了一切。机灵的姑娘迅速从公子的怀抱中挣脱出来，欢笑着跑到溪涧一棵开满春花的树下，注视着华公子还没有完全恢复过来的窘态。

忽然，从树上伸下了一条吐着蛇信的清竹丝，蛇头已经距离姑娘仅有一尺之遥。

千钧一发之际，公子忽地一下，身子腾空跃出，一手将蛇头推出，另一只手迎空拍下。手法之快，几如电闪雷鸣。毒蛇受到突然袭击，也并没有束手待毙，情急之下，也以极快的速度，狠狠地咬了公子那只推开蛇头的手背一口。与此同时，公子的另一只杀手全力拍下，毒蛇瞬间暴毙当地。

华公子落地站稳，来不及运气闭住伤口蛇毒的扩散，赶紧抱起因惊吓昏厥过去的绿茶姑娘。他连声焦急地叫唤着，过了好长一会儿，姑娘方才悠悠醒转过来。

醒转过来的姑娘，蒙眬之中，感觉到了自己的身子被拥在公子的怀里，她似乎感受到了公子对自己的焦急和关心。绿茶姑娘打小就失去父母之爱，长这么大，今天才第一次感受到了一种来自异性的关爱，她感觉到了无比的温暖和幸福。姑娘不想睁开眼睛，她要让这种幸福再延长一会儿。甚至让时间停住，直至永远，她也愿意。

忽然，姑娘感觉到抱着自己的华公子身子一软，"咕咚"一声栽倒在了花丛中。姑娘心头猛地一惊，马上从还紧抱着自己的公子怀中挣脱出来，一看，一下子愣住了。

姑娘发现，公子浑身已现青紫颜色。查看之后，才发现公子的手背上有两个明显的毒蛇牙印。这时，姑娘这才意识到是公子在关键的时刻救了自己，并因被毒蛇咬伤而至蛇毒攻心。

绿茶姑娘无暇顾及其他，赶紧取来清水，为公子清洗和往外挤压着蛇毒，用嘴猛吸出浓黑色的带毒血液。之后，迅速从溪涧旁采来一种叫阔叶穿心莲的草本植物，放入口中嚼烂，吐出包扎于公子的伤口之上。

将公子的伤口处理好后，姑娘才从溪涧中用双手捧水喝了几口，擦去了额头上的汗珠，定了定神，然后，小心地背起尚在昏迷中的公子，沿着来路，费力地一步一步向着老茶树的方向攀登走去。

老者和何公子喝了一会儿老酒，越喝越觉得心里不踏实。于是，老者吩咐何公子待在原地不要走开，自己则背起背篓，寻找孙女和华公子而去。

转过山冈，下到密林。突然，透过密林深处，大老远就看到了孙女背着华公子艰难地走来。老者快步迎上前去，发现华公子仍然处在昏迷之中。老者示意孙女轻轻放下华公子，把公子仰放在地上，迅速为公子号了号脉，对孙女说："虽有蛇毒攻心，好在公子身体极为强健，再加你已用青草药敷之，蛇毒的蔓延已经得到控制。公子的生命可无大碍，但却要将养一段时日了。"

老者说完，指示孙女从其背篓中拿出配制好的解毒药，用随身带着的老酒化开，服侍公子服下。少停，吩咐孙女收拾背篓等物，自己则背上华公子，到老茶树下会合了何公子，下山回到了庄院。

为了彻底治愈蛇伤，华公子在老者的柏柳山庄里住了下来。三日后，何公子看到华公子的身体已无危险，因有要务处理，遂先行告别华公子和老者祖孙，下山转道华家报知公子的近况，回浙江去了。

华公子在老者家养伤，不但得到了老者精心的治疗，而且还得到了绿茶姑娘的细心服侍。从山上下来，姑娘在与公子的朝夕相处中，似乎少了些先前的调皮，多了一些姑娘的心事与羞涩。姑娘给予公子无微不至的温柔和关怀，使得公子的伤痛得到了快速的恢复。

姑娘的这些变化和心事，只有老者看在眼里，叹在心里。老者心里明白，华公子确实是一个打着灯笼也难找的好后生。不论是才学、品貌和处世为人，还是对事业的执着和追求，其正是孙女可放心托付终身者。但是，老者担心的是孙女有缘而无分。看得出来，华公子是个富贵之身，学富五车，而且已有了家室。想到这里的老者，不由叹息一声道："哎，一切就看孙女的缘分与福分了。"

一日，绿茶姑娘一边服侍华公子换药，一边陪公子说话。公子看着姑娘为自己操劳的样子，心中不禁升起了一股异样的涟漪。他发自内心地对姑娘说："真要感谢阿爷和绿茶姑娘。如果没有你们的精心治疗和调养，在下可要丧命于毒蛇之口了。救命之恩，容当后报。"

姑娘认真地答道："公子客气了。该报救命之恩的是小女子，而不是公子。公子是为救小女子才被毒蛇咬伤的，小女子和阿爷照顾公子是应该的呀！"

华公子见姑娘纯真，更加感激地对姑娘说："你看，在下卧床旬日，整天都是姑娘服侍着吃饭、喝茶，还有吃药、换药等等。没有姑娘忙里忙外，在下能够好得这么快吗？"

绿茶姑娘有点不好意思地说："反正服侍公子是应该的。请公子不要放在心上。"

华公子见姑娘脸红起来，一股怜爱之心油然而生。忽然，公子似乎想起了什么，于是，转过话头问姑娘道："绿茶姑娘，那天去看老茶树，其所在的地方叫姑娘坪。在下好像隐约听到姑娘说这地名有讲究。今天没事，姑娘是否可以讲述给在下听听？"

姑娘听到提起这事，马上高兴地给华公子讲了天姥山中有关姑娘坪来历的美丽传说。

话说南宋建炎年间，建州地区因灾而发生了农民起义。村里有一热血青年，决定前去投奔义军。临走，与同村相爱的翠婵姑娘告别。两人难舍难分，翠婵姑娘送郎一程又一程。最后，青年硬是止住姑娘的相送，并把祖传的翠玉镯子送给翠婵姑娘做定情信物，然后，才洒泪互嘱珍重而告别了。

后来，朝廷派出重兵攻陷建州城，把起义镇压了。参加义军的青年，英勇战死。噩耗传回，重情重义的翠婵姑娘，因悲痛欲绝而为情郎殉情。翠娟将姐姐葬在了村后向阳山冈，并将翠玉镯子一同殓葬。此后，人们感念翠婵姑娘对青年的痴情，就将向阳山冈称之为望夫冈了。

第二年的清明时节，翠娟带着纸烛，上山冈为姐姐扫墓。甫到墓地，翠娟姑娘惊呆了。

原来，在姐姐的墓地上长出了一棵与众不同的茶树。茶树的枝叶青翠欲滴，逗人喜爱。对于翠娟妹妹的到来，整株茶树似乎异常兴奋，显得特别容光焕发。

山里的妹子纯真。既然茶树是从姐姐的墓地里长出来的，又这么可人亲切，翠娟坚信，它定然是姐姐的化身。因此，翠娟虔诚地在茶树面前祭奠了一番，伤感了一回。她坐在墓前的石头上，回忆起以前姐姐对自己的好，回想着姐姐往日的音容笑貌，掉了一回眼泪，这才下山回家。

常言道：天有不测风云，人有旦夕祸福。来年的春夏之交，天气十分反常，不是连绵的阴雨，就是连续的高温。几经折腾，山村的人们流行起了温热病，这是一种传播极快的传染病。很快，村里染病的人越来越多。有几位年老体衰者，没两日就让儿孙戴孝送终了。年轻染病者，人数也越来越多，其中就有翠娟姑娘。翠娟姑娘的病情越来越严重，身体也越来越虚弱了。

这天早上，天气晴好，翠娟姑娘感觉身体好受了一些。她心里突然想到，反正自己快要死了，何不趁今天身体支撑得住，上山最后一次祭拜姐姐。如果姐姐有灵，兴许就此死在姐姐墓前，也就可以永远和姐姐在一起了。

翠娟费了很大的劲，好不容易才爬到姐姐的墓前，一下子就瘫倒在茶树边。翠娟艰难地喘息了一会儿，方觉得胸口好受一些，但感到口渴难忍。

为了解渴，翠娟本能地伸手从茶树上采摘到几片翠绿的茶叶，放到嘴里咀嚼。忽然，她惊奇地感觉到嘴里咀嚼的茶叶有一种奇异的清香和透心的凉快，瞬间传至全身四肢，舒服极了。

翠娟姑娘接连采嚼了几把茶叶，感觉身体越发有了精神。此时，姑娘醒悟到自己不会死了。翠娟姑娘不想死，因为自己还太年轻。正是如此，一向疼爱自己的姐姐才显灵救了自己。

翠娟姑娘的温热病奇迹般好起来的消息，迅速传遍了整个小山村。好心的姑娘不辞辛劳地从茶树上采来茶叶，熬成汤药把村里得病的乡亲们全都治好了。于是，此后的山村人们，年年从山上采摘野生茶制成家饮茶，供大人小孩长年饮用，它既起到预防四季病和传染病的作用，还成为日常提神健体和待客的佳品。山村里的人们，不但少灾少病，而且长寿。

后来，人们为了纪念翠娟姐妹对山村的贡献，不知从何时起，就将山村的名字称作姑娘坪了。凡是姑娘坪出来的姑娘，个个都明眸皓齿，心地善良。

华公子静静地听完了绿茶姑娘讲的故事，久久没有说话。绿茶姑娘见公子眼直发呆，就笑着调侃地说："有何感想啊，公子大爷！是我们这里的茶好啊，还是我们这里的姑娘好呢？"

华公子没有回答绿茶姑娘的问题，只是用一种炽热的眼神久久地注视着眼前的绿茶姑娘。

第三十四章

虔心拜年酒后醉语　回忆往事难改忠心

半个月后，华公子伤愈，依依告别了老者和绿茶姑娘。虽然，公子是带着复杂的牵挂和深深的感情离开柏柳山庄的，但他坚信，自己还会回来，因为，天姥山中的人和茶已经和自己结下了不解之缘。

华公子心中默念着，要好好感谢天姥山中的那条青竹丝。虽然它差一点让自己丢失了生命，但是，对于一个痴茶如命的人来说，毒蛇的狠命一咬却为自己咬开了一扇通往憧憬的大门。

华公子自从踏勘考察了天姥山的地理环境和气候特点，惊奇地发现天姥山中成片的天然野生茶叶资源后，就清醒地意识到天姥山又是一处极为优良的植茶好地方。

天姥山之行，华公子意外地从老者处得到了启发，找到了大幅提升茶叶香气的好途径。华公子隐然感觉到，运用熏制或者窨制的方法，定然能够创制出新的茶叶名品。

在柏柳山庄老者的极力撮合下，经过多次谈判。华公子不但成功地买下了姑娘坪所有的零散茶园，而且还买下了山村周围数百亩的山地，建立植茶基地。

在此次购置姑娘坪茶园及山地的过程中，绿茶姑娘的睿智和机敏再次撼动了华公子的心灵。有好几次，华公子甚至沉浸在一种美滋滋的幻想之中。

华公子整整忙碌了一个夏秋，眼看着冬日也耗去了不少，终于可以松一口气了。在老者祖孙和全体村民的全力帮助下，经过整治的老旧茶园已经焕然一新，显示出前所未有的勃勃生机。一座规模不小的制茶作坊，也很快在这深山老林里建好了。

最让华公子感动的，是自己在山里种植茶叶的事业得到了全体村民的倾力拥护。一个冬天下来，姑娘坪周围已然旧貌换新颜。村民们以空前的热情和干劲，为华公子新垦殖出了三百多亩茶园，全部种上了由神山移植过来的白茶良种。不出意外，很快就将有丰厚的收成。

转眼间，传统的春节就到了。今年姑娘坪家家户户的村民们，过上了最欢腾最富裕的节日。村民们人人都前所未有地穿上了全身的新衣服，吃上了从来没有过的奢侈年夜饭。孩子和妇女们更是欢天喜地，他们都拿到了华公子发给大家的压岁红包。

村民们喜笑颜开，纷纷念叨着华公子的恩德。当然，他们也没有忘记柏柳山庄老者的引荐之功。大年初一，村民齐到老者家里拜年，乐得老者和绿茶姑娘笑不拢嘴，迎进送出，沏茶递糖，忙得不亦乐乎。

大年初三，华公子带着家人，专程来到了山里。先来到柏柳山庄给老者拜了新年，并为老者带来了两瓶陈年花雕，一盒精美糕饼。当然，也给绿茶姑娘带来了一件锦缎大花夹袄。

从山庄出来，华公子又逐家逐户拜年。除了给每户村民带去一盒糕点以外，还给每户发放了二两银子，作为添置各种农具的补助资金。

华公子当晚住到了老者的庄院里，老者设酒宴款待华公子。

老者拿出了一坛陈年家酿桂花酒。就着满桌的山珍野味，老少爷俩开怀畅饮起来。一阵推杯倒盏之后，两人逐渐酒酣耳热。虽然口舌已经有点不听使唤，但两人的话头却是越来越多了起来。两人从做茶到卖茶，从市井到江湖，从善恶到美丑，一路闲侃下来。

起初，华公子有意无意地总把话头引到茶叶熏香的工艺制作上，但都被老者顾左右而言他地把话岔开了。颇令公子费解的是，老者既然把提香的途径传授给了自己，又为什么要在制作工艺上守口如瓶呢？

这一老一少的酒量都极好，直到临近午夜，还不肯罢手。绿茶姑娘几次上前阻止，均被阿爷借酒呵责。最后一次，只听老者结结巴巴地指着孙女说道："老——朽当年做——过官，浪迹过——江湖，享尽过——荣华富贵。如今，只剩下你——你这个——小宝贝了。"

说到这里，双手颤抖地举起酒盏，又"咕噜咕噜"地喝了一满盏，然后，转头对着华公子说道："公——公子，你已经——不认得——老朽了。你是个——好后生！老朽把——心爱的宝——宝贝孙女，送——送给你——如何？"话音未落，只见老者把头一歪，顺势靠在椅背上，顿时鼾声大作。

再看华公子，则只应了一句："您老——老说话可——可算数？"话音未落，也"叭"的一声就着桌子睡着了。

看着这一切的绿茶姑娘，顿时羞得脸色绯红。

姑娘面对两个沉沉入睡的醉汉，心里杂乱得像一团丝麻一样。待到心情平静下来后，姑娘喊来了家人，帮着小心翼翼地把他们分别扶到床上，亲自为他们脱去鞋袜，细心地为他们披好被子。

为了照顾两位老少醉汉，绿茶姑娘为他们守了一整夜，直到凌晨，方才交代家人准备汤水，等待阿爷和华公子酒醒，随时伺候。

姑娘坪的今春，比之往年，可算是改天换地了。开春以来，眉开眼笑的村民们就忙碌开了。华公子为山乡的人们派来了师傅，精心传授给他们管理新旧茶园的技艺。学了新技术的人们，一丝不苟地拔除掉茶树周围的杂草，按新方法给茶树裁剪、培土和施肥等等。

村民们惊奇地发现，今年茶芽长得特别好。清明节未到，又粗又壮的茶芽已经远远超过往年节后的水平了。于是，华公子决定提前采摘芽茶，并根据经验丰富的老茶工的提议，用清明前后不同时间的芽茶分别加工银针、绿茶、熏花茶和橘红茶。

对于华公子来说，加工银针和橘红，技术成熟，师傅现成。但是，加工绿茶和熏花茶则尚属于首次。因此，在技术上，就只能仰仗于老者和绿茶姑娘爷孙俩了。

老者以老到眼光，已经看到了华公子的成熟。当年杭州府任上，因华公子的官司使自己犯了大错，从而改变了自己的人生命运。似乎自己今生与华公子特别有缘，竟然在这深山老林里又聚合到一起。

从华公子的身上，老者看到了某种希望和寄托，尤其欣赏华公子优秀的人品，看中其对茶业的痴迷与执着。经过一段时间的接触和了解，老者已然认定，眼前的这个华公子，正是自己多年来苦苦寻觅技艺传人的最佳后生人选。

在老者的心底深处，最让他在意的是窨制花茶技术的传承和孙女的归宿。孙女是老人唯一的亲人，是他有生之年能够承欢膝下的心肝宝贝。孙女有了好的归宿，就可以了去他心中最大的一块心病。

除了孙女的终身大事以外，老者另一个在意的心结，就是窨制花茶技术的传承了。这一件大事，他同样在华公子身上看到了青出于蓝而胜于蓝的希望。正因为此，他才筹划着准备将孙女许与华公子为妻。以老者心中盘算，除了看中华公子优秀的人品才华以外，他更着意于华公子能够传承他的毕生心血，并有希望将之发扬光大。

老者记得，当年接受朝廷密旨，进入东南。一个偶然的机会，在福宁府结识了天姥山的做茶老师傅，之后就拜在其门下为徒，从此全身心投入到学习做茶中去。正因自己的颖悟和韧劲，才被天姥山绿茶传人师傅确定为衣钵传人，而后才将所有的技艺倾囊传授给了自己。师傅过世以后，自己虽然为试验窨制花茶耗尽了毕生的心血，还为此而赔进了儿子媳妇的性命，但毕竟创制成功了一种前人没有做过的窨花技术。

老者已经感觉到自己老迈了。每逢看着青春活泼的孙女，他就会想起死去的儿子和媳妇。

老者的儿子名叫陈松，陈松和媳妇同样都是做茶的能手，对于做茶同样都极有天赋。当年，自己苦苦思索着用什么方法可以大大提高传统天姥山绿茶的馨香的时候，是儿子从山上采回的兰花，才使自己产生了借用兰花香熏制花茶的灵感。

媳妇是山里最美的姑娘，最孝顺的晚辈。媳妇的名字叫香兰，是亲家母梦见兰花生了她，才给她取这个好名字的。香兰从小心地善良，勤奋聪慧，美如花朵。让人惊奇的是尚有一大嗜好，那就是喜食各种各样的花儿，尤其喜欢兰花。成亲以后，儿子每逢上山，总要为媳妇采回兰花制成花茶，供其长年饮用。

天姥山中，几乎常年温暖如春，山中一年四季都山花烂漫，五彩缤纷。其中，最令人叹绝的是山中的四季兰花，可称一绝。

这里的四季兰花，集中了香、奇、珍、稀的特点。山中的沟壑溪涧，四季都有兰花盛开。除了各种不知名的野生兰花之外，就中单是建兰，就有数十种之多。每逢进山，迎面扑来的清新潮湿空气中，夹杂着阵阵的奇异兰花馨香，真是令人心旷神怡，舒服至极。

建兰开花一般在春夏之交，最迟可以开到晚秋。每当建兰香花盛开的时候，老者的儿子总要登沟涉险，采集大量兰花。拿回家后，由父亲专门拣选上好的芽茶，通过新创制的窨制方法，将其做成花茶，专供媳妇日常饮用。

兰花是稀贵之物，一般都生长在条件险绝的地方。因此，大量采集根本不可能，每年用兰花窨制的花茶顶多也就那么几斤。有时，遇到亲朋好友探访，老者偶尔也会以极为珍贵的花茶待客。渐渐地老者家里有奇异花茶的消息，也就慢慢传开了。

当年，福宁府来了个浙江籍的知府，姓安。安知府科班出身，官声不错，唯独嗜茶，有求者往往投其所好。因此，每到一新任所，其最感兴趣者，就是要先弄清治域内有否出产好茶。

安知府履新福宁府，心中极为高兴。因为他早就闻知治域内出有名茶好茶，诸如白毫银针、云崖雪、橘红和天姥山绿茶等。安知府独好饮绿茶，尤其是对被列为皇家贡品的天姥山绿茶情有独钟，但总因官职卑微，至今仍然无缘一品其中之佳妙。如今自己升任本地最高官位，想来一品那让其牵挂已久的天姥山绿茶，自然如囊中探物了。

到任之后的第三天，其府衙的前任廖姓师爷就抢先投其所好前来拜访。廖师爷是本地人，平日颇会钻营。为了保住府衙师爷的职位，他在安知府未到任之前，就已经把安知府的嗜好品行了解得八九不离十。因此，安知府甫一到任，廖师爷就带上两斤上好的天姥山绿茶登门见面贺喜。

安知府一听说廖师爷带来的礼物，正是自己梦寐以求的天姥山绿茶，这一高兴，不但破例地收下了礼物，而且即刻将廖师爷引为上宾，视为知己。

两人马上煮水烹茶，品饮起这神妙的贡品佳茗。水热茶熟，廖师爷亲自把盏，安知府迫不及待地连饮三盏，方才长舒了一口气。当下，高兴地对廖师爷说："果然名不虚传，不愧是皇家贡物。人生得饮此绝品，夫复何求！"

接着，两人一边接杯对饮，一边闲聊当地的风土人情和一应人际关系。廖师爷为了表现自己，对于安知府的提问，当然是知无不言，言无不尽。

交谈之中，安知府询问得最为详细的自然是有关茶叶的情况。其中，包括了本地茶叶的产地、制作和售卖，以及有关制茶中的奇人轶事等等。例如，对姑娘坪的故事就特别感兴趣。在听廖师爷把故事讲完后，马上不假思索地告诉师爷说："待诸事妥帖，一定进天姥山看看野生老茶树。"

安知府履任刚过三个月，就在干练的廖师爷全力辅佐下，很快就把州府事务处理得井井有条。一日，心情顺畅的安知府，高兴地对师爷说："府务妥帖，又值秋高气爽，进山去吧！"

廖师爷不敢怠慢，服侍着安知府微服进山了。知府扮成了茶商，师爷则是茶商的跟从。

一路上，秋风阵阵，满山红叶，山果累累，山草虫叽啾。两人一边欣赏着悦目的秋山美景，一边指点议论着山中的风土人情。

从天姥山下进山，老者的柏柳山庄是中转之地。由山下到柏柳山庄，恰好是一天的路头；再由柏柳山庄到姑娘坪，又是半天的路头。从山下进入到柏柳山庄地界，放眼周围，林莽苍苍。在远近半天的路程内，除了老者的柏柳山庄，就再也找不到可供路人留宿的地方了。

在师爷的提议下，安知府决定留宿于老者的庄院里。两人于傍晚时分来到了柏柳山庄，老者全家热情地接待了贵客。那时老者刚届花甲之年，膝下孙女尚处于襁褓之中。

师爷为老者介绍了安知府，但隐去了安知府的真实身份，因此，老者只知道来客是一位有钱的茶商，今次专为上山拜茶和选购好茶而来。老者凭着多年的江湖经验，私下自忖：今天来的贵客，气宇轩昂，印堂明亮，落落大方，定非平常的等闲之辈。

于是，老者不但好酒好菜，高规格地为安知府安排了接风宴，而且还于宴后秉高烛请贵客品好茶。一方面让客人品饮到山中的上等好茶，另一方面也可听听这些来自四面八方且见多识广的茶商客人，品评品评山中茶品的优劣等次。

老者不敢怠慢于今日的贵客，一开始就拿出了今年上好的芽茶银针和天姥山绿茶，根据采摘地点的不同，分别点泡请客人观评鉴别。

安知府知茶懂茶，果然名副其实。每品一泡，其观评都能恰到好处，不差丝毫。但有几次，其品评还是让老者感觉到有不尽之意。老者谦虚地鼓励说："我天姥山所出之芽茶银针和绿茶，得添贡茶之列，自古名扬天下。常言说得好：盛名之下，其实难副。贵客走南闯北，定然见多识广，有何高见，还望赐教！"

安知府笑了笑，慢悠悠地品饮了一口清澈的绿茶汤，然后坦荡大方地说道："此地所产之茶，论其香高、味浓、色翠、耐泡之四大特色，实已无可苛求。但是，美中不足的是这个'香高'，似乎尚嫌不足。"

老者听到贵客说完，心里暗想：此位贵客，能够一语中的，果然非寻常人可比。想到此，老者紧追一句道："以贵客高见，当用何法可以再增香头？"

安知府谦虚地说："谈不上什么方法，只是天姥山绿茶与闽省其他地方所出的茶叶相比，只有香头略嫌不足。知茶者，常会因此而感到有一种美中不足之遗憾。请教老大爷，可有在这个问题上下过功夫？"

或许是缘分，或许是天命难违，安知府的这一问，竟然引出了后来一连串的事故来。

第三十五章

相遇谈茶府君知己　采兰遇险陈松落崖

话说进山拜茶的安知府，与师爷扮成茶商留宿在老者的山庄里，得到老者的盛情款待。当日晚上品茶聊茶的时候，安知府爽直地道出了天姥山绿茶香头略嫌不足的问题，并询问老者是否有过尝试改进。老者惊讶之余，感觉到今日遇到了茶中高人。

常言道：世上知己最难逢。老者自忖，今日巧遇茶中知音，虽尚属陌路，但也不可错过。因此，老者先对安知府笑了笑，随即高声吩咐儿子去取两泡兰花茶来待客，儿子应声而去。

片刻工夫，儿子取来了兰花茶。老者令儿子洗涮了所有茶具，用专门从山上取回的山泉水烹煮，注意火候。茶未煮好，老者先用一种奇异的眼光对安知府说："你我有缘，素来贵客当中，能够品尝到老朽的兰花香的可不多啊！"

安知府并没有十分在意老者说话的口气，只是应酬式地回道："荣幸之至，谢谢老大爷抬举。"

不一会儿，老者的儿子已经将奇香溢室的兰花香端上来，分别给安知府、师爷和父亲各捧上一盏。

安知府双手捧着茶盏，两眼直直地盯着盏里的茶水，大有如和尚入定的状态。师爷见状，赶紧轻声提醒道："老爷，小心烫着手了！"

安知府听到师爷的关照，方知自己失态了，于是，赶紧以闻香的动作来掩盖。闻过香之后，紧接着连啜了三小口，细细品味，一气连声地说了好几遍："真乃天下绝品也！"

师爷只端着茶盏，脸上的表情紧随着安知府的变化而变化着。只有老者以悠闲的姿态和眼神看着安知府的一举一动，一边还不断地梳捋着花白的长胡髯。

稍停片刻，安知府对着老者说道："大爷，冒昧请问，您有如此天下绝品，为何深藏不露呢？"

老者答非所问道："老朽深知贵客乃茶饮之中的高人。您是知晓的，这兰花香除了制作技术极为复杂以外，单所用的上等兰花就得之不易。正因为这个原因，老朽才深藏至今。今日贵客和同伴能够饮此兰花香绝品，也算是缘之所至吧！"

听到老者如此说的安知府，离座站起，发自内心地给老者作了一个长揖。毫无防备的老者慌忙离座还礼不迭，嘴里连说着："这又为何来？尊客不必如此！"

安知府归座，笑着说道："不为何来，只为您的兰花香。在下今日有幸得品此天地之间罕有的绝品，就是给您老人家下三个跪也不为过。"

安知府说毕重新站起，果然又做出要下跪的样子，老者慌忙止住。

当晚，安知府与老者一直欢谈至午夜时分方才歇下。次日，在老者的带领下，上山看过望夫冈老茶树后，安知府大方地令师爷订购了百斤天姥山绿茶，预付了钱款，交代几日后派人进山提取茶叶。之后才告别老者，匆匆下山回府衙去了。

两个月后，在进入天姥山的古道上，来了三个骑马的人。走在前面带路的人，还是此前陪安知府进山的廖师爷。

山路虽然难走，但因三人骑着马，不到半日就已经到达老者的柏柳山庄。师爷上前叫开了庄门，家人先将几位客人请到客厅，才赶紧去请在后院侍花的老者出来接见客人。

老者闻报，匆忙整衣出见。甫到客厅还未与来客招呼，就听到三人中的一位头儿，已经从怀中掏出一卷密封的黄绫，双手举过头顶，面对老者说道："陈海声接旨！"

老者一听，先是呆了一呆，但随即不敢怠慢，赶忙跪伏地上听旨。只听来人展开圣旨，高声宣读道：

"奉天承运皇帝诏曰：今着天姥山茶人陈海声，速以其出产于该地之窖制兰花香茶三十斤入贡，不得有误。钦此！"

老者谢恩毕，接过圣旨。正要吩咐安排酒宴款待朝廷钦使，宣旨官对随来的侍卫使了个眼色。侍卫会意，附在廖师爷耳边说了一句什么，师爷点头出去了。

侍卫随即也退出客厅，守候门外。此时，客厅内只剩老者和宣旨官两人。只听宣旨官低声说道："请陈海声老爷接皇上密旨！"

老者赶紧再次跪伏接旨。宣旨官从怀中掏出一个锦袋，递给老者。老者一边口中谢恩，一边用颤抖的手接过锦袋袖入怀中。宣旨官伸出双手将老者扶起，亲切地说："皇上还交代本差转告老爷，老爷为君分忧，为国忠诚，皇上甚感欣慰。望老爷务必根据密旨行事，确保国家东南之安宁。"

老者感奋地说："立志为国，老朽早就将生死置之度外。请钦使转奏皇上，陈海声定尽全力为之，肝脑涂地，在所不惜。"

接着，宣旨官抱拳和老者告别，出门唤上廖师爷，匆匆下山离去。老者送出山庄门外，目视着一行人转过山角。

朝廷钦使到过天姥山，并没有引起人们的注意，唯有老者心中感到无比的沉重，一幕幕陈年的往事又重新浮现在脑际。

二十年前，时任杭州知府的陈海声，官场得意，妻子美丽贤惠。加之身处人间天堂般的杭州任职，使得陈海声春风得意，忘乎所以。

正应了那句"富贵本无常，祸福旦夕至"的老话。因为误听了远房侄儿陈尧的花言巧语，导致华公子入狱，谋夺了师家产业。此事闹得整个杭州城沸沸扬扬，被朝廷言官侦知参奏了陈海声一本。朝廷动怒，火速派出缇骑逮拿陈海声入京勘问。

陈海声被朝廷拿问，出身于世宦书香之家的妻子，自觉无颜苟活而上吊殒命。刚满周岁的孩儿，由岳父母暂时收养。

有关陈海声的案子，朝廷委大学士柳云负责勘问。陈海声的人品才学，素来深为柳云所赏识。当年科比，柳云为主考官，大赞陈海声的文章切中时弊，文采飞扬，句句金玉。此次陈海声被拿问，柳云深知其间定有曲折。

柳云连夜提审了陈海声。面对恩师，陈海声痛苦悔恨，遂将被侄儿陈兖所蒙蔽的实情，一五一十地告知恩相，并请求转奏皇上，愿意接受任何惩罚。

柳云迅速将审问结果奏报给皇帝，君臣都认为陈海声此罪非出本心。又鉴于痛悔，足见其对于朝廷的忠心不改。况且，人才难得。因此，在柳云的提议下，皇帝准柳云所请，由柳云向陈海声宣布皇帝赦免其罪，并下密旨给陈海声，此后直接听从柳云号令，潜入东南，不论用何种身份和方法，秘密监视摩尼教动向，将功折过，保我东南社稷安宁。

感激涕零的陈海声，欣然领受了皇帝的旨令。在柳云的精心安排下，陈海声从此悄无声息地在官场上消失。

陈海声化装秘密回到杭州，痛吊了亡妻，接走唯一的儿子，进入东南天姥山中，隐姓埋名，此后竟然成了一位经验丰富的茶人。

时值天下太平，民心思安。藏匿在东南崇山峻岭中的摩尼教余孽，无机可乘，只得蛰伏以待时机。来到天姥山后的陈海声，虽然对摩尼教的所有组织和活动了如指掌，但朝廷却严令只需掌控，而不得妄动。所以，陈海声就有时间去熟悉他赖以掩护的茶行生意。日而久之，不但获得了天姥山制作绿茶的真传，成了远近闻名的茶行智者，最后还痴迷上了制茶的研究创新，几经努力，研制出了前所未有的绝品花茶兰花香。

本来，陈海声的兰花香只是家用的，特别是因为媳妇喜欢花茶，故制此花茶专供媳妇养颜，但由于一时的兴致而将兰花香暴露给了安知府，朝廷得安知府的密报而下旨索贡。朝廷不了解兰花香制作的艰难，一开口就要三十斤的数量。三十斤茶叶好办，可要三十斤兰花香，那就比登天还难了。但是，皇命如山不可抗拒。陈海声就是上刀山下火海，也必须办到三十斤兰花香完贡。

自有兰花香，陈海声父子每年采尽天姥山中的兰花，最好的年头也只够窨制二十斤左右的香茶。现在朝廷旨令要三十斤，哪里去寻找足够窨制的兰花呢？全家人为此挖尽了心思，仍然没有想出解决的办法。

这天晚上，全家人又围坐在一起想办法。只听媳妇天真地说道："公公无须烦恼。从今往后，媳妇不饮兰花香，将之节省下来完贡吧！"

儿子接过媳妇的话头，丧气地说道："那也差得远。不行，不行，得另想办法。"

陈海声道："为今之计，唯一可行的就是采到足够的兰花。我儿可以用心些，多发动几位乡亲村民，帮着到山中采集兰花。能够采到多少就是多少，积少成多嘛！"

一段时间里，陈松和他一帮交好的山民兄弟，果然天天进山，深入沟壑溪涧，每天都采回数量不等的兰花。陈海声则在家里拣选最好的绿茶制成品，在媳妇的协助下，进行精心的窨制。窨制成的兰花茶，由灵巧的媳妇，将之一斤一包地包装好收藏。

通过大家的共同努力，眼看着已经窨制了二十五包花茶，再一鼓作气窨制五包，就可以向皇上交差了。

山上能采到兰花的地方都已经找遍了。这天，陈松采到的花少，窨制的活早早就做好了，因此，陈松与媳妇比往日早些回房休息。烛光之下，陈松端详起自己的夫人，忽然间发现夫人，竟然憔悴得让做丈夫的大吃了一惊。

陈松非常清楚妻子花容憔悴的原因，除了近来劳累以外，最主要的还是因为停饮兰花香的缘故。陈松感到很心痛，他心中暗地下了一个决心，一定要想办法多采回一些兰花，多窨制两斤香茶。相信有了香茶滋养，妻子很快就会恢复往日美丽的容颜。

第二天，陈松邀上平日最要好的兄弟，又带上各种工具上山了。直到天黑，还没有见到陈松回来。全家人像往常一样，心焦地等待着。忽然，他们看到山路的尽头，出现了一个黑点，黑点越来越大。此时的陈海声，心里有了一种不祥的预感。

黑影来到山庄门口，只听到媳妇惊叫一声，就站立不住晕倒了。原来，今天结伴上山的青年，满头大汗地背着受伤的陈松回来了。只见陈松满身鲜血，已经气息奄奄。大家一方面手忙脚乱地将陈松抬进了堂屋，赶紧派人连夜下山请郎中；另一方面还要帮着把陈松媳妇扶进屋子，让其躺下，由邻居大姐拿姜汤喂食着，好让其醒转过来。

陈海声颇会中医，当下亲自为儿子号了脉。心里痛楚地知道，儿子虽然暂时没有生命之忧，但已经基本废了。陈海声没有说什么，只是吩咐大家多费心，帮着照顾好儿子和媳妇。

与陈松一起上山的青年，没有马上离开。他含泪地告诉陈海声说："老爷，陈松为了多采一些兰花，不听劝告，涉险攀上了鬼愁崖，结果从崖上摔了下来，还好下落的过程中连续得到树的遮挡，这才捡了一条命。"

陈海声听了青年的介绍，感动地说："年轻人，你不愧是陈松的好兄弟。谢谢你！谢谢你把陈松从山上背回来。"

青年说："老爷，您不用客气，这是晚辈应该的。您赶快想办法为陈松哥哥治伤吧！有什么要做的，您尽管吩咐，千万不要客气。"

陈海声望着这个懂事的朴实青年，点了点头。

第三十六章

儿子孝心临终解疑　移种茉莉花茶出世

一段时日以来，陈海声全家都在为陈松的治伤而忙碌着。经名医的精心治疗，陈松的伤痛暂时得到了控制，但还是失去了行动的能力。

自从因陈松摔伤受到惊吓，陈松的媳妇一病不起。虽然也遍请名医诊治，但名医束手，回天无力。眼看着天妒红颜，竟然仅卧床半月，就丢下丈夫女儿撒手人寰远行了。

哀痛不已的陈松，面对夫人的永别，经受不住伤痛和心灵的双重折磨，虽然不断得到慈祥老父的开导，眼看着也一日不如一日。陈海声清楚，儿子的时日也不多了。

一日，父亲坐在病床边，忧心如焚地看着已经骨瘦如柴的儿子，几次欲言又止。陈松知道父亲要说什么，他心疼地看着为自己操心的老父亲，动情地对父亲说："儿子不孝，不但不能为父亲分忧，反而给父亲添愁。儿子明白，今生已经无缘再侍奉父亲，望父亲不要责怪儿子。待儿子来生继续投胎父亲膝下孝顺于您，以补报于今生的缺憾。"

陈海声没有马上回答儿子的话，只见他的眼角湿了，接着两颗豆大的老泪顺着脸颊滚落了下来。父亲哽着声音说道："好儿子，你不要说了。为父因有你这个儿子，已经感到了自豪和满足。好好养伤吧，你会好起来的。为父还要等着你上山采兰花呢！"

陈松似乎想起了什么，他担心地问父亲说："父亲，离交割朝廷贡茶的时日快到了吧？"

陈海声满脸愁烦："还有半个月吧！不管它了，你安心养伤要紧。"

陈松不顾父亲的劝告，继续固执地说："君命难违，父亲还是不要掉以轻心。父亲虽然从未告诉孩儿，但孩儿知道，父亲常怀不渝的报国忠君之心，更常常感念柳相国的知遇之恩。人非草木，孰能无情。这正是儿子最敬佩父亲之所在！"

陈松停下休息一会儿，继续说道："人生一世，草木一秋。生命的价值不在于长短，而在于能不能做出一件有益的好事。孩儿很快就要离开父亲了，但孩儿今生并不遗憾，您知道是因为什么吗？"

陈海声惊讶地看着儿子，他万万没有想到儿子这么了解自己，而作为父亲，却对儿子的内心世界知道得这么少。陈海声心乱如麻，只是呆呆地看着儿子，没有作答。

陈松脸现自豪之色，激动地对父亲说："父亲的忠诚、忍耐和意志，是儿子永远效仿的榜样。孩儿生为您的儿子，是三生修来的福。"

停了一会儿，陈松脸现凝重，他缓慢地描述了那天摔下鬼愁崖的事。陈松回忆说："儿子那天攀峭壁上了鬼愁崖，沿着崖顶前行了两三丈远近，突然发现了一大片茉莉花。一时间只觉得从来没有闻过的阵阵奇香扑鼻而来，其香比之兰花更加浓烈。当时，儿子的第一反应，就是觉得找到了可以大量窨制花茶所需用的花了。在万分兴奋当中，儿子全神贯注地俯身观察研究着茉莉花，冷不防花丛中突然出现了一条大蟒，大蟒以极快的速度向儿子进逼而来。儿子慌乱之中只得一步步后退，不想就这样跌落悬崖了。如今，父亲若要按时完纳贡茶，只有上鬼愁崖采花了。希望父亲上崖采花，多带几个胆大力强的青年上去，千万小心防备着这条大蟒。"

讲到这里，陈松已经喘息得极为厉害。一会儿，陈海声发现儿子的脸色逐渐潮红起来。只见儿子憋足一口气，断断续续地说了一句："儿子要——走了，请父亲保——重！"

话音未落，儿子眼睑向上一翻，就停止了呼吸，脸上定格了一种解脱后的轻松神态。可以想见，儿子是毫无牵挂地放心远行去与媳妇团聚了。

陈海声看到儿子狠心抛下自己和年幼的孙女，顿时像个孩子一样，号啕大哭起来。哭了一阵，陈海声方才擦干了老泪，命人将儿子穿戴齐整收殓。

陈海声为了创制花茶而失去了媳妇和儿子。儿子和媳妇只留下了一个年仅三岁的女儿。从此，祖孙两人相依为命，陈海声视孙女为掌上明珠。孙女聪明伶俐，懂事孝顺。陈海声为孙女取名绿茶，希望孙女将来能够像天姥山绿茶一样美丽和珍贵。

根据儿子生前提供的信息，陈海声带上几个勇猛的山民，登上了鬼愁崖。据说那天陈海声一行人刚登上崖壁，大蟒蛇果然又窜出阻拦采花，几名山民勇士同时对蟒蛇发射统弹和毒箭，蟒蛇掉转头去，返身爬进花丛中，一会儿就不见了。

陈海声示意山民们收起武器，抓紧采花，自己则细心地观察着茉莉花。这是一种长得不高的木樨科常绿小灌木。枝条细长，其上开满了洁白的小花朵，聚伞花序，顶生或腋生，花冠白色，奇香无比。比之兰花，香头更高，更能持久。用其窨制花茶，肯定更加理想。

临行，陈海声亲自挖上一棵茉莉花，脱下自己的褂子小心地包好，将之带下了山崖。

回家后，陈海声连夜加工窨制，果然制成了比兰花香更好的茉莉花茶。陈海声相信，这一刻又是华夏制茶史上非常值得记忆的伟大时刻。因为，他解决了自古以来万千茶人的一个梦想，这就是能够大幅提高茶香。

早前，陈海声制成了兰花香，但这仅仅是个成功的尝试。至少，它尚有两个问题需要解决，即用兰花窨制花茶，其香头仍嫌不足；况且，兰花乃娇贵珍稀之物，生于沟壑危崖溪涧之中，开花稀少，无法成数量生产。

今天，在儿子临终前的指引下，陈海声找到了茉莉花，成功地制成了茉莉花茶。更为重要的是陈海声还成功地将茉莉花从山上移种到田里，从此，成片地栽培茉莉花，这就为大量窨制花茶提供了充足的花源。

陈海声拣选最好的天姥山绿茶，用茉莉花窨制了三十五斤的顶级花茶，准时按数向朝廷完纳了贡茶。再分别派专人送两斤给恩相柳云，送一斤给杭州尚健在的岳父饮用。剩余一斤，以半斤馈赠给福宁安知府尝新，留下半斤家用待客。

朝廷收到了福宁府派专人护送到京的花茶。皇帝和几个亲近重臣品饮过后，大加赞赏。皇帝一时高兴，准备颁旨褒扬陈海声。还是柳云机警，赶忙制止了皇帝。皇帝会意，于是，着柳云密旨饬令福宁知府给予随时保护，不得张扬。

话说福宁安知府得到柳相代传的皇帝密旨后，为了不暴露陈海声的身份，再次化装成茶商进山，密会了陈海声，亲手将皇帝的密旨和柳相爷的亲笔信交给了陈海声。陈海声面北叩谢皇恩。

当夜，陈海声照例和安知府煮水烹茶。陈海声先以兰花香待客，闲谈之间，感慨万千。安知府会意，离座向陈海声谢罪。他诚恳地说："下官钦命在身，不敢不如实申奏朝廷，万万没有想到会因此而至令郎令媳相继弃世。下官在此向陈兄请罪了。"

安知府说完，连连向陈海声作揖。陈海声见状，赶紧止之曰："安大人不必自责，此事与安大人无关，全是犬子夫妇命数如此。况且，安大人忠事于皇命，本该如此。毕生以朝廷社稷为重，乃我辈之最高人生本责。"

安知府归座，动情地说："陈兄忠事国家，忍辱负重，舍身忘家，真乃下官之楷模也。"

安知府和陈海声，两人本茶中君子，颇有相见恨晚的感慨。从此以后，遂成为茶中知交，关系非比平常。

第二天，陈海声带着安知府，去观赏种植在田里的茉莉花。见此奇花，安知府兴致大发。正在连声赞叹的时候，忽然，一声清脆的叫唤，打断了安知府的遐思。转头一看，一个头上翘着两条羊角辫，穿着一件鲜艳小花衣的美丽小姑娘，正一边嘴里叫着"爷爷"，一边奔跳着朝花田里跑来。

安知府忘情地欣赏着这晚春山里一幅活生生的画面，心下构思着，这不是作画的好素材吗？

放眼周围，只见满目的青山绿水，到处香花盛开，鸟雀争鸣，此起彼伏，花田之中，一片洁白；两位儒者打扮的花痴，正在如醉如痴地侍花赏花；一个童稚天真的小姑娘，迎风奔来，她那穿透力极强的叫声，搅动着山野，搅动着空气，声声的"爷爷"叫唤声，充满着动感和生机。

安知府立定在那里。忽然，陈海声步履轻快地迎着小姑娘奔跑过去，一把抱起小姑娘，一边亲着小姑娘的小脸蛋，一边嘴里埋怨着说道："小乖乖，爷爷的小心肝，千万别摔着。"

看到这一动人的场面，安知府突然觉得，人世间最为感人也最为珍贵最为无私的无如这"亲情"二字。他情不自禁地走近祖孙俩，含笑询之小姑娘说："小妹妹，叫什么名字啊？叔叔画一幅画送你好吗？"

陈海声一边逗着小姑娘，一边对小姑娘说："这位老爷问乖孙女叫什么名字呢，小乖乖可要回答老爷的问话啊！"

小姑娘用她那清澈透明如秋水般的眼睛，认真地看着安知府说："爷爷说我生长在做茶之家，就给我取名叫绿茶喽！"

说完用调皮的眼神看着爷爷，两只小手梳弄着爷爷的胡髯。安知府说："绿茶好听，是个好名字。小妹妹喜欢花吗？"

小姑娘天真地说："我可喜欢花了，爷爷说花就是我妈妈的化身。我也喜欢画，因为画可以挂在我的屋里天天看着。"

安知府说："小姑娘放心！叔叔下次进山，一定送你一幅好看的画。"

小姑娘看了爷爷一眼，然后点了点头。

天姥山中的山民，素以种茶售茶为生。因为陈海声早年见过世面，后来又因茶而落户于山中，建起了这座令人羡慕的"柏柳山庄"，世代没有文化更没有见过世面的山民，十分珍惜这位能给予他们依靠，得到他们充分信赖，每年都能够以高于往常售价买尽他们全部茶品的富者商家。随着时日的推移，山民们逐渐把陈海声视为他们的衣食父母，都尊称其为陈爷。因此，平时皆能以陈爷的马首是瞻。

往年，每当春茶收好后，陈海声总要出山远行一两个月。人们除了知道陈爷出山售茶以外，其他就无从知晓了。但自从儿子媳妇为研制花茶而双双过世以后，陈爷就基本上不大出山了。

陈爷所独创的茉莉花茶和经过改进工艺制作的天姥山绿茶，已经名满天下，因此，每年都有大小茶商络绎进山，将所有的成品茶叶购买一空。当然，陈爷总会将最好的茶叶留下，除了作为朝廷贡品以外，其余的或是自用待客，或是馈赠亲友，直到用完为止。

如今的陈爷，除了在柏柳山庄迎来送往地接待进山茶商茶客以外，就是全心全意地抚养教育尚在年幼的孙女绿茶。

第三十七章

甘心为妾公子收房　再制橘红质优过往

时光如白驹过隙，当年天真无邪的小姑娘，如今已经出落成一位亭亭玉立、美丽无比的大姑娘。

随着逐渐懂事，姑娘知道自己在很小的时候就失去了爹妈，全靠阿爷的疼爱和哺育才得以长大。因此，细心的姑娘总对年纪逐渐老迈的阿爷百依百顺，总是花尽量多的时间陪伴在阿爷的身边，承欢膝下。

陈海声对于懂事的孙女，打从内心里疼爱。孙女已经是老人唯一的寄托和希望，老人不但希望孙女传承自己花费毕生心血创制的花茶技艺，而且更希望孙女能有一个理想的归宿。

自从华公子出现在自己的面前，老人就憧憬于一个美好的愿望。好长一段时间以来，也正是这个朦胧的憧憬经常折磨得老人神思不定。老人觉得很矛盾，他相信华公子是个打着灯笼也难找的好后生，是个能够放心托付宝贝孙女的最佳人选，但是，有时又觉得不合适，因为华公子已经有了家室。每一次，老人都会在千回百转之后，做出"随缘分吧"的结论而结束自己的胡思乱想。

华公子自从因茶缘与天姥山中的传奇祖孙认识以来，绿茶姑娘的美丽柔情，爷爷的慈祥热心，都在心灵深处占据了重要的位置。每逢闲暇，绿茶姑娘那纯美的身影，老者那坚毅睿智的形象就会交替出现在华公子的脑际，搅动得公子心神不宁。

今年春节后的那次对饮，华公子和老者都因酒醉而吐露了各自的心声。事后两人都回忆起了各自所讲的醉话。老少两人都十分在意对方的醉话。

转眼间，每年茶人最忙的季节又临近了。清明前，华公子带着做茶师傅们提前进入了天姥山。公子今年做出了一个重要的决定，要用最好的天姥山芽茶，双管齐下，既做茉莉花茶，又做橘红茶，把两个珍贵的名茶作为今年重整旗鼓的希望。

华公子倚重于老者，盼咐所有山外进来的师傅们都要接受老者的指导。一段时间以来，陈海声老人则是心事重重，显得闷闷不乐。其实，老人在为孙女的终身大事的犹豫不决而烦恼着。经过一番激烈斗争后，老人终于做出了重要的决定。

一天夜里，老人叫来了孙女，用一种从来没有的神态看着已经长大的孙女。绿茶姑娘感觉到奇怪。她一边心里揣摩，一边撒娇地说："阿爷，干吗用这种奇怪的眼神看着孙女？您有什么盼咐，请阿爷直说嘛！"

绿茶姑娘拉住爷爷的胳膊，轻轻摇晃着。只听阿爷长长叹了口气，然后说道："好吧，反正女大不中留啊！"

绿茶听了，惊讶地对爷爷说："阿爷，您说什么呀？孙女有什么不好吗？"

老人说道："没有，没有！你是阿爷的乖孙女。阿爷已经老迈，总不能照顾你一辈子。华公子人品很好，阿爷如果把你交给他，你会同意吗？"

绿茶没有直接回答，她的脸一下子飞红了起来。她转过身去，低头轻声地说道："阿爷今天尽说些没头没脑的话，孙女可不理睬您啦！"

老人认真地对孙女说道："男大当婚，女大当嫁，千古使然。孙女，你该有个归宿了！"

几天以后，在陈海声老人的安排下，一个神秘的茶商来到了三都澳青山岛，求见已经暂时厝居于此筹建茶叶中转海贸港口的华夫人。华夫人接见了这位茶商，茶商奉上了一封信件。华夫人展信阅读，脸色先是愤怒，而后慢慢舒展开来。待到读完信件后，华夫人竟至激动地对来者说："请转告老爷子，就说奴家代我相公谢谢他老人家了。一切均可按老人家的安排办理。奴家明日即刻进山，促成这桩千古美事。"

来客见事情如此顺利，欢然辞别华夫人，回山向老爷子交差去了。

话说华夫人本女中俊杰，但也毕竟是一介女流。起初，当她阅信知晓老爷子竟然推荐自己的亲孙女给自己的丈夫做妾，而且还要求由自己为之主持婚礼，心中顿时怒火中烧。但是，她不能在客人面前表现出自己的心胸狭窄和妒意。于是，她才耐着性子继续读信。

华夫人越往下读信，越被老爷子的崇高情感所打动。从信的字里行间中，她看到了一位老人对死去的儿子媳妇的思念，对孙女的无私疼爱，以及对自己夫君的真心赏识。其间，还能看出老爷子毕生对茶的挚爱和付出。这些都深深打动了华夫人的心。于是，华夫人内心里残存的那点狭窄和妒意顷刻间荡然无存，剩下的就只有对老爷子的敬佩和对绿茶姑娘的怜爱了。

华夫人爽快地打发走了老爷子派来的信使。但她深知大忙季节将至，也深知夫君的秉性，于是，她安排管家置办了一些必要的婚嫁之物，随后运入山中。自己则雇了一乘小轿，和两个家人打早轻装进山。

时近晌午，华夫人到了山里庄院。听说华夫人进山，全村的男女老幼全部自愿集中到庄院门口迎接华夫人，山里人的纯朴深深地感动着华夫人。

绿茶姑娘等在门口，轿子刚落定，就赶紧上前，亲自为华夫人掀开轿帘，扶着华夫人走出轿门。

华夫人用慈爱的眼神端详着眼前的绿茶姑娘，心里一惊。心想：这大山之中竟然深藏着如此美貌的国色天香，如若我是须眉男子，也会为之神魂颠倒的，我家夫君真是有福。

夫人的突然上山，使百忙中的华公子心里犯着嘀咕，总觉得夫人的上山有点神秘兮兮，好像有什么事瞒着自己似的。公子几次想开口探问，都被夫人诡异的借口适时制止了。

整个下午，夫人只是拜见了陈海声老爷子，和老爷子闲聊了一会儿，其余的时间都与绿茶姑娘处在一起，两人好像一对久别的亲姐妹一样，似乎有说不完的悄悄话，亲热得让外人妒忌。

直到晚上回房，华夫人方才把自己和陈老爷子的决定告诉了华公子。起初，华公子严厉地责问了夫人的擅自主张。倒是夫人的几句话，一下子就将华公子堵得哑口无言了。

夫人不冷不热地问道："夫君从小饱读圣贤书，难道连知恩图报的道理都忘记了吗？人家姑娘在山里救了你，夫君何以报答姑娘的救命之恩？绿茶姑娘不避瓜田之嫌，不顾自己的清白，用娇弱的身子把你从山里背出来，又朝夕相守，为你侍奉了半个月的伤病，夫君何以还人家姑娘的清白？姑娘的爷爷在你事业最艰难的时候帮助了你，还无私地将自己一生的心血传承于你，老爷子的恩德，你将何以报答？"

好厉害的夫人，一顿责问，使得华公子真正体验到了什么叫作"不怒而威，不厉而服"的厉害了。当下只得低声嚅嚅答道："夫人贤惠，全凭夫人做主就是了。"

夫人笑着说："面对如此绝世佳人，朝夕相处，难道夫君此前就没有动过心？"

华公子听到夫人的打趣，脸色不由自主地红了起来，无奈地说："夫人是女中诸葛，为夫没有任何心思能够瞒得了夫人。但是，请夫人放心，夫人永远是我的最爱。"

华夫人道："但愿夫君心口如一，不忘今日之语！"

在华夫人的亲自操持下，诸事准备妥当。请先生拣了一个上好的黄道吉日，为华公子和绿茶姑娘圆了房，了却了陈海声老人的心中大愿。

圆房的第二天，华夫人就下山回到了青山岛。华公子和绿茶姑娘则新婚恩爱，如胶似漆。但作为茶人，每年最忙的时令日益逼近。今年是在天姥山重整旗鼓的第一年，是成败的关键一年。因此，这一对恩爱夫妻新婚才刚二七，两人就以空前的热情和干劲，全力投入到清明前做茶的准备工作中去。

孙女和华公子的恩爱，老人看在眼里，宽慰在心头。了却最大心事的陈海声老人，如今只有一个心愿，就是把自己的制茶工艺和做茶心得完整地传承给孙女婿。

为了制好花茶，陈老爷子起早摸黑地侍弄着茉莉花田，希望今年的茉莉花开得更好更多一些。

天姥山中的茉莉花，简直就是天下一绝。茉莉花本来生长于西部天竺，不知何年何代被带入天姥山。由于天姥山奇异独特的地理条件和气候环境，长在山中的茉莉花不管是花期、数量还是花香都发生了变化。例如，花期提前了，花蕾变

190

多了，花香更加浓烈等等。这些变化都为制作最优质的茉莉花茶奠定了基础。

陈老爷子每每细心地侍弄着茉莉花田的时候，常常会幻觉出这就是儿子和媳妇的化身，他甚至能够感知到在与儿子媳妇进行着交谈。

今天，陈老爷子一边侍弄着开满白色花朵的花田，一边念念叨叨地把孙女嫁给华公子的事告诉了儿子媳妇。告诉他们华公子是最合适的孙女婿，孙女的归宿是老天作合的完美姻缘。还告诉他们，待到把制作茉莉花茶和天姥山绿茶的技艺完全传授给孙女婿的时候，才来和儿子媳妇团聚。

正在胡思乱想的陈老爷子，忽然听到了孙女的叫声。声音刚过，孙女就来到了面前，对老爷子说："阿爷，我们的茉莉花开得可真好啊！"

老爷子捋着胡髯，笑呵呵地说："这里有阿爷和你爹妈的生命和汗水，它们不开得好怎么行呢！孙女，这么早找阿爷有什么事？"

绿茶姑娘说："今天是春茶开采的好日子，您可不要忘了回去换上干净衣服，到茶园去喊山啊！"

老爷子高兴地说："不忘，不忘，这么重要的事怎么会忘记呢？放心吧，我的乖孙女！"

绿茶姑娘还像未出嫁之时一样，撒娇地说："人家就是怕爷爷忘记了嘛！阿爷，孙女去准备其他事先走了！"

老爷子点头挥了挥手，看着孙女像一只忙碌的美丽彩蝶飞走了。老爷子苍老的脸上，泛起了一阵已经难得一见的幸福和灿烂。

这时，早春的太阳已经带着柔和的光芒登上了东边的山脊，老爷子知道离开采的吉时快到了。于是，他快步离开花田，回到家里换穿一身整齐的衣装。老人似乎感觉到当年儒雅干练的自己回来了。

老爷子迈着稳健的步子，在吉时到来之前就来到茶山。只见满山的采茶人老早就已经来了。按照山里的规矩，今天选吉时开采，要举行一个简单的仪式。凡参与仪式的采茶者，必须沐浴盛装上山，等待吉时到来才能一齐开采。

山里家家户户世代以茶为生，每年茶叶的丰收与否，都直接关系到全家人一年的衣食。人们都希望第一天开采，就能得到年丰事顺的好吉兆。因此，人人都严守规矩，盛装参与。人们沐浴着春日的朝阳，怀着期待的心情，静静地等待着吉时的到来。

山里茶人尊敬陈老爷子，把他当作茶神一样。毫无疑问，老爷子是山里人的主心骨。人们都相信，有老爷子在场，就能够给他们带来吉兆，带来好运和丰收。

每年的这个时候，最引人注目的当属山里的姑娘。她们都穿上平时舍不得穿的最漂亮衣装，打扮得花枝招展，简直像朵朵盛开的山花，只只飞舞的蝴蝶。

忽然，一声洪亮的"开采喽"！号子声刚落，阵阵震耳欲聋的鞭炮声顿时响起。紧接着欢笑声、议论声、呼唤声此起彼伏，整个茶山一下子欢腾热闹起来。人们双手娴熟并用，采摘着饱满嫩绿的茶芽。正所谓一颗茶芽一颗心，一颗茶芽一个企盼啊!

茶山热闹,制茶作坊里也开始忙碌起来。师傅们把收集来的茶芽,根据不同的规格等次分开,然后运用不同的加工方法,娴熟地制成不同品类的成品茶。

最让陈老爷子和华公子操心的就数制作茉莉花茶和橘红茶了。一老一少轮流值守在作坊里,监视着师傅们的操作,一丝不苟地指导着火候。

足足忙碌了半个月余,老爷子和华公子以及所有的师傅,脸上终于挂出了开心的笑容,尽管这是一种带有疲倦劳累的笑容。但是,只有奋斗过、劳累过的人,才能体会到这种笑容的灿烂和珍贵。

春茶的采摘和制作结束了。华公子盘点下来,总共收成了茉莉花茶五十担,橘红茶一百五十担,白毫银针一百二十担,天姥山绿茶二百担,云崖雪三百余担等等。这是华公子进入天姥山重建茶园的第一年丰收,也是其一生茶业生涯中的又一个重要里程碑。

经过老爷子和华公子的认真品评,今年各种茶的品质都好过往年,尤其是茉莉花茶和橘红茶的品质更好。这里除了有天姥山得天独厚的自然条件以外,更重要的是老爷子和华公子娴熟高妙的制茶技艺的综合因素。

面对已经入库的上等茉莉花茶和橘红茶,老爷子欢愉地对华公子说:"今年的橘红,已经带上天姥山的印记喽!"

公子也高兴地说:"是的,无论是色香味形都不同程度地超过以往。真是一方水土出一方好茶啊!"

爷儿俩一边品评这美妙的茗茶,一边憧憬着如何发送这些珍贵的宝茶。

第三十八章

重建茶楼三都扬帆　献茶京师皇恩浩荡

经过一个春夏的忙碌，茶品丰收了。

华公子从山里来到青山岛，开始接待新老客户，办理茶叶的销售发运。

早前，由华夫人长住督工，于青山岛筑造了一个茶货码头，建造了一座两层楼房作为茶行，所有工程都已经进入尾声。眼看着一个以海洋茶叶贸易为主要内容的商港已然在青山岛初具规模。

新建成的茶楼，完全按照原来赛港茶楼图纸尺寸建造。如今，它又靓丽地重现于三都澳海中的青山岛上。华公子夫妇决定，选一个上好吉日，将茶楼的开张与新茶的发售结合起来举行。

转眼间，吉日很快就到了。在整个茶楼的开张仪式中，最让时人津津乐道的应是上匾仪式了。简直是观者如潮，热闹非凡，赞声不绝。宾客们趋之若鹜的目的，都是为一睹那名震天下的当朝相国书法风采。

雕刻在名贵的紫檀木上的"橘红楼"三个大字，正是用当朝相国柳氏的法书摹刻的。名满天下的柳氏书法，果然让人们见识到了那包容天下的张扬气派。

柳相的这一珍贵墨宝，华公子是再三恳请挚友路举人专程入京代为求取的。路举人曾经当过柳相府的馆师，其才学品德很得当朝皇帝和柳相的欣赏。朝廷本欲委路举人为官，但路举人无意于仕宦，因此辞馆回家安贫守志。今日为了至交好友，竟然不辞辛苦，入京为好友谋之，可见其与华公子之间的金兰情深，确属非同一般，真是令人感叹。

柳相闻知是为华公子的新茶楼求书，二话不说，马上入书房以洒金宣纸精心书就，交由路举人收妥。当夜，还大设家宴盛情款待了路举人。先前馆学中在京的众弟子们都赶来参加了晚宴，他们轮流着给老师把盏敬酒。路举人感动不已。

第二天，路举人带着相国赐予的墨宝，日夜兼程地赶回南方，向华公子交了苦差。华公子大喜过望，当即吩咐聘请最好的雕刻师傅，花巨资买来紫檀木，拓上相国的墨宝，雕刻成匾。

上匾那天，华公子还就近请来了福宁知府为茶楼上匾剪彩，所有亲朋至交和远近茶商茶人，均赶来祝贺。来客中，稀罕地出现了肤色一白一黑的洋客商，一时引起众人的注意和惊奇。

吉时一到，福宁知府就在一派震天动地的鞭炮声、锣鼓声和欢呼声中，为橘红楼的开张剪了彩，用官话说了一通祝贺的好话。之后，一块珍贵厚重的牌匾顺利升挂到门楼之上。

当天，兴高采烈的亲朋好友和宾客同仁们，有幸率先品饮到了天姥山新出的珍品好茶。华公子先以新品橘红待客，得到的都是同声的赞扬；待到换成奇香无比的茉莉花茶的时候，满室顿时缭绕着一片浓烈的醉人芬芳。

茉莉花茶，这是众人从未见闻过的神品仙茗。其浓烈奇香的感受，下三焦过肺腑和通筋彻骨的舒坦，使在场的宾客都得到了不可言表的身心体验。宾客们相信，只有上品仙茗才能够有这样的内涵体现。

除品啜佳茗以外，华公子还特地亲自编排了一场颇具地方特色的茶艺说唱，供贵客们欣赏佐茶。主演的点茶小姐是经二夫人亲自调教出来的山里妹子，两位清唱的小姐则是从画舫请来的歌伎。她们根据华公子特地为今日茶宴创作的茶艺咏词进行了表演。

茶艺表演自始至终都以宋代张若虚的《春江花月夜》作为背景丝竹。茶艺小姐以粉红色簪花紧身高袖为衣，明眸皓齿，显得庄重典雅清丽；歌伎则着松石绿绣花短袄短裙，分左右站立在茶艺小姐身后，一个擅长玉笛，一个通晓洞箫；帏帐之后，还有伴奏的丝竹班子。

表演茶艺，用的茶叶则是贵重的白毫银针。表演分两段进行，即在《春江花月夜》的背景音乐中，由两位歌伎以充满感情的声音，歌咏着天姥山好茶的来历和赞美诗。与此同时，坐在茶桌台后的茶艺小姐，则就着丝竹声和歌咏的节拍声，以缓慢优雅的手法进行着煮水、冲杯、亮茶、冲茶、点茶和展茶等等诸道茶艺。

客人们睁大眼睛，一边观赏着茶艺小姐的高超表演，一边屏息静听着歌伎的歌咏。特别是歌伎那珠落玉盘般的咏词，天籁之音般的唱调，一下子将客人们带进了一种品茶的最高境界。歌伎所歌之词牌是采自于古莽先生首创的《神茶天籁声声慢》。只听其词曰：

> 华夏东南孕名山，支提天姥相挨连。陡峭路，密林间。经声古刹烟霞隐，宝地水灵美茗山。
> 银针延寿橘红妙，养津提神数茉莉。花朵俏，丹水奇。道观茶寮到处家，高人茶客弈局里。
> 频到东南品丹茗，人生滋养丰寿年。祛火毒，驻容颜。切记早晚灵茶饮，妪老寿翁恋依然。

两位歌伎轮流独唱与合唱，笛箫清越，歌声时而委婉柔情，时而苍古悠扬，撩拨得听者心意畅然，如幻如仙。歌伎一曲唱完后，轮流鞠躬为茶客们把盏劝茶。稍事休息，又以单双声部的组合方式，为宾客们朗诵华公子专为今次茶艺表演会新作的十首赞美茶诗。诗云：

古寺春声

莲峰曙月佛家地，江海相连天上无。
唐肇宋辉今古承，春声古寺甘泉露。

清溪之滨

发源北麓东南去，入海环流回首中。
百媚莲峰留住郎，化身成雾邀君宠。

红妆纤手

山色清明满翠园，清歌一曲青芽润。
红妆纤手欢声朗，一担茶香一路春。

文人采风

弱柳临风冠帽摇，搜肠刮肚寻章句。
春光茶女频招手，一首好诗报妹愉。

茶女南韵

几亮明妆素手酥，茶馨水绿朋高就。
欢谈去客忆南女，颊齿余香回味幽。

牡丹国色

国色天香数牡丹，白衣红蕊精华聚。
乾坤杯里红心绽，远近茶痴络绎趋。

茗壶斗雅

壶雅茗珍不夜楼，观砂吸露欢声老。
有缘今日品仙露，重遇他年晓谁劳？

展艺邀月

蓝女千山采翠薇，银毫惠孟相煎闹。
行家展艺说茶圣，弄月人邀品明朝。

益寿延年

太姥神茶西苑来，延年益寿仙翁送。
白毫银色馨香沁，毒祛心清天地通。

盛世和谐

法章治世重人道，商士农工齐赞襄。

天下归心茶道兴，和谐盛世乾坤朗！

天下无二的绝品好茶，别具一格的茶艺演唱，使得当天所有的宾客们大呼三生有幸。兴尽散场以后的时日里，茶楼的生意火爆，远近茶人茶商闻讯而至，争相购买华公子的新茶。很快，今年的茶品就销去了大半。

华公子将大宗海贸茶叶的外运，统统交由何公子新近组建的海运船队完成。自从在天姥山中分别后，何公子便回到杭州，筹资新购了远洋海船，扩大了船队的规模。在努力保持杭州的货运生意的前提下，开始把拓展海运的重点转移到三都澳。同时，根据先前的协议，华公子也成了其海运公司最大的出资股东。

何公子把华公子的极品茶叶运销到日本后，迅速得到了日本茶人的普遍欢迎，不久，更进一步垄断了日本的茶叶市场。当时，以华公子所生产茶品在三都澳的离岸价计算，何公子将茶叶运至日本售出后，能获得百分之一百三十多的利钱。

中秋过后，华公子开始筹备入京贡茶了。往年入京贡茶，朝廷旨令必须选在春末夏初起行。本次因遭变故，由柳相代为请旨，皇上特准华公子可以推迟到秋后入贡。

为了让柳相放心，行前公子先派人驰书禀告柳相，详细列明本次入贡茶品的种类、数量、起行时间和拟经过的路线。其中，特别注明了新制茉莉花茶的数量和品质特点。

华公子的贡茶车队，一路北进，晓行夜住，倒也十分顺利。有了上次的教训，车队前行十分小心。为了防止意外，朝廷饬令地方州府必须沿途明暗保护。整个贡茶车队在路上的一应安全事务，皆由老成的管家和投奔门下的原震远镖局三个武师共同襄理。华公子则每日坐在车上，或观书，或小睡，或闲看车外风景，显得悠闲畅快。车行马快，不日就进入了京师地界。

华公子本性慈和义气。三位武师原为北地人氏，自从跟随了华公子，至今尚没有回家看望过家小。打从车队进入京师地界，柳相就派出了京师缇骑加强沿途护卫。如此，贡茶车队已可保万无一失。于是，华公子叫来三位武师，遣其回家探视家小，并命管家发给每位武师五十两银子作为安家费用，三日后可赶赴京师一起回南。华公子叮嘱道："你三人回家探视，家小平安便罢，如果有什么不妥，可带家小直接到南边安置。我这里和管家，待诸事办妥后，自行回南即可。"

三位武师听后，齐齐跪下磕头谢道："老爷高恩厚德，我等三人及全家老小，没齿不忘。"

贡茶车队到达京师，先行住进了专门接待入贡的驿馆歇下。稍事休息后，华公子就准备了两个拜帖，派人分投柳相和收贡有司长官。不一会儿，收贡有司派人传话，着华公子马上亲带贡茶到有司交割。

华公子带着贡茶来到有司，经有司长官详细清点无误后即行封章入库。当朝相国柳云派人知会华公子，傍晚在柳府书房相见。

临近傍晚，华公子带着激动的心情来到了相府，大老远就看到了相国站立在书房门口迎候。

华公子几步来到柳相面前，连连作揖道："劳烦相国久等，实在有罪。"

柳云哈哈一笑道："华老弟生分了。你我知交，本应远迎，只因俗务绕身，不得轻离。怠慢之罪在老夫，还望老弟台见谅方好。"

华公子连连说着"岂敢，岂敢"。两人一边互相客气着，一边进入书房。

柳云开口问道："贡茶交割有司啦？"

华公子点头。柳云又说道："有关公子的际遇，本相已详细奏明皇上。皇上对于公子的敬业和对朝廷的忠诚，非常赞誉。明日召见，必能给公子以惊喜！"

华公子感激地说："在下之所以能够诸事顺利，全仗相国的鼎力扶持。此中恩德，我华义茗永生铭感于五内。"

柳云道："此乃公子勤勉格天之结果，老夫何敢居功。闻说陈海声已将孙女配与公子为二夫人啦？"

华公子不好意思地说："在下贪心了，请相爷切勿鄙之。"

柳云正色道："此天缘美眷也，何能鄙之！况且，陈海声老爷子几十年忍辱负重，忠事国家，如今又慧眼独具，得此佳孙婿。此事老夫已经奏明皇上，皇上定有恩赏。"

当晚，柳云举家宴款待了华公子。宴后，两人聊到午夜，方才歇下不题。

第三十九章

儒者茶人立志报国　再会洋商约见来年

第二天早朝，众大臣三呼过后。掌班太监高声宣道："众臣有事申奏，无事退朝！"

只见柳云出班跪伏丹墀，高声奏道："有东南闽省华义茗，入京完贡新茶。其首创之橘红，已经名满天下。今年又创制新品茉莉花茶，品质奇特，浓香无比，堪称绝品。如此忠国之士，臣请万岁召见封赏。"

一众大臣齐声奏道："臣等附议柳相，请皇上召见封赏。"

皇帝高兴异常，满面笑容地说："准卿家等奏议，众爱卿平身。"

柳云和众大臣谢恩归班。只听皇帝欣慰地说："如今天下承平，百姓安居乐业。天朝物阜民丰，奇人义士屡出，此乃我天朝繁荣昌盛之象也。哈哈哈……"

皇帝开怀大笑，众大臣自然不失时机地齐声高奏道："此乃天子洪福齐天，普降恩德所至也！"奏毕，满堂附笑。

接着，皇帝示意宣旨官宣旨。宣旨官不敢怠慢，扯起高亢的声音唱道："皇上宣华义茗觐见喽！"

华公子听到宣诏，即刻快步来到丹墀跪伏，高声道："草民华义茗叩见皇上。敬祝皇上万岁万万岁！"

皇帝欣赏这个不愿入仕而痴心于茶业的年轻儒者，念念于其忠事朝廷和高尚的人品道德，龙心大悦。皇帝徐徐地对公子说："华义茗，你年年入京贡茶，忠事朝廷，克勤克俭，朕心甚慰。今朕封你为五品朝议大夫，许你封章直奏。"

华义茗诚惶诚恐地奏道："臣谢万岁封赏！效忠国家，乃臣之夙愿与本分也！"

皇帝赞许，继而嘉勉道："望卿努力，以汝父为榜样，勤建功业以报效国家，造福黎民而流芳青史。"

华义茗叩头流涕道："华义茗何德何能，得明主如此恩遇。陛下隆恩，臣当结草衔环以报于万一。"

皇帝接着旨令柳云，今后华义茗制茶如遇有困难，可额外实销国库银两，给予全力资助。接着，又对华公子宣喻道："橘红宝茶和茉莉花茶乃国之珍宝，望卿等善加保护。每年制作贡茶之数量与品质，切不可马虎儿戏。所需资金，如有短缺，可与柳相冲销，不必隐瞒。"

华义茗再拜叩首曰："臣领旨。"

散朝后，华义茗随着柳云正准备回柳府，忽有皇帝身边太监急急赶来传宣皇上口喻，说皇帝在南书房要单独接见柳云和华义茗。两人接旨后，随太监匆匆来到了南书房，行了大礼后，皇帝赐座。

皇帝对柳云说："柳爱卿，近来东南有何动向？"

柳云奏道："启奏皇上，根据各方密报，近来似乎没有什么异动。依臣判断，其主要注意力仍然是通过对海洋贸易的垄断，积极敛财。但有迹象表明，其与西国海盗船频有接触。除了有走私之需要以外，也要严防其内外勾结，对我天朝社稷不利。"

皇帝道："柳爱卿所见与朕忧相同。如何谋划与处置，柳爱卿有何良策？"

柳云暗忖，商讨军机，竟召华义茗同见，皇帝意图已然明显。想到此，柳云奏道："皇上，当此国家用人之际，微臣力保华义茗可代陈海声，总领东南海务，继续以制茶贸茶为掩护，随时了解和掌控东南海盗和西洋殖民的所有活动。"

皇帝听了柳云的提议，不作正面回答，转头笑对华公子说："华义茗，愿意为朕分忧吗？"

九五之尊的皇帝，今天竟然这样厚待自己。倘若自己还不知好歹，那就枉立于这天地之间了。于是，华义茗慌忙离座跪下，泣而答道："贱躯愚顽，皇上如认为可用，愿意任凭皇上驱遣。"

皇帝高兴地说："那好，华义茗听封。着五品朝议大夫华义茗，秘密以四品靖海将军视事，统领东南陆海各处线人兵勇，随机掌握东南海疆各种事态，遇有紧急大事可先斩后奏。平时所有机密要事只与柳相国商议而定夺，再由柳云禀朕知道即可。"

皇帝接着交代柳云，可以把东南各处布置，包括线人兵勇及其联络方法等，详细告知华义茗。对于今后如何加强各种部署，必须迅速拟出一个详细方案，报朕知道。

柳云、华公子领旨辞出回府。此后数日，华公子深居于相府，柳云则于每天早朝后便匆匆回府。两人关在书房中，根据皇帝的密旨，先由柳云将东南各地的海商、帮会、草莽、寺观，甚至海匪盗贼之中的线人与潜伏地点，包括与他们联络的方法和密语，逐一传授与华公子，要公子熟记无误。

除此之外，两人还针对近年来西洋殖民海盗大举染指远东海域，从事猖狂殖民和抢掠活动，尤其是在马六甲、吕宋和巴达维亚等地，专门驱赶和猎杀我华侨的罪恶勾当等现状，进行了分析和研究，作了各种各样的评估，以确定这些殖民海盗是否在预谋窥视我天朝海疆，是否已经对国家的安全构成了威胁。如有这种可能，危险的烈度达到几何！

华公子不无忧虑地说道："根据情报分析，长期潜藏在东南各地的摩尼教与海匪，近来活动出现活跃的迹象。这其中，是否与西洋盗匪有必然的联系，我们绝不可掉以轻心。也许，皇上最担忧的就是这个问题。"

柳云用一种期待与信任的眼神看着华公子，说道："华兄弟，为了朝廷社稷的安宁，为了我华夏东南万里海疆的稳固，皇上对兄弟可寄予厚望啊！"

华公子道："我华义茗从小苦读圣贤书，立誓报效国家社稷，做点利国利民的好事，此志乃我华义茗毕生的初衷。过去，不愿入仕而从商，孝顺母志也！如今，值国家用人之际，自古忠孝不能两全，我华义茗愿为国家东南海疆的安宁稳固尽力，就是赴汤蹈火、粉身碎骨也在所不惜。"

柳云见华公子如此深明大义和忠肝烈胆，心中十分欣慰。于是，他鼓励华公子说："西夷宵小和东南亡命，皆鸡鸣狗盗之徒，谅他们也成不了气候。为了国家社稷的安宁和升平，为了东南各地的黎民百姓不受到惊扰，我们不得不做出一些防范措施了。"

华公子道："在下从商，经常来往于东南海疆，如以商人的敏锐揣之，假如被这些摩尼教海匪坐大，养丰羽翼，再与西夷海盗沆瀣，则将会成为我天朝的心腹大患。"

柳云不以为然道："公子也不要太抬举这些西夷小国了。他们行船远涉，不外乎是倾慕我华夏之昌盛，用些旁门左道之术，理会些金银珠宝回去养家糊口罢了，谅他们也不敢有什么大志。"

以一个从商经年的商人而言，华公子是不同意柳相的看法的，但是，一时又难以拿出有说服力的佐证来证明自己的担心。于是，他只得嚅嚅地说："但愿这担心是多余的。"

柳云听了，还误以为华公子缺乏信心，于是，走上前来，亲热地拍了拍公子的肩膀，笑着说："公子尽可放胆，不要有所顾忌。只要尽力防患于这些匪盗亡命，保我东南疆域的安宁就是大功一件。不管遇到任何难处，公子的背后还有皇上和我柳云啊！"

华公子知道柳相领会错了自己的意思，但他没有反驳，只是笑了笑说："谢谢皇上的器重，谢谢相爷的关爱！"

为了尽可能做到"知己知彼"，两人决定尽量找机会多派出一些年富有经验的忠勇干练人才，利用各种渠道和身份，与这些匪盗接触。甚至有可能还要派些可靠的人潜入他们的内部，随时掌握其动向。

突然，柳云猛一拍脑袋，说道："当前就有一个绝佳的机会，有一个叫约翰的西洋茶商，代表英吉利请求皇上准其通商。公子可曾记得这个洋人？公子有必要与之接洽沟通。"

华公子道："记得，记得。我们还有生意往来。这个约翰极为倾心橘红，再三求售，故而在下每年都供给他五十斤。前段橘红楼在青山岛重新立匾开张，约翰还带着一个黑洋人到场祝贺。因为当时宾客太多，没有顾得上他们，没有想到他们也到京师来了。"

柳云道："公子可不要怠慢了这两个洋人，这一次其来头可不小，是代表英国女王来的。"

华公子有点不解地问道："代表英国女王！这么说，也算英吉利的钦使了。有什么大讲究，请相爷快说来听听。"

柳云看到华公子着急，反而慢条斯理地说："根据通政司的奏报，两个洋人是西洋英吉利国女王派来的商务特使，到我华夏主要是要求谈判通商。那个白的洋人约翰为正使，黑的则是约翰的随从。英女王已经封约翰为侯爵，也就是地位显赫的贵族。现如今正经营着各种东方紧俏货，比如说丝绸、茶叶和瓷器等，听说还发了很大的洋财。"

华公子听到柳云的详细介绍，心里想到，这个洋人果然长进了，这不正是可以很好利用的关系吗？想到此，他十分感兴趣地对柳云说："既然如此，那倒要好生会会这个洋朋友，兴许还会有大用处。"

柳云说道："那好。明日早朝之后，待本相知会通政司安排相见。但是，公子必须以茶商的身份与之交往。"

华公子点头称是。

三天后，两个洋人在通政司的小书吏的带领下，找到了华公子下榻的驿馆，请求谒见华公子。

华公子将客人迎进了驿馆，分宾主坐定。洋人性急，不等华公子开言，就用半生不熟的中国话说道："华——先生，别来——无恙。听说先生新贡给皇上一种好茶，非常香的好茶，能不能给我这个多年的洋朋友见识见识？"

华公子心里想，这洋人真直接得很，一见面就不客气地讨要好茶喝。心里这样想着，嘴上却笑着说："好说，好说。老朋友到来，理应款待。"

说完，马上示意家人给两个洋人各沏上一杯茉莉花茶。然后装作若无其事地问道："日前在橘红楼开张仪式上，两位洋先生因何一晃就不见了，任在下一顿好找？两位岂不是要故意陷朋友于不义？"

约翰赶忙把已经捧送到嘴边的茶杯重新放回到茶几上，站起来先向华公子深深躬一下腰，然后诚恳地说："华先生，实在不好意思。我们这次到贵国来，是有紧急公务的。刚好听说老朋友茶楼开张大喜，特地顺道来道贺一下。因害怕耽误了女王的使命，只好不辞而别先到京师来了。"

华公子大方地说道："这么说，是错怪老朋友了。不知两位洋大人本次到京城，公干何事啊？办得怎样，需要不需要老朋友帮忙啊？"

约翰摇了摇头，然后皱着眉头说道："皇上是见到了。可是，女王交办的大事却没有得到贵国皇帝的批准。"

华公子不解地问道："听来听去，甚为不解，敢情你们的皇上是个女的，而且，这个女王还要和我们皇帝做生意？你们这个女王缺钱花吗？"

约翰直接干脆且带着尊敬的口吻说道："我们伟大的女王叫维多利亚，她不但把大英帝国治理得繁荣强大，而且还喜欢做生意，喜欢赚大钱，喜欢发洋财。还特别喜欢贵国的上好红茶，特别是公子的橘红。"

约翰一口气说完，迫不及待地端起茶几上的茶杯，对着华公子做了一个鬼脸，就牛饮式的将一大杯香茶放下到肚里。完了，还用长满金黄色茸毛的手背擦了擦嘴巴。

华公子面带微笑地看着两个洋人喝完了茶，示意家人给洋人添茶，又询问洋人："两位洋大人，有没有喝出茶香的味道来啊？"

约翰赶忙回答道："好好好！很好的茶，很香的好茶，从来没有喝过。华先生，这叫什么茶？"

华公子没有马上回答约翰的问题，只是一边举起茶杯示范着品茶的姿态，一边讲解说："茶在中国，须慢慢地品啜，才能体味出好茶的雅韵香妙来。两位洋大人照着在下的样子，试一下如何？"

两个洋人果然照着华公子的示范，用笨拙滑稽的动作认真地模仿起来，惹得华公子不禁哑然失笑。两个洋人好不容易把杯中的茶水品啜干净。约翰装出很有体会的样子，对华公子说道："谢谢公子的指教，茶果然更香起来啦！"

华公子说道："要真正学会品茶，两位洋大人还要继续努力。现在告诉你们，这就是在下新创制的茉莉花茶，出于东南著名的天姥山。"

约翰听了，嘴里喃喃地重复了一遍说："茉莉花茶，东南天姥山出产。"停顿了一下，用企求的眼神看着华公子，说道："尊敬的华先生，你我是好朋友。我有一个不情之请，华先生能不能卖给我几斤茉莉花茶？什么价格都行。"

华公子看了看约翰，没有马上回答他的要求。

约翰着急，进一步说道："你有橘红和茉莉花茶，都是好茶。我们可以合作发财，发大洋财。"

华公子故意吊约翰的胃口，说道："发大洋财？是你洋大人发大洋财还是在下发大洋财？你说说看，我们怎么合作才能发大洋财？"

这个问题可难不倒约翰。他简要地对华公子说："华先生，我们可以共同发大洋财的合作方式主要有两种，你可以任意选择其一。第一种方法，我入股参与你的茶叶生产与销售，根据双方拥有股份的比例，分红或承担每年的赢利与亏损。第二种方法比较简单，我们可以签一张购货协约，具体约定购买的品种、数量、供货日期、供货和付款日期与方式，以及违约的责任界定和赔偿方式等。"

华公子道："那么，约翰大人，以你的角度选择，你愿意在下选择哪一种呢？"

约翰毫不犹豫地说："站在我的利益上说，我当然希望你选择第一种。但是，从维护你华先生的利益来说，你应该选择第二种。"

华公子心里想，与洋人打交道就是痛快。但是，华公子还是要先侃侃这个洋人。他以让人捉摸不透的口吻说："要是两种都不选择呢？"

约翰一听，愣了一愣，然后心急地说："别，别跟发洋财过去。公子还是选择第二种方法，我可以给你较高的购买价格。"

华公子看到约翰真急了，开怀大笑。笑过之后，方认真地说道："约翰大人，不要性急嘛！在下就按你说的，我们试着以第二种方法进行合作，看看在下能不能发大洋财！"

约翰听到这里，方才如遇大赦似的，感激地说："谢谢老朋友！我约翰敢肯定地说，公子肯定能够发大洋财！"

华公子道："那好，在下这里先给你三斤茉莉花茶作为样品。明年春天，你可直接到三都澳青山岛，提取橘红和茉莉花茶各五十斤。价格与橘红茶一样，现货现款，你认为妥当吗？"

约翰又高兴又调皮地说："妥当，妥当。明年春天，我一定准时到达三都澳青山岛，不见不散！"

说完，约翰和黑洋人起立。家人早已把包装好的三斤茉莉花茶递上，华公子接过，亲手郑重地交给约翰说："好好拿着，祝你们一路顺风！"

约翰接过茶叶，说了声："谢谢华先生，明年见！"就带上黑洋人走了。

第四十章

约翰赴约公子殷勤 洋商三邀欧洲游历

话说自华公子京师贡茶回来，转眼之间又到了秋末冬初的季节。最后一季秋茶收成后，做茶人就算年度收尾了。

橘红和茉莉花茶都成了皇家贡品，这就等于说，这两品东南好茶有了畅行无阻的金字牌照。对于贡茶的选择，历代皇家都是极为严格的。只有精绝奇特者，再加上天赐的好机缘，才有可能荣幸入选。

华公子是个福泽深厚的茶人，其以非凡的功力和罕见的奇遇，创制出了橘红和茉莉花茶，并且有幸双双被列为朝廷贡茶，这是华夏千古茶人最难以际遇的奇缘。自从橘红和茉莉花茶都成为贡品以后，其声名迅速从京师向外播扬乃至于海内外。远近闻其高妙者，无不想方设法求得一饮。因此，求茶买茶之客商络绎不绝于青山岛，以至橘红茶楼的生意格外红火。

生意顺畅好做，全家皆欢欣无比，而华公子却趁此机会忙里偷闲。他干脆把茶楼生意放心地交给管家经营。家里家外的一应大小事务，自有贤惠能干的夫人处理。山中的茶园，则可以放心地由二夫人和陈老爷子经管着。所谓家和万事兴，全家人同心一德，华公子自然就能够放心于山水了。

整个冬日，华公子总是穿着长袍马褂，摇着折扇，带着一个小书童，频繁来往于山寺书家。不是读书作画、游戏山水，就是邀约几位知交密友品茶聊天，偶尔还会会远道而来的朋友。其实，表面上悠闲自得的华公子，却是在暗中认真履行着朝廷给予的秘密旨令，进行着极为缜密的安排与布置。

经过秋冬的养精蓄锐，华公子感到了极度的兴奋。一方面朝廷交给的秘密使命完成得得心应手，另一方面所痴迷的茶业又兴旺发达。这时，华公子才真正感到了人生顺境的佳妙。于是，他铆足了劲，决定多生产一些优质的橘红和茉莉花茶，以满足日益增长的各方需求。

华公子是个极重情感和知恩孝顺的人，从京师贡茶回南的途中，专程转到云崖寺拜访了如水师父。除了将制成茉莉花茶并一步成为贡茶的喜事向师父禀报以外，还和师父研究改进了橘红的加工工艺。

恰巧，年初遇上了难得的暖春，雨水充沛，茶芽长得特别肥壮，眼看着又是一个丰收的好年头。果然，一个春天下来，单优质春茶就比去年整整增收了五成。扣去应交的朝廷贡茶和给予亲友的馈赠以外，尚有数量可观的余额进行售卖。

春末夏初的一天中午，忽有伙计来报，说有两个西洋人求见公子。华公子闻报侧耳，只听街上人声鼎沸，好像在观赏着什么新奇的物事。华公子走到窗前，放眼街面，但见一大群男女老幼围着一白一黑的洋人在喧哗指点。只见白洋人清瘦，黑洋人肥胖。人们对于这从未见过的怪人，因好奇而当作异类戏谑。见此情况，华公子赶紧吩咐伙计说："快去请洋先生来见！带两个家人好生保护洋先生的安全。"

伙计领命，不一会儿，便领着一瘦一胖的洋人来到橘红楼。华公子见状，赶紧整衣快步迎出门来，热情地说："约翰先生，你们果然如约到来。欢迎，欢迎！"

说毕，极为热情地将两位洋客人让到楼上客厅。本来，华公子十分担心刚才街上的遭遇会伤了两位洋人的自尊心，但他很快就发现，自己的担心多余了。观之约翰和他的同伴，如同什么事也没有发生的一样，甫一落座，就谈笑风生，毫无尴尬之意。见此，华公子心里不由想到，素闻洋人开放大方，今日见之果然不谬。

十四世纪以来，西洋各国大盛重商主义。长期在生意场上磨砺的西洋商人，在生意之道上比之华夏国人，显然成熟且狡猾得多。

正因如此，自从认识了华公子，并领略了橘红茶和茉莉花茶的高妙品质后，约翰就敏锐地预见到了这两种茶叶在西洋将有无限的商业价值。约翰相信，如果将这两种茶叶运销欧洲各地乃至北美，一定能够给自己带来巨大的商业利润。因而，当他了解到华公子极重信用和文儒秉性的特点后，心中就盘算着必须用友谊、信用和利益来与之交往，希望能够巩固甚至垄断橘红茶和茉莉花茶的珍贵货源。

为了达到上述目的，约翰大讲特讲了一通去年京师别后如何思念公子的客套话，然后，极为详尽地描述了一番橘红茶和茉莉花茶在欧洲各国是如何受到欢迎，特别是受到各国上层皇家贵族高度赞誉的盛况。

华公子静静地听着约翰激情的描述，书童不断地为两位洋人添加着茶水。看到约翰讲累了，华公子才轻轻地询问："两位洋先生，今年的橘红茶如何？"

只见两位洋先生先是一愣，还是约翰先明白过来。他耸了耸双肩，无可奈何地说："哦，不好意思！刚才只顾讲话，没有喝出品味来，大概和去年的一样好吧！"

说完，赶紧端起茶杯，装着斯文的样子，慢饮细啜起来，一副滑稽的样子。被洋人逗乐的华公子赶紧吩咐书童说："重泡一壶好茶，好让洋先生品出味道来！"

书童遵命。不一会儿，一壶香气浓郁的橘红茶水又端了出来，书童分别为两位洋人的茶杯斟上茶水。华公子微笑着引导道："两位先生可先闻一闻茶的香气，再观赏茶水的颜色。然后，辨别香气的浓烈高低以及归属于哪一种香型，加上参考茶水的颜色，就可以大致分别出此茶的类别和品质了。最后，才举杯慢慢品啜茶水，这样就可以得到茶叶的优劣结果了。"

两位洋先生表现出虚心受教的样子，果然按照华公子讲的程序，进行了一番模仿。其笨拙的表演，逗得个书童不顾礼节地笑得前俯后仰。只听约翰说道："好好好，果然与去年的橘红不一样，好像还带点兰花的香型。"

华公子点头认可。大家寒暄热闹了一番后，公子令书童去吩咐厨房开膳。片刻，一桌丰盛的山珍海味菜肴就摆了上来，华公子邀两位洋人入座。

两位洋人早已肚饿，面对山珍海味，放开食量饱餐。饭后，华公子带着两位洋先生游览了青山岛的风景名胜，领略了华夏东南的风土民俗。

晚上，华公子和两位洋先生一边品饮着好茶，一边交换着各自的历史逸事和地理见闻。特别让华公子感兴趣的是西洋各国的商业现状与前景。听了约翰的详细介绍，华公子总觉得西洋各国工商为本的风俗与我国农本商末的传统大相径庭。至于两者之间孰优孰劣，心里总觉得理不出头绪。

聪明的两位洋人，见到华公子对欧洲风情和政治经济现状如此感兴趣，大为高兴。忽然，约翰灵机一动，试探着对华公子说："华先生，您是一个很有学问的老板。您能对欧洲如此感兴趣，我们感到无比荣幸。假如您能够亲自到欧洲各国考察，将得到欧洲各国的隆重欢迎！"

华公子半玩笑半认真地说："如果去你们那里，先生将用何规格接待在下呢？"

约翰赶紧说："我可以给您以国宾级的接待。就是说，您可以由我约翰全程陪同，游历欧洲各国，所有费用都由我约翰来开销。而且，还将利用我在欧洲各国的影响力，尽量做到让其君主接见您，欢迎您！"

约翰说完，用热切的眼神紧盯着华公子，似乎在等待着华公子的肯定答复。

华公子发现自己的一个玩笑，竟然被这个洋大人如此当真，心里很是过意不去，于是，就以安慰的口吻对约翰说："约翰先生，感谢你的好意。是否去西洋的事情，容在下与夫人商议后再行定夺好吗？"

西洋人是最尊重妇女的。于是，约翰极有礼貌地对华公子说："那好吧！我等着贵夫人和您的决定。"

第二天，华公子很快如约付给了约翰橘红茶和茉莉花茶各五十斤的数量，另外，还额外送给两个洋人每人两斤橘红茶和茉莉花茶作为礼物。

高兴异常的约翰，按约定的价格全额付清了货款，另外，还坚持在原先约定茶价的基础上，每斤加价三成作为包装费用。约翰所付的货款是洋行的银票，这种银票须到厦门或者广州，才能兑换成现银。对于华公子来说，这种付款方式还是首次遇到。在当时，它也算是一件新生事物了。

接下来几日，华公子命伙计们按照两位洋商的要求和指导，对茶叶进行了包装。包装外壳的材料都是约翰从欧洲带来的。为了符合欧洲的包装标准，约翰亲自动手，细心且不厌其烦地为伙计们示范着包装方法。

经过长达旬日的忙乎，终于按照约翰的要求包装完毕。所有经过包装的茶叶，既有罐装的，也有盒装的，一下子变得琳琅满目，鲜亮美观，简直让华公子大开了眼界，长了见识。华公子不懂得洋文，经约翰解释，才知道只有经过包装的茶叶，才能算得上是货真价实的商品，也只有经过包装的商品，才能进入欧洲各国的市场流通。

包装过的茶叶，除了确实让人赏心悦目以外，还能让顾客一目了然就能了解到茶叶的名称、产地、数量、品质和价格，这样，既方便了消费者买到自己需要的商品，知道商品价格的多寡，而且也更能激发顾客的购买欲望。

华公子心里想到：西洋人真比国人更会做买卖，见识也更多更广。在与约翰接触交往的过程中，发现其求利之切更是多过国人许多。为了利益，洋人会对你殷勤、礼貌、大方，甚至不惜血本。因此，华公子在深深佩服于西洋商人的精明和无孔不入以外，心里也油然涌起了一丝别人不易察觉的不安。

华公子是一个喜欢探究的年轻商人，有了上述想法后，他便做出了一个大胆的决定：接受约翰的邀请，到西洋一游，亲自去见识见识西洋各国的民风商情。

在青山岛逗留了近两个旬日的约翰，诸事均已办妥。此行成果丰硕，还意外地得到了华公子决定与其同游欧洲的允诺，这使得约翰欣喜若狂。他命人将茶货等妥当装船，确认准确无误后，请华公子选日子起航西行。

华公子没有推辞。他按中国的传统习俗，请人选择了最适合远行的上好日子。出行之日，华公子依依辞别了全家，带上一个书童与约翰一起西航欧洲。

自在青山岛下海以后，约翰的海船先到厦门停靠上岸，办妥了出关的相关手续，又买下了一批闽南优质的铁观音茶装船。因为包装，又于厦门耽误了几日。

史上记载，厦门是英国东印度公司创办以来，最早在华设立代办茶叶商馆的城市，也是中国茶叶输往欧洲的起始城市。当时，从厦门直接运销欧洲的茶叶，最大宗的是红茶与绿茶，其主要产地为福建的建阳地区和闽东福宁府。

后来，英国东印度公司逐步垄断了欧洲、北美乃至全世界的茶叶贸易，其茶叶的货源主要来自中国、日本和南亚各地。但就茶叶的品质来说，则首推中国的茶叶最好。在中国输往欧洲的茶叶中，又以福建茶叶为最佳。

因为以英国为代表的西洋人，自流行饮茶之风以后，最嗜好红茶，他们习惯于用红茶泡饮牛奶。因此，福建有名的"闽红"红茶中，福鼎"白琳功夫"、福安"坦洋功夫"和武夷山"政和功夫"三大功夫红茶名品，都曾经长期畅行于欧洲，得到欧洲各国茶人的青睐。

英国东印度公司垄断能够获取巨额利润的全球茶叶贸易，逐渐引起了英国乃至欧洲各国的私有茶商的不满，甚至是深恶痛绝。于是，在英国国内，以约翰祖父创办的约翰茶叶公司为首的茶商，对东印度公司所拥有的茶叶贸易垄断权的合法性，向英国政府和国会提出了质疑。英国政府和国会经过激烈的辩论，最后取消了东印度公司的茶贸垄断权。从此以后，全球的茶叶贸易才进入了相对自由的时代。经过祖辈的艰苦创业，约翰的茶叶公司也成为英国乃至欧洲最有影响的东西方茶贸公司。

约翰在厦门共逗留了五天，办妥了各种事务，装好了所有货物，满载的海船才起锚回航欧洲。

时值强劲的西风季节，约翰的海船沿途经中国南海、穿马六甲海峡，进入印度洋，绕过好望角，沿着非洲西岸北上，极为顺风地回到了英国。

远道归来的海船在英国南方的朴次茅斯港靠岸，约翰和华公子一行受到了热烈欢迎。在欢迎人群中，除了有从伦敦赶来的约翰家族成员以外，还有女王的私人代表和英国政府的商务官员。

约翰把处理所有茶货的事情交给了相关人员，然后，兴高采烈地和华公子一起坐着豪华马车，一路显耀地北上伦敦回家。

第四十一章

英伦观风公子开眼　华夏橘红欧人心仪

话说约翰和华公子在朴次茅斯港稍事停留，就风光地回到了伦敦的家里。约翰家族以上宾的礼仪，欢迎了从遥远的东方来的贵客。

约翰家族在英国是极有名望的贵族，其富有与奢华，在伦敦的政商两界以及上流社会中赫赫有名，而且在伦敦还有多处地产和商铺，可谓家大业大，富可敌国。

约翰及其家人在伦敦长住的宅院有两处。一处位于伦敦泰晤士河边的繁华地段，是约翰全家冬春常住的地方，也是为了方便约翰上公司办公而选的住宅。另一处住所位于泰晤士河上游的城郊，这是约翰家族祖辈建造的城堡，是一处风景旖旎、历史悠久的夏秋避暑胜地。

约翰和华公子到达伦敦的第二天，就在伦敦泰晤士河边的家里举行家宴欢迎华公子，被邀请来陪宴的都是在伦敦最有头面的人物。其中有女王的特别代表，有贵族中的至交，有商界中的同仁。最为显眼靓丽的是擅长于社交的美丽小姐，这些打扮得花枝招展的社交明星莅临，给整个宴会增添了不少的光彩和乐趣。

宴席很丰盛，约翰命人从地窖里取出了路易葡萄酒。传说这是路易十四时代用橡木桶盛装密封，深藏于地窖之中保留下来的珍贵美酒。通常，这种极为珍贵的葡萄酒甚至连宫廷都极为罕见。约翰以贵重的陈年路易葡萄酒宴请华公子，足见这个极有远见的英国茶商对华公子的重视。

英国人的上流社会向来盛行着开放和热情。当晚，约翰家族宽敞的宴会大厅里到处充满着欢声笑语，猩红的葡萄美酒衬托着流光溢彩的盛装贵妇少女，优美的音乐伴奏着她们那娴熟曼妙的舞姿，把整个宴会推向了一个又一个高潮。女士和小姐们那青春的热情与大方，使得一向稳重的华公子感到了震撼和惊讶。这是华公子有生以来从未见过的阵势。对于一个里外都浸染着儒家传统思想的东方儒者来说，简直是大开眼界了。好几次，有几位极具异国风情的贵族小姐邀请华公子跳舞，华公子竟然窘得手足无措，不知如何应对。还好，约翰始终都陪伴在旁边为之挡驾解围。

当晚的宴会，自始至终都是围绕着华公子进行。这是由约翰特地安排的，他要的就是让华公子感到惊奇和热烈。

宴会一开始，约翰就以英语向参加宴会的男女宾客介绍了华公子及其让西洋人痴迷的橘红茶和茉莉花茶。介绍完毕后，华公子立时就成了所有男女宾客争相猎奇的对象，他们纷纷上前向华公子敬酒，与之寒暄。约翰陪伴在华公子的旁边，为之充当了翻译。

初次领略异国风情的华公子，虽然应对得腼腆和笨拙，偶尔还显得无所适从，但华公子那高挑俊美的身材和儒雅大方的气质与风度，还是获得了所有男女宾客的赞赏和好感，甚至还深深打动了几位美貌小姐的芳心，她们频频与华公子亲近，企图引起公子的注意和好感。

其中有一位叫怡和的小姐，特别引起了华公子的注意。她会说汉语，甚至还带着些东方少女特有的矜持。虽然这位洋小姐汉语说得并不是太好，但对于华公子来说，已经感到十分惊奇和亲切了。洋小姐的父亲也是个贵族，与英王室有着很近的血缘关系。其与约翰家族一样，开办着一家名叫怡和的茶贸公司，公司的规模和影响几可与约翰比肩。

怡和茶贸公司同样也是经过几代人的艰苦经营，才发展壮大起来的。早年，怡和小姐的父亲因采购茶货而经常来往于东方的印度、马六甲、吕宋等地，并且也多次到过中国南方的广州。其只育有独生女儿怡和小姐，平日视之若掌上明珠，每逢远行东方，必定带同前往。

随着年龄的增长，怡和小姐不但出脱得容貌姣好迷人，而且天生就痴迷于东方文化，尤其喜欢中国服饰和饮食，喜欢中国人有别于西洋人的内敛与含蓄，还特别痴迷于中国人的饮茶和茶文化。除此之外，最让其父亲高兴和放心的是小姐还磨炼得精于商道。怡和小姐从小与父亲在一道，东西方闯荡，耳濡目染，加上女人特有的敏感与细心，遂养成了作为一个商人所必备的所有敏锐与精明。

宴会中，约翰对华公子进行了一番极尽褒扬的介绍，引来了宾客们阵阵的掌声。只有怡和小姐端坐在沙发上，一边悠闲地饮用着葡萄酒，一边冷眼观察着华公子。然而，她很快就被华公子那东方人的儒雅风度所倾倒了。她全神贯注地观察着华公子的一言一行，渐渐地觉得自己的芳心也开始为华公子所左右了。

宴会一直进行到午夜以后，疯狂的人们方才尽兴而散。华公子陪同约翰送走了一批又一批的客人。怡和小姐一直等到最后才上前告辞。临别之时，以极为柔和的口吻，用中文邀请华公子说："华先生，期待着您的大驾莅临寒舍赏光！"

华公子惊讶得张开嘴巴，还没有来得及回答，怡和小姐就转过头与约翰告辞，匆匆坐上马车离去了。约翰直直注视着远去的马车，许久方才回过神来。约翰对着华公子两手一摊，做了个鬼脸。聪明的华公子感觉出来，这个约翰很钟情于怡和小姐。想到这里，华公子无心地问了一句："你喜欢这位漂亮的小姐吗？"

约翰心情复杂地想了一下。然后，酸溜溜地用英语说："A thorny rose（一朵带刺的玫瑰）！"约翰说完英语，又用中文翻译了一遍，华公子这才听懂刚才约翰说的意思。

为了能够尽量让华公子领略到伦敦的市井风情，约翰经常带着华公子出入于繁华的街市，参加各种各样的展销会、展览会、时装表演会和化装舞会；还带着华公子参观了伦敦著名的博物馆和风景名胜。最让华公子印象深刻的是伦敦各种不同风味的小吃。

有一天，两人来到了位于伦敦西区一间有着悠久历史和良好口碑的希腊餐厅，刷白的墙壁和澄蓝色的雨棚外观，给人以经典的希腊印象。最吸引客人乐意入内用餐的，不仅仅只是餐厅的外观，更重要的是其悠久的历史和经典的厨艺。

这里的菜色，包括希腊及地中海风味的餐点和来自各地的名酒。每当客人入座后，餐厅会提供腌橄榄、小萝卜和辣椒作为开胃的前菜，并且会先让客人选择饮料。如果是两个人用餐，由于主餐分量不小，所以餐客可以在汤和前菜间任选其一。

约翰和华公子要了一种最能代表意大利风味，被称为 Minestrone 的蔬菜汤，搭配刚烤好的 Pita 面包。一般地说，到此用餐的顾客，都是冲着品尝希腊风味而来的。除了汤菜以外，如果客人喜欢肉食，可以点一款炸得金黄脆嫩的面包粉包裹着的鸡胸肉，配食希腊米饭。华公子平素喜食鸡肉，以故点了一份，果然吃得相当可口，津津有味。

在这家餐馆用餐，能够得到相当周到的服务。餐馆伙计会随时注意到客人用餐的需要，并且十分周到地为客人服务，力求让每一位客人都感到满意。例如，有客人不满意送上来的食物，甚或是客人自己点错了食物，伙计都会根据客人的需要和要求，通过餐厅马上重做，直到客人完全满意为止。餐厅在晚间九点半后会有传统的风味小吃，顾客可以一边吃宵夜，一边欣赏着传统的英伦演唱或舞蹈节目来娱乐或者佐餐。餐厅一直营业到凌晨三点，是夜生活的绝佳去处。在夏季的时候，甚至还可以选择到阳台上用餐，享受舒服的自然风，观看美丽的伦敦夜景。

华公子和约翰因茶结缘，约翰当然不会忘记带华公子去领略伦敦茶馆的风貌。自到伦敦后，约翰带着华公子轮流出入于遍布伦敦街井的大小茶馆茶楼，以让公子尽量多地接触和了解伦敦的饮茶习俗。

在饮茶尚未风行英伦以前，英国人盛行喝咖啡。自从英国女王时代起，由于西洋人发现了茶叶和饮茶的诸多好处，特别是饮茶对于身体健康和养颜益寿方面的奇妙功效，再加上英国和荷兰东印度公司茶叶广告的大肆宣扬，在英国王室的赞美和带头下，各王公贵族以及整个上流社会推波助澜，因此，在英国逐步形成了以饮茶为高贵，饮用咖啡为常俗的新习惯。随着这种新风尚的逐步推广，西洋社会饮茶习惯得到了快速的普及。在伦敦的各闹市区，逐渐出现了专供人们饮茶、休闲和交际的茶馆茶楼。

让华公子印象最深刻的是到伦敦一家极为豪华的茶楼喝茶。这是一家几乎被英国显贵垄断的茶楼，早年是由咖啡馆改造而来的。这家茶楼是与约翰长期合作的商业伙伴，茶楼所用的茶叶全部是约翰供给的。因此，当两人一进茶楼，茶楼老板就马上热情地迎了上来，约翰郑重地将华公子介绍给了茶楼老板。受宠若惊的茶楼老板，赶忙将两人迎进了一间款待贵宾的包厢，并亲自出手煮茶款待远方来的贵客。

此前，茶楼老板就从约翰的讲述中，知道了一些有关华公子创制橘红茶的事迹，如今，完全没有想到的是华公子竟然从万里之遥的东方来到了英伦，并莅临茶楼做客。在茶楼老板看来，这是一件极为荣光的盛事。

精明的茶楼老板，除了尽可能多地向华公子请教其所最关心的事以外，还征得华公子的同意，叫来了茶楼的所有领班，请求华公子当场讲解和示范东方煮茶和点茶的一般技术要领，特别是专门讲解了橘红茶的特点和泡饮功夫。在这个过程中，约翰在旁边充当了语言翻译。

感激之余的茶楼老板，与约翰嘀咕了一会儿，随即亲热地握着华公子的手，极为诚恳地对着华公子说了一句什么。约翰赶紧翻译说："为了欢迎远方来的贵客，为了感谢华先生今天的技术指导，茶楼决定为华先生举办一场以橘红茶为主题的盛大舞会。"

对于茶楼老板的盛情，华公子没有拒绝。因为，公子觉得这是宣扬橘红茶的绝好机会。

一段时间以来，华公子初步领略到了伦敦人渗透到各行各业的热情和开放。这种与华夏截然迥异的异国风情，虽然使华公子很不习惯，但处久了，也慢慢地从中感受到了生活和事业的激情。尤其使华公子体会深刻的是伦敦浓烈的商业气氛。这种重商的社会氛围，相比于华夏重农的社会传统，使华公子隐隐地感觉到更具有不可小觑的文明富强前景。

这天早上，华公子和约翰如期收到了茶楼老板的请柬。晚六时，两人盛装如约来到了茶楼，茶楼老板热情地迎接了他们。在他的引导下，两人来到了宽大的舞厅。

华公子在前，约翰随后。今天的华公子，拒绝了约翰为其准备的西装领带革履，穿上了一身中国儒者的衣装，戴着一顶镶花边的瓜皮小帽，着一身丝缎长袍，手中摇着一把名贵的纸扇，一副闲情雅逸的样子。

两人一进入舞厅，就受到已经在场的所有人长时间的鼓掌欢迎。华公子虽从来没有经历过如此盛大的欢迎场面，但其高雅的学养，使得其不但从容承受了他们的盛情，而且还不紧不慢地走到舞厅的中央，分别向四周热情的人们抱拳致意。这恰到好处的回礼，把东方上国儒士彬彬有礼的贵雅风度表现得淋漓尽致。顿时，全场又爆发出比前更加经久不息的掌声。

华公子深信洋人是发自真情为自己鼓掌的，他心里觉得很美很受用。未进舞厅之前，华公子就不断告诫自己，绝不能在这西夷国度里怯阵而丢失祖宗的脸面。

如今，从洋人的热烈鼓掌中，说明了自己的举止有度，已经给了洋人们良好的东方印象。所以，华公子才为自己的表现感到高兴。正当大家都忙于见面寒暄的时候，忽然，听到侍应生高声报道："约克公爵驾到！"

按照茶楼老板事先的精心安排，为了能够给予每一位贵宾以热烈的欢迎，主人特地将出席舞会的有头脸贵客错开临场。华公子是舞会邀请的主宾，特地将其安排在倒数第二到场，为的是能够使华公子一到舞会现场就能感受到主人的盛情和众多伦敦人的好客。而将约克公爵安排在最后到场，则是为了显示舞会的高规格和不同寻常。

在茶楼老板的陪同下，约克公爵大方地一边与欢迎人群挥手致意，一边径直走到华公子的面前。华公子礼貌地站立起来，约克公爵则快步跨前，热情地和华公子握手拥抱，嘴里还连连说着问候语。约翰迅速地把约克公爵的问候语翻译成了中文。

感受到约克公爵的真诚和热情，华公子赶忙对公爵说："公爵大人，谢谢您的欢迎！"

约克公爵则爽朗地面对众人，大声说道："贵客从遥远的东方来，我约克公爵不亲临欢迎，那是非常失礼。诸位女士、小姐、先生们，你们说是不是啊？"

在场男女宾客一边齐声高呼："Yes，Yes！"一边又长时间热烈地鼓掌。接着，在茶楼老板的导引下，约克公爵、华公子和所有宾客才按照事先安排好的座位坐下，等待舞会的开始。

舞会开始前，首先由约翰简短介绍了此前到东方中国寻找橘红名茶，有幸结识创制橘红的华公子，并成功地力邀华公子访问英伦的经过。接着，约翰将华公子引领到讲台上，先用英语正式向宾客作了介绍，又引来了经久不息的热烈掌声。华公子面对所有宾客，优雅地向不同方向再次分别抱拳致意，然后，得体地说了一段感谢的客气话，约翰在旁边作了同声翻译。完了，两人才回到座位上坐下。

紧接着，约克公爵从座位上站起来，举起猩红色的葡萄酒，提议共同为东方贵客华公子及其珍贵的橘红名茶干杯。所有在场的宾客都站立起来，觥筹交错之声顿时响彻宽大的舞宴大厅。

欢迎仪式完后，大厅首先响起了轻柔曼妙的圆舞曲，盛大的舞会正式开始。人们纷纷步入舞池，伴随着舞曲的节拍，翩翩起舞。

其间，有好几位妙龄女郎，主动邀请华公子一起跳舞，都被华公子拒绝了，害得这几位伦敦女郎十分没趣。约翰赶紧上前，用英语做了解释，几位女郎方才释怀走开。

身处如此氛围下的华公子，尽管曼妙的音乐不断撞击着他那青春的原始天性，但是，每逢这时，华公子的耳际似乎都会响起"非礼勿视"等古训。有着严格儒学修养的华公子，不得不闭上了眼睛。

忽然，一声带有异国柔情的关心问语，如春风般飘进了华公子的耳际："华先生，您睡着了吗？"

华公子浑身颤动了一下，他猛然睁开眼，惊讶地看到怡和小姐正关切地看着自己。为了掩饰一时的窘态，华公子蓦地站立起来，不自然地说道："实在不知小姐驾临，失礼之至。您请坐！"

怡和小姐大方地在座位上坐定，华公子一边为之斟茶，一边关切地问道："怡和小姐为何不去跳舞呢？"

怡和小姐俏皮地反问："华先生为何不跳呢？"

华公子赶忙答道："在下不解此道！"

怡和小姐开朗地说道："哦，这好办！如果公子愿意的话，本小姐可以教您跳舞。您很快就可以学会的。"

华公子没有回答怡和小姐的提议，他不敢直面眼前这位让人目眩的西洋美女，假装忙乎着斟茶。相反，怡和小姐则用炽热的眼神，大胆直视着华公子，调侃地说："先生坐此闭目，难道就不为这美妙的音乐和热烈的气氛而心动吗？"

没等忐忑不安的华公子回答，怡和小姐就站立起来走到华公子面前，伸出酥软的双手，不容推辞地拉起华公子说："走，东方来的骑士，本小姐教您跳舞！"

以往自持甚坚的华公子，此时脑海一片茫然，身不由己，竟然无比听话地被怡和小姐牵着手步入了舞池。华公子笨拙而机械地跟着怡和小姐胡乱地走着，时不时地还踩得怡和小姐直皱眉头。

一支曲子下来，已经把怡和小姐累得香汗淋漓，粉脸通红，娇喘吁吁。坐在椅子上的怡和小姐，轻轻地揉着多次被华公子踩疼的小脚，华公子心里觉得非常过意不去。

为了略表自己的歉意，华公子斟了一杯香槟酒，亲自送到了怡和小姐的手里。怡和小姐惊讶地看了看华公子，赶忙停下揉脚的小手，接过香槟，一气饮尽，然后用她那柔情蜜意的眼神对着华公子，用中文说了一声："谢谢您，华先生！"

214

第四十二章

伦敦风情公子乱性　异国红颜怡和倾心

话说华公子自到伦敦后，尽情饱览了伦敦的旖旎风光，也对伦敦的风土民情有了初步的了解，尤其是对伦敦浓厚的重商主义氛围，体会尤深。

华公子得出了初步的印象，即英伦的开放、热烈、实际和唯利是图远烈过我东方华夏，相比之下，我国传统社会风貌则显得保守、稳重、睿智和求根固本。

按伦敦人之价值观而言，人的贵贱是以财富之多寡来论的。生活得好坏，地位之高低，能否进入上流社会等等，都是以财富作为基础的。人必须有足够的财富，而扣除那些有幸可以继承祖辈财产的少部分人以外，绝大部分人都必须靠自己的奋斗去积累财富。要在尽量短的时间内积累到足够多的财富，通常来说，就必须到最富有财富的地方去冒险，去不择手段地攫取财富。

在西洋重商主义的时代，对于那些敢于去冒险的人来说，他们的上帝往往是最宽宏大量的。他们可以去干所有想干的事，只要自己认为合理就行。进一步说，只要对发家致富有益就合理。诸如杀人抢劫、盗买盗卖、卖毒贩人，以至于其他伤天害理的事，只要他们敢做都行。为了发家致富，绝对不像东方人那么讲究人生道德，做任何事情，不管大事小事，都要受到不可逾越的"忠孝仁义礼智信"的传统伦常约束。

千古以来，华夏国人每做任何事情，首先要考虑是否循规蹈矩，是否符合社会伦理道德。例如，同样的从商谋利，东方的老祖宗就不像西方的上帝那么宽宏大量，而是对之进行了严格的规范，诸如"为商之道，在于取信""君子爱财，取之有道"等等，不胜枚举。

华公子置身于西方繁华都会的伦敦，开始对其迥异于东方文化的氛围有了亲身的初步体验。通过一段时日的目睹与耳闻，真实地感受到了诸如"在商言利，利益至上""只有永恒的利益，没有永恒的朋友""以强凌弱，强者即理"等等伦理价值观的流行。似乎在现实的世界中，无论是国与国之间还是人与人之间甚至父子夫妻之间都充斥着利益至上的价值观，似乎所有的人性伦理和善恶美丑也都只能从属于欲壑难填的利益。

虽然，华公子对此感到格格不入，也不屑于与之同流合污，但是，眼前的现实却是极为残酷的。因为，伦敦的社会繁华和社会安定之好，绝对不亚于华夏大地的任何一座城市。至于一般百姓，不管是社会教养，还是风俗民情和富裕程度，与东方家国相比，在华公子看来，不但毫不逊色，甚至还更胜一筹。

在伦敦所有民俗风情中，最让华公子感到震惊的是对女人的尊重，似乎是女人在主宰着伦敦的一切。这里，除了至高无上的国王是女性以外，其他诸如上流社会、公共场所乃至社会的各个家庭，到处都能见到打扮得花枝招展的女人在唱主角。毫无疑问，伦敦是女人们的天堂，女人是繁华伦敦的调色剂。也许，正是伦敦女人们的活跃和开放，才造就了伦敦社会的多彩多姿和生机活力。

相比较于伦敦男人们给予女人们最大的尊重和顺从，在东方恰恰与之截然相反。东方的女人们，自古以来就要受到儒家伦理的桎梏，受到"男尊女卑""三从四德"和"女子无才便是德"等等传统观念的束缚。东方女人不管如何有能力，似乎一生下来就注定了一辈子只能充当相夫教子的角色。翻阅历代典籍，也只能在诸如《列女传》《孝经》等不多的传记，以及各地树立的贞节牌坊题记中，才能找到女人们的历史记载。而且，在这些有幸被捧上儒家圣典的女性中，大多是必须合乎"三从四德"的典范的。只有极为个别的女性，才有机会在社会舞台上轰轰烈烈过。即便是这凤毛麟角的女性个例，也常常要被舞文弄墨的历代文人们渲染成是"巾帼不让须眉"，似乎是在告诉人们，再有作为的女性，也仅仅是不让须眉而已。

在伦敦的各种社交场合，或者各种公共场所，不管是姑娘，还是夫人，都可以公开抛头露面，呼朋引友，和男人们有说有笑，绝没有必要避讳所谓的瓜田之嫌。她们可以随意参加各种音乐会、舞会、酒会和时装表演会等等。甚至于在众目睽睽之下，男女可以成双人对，相拥相亲，翩翩起舞。映入眼帘的所有这些，都使华公子既感到新鲜，又感到不堪入目，无法接受。

华公子自然是经过严格的儒学传统熏陶出来而置身于商海的儒商，既有儒家文人的气质和教养，也有商人的灵动与果敢。或许，在其潜意识中，还有着某种连自己也没有觉察的叛逆。

自从来到伦敦，每天出入于从未经历过的社会，耳濡目染，感同身受，其实也不是无缘无故地就有了如此之多的感慨。自打结识了怡和小姐以后，怡和小姐那浑身的青春热情和主动大胆，像汹涌的海浪一样，一波更比一波强烈地冲击着华公子根深蒂固的东方伦理观念。

一段时日以来，怡和小姐几乎三天两头地邀约华公子参加上流社会的各种活动和郊游。华公子经不住怡和小姐火一样的热情和约翰的撺掇，入乡随俗地和其或是成双人对地频繁出现在繁华商场，或是一起徜徉于公园水榭，或是欢歌曼舞于各种舞会。

最值得一提的是经过怡和小姐的热心指导，原本就具备高挑清瘦身姿和高贵修养的华公子，很快就成为伦敦有名的跳舞明星，与怡和小姐简直就是天造地设般的一对绝佳舞伴。在各种晚会中，只要有怡和小姐和华公子到场，都会引起伦敦上流社会一阵不小的轰动。观赏两人优美的舞姿、高超的舞技，都会让人眼花缭乱，阵阵喝彩。当然，在无数羡慕的眼光中也夹杂着不少的妒忌眼神。

怡和小姐本来就是伦敦上流社会公子贵胄苦苦争逐的对象。其除了出身高贵，是怡和家族庞大资产的唯一合法继承人以外，更以其外在的娇美、热情宽容的性格和聪明睿智的才智而赢得了人们的景仰。因此，有众多上流社会的公子贵胄甚至是老少王公贵族都为之倾倒。

当伦敦上流社会的贵胄们得知华公子是来自于《马可·波罗游记》中所描述的犹如天堂般富丽的遥远中国时，最初是以猎奇的心理争相接受和结识华公子的。后来，他们才逐渐发现这位来自东方的年轻人，虽然初始表现有些腼腆，与天性普遍豪放的西方人颇有着明显的差异，但是，只要进一步交往，就会慢慢感知到这个东方客人优秀的内外特质，简直是一本读不完的东方文化百科全书。华公子身上真实表现出来的东方睿智和雍容大度，很快就赢得了这些西方权贵富贾的好感，也引来了不少的无名妒忌。

那些生性喜欢猎奇和争风吃醋，天生就有着强烈征服欲的贵妇小姐，很快就被华公子那罕见的温婉和修长清逸的风度所折服。她们争相以开放得几乎让人窒息的方式，挑逗着华公子。虽然，这些艳遇是华公子所防不胜防的，但是，良好的修养定性和约翰事先的指点，使得华公子没有掉进这些贵妇小姐预先设置的五花八门的温柔陷阱。

在应对这些贵妇小姐频频的挑逗和引诱的过程中，华公子之所以能够屡屡有惊无险，甚至化险为夷，这其中，虽然有约翰的功劳，但主要是仰仗了怡和小姐的呵护和解围。

不知不觉之中，华公子对于怡和小姐，已然将其视为红颜知己，甚至有时还将之视为在异国他乡的依靠和保护。每逢遇到那些胆大妄为的情场老手而岌岌可危的时候，怡和小姐总能如及时雨般出现在华公子的面前，经常只以优雅大方的一个邀舞，或者一杯饮料就能将华公子从危难中解救出来。这些拿捏准确的解危方法，简直就像一位中国太极高手一样高明，让华公子叹为观止。

时日久了，华公子连自己都不敢相信，竟然会发展到一日没有见到怡和小姐，就会若有所失，感觉神情恍惚。只有怡和小姐出现在面前，华公子才能青春勃发，精神倍增。

其实，与华公子在意于怡和小姐一样，怡和小姐也陷入了一种前所未有的爱恋之中。两人似乎都达到了"一日不见如隔三秋"的境界。日日形影不离的相处，竟使得两人发展到熟悉对方就像熟悉自己一样。不管在任何场合，对方的一个眼神，一语一颦，都能毫发未差地得到对方的响应，两人几乎达到了心心相印的程度。

一次参加郊游。伦敦郊区满目葱茏的原野，到处都可看到游春踏青的贵族小姐。她们三五成群，五颜六色，犹如彩蝶，点缀得这生机盎然的青山绿水宛如一幅自然风景画。置身于其中的华公子和怡和小姐，随意漫步到一处没有人迹的草甸中，怡和小姐突然转身，面对公子问道："您觉得伦敦美吗？"

华公子不假思索地说："别有一番天地。"

怡和小姐用她那美丽的蓝色眼睛瞟了华公子一眼，以不容拒绝的口吻说道："公子应该说得详细一点。"

华公子友好地对着怡和小姐笑了笑，然后说道："在下所说的别有一番天地，指的是伦敦与我华夏中国相比较而言。自来伦敦后，在下亲身感受到了伦敦的古老、热烈和繁华，绝对不亚于我华夏的任何一座城市。确切地说，伦敦让在下感觉到更具有一种强大的活力。"

怡和小姐心花怒放地说："作为一个伦敦人，我谢谢华公子对伦敦的夸奖和赞美。"

停顿了一下，怡和小姐用眼睛直对着华公子，然后，调皮地问道："您觉得伦敦姑娘美吗？"

华公子不自然地把头转向原野，面对着美丽的异国春光美景，口随心动地说："伦敦女人很美，但太开放，甚至太放荡了！"

正沉浸在春光美景遐思之中的华公子，突然觉察到了异样。他掉头看着沉默不语的怡和小姐，惊讶地见到她脸上已经挂满泪水。见此情景，华公子豁地醒悟过来，赶紧赔礼道："刚才妄评，绝没有伤害小姐的意思。请小姐原谅在下的失言和无礼！"

见到华公子自责的憨厚样子，怡和小姐"扑哧"一声笑了出来。一脸笑容，一池春意，一番风情，看得华公子愣在当地。

怡和小姐那种梨花带雨般的娇媚，在这万物勃发姹紫嫣红的映衬下，好像一下子把华公子带到了春意江南的美景中。

一时失性的华公子，神迷中禁不住美好春光的引诱。他来到了梨花盛开的梨园，朵朵洁白的梨花，沾带着滴滴晶莹如珠的春雨，娇羞百态，动人心魄。忽然，不远处的梨花丛中，一位花神一样的美人姗姗而来。美人与梨花交互映衬，携带着阵阵香风，搅动得华公子头晕目眩。迷幻中的华公子，瞬间激发出了一种强烈的怜爱与冲动。于是，一次天地作合的阴阳交会，在两个相互愉悦的万里姻缘中自然完成了。

两团如火的烈焰，两种不同文化和伦理的交会，似乎顷刻间汇集在一起，以其不可阻挡的神力，冲破重重魔障而相互灌入到两个青春的灵魂。没有任何仪式、没有任何做作的和谐，就在这美妙的春光中种下了甜蜜与痛苦。

终于，华公子松开了紧抱着怡和小姐的双手，不自然地整理了凌乱的衣衫，负疚地回头看了怡和小姐一下。只见怡和小姐也已经整理好衫裙，坐在草地上，正用奇怪的眼神看着华公子。两人的眼神一对上，却都各自逃避般地移开了。稍停，还是怡和小姐大方，她眼望着别处，轻声地对华公子说："公子后悔吗？请坐到我身边来。"

华公子没有回答怡和小姐的问话，但却极为顺从地坐到了怡和小姐身边。两人默默无语，休息了一会儿，才在怡和小姐的提议下结束了这次郊游。这是一次让两个异国情侣刻骨铭心、永生难忘的郊游。

第四十三章

做客城堡公子探秘　多情小姐讲述茶史

自从那次郊游回来后，怡和小姐和华公子如常交往。表面上，两人都装作什么也没发生过的一样。但是，对于华公子而言，情形就大不一样了。每逢夜深人静之时，公子都要经历一番东方伦理与情场诱惑的煎熬和斗争。毫无疑问地说，华公子从小所接受的东方伦理教育的根基是极其扎实的。但是，叛逆已经发生，事实已然无法挽回。

现在，摆在华公子面前的，就是要牢牢羁住仍然躁动的心猿意马，不能再犯同样的过失。当然，华公子懂得作为一个男儿，要敢作敢为，决不能有无情无义的负心事在自己身上发生。

一个风和日丽的周末，华公子接受了怡和小姐的邀请，前往伦敦郊外的怡和家族城堡做客。

怡和家族城堡坐落于泰晤士河上源岸边不远一处险峻的台地上，在这里可以一览无余地俯瞰到泰晤士河沿岸的秀美风光。古老的怡和家族城堡，在这水光山色的映衬下，显得厚重与古韵十足。

城堡三面临壁，陡峭无比。较缓的一面，一条两三百阶的古老石路逶迤曲折，直通山下，连接着泰晤士河边的码头。可以想象，当初怡和家族选择此地修筑城堡，最重要的应该是看中此地的易守难攻、难得的秀丽风光和便利的水上交通了。

怡和家族的城堡是一座很有年头的建筑，从外观看，具有典型的中世纪哥特式建筑风格。

在伦敦，中世纪遗留下来的哥特风格建筑极具代表性。它那直刺苍穹的尖顶、高高的塔楼和碉堡，以及精美的装饰图案，无不体现着英国当年巩固的王权、富足的经济和奢华的生活享受。同时，哥特式建筑还充分表达了英国人高超的设计理念和独特的创造性。从这种建筑风格中，我们似乎还可以解读出英国人宗教与现实的有机融合。他们希望已经物化的现实能够和憧憬的天堂连接在一起，这大概就是英国人丰富的思想内涵与强烈的物欲追求有机结合的具体写照吧！

华公子如饥似渴地探究着这个不同民族文化的所有一切，并以一个具有丰富东方文化底蕴且勇于去从事常人不敢为的东方年轻儒者的眼光，观察和思考着这个极具代表性的中世纪伦敦城堡的与众不同。

怡和小姐引导着对什么都好奇的华公子，浏览着城堡中的一切，回答着华公子不断提出的各种问题，时不时地还用惊奇或者深情的眼神瞟华公子一眼。

通过对城堡的参观和怡和小姐的详细讲解，华公子约略知道了怡和家族的发迹史，尤其是知晓了怡和家族的发迹恰恰与中国茶叶的西传有关系。仅凭这一点，就足以让华公子兴奋不已。他心里暗暗想着，此次做客伦敦，如能了解清楚中国茶叶西传的史实，以及西洋人饮茶之习俗和喜好，将是自己远涉西洋最有意义的大事！

在欧洲，十三四世纪以后，随着重商主义在欧洲各国的弥漫，人们对于黄金的渴求几乎达到了空前的炽热程度。特别是新航路的成功开通和造船技术的提高，使得欧洲通向世界各地成为现实。于是，欧洲各国的冒险家们纷纷从欧洲出发，通过海路争先恐后地涌向世界各地。他们在旅行探险之中，不但贪婪地进行着抢劫、杀人越货，干着伤天害理的罪恶勾当，同时也十分精明地找寻着能够恒久发家致富的商业机会。

最早到达过东方的葡萄牙人和荷兰人，首先把原产自于中国的神奇饮品茶叶带回了欧洲。比较流行和认可的说法，欧洲是在葡萄牙首都里斯本最早出现了中国茶叶。

葡萄牙人是最早探索世界航海的国家之一，鼎鼎大名的达伽马成功绕过好望角，进入了印度洋乃至于远东地区，获得了让西方人梦寐以求的商业利润。葡萄牙人于十六世纪中叶后海盗式地借用了中国南方海上的一个小岛，这个弹丸之地的小岛就是澳门。

在这里，葡萄牙人与东方最古老的文明国度进行着极为赚钱的丝绸、锦缎、瓷器、香料和各种精美手工艺品的生意。在频繁的生意往来中，葡萄牙人领略了茶叶的神奇与美妙。也许他们最早知道了茶叶是最让人着迷的饮品；饮茶能够消除人的疲劳，可以治疗各种疾病；饮茶是交际和交往的重要媒介，甚至通过饮茶还可以提高人的身份。

因此，精明的葡萄牙商人就把茶叶运回到了里斯本，把饮用茶叶的妙处介绍给了欧洲人。此后不久，在欧洲荷兰的阿姆斯特丹、法国的巴黎和英国的伦敦等城市和贸易港口，都出现了热销茶叶的现象。

欧洲人上到王公贵族，下到商贾平民，开始迅猛地流行饮茶。各地茶馆、茶行纷纷出现，以至饮茶迅速成为欧洲人最重要的生活必需。十七世纪初，荷兰商家曾经致信给东印度公司总督说："由于人们开始热衷饮茶，我们希望在每只船上装载些中国的坛子和茶叶。"

在伦敦，商家为了推广饮茶，甚至运用广告对产自于中国的茶叶进行全方位的介绍和宣传。如在十七世纪中叶，伦敦的《信使政报》就以通告的形式对中国茶叶做过这样的报道："这种美味的中国饮料在中国被称为 Cha，而在其他国家被称为 Tay，或者 Tee。这种饮料在伦敦皇家交易所的桑特尼斯、海德咖啡屋有售。"

伦敦还针对饮茶是否有害进行了一场激烈的争论。其中，刊出了另一则颇有说服力的广告。广告专门对中国茶叶的药理功用进行了极为详尽的长篇介绍。不但生动地描述了茶叶的生长、特性以及相关的传说，而且还重点宣传了茶叶的药理功能。广告上说："茶能治疗头痛、头晕眼花、情绪低落等有关精神方面的症状；能治疗呼吸困难、解毒、胃肠阻塞等功能性症状；能够有效降低胆固醇，促进心血管畅通；能够缓解大脑疲劳，增强记忆力，克服嗜睡症和提高注意力，等等。"

华公子一边跟着怡和小姐参观，一边想着复杂的心事，不知不觉间，就被带到了城堡的会客厅。怡和小姐热情地招呼华公子在高贵柔软的大沙发上坐下，以征询的口气问华公子说："尊贵的公子，来一杯咖啡怎样？"

华公子赶紧回答说："不不，请给我一杯茶好吗？"

怡和小姐调皮地问道："公子是要日本绿茶呢，还是要红茶？"说完对着华公子嫣然一笑，不等华公子回答，就接着补充道，"本小姐可准备有印度和中国红茶，上等的红茶！"

华公子听说有上等中国红茶，马上迫不及待地说道："好好，就请来一杯上等的中国红茶吧！"

怡和小姐向侍者示意。片刻之后，侍者用玻璃托盘托着两杯红茶，轻轻地放在茶几上。华公子对着侍者说了一声："谢谢！"

华公子端起茶杯，习惯地先闻了一闻。忽然，他惊讶地举头看着怡和小姐。令华公子意外的，怡和小姐也正用灼人的眼光看着自己。

两人目光的瞬间相撞，使得各自的心灵猛烈一震。青春的渴望随着心灵的碰撞而火花四溅，两人均不由自主地脸红耳热起来。尤其是华公子，顿时窘得赶紧以喝茶来掩盖自己的慌乱。

大方且开朗的怡和小姐，并没有因此而尴尬。为了消除华公子的窘态，她微笑地故意问华公子道："怎样，红茶口味如何？知道它的出处了吧？"

华公子听到问话，才从失态中缓过神来，不好意思地对怡和小姐道："真是巧得很，小姐的好茶就是在下创制生产的橘红。能告诉在下是从哪里得到的橘红吗？"

怡和小姐故作惊讶地说："真的是公子生产的吗？这就巧得很了。这种红茶是贵国皇帝送给女王陛下的，女王陛下转赐于我，我将之珍藏在此。公子是我的贵客和识茶行家，这才将之请公子品评！"

华公子误以为怡和小姐在有意考查自己的鉴茶水平。古人说得好，遣将不如激将。对于秉性傲然的华公子，这一下恰好激发出其知茶的豪情。他一改刚才的窘态与拘束，不管怡和小姐是否愿意听，就滔滔不绝地介绍起了橘红的特性、品味和外观特点。

看着认真起来的华公子，欣赏着其对橘红的熟悉和钟情，怡和小姐反而越发从内心里喜欢和怜爱这个来自遥远东方的翩翩公子了。为了缓解一下华公子的认真，她用一种西方女孩难得一见的温婉，含情脉脉地对华公子说："公子精于制茶和识茶，且见多识广，实在令人钦佩。不知公子可否愿意听听，有关东方茶叶传入英国的故事？"

一听怡和小姐要讲有关东方茶叶西传的故事，华公子精神为之一振。他马上止住夸谈，谦和地对怡和小姐说："太好了，这正是我之所愿。请小姐快讲，在下定当洗耳恭听。"

怡和小姐见华公子如此性急，只得说道："那好吧！不过本小姐有一个小小的请求，不知公子是否俯允？"

华公子道："别客气，请小姐快说。"

怡和小姐用热烈的眼神说："请公子坐到我的身边来，不知公子有否这个胆量？"

怡和用的还是激将法。只听公子急躁地说："这有什么不敢的。请小姐快讲吧！"

公子一边说着，一边果然大方地坐到了怡和小姐的身边。怡和小姐满意地笑了笑，然后喝了几口茶，清了清嗓子，然后介绍说，英国风行饮茶还与一桩王室婚姻有关。当年查尔斯二世迎娶了葡萄牙的凯瑟琳公主为王后，凯瑟琳公主是个嗜茶者，以故在其嫁妆中随带了一箱贵重的中国茶叶到英国。

婚后的凯瑟琳王后，热衷于社交。她经常宴请王公贵胄、当朝大臣和上流社会的贵妇小姐，力求与他们建立良好的友谊。于是，每一次宴请，都请他们品饮英国人从来没有见过的茶，向他们介绍和讲解茶的神奇与妙用，告诉他们茶是来自于遥远的东方国度。

凯瑟琳王后还经常利用饮茶之机，讲述她所知道的有关东方的故事，尤其是历史悠久且高度文明的中国的故事。尽管凯瑟琳王后知道自己讲述的这些故事，充其量也仅仅是一些道听途说而已，甚至难免还有很多错讹，但是，对于天生就十分好奇和勇于探险的英国人来说，这已经足够了。

听了怡和小姐的故事，华公子基本清楚了英国人形成饮茶风气的大致时间和原因。

随着英国人对茶叶认识的加深，也由于饮茶在英国王室和上流社会的风行与带动，终于，英国人开始普遍盛行饮茶。当然，饮茶的大盛也给重商的英国人提供了一项全新的发财商机。

起初，英国商人是从葡萄牙、西班牙、荷兰茶商处买入茶叶，再运销英国。但精于商道的葡萄牙、西班牙、荷兰的商人，往往贪婪地赚足了英国商人的茶叶利润。久而久之，英国商人再也不能容忍被盘剥受宰割的现状。于是，在商家，甚至是王室的全力支持下，英国的探险家们循着葡萄牙人、西班牙人、荷兰人的足迹，前赴后继地涌向东方，去找寻茶叶的货源，力图建立起属于自己的海上茶叶商路。特别值得一提的是英国人紧随荷兰人之后，在东方印度建立了东印度公司，这是一件具有划时代意义的重大历史事件。可以这么说，其后英国东印度公司长时期垄断的全球茶叶贸易，是促成大英帝国百年强盛的关键财源之一。

第四十四章

橘红飘香西洋誉美　洋女情愫公子煎熬

已经成为华公子红颜知己的怡和小姐，自从经历了那次肌肤之亲以后，再也没有发生同样的事。从内心里说，怡和小姐十分遗憾于华公子未能坦荡接受自己倾心献给的爱情，心里总觉得酸楚难耐。但是，凭着对公子了解的不断加深，怡和小姐更加珍惜于华公子那翩翩的东方儒者风度和渊博丰富的学识，也更加倾心于其高贵诚实的优秀品行。小姐深信，在公子的内心深处，同样也隐藏着对自己的欣赏和炽热情感。仅凭这些，就足以让小姐感到满足和骄傲，她决定永远珍惜与华公子的友情与爱情。

怡和小姐决心运用自己家族在各国的影响，帮助华公子把橘红推向欧洲。当然，精于商道的小姐也深知，在捧红华公子及其橘红的同时，可能会直接使东印度公司长期经营的茶贸垄断地位受到严重削弱，这将有悖于东印度公司的核心利益。但是，作为一个天不怕地不怕的贵族姑娘来说，有什么东西比为爱情而付出更重要的呢？

再者，怡和小姐还有一个更深层次的考虑，假如能够在商业上直接与华公子合作，也是一件对怡和家族有百利而无一害的好事。若能顺利把橘红推向欧洲各国，甚至全球，不但能够把华公子紧紧地和怡和家族维系在一起，以满足一位个性极为鲜明的伦敦姑娘内心不能公开表露的复杂心愿，同时，还有可能以此为契机，使怡和家族能够控制利润十分丰厚的茶叶市场。

于是，颇有心计和商贸经验丰富的怡和小姐，谋定而动。她决定抛开东印度公司的掣肘，拉上约翰，让约翰领头，带着华公子及其由约翰带回的橘红茶样品，遍访荷兰的阿姆斯特丹，德国的汉堡、科隆，法国的巴黎、佛兰德尔，葡萄牙的里斯本和西班牙的马德里等地。

橘红在欧洲各个城市的商业推介，取得了巨大的成功。成功的背后既有怡和小姐娴熟的外交技巧，又有约翰在商道中的精明老到，两人唱和自如，各展所长，配合默契地精心包装着华公子及其橘红茶。原本腼腆的华公子，通过本次的欧洲行，竟然也应了那句"近朱者赤"的老话，显然也能精熟于商业推介。他不厌其烦地向各国士绅商人，尽力地介绍着自己珍爱的橘红宝茶和茉莉花茶的优点。

一行人从欧洲大陆巡回一圈回到伦敦的时候，约翰从中国带回的橘红，不但以超常的高价被各地茶商抢购罄尽，还与各国茶商签订了数量可观的来年预定。征得华公子的同意，约翰高兴地预收了来年订购橘红的定金。

商业推介的极大成功，不但让约翰赚得可谓钵满盆满，更使怡和小姐喷发出发自内心的无比欣悦。因为，她已经成功地将其倾心的华公子完美地展示给了欧洲，完成了一件高傲姑娘精心编织的商业杰作。对于一个热情奔放的贵家小姐来说，这种成功所带给她的喜悦是任何金钱和物质都不能替代的。

虽然，每逢夜深人静，这个开放的西洋贵族小姐对于华公子的所表现出来的不冷不热和不亢不卑还是感到特别伤心，但是，每次伤心过后，不但不影响怡和小姐报之以火一样的热情，而且还更加坚定了怡和小姐的耐心。她始终相信：公子将来肯定会给予回应和报答的。

这一天，怡和小姐照例单独邀约华公子郊游。天气晴好，两人都兴致极高。他们来到了郊区偏远的一处牧场，这里游人极少。偶尔有人来到这里，通常也是成双成对的情人。

每逢单独相处，炽热的渴望经常会促使怡和小姐给予公子以缠绵、温情和暗示。但是，满脑子东方伦理思想的华公子，表面上却总是麻木不领情。在他的心中，还常常因上次与怡和的乱性而忐忑不安。

今日的郊游，怡和小姐进行了精心入时的打扮，她特地穿了一套十分性感的衣裙。粉红色的裙装，雪白的衬衣，烘托着怡和小姐芙蓉花般的容貌，真是"顾盼之余摄魂魄，青春跃动惹爱怜"了。

在英格兰早秋的牧场上，到处秋花烂漫。快乐的怡和小姐带着略显被动的华公子，一会儿赶蜜蜂扑蜻蜓，一会儿采野花摘草果。在这草黄天蓝的原野上，跳着，跑着，直到感觉累了，两人才在一条清澈的小河边坐下休息。

溪水中游来了一群美丽的小鱼，好动的怡和挽起袖管，准备下河去捉弄小鱼。突然，脚下一滑，身子前倾，眼看着整个人就要跌入河水中。千钧一发之际，华公子纵身前跃，刚刚好接住倒下的小姐。接着，提气一跃，回到了岸上。

刚要喊叫的怡和，突然噤住声音，触电般的感觉使她迅速产生反应。长时间来的渴望，顿时化作大胆的行动。怡和猛地伸手勾住华公子的脖颈，顺势将红唇送到了公子的嘴上。瞬间，四唇相吸，阴阳交泰。一对被压抑着的火热异性，就着柔软的草地，以地为床，以天为被，再次完成了男女之间的交泰和合。

华公子终于定下了回期。对于公子来说，本次欧洲之行，可谓硕果累累。不管是浸染着他全部心血的橘红茶和茉莉花茶，还是他本人以至他所代表的东方文化，都成功地在这个不同文明的西方世界中得到了充分展示，并且得到了西洋各国的认可和赞誉，真是不虚此行。

然而，从所见所闻所遇之中，华公子还是经历了一场从内心到思想到灵魂，恰如惊涛骇浪般的冲击。对于一个从小就受到东方传统教育严格熏陶出来的东方儒者来说，这确实犹如置身于云山雾海之中，促使自己的灵魂经历过一次前所未有的矛盾、升华与叛逆。

聪明的华公子觉得，自己对于西方的风情和开明已经能够适应，甚至有的还可以慢慢地得到借鉴。例如，在重视商业和贸易，如何利用各种手段推销自己的产品的诀窍等，对于先天就有着商业天赋的华公子来说，就认为完全可以引为我用。

尊重妇女和过度开放的男女情爱的社会风尚，在华公子的眼里是有所取舍的。尊重妇女，这是华夏文明中所无法企及的；而过度开放的男女情爱，则是无法苟同的。尽管自己在情爱上也没有洁身把持，但是，华公子还是觉得不可接受。假使一个男人除了自己的妻子以外，还可以公然拥有情人，甚至可以公开或半公开地与别人的妻子苟合偷情，人们不但不以为耻辱，不给予道义的谴责，反而津津乐道，你行我效，习以为常，那将置社会伦常于何地？

华公子受到了卫道东方伦理和青春躁动的双重矛盾冲击。从内心来说，骨子里他不能容忍有悖社会伦理的男女苟合。但同时又扪心自问，自己确实是深爱着怡和小姐的。他违心地处处与怡和小姐保持着一定的距离，强行控制着烈火般的青春躁动和情欲爆发。每逢自己的情欲防线岌岌可危的时候，华公子的脑际都会奇怪地涌现先儒圣者的教导。因此，华公子每每告诫自己：别玷污了一个东方儒者的德行。

常言道：人非草木，孰能无情。每当遇到怡和小姐那滚烫的热情，以及对于自己的尊重和全力以赴的帮助，华公子又时常告诫自己，绝不能做一个薄情寡义的人！

那么，如何处置自己和怡和小姐已经事实发生的关系呢？实在话，公子不止一次地萌生娶回这个异国姑娘的想法。如果尚未婚配，华公子绝对会毫不犹豫地与怡和小姐结为秦晋之好。假如怡和生在东方，只要她愿意，甚至还可以将之立为三夫人。但是，东西方伦常的截然不同，只能无情地打消华公子的这些荒唐想法。

终于，华公子明日就要东归了。怡和小姐代表怡和家族为公子举行了隆重的告别晚会，伦敦上流社会几乎所有的贵胄们都得到了邀请而踊跃参加，甚至女王也莅临了晚会的开场。热情好客的英国人用最好的礼仪为这位来自神秘东方国度的贵客饯行。

第二天，约翰和怡和小姐亲自送华公子到达直布罗陀。直布罗陀是大西洋进入地中海的峡口，地势险要，风景奇特。从远古以来，直布罗陀就是一处军事要塞，成为西洋历代兵家必争的地方。

自从西洋重商主义盛行以来，随着蜂拥非洲淘金殖民的时尚和海洋贸易的繁盛，特别是埃及苏伊士运河的通航，直布罗陀的战略地位就更加突出了。发生于十六世纪的英西殖民战争以后，英国人毁灭了西班牙的"无敌舰队"。西班牙不但丧失了殖民霸主的地位，而且丢掉了原属于自己的直布罗陀。十八世纪以后，直布罗陀就成为英国最重要的海外领地之一了。

海船到达直布罗陀，约翰指令靠岸，以便送行者下船。航船稳稳地靠上了码头，约翰先行上前与华公子依依惜别。他们紧握双手，相约不久在东方的三都澳青山岛相见。约翰知趣地先行下船登岸，两人连连挥手致意。

怡和小姐站立在船沿，面朝直布罗陀陡峭的悬崖，似乎在漫不经心地观赏着各种海鸟的鸣叫和嬉戏。华公子慢慢地走到小姐的身边，两人默默无语。也许，他们都在以眺望这雄险和旖旎的海峡风光来掩饰和控制彼此的离别悲伤。

摧行的汽笛已经响了好几遍，但两人都充耳不闻。最后，还是在岸上的约翰的大声喊叫，才让两人猛然醒悟。于是，怡和小姐大方地转过身来，面对华公子，猛然张开双臂，紧紧地抱住了华公子。毫无思想准备的华公子，被怡和小姐这一突如其来的拥抱弄得慌乱失措。但是，一种被强力压抑的激情迅速代替了一切。这时的华公子，鼓足了男子汉的勇气，用男人天生就有的野性和雄健，用力抱住了怡和小姐，狂吻着怡和小姐的脸颊。最后，所有的魔力都集中到了四唇的相吸。瞬间，人类所有的情爱和恩怨都融化在一起，得到至美的升华。

华公子自从与怡和小姐认识以来，今天是第一次这么大胆，这么无所顾忌地用眼神直视着怡和小姐那美丽的蓝色眼睛。啊！这是一双湛蓝清澈的眼睛，珠泪满溢，柔美多情。似乎在说，我心中亲爱的白马王子，记住我吧！

开船的汽笛声再次响起来了。无情残忍的船笛声带着无法抗拒的魔力，使得两人不得不慢慢地放开了那相互的唇吻。怡和小姐像全身泄了气一样，缓慢地松开了紧勾着华公子脖颈的双手，然后身心一狠，用力推开还紧紧搂抱着自己腰身的华公子，深情地长看了一会儿这个即将远离的白马王子，毅然掉头走下船桥，用双手捂着脸颊，奔向了码头。

泥塑般的华公子站立在原地，机械地举起沉重的手，挥动着。海风吹乱了他的头发，呆滞的眼睛直视着岸上送行者慢慢小去的身影，两颗豆大的眼泪我行我素地从华公子的脸上滚落，如珍珠般地跌入了碧波荡漾的地中海，顷刻间消失得无影无踪。

已经站立许久的华公子，忽然被一群逼近眼前飞过的鸥鸟所惊醒。看着逐渐远去的鸥鸟和美丽的地中海海空，华公子这才冷静下来。海风吹回了理性，已然回到现实的华公子，忽然觉得作为一个华夏的儒商，一个从小就受到严格的儒家优良传统教育出来的文人，竟然做出了悖道叛经的事，心中不免感到自责和羞愧。

带着跌宕起伏的思绪和矛盾，华公子随着航船穿过了苏伊士运河，出红海，横跨了漫漫的印度洋，不久，就到达了令所有海客神往的马六甲海峡。航船在马六甲海峡稍事停留，补足了粮水和其他生活用品，就进入了祖国的南海。

不几日，华公子终于带着橘红的盛名和希望，带着西洋重商喜贸的真实感受和启发，同时，也带着时不时对怡和小姐的丝丝牵挂回到了祖国，回到了青山岛橘红楼的家里。

第四十五章

畅销橘红洋财桶金　闲聊西洋公子宴客

华公子从西洋回到了家里，家人和亲友们隆重地迎接他的顺利归来。尤其是两位夫人，看到平安归来的夫君满面春风的样子，一块悬在心中的石头总算落了下来。

最为高兴的是孩子们，他们争着向爸爸讨要礼物。当他们拿到从未见过的新奇礼物后，孩子们那种天真的惊奇和兴奋，使得华公子完全忘却了旅途的疲倦而完全沉浸在家庭的欢乐之中。

华公子此番远涉西洋，带回了丰硕的成果。除了大开眼界，领略了西洋各种异国风情和工商贸易的繁荣以外，更重要的是带回了大量橘红和茉莉花茶的来年订单，以及洋茶商们慷慨预付的超额定金。

在与伦敦和西欧各地茶商签订单的时候，怡和小姐依靠娴熟的谈判技巧和对当地市场的了解与把握，帮助华公子得到最好的定价。由于各国洋商都一致认定，这两种茶叶在欧洲绝对具有惊人的远景商业价值，因此，他们都是为了将来的商业利益而尽情地巴结着华公子。为了尽可能地让华公子获得好感，在预付来年定金时，都争相表现得十分慷慨，有的甚至预付了来年应付茶价的三分之二。

带回大量预订金的华公子，如今可谓是资金雄厚。除了有足够支付来年所有的生产本金以外，还有可观的余额。于是，公子便将大笔余额资金用在扩大茶园的规模上。公子心里盘算，随着欧洲市场的打开，茶叶订单一定会源源而至。如果不未雨绸缪地先期准备扩大生产，到时一定会弄得手忙脚乱，甚至有可能影响到自己的商业信誉。

转眼间，一年一度的大年节又临近了。对于华公子全家来说，过去的一年是最值得庆贺的丰收之年。

一年来，自己辛苦研创的橘红和茉莉花茶，北上京师成为最受皇家器重的贡茶之一，成为国人争相购求的名茶名品；而后又携带之与约翰远渡重洋，行销西洋各国，名震英伦、巴黎等地。当然，最让华公子感到欣慰的还在于全家平安和睦，夫唱妇随，天伦和乐。这些向来被认为是平生最难际遇的好事，竟然都奇迹般地让华公子一家子全都碰上了，真可谓是喜事连连，和福盈门。

刚过完年，能干的华夫人就忙碌开来了。华夫人的能干与亲和是远近闻名的。毫不夸张地说，华公子之所以能够专心致力于茶业，专心于茶叶的对外推广，完全仰仗于夫人的帮助。不论是茶叶的整个生产流程，还是所有师傅工人的调配管理，产品的质量把关，甚至是家庭老少的吃饭穿衣，都是华夫人在操劳着，以至于把家里家外，打理得秩序井然，有条不紊。

正因为有贤内助的鼎力承担，因此，华公子每每还能忙里偷闲，抽空会会文人诗友，品茶高谈，舞文弄墨。元宵刚过，华公子备了几样精制菜肴，又邀同几位乡贤文友一起饮酒。

大家随意落座以后，华公子命家人取来了从伦敦带回的珍贵洋酒。这些乡贤挚友大都未出过远门，更不用说见过洋酒。当家人双手捧着一瓶装潢考究的洋酒，小心翼翼地摆放在八仙桌上的时候，大家都瞪大了眼睛，观赏着这罕见的尤物。

只见洋酒用深色玻璃瓶装着，酒色猩红如琥珀，瓶身贴着一张浅灰色包装纸，上面印着从未见过的文字。几位乡贤文友极小心地轮流传看着洋酒，看完后都显得一脸茫然，不知所以。

大家不约而同地把头转向了华公子。华公子会意，先是笑了笑，然后不紧不慢地介绍说：“在西洋的英吉利人和法兰西人，最喜欢饮用这种葡萄酿制的美酒。这种葡萄酒的名称叫路易十四，它出产于法国，以著名的法国皇帝路易十四命名。路易十四是法国历史上最伟大的皇帝之一，以他的名字命名的葡萄酒，在西洋自然也算最名贵的了。”

几位乡贤听了，当即对那瓶葡萄酒表现出肃然起敬的神态。独有一位年纪稍大的先生，反而摆出一副不屑一顾的样子。尤其是看到其他几位的神态，更增加了他的反感。他忍禁不住地说：“看你们几位，还是饱读圣贤书的儒者。他们这个什么‘路椅儿’的葡萄酒，再好也好不过我们的女儿红、蜜沉沉。抬出个皇帝的名头，吓唬吓唬那些个蕞尔小国还凑合，放在我们天朝上国，顶多也就是个巡抚罢了。大家不要大惊小怪，当红糖水喝着解解渴就可以了。”

几位乡贤被这位老儒数落了一通，虽心里老大不舒服，但也找不出理由反驳于他。倒是华公子说道：“洋人的葡萄酒，虽然比不上我们的女儿红等成名好酒，但也还有些独到之处。比如说这种路易十四，不用一粒粮食，是用葡萄酿造的。西洋人还发明了用一种橡木做的桶装上葡萄酒密封进行窖藏。窖藏年头越长，酒的品位越好，纯度越高。能得到窖藏五十年以上的葡萄酒就已经是非常难得的了。”

有一位乡贤听了，忍不住问道：“请问公子，今天这瓶葡萄酒有多少年头了？”

华公子命人打开瓶盖，给在座的每人斟上一杯，然后故作玄虚地说：“诸位先品上几小口，然后猜一猜，看这葡萄酒究竟有多少年头？”

停顿了一下，华公子又愉悦地补充道：“我们做个游戏。谁猜对葡萄酒年头，这瓶酒就归谁。没有人猜对，大家就一起将其喝光。诸位有兴趣吗？”

诸位乡贤文友觉得有趣，都表示同意。接着，大家果然都先喝了几小口，然后就你一句我一句地瞎猜起来。猜了一会儿，就是没有人猜对。华公子只好说：“从现在开始，每人只能再猜三次，依次轮流着猜。如果还没人猜对，那就只好大家一起享用了。"

世上之事物就是这么凑巧。刚才很对洋酒颇有微词的老儒，起初并没有加入猜年头的行列，只是冷眼旁观着。这一次，大家轮流着猜，也都没有猜中。轮到老儒最后一个猜了，大家都眼巴巴地看着他。也许是碍于主人的面子，老儒不得已胡乱猜了个八十六年。真没想到，竟然给他蒙对了。

大家一看是这个结果，表面上虽然都祝贺这位老儒，但心里却都觉得扫兴。华公子看在眼里，只好和缓打趣地说道："老兄真有口福。好了，这瓶酒就归老兄了。"

为了不至于冷场，华公子命家人取出上等蜜沉沉，要求众位乡贤文友开怀喝酒吃菜。自己则尽力多介绍一些大家感到新奇的西洋风土人情，场面才又开始热烈起来。

有一位姓丁名福，外号叫野狐的中年儒者好奇地问道："华兄，百闻不如一见。以前听说洋人吃饭不用筷子，是以双手胡乱抓着吃，真有这回事吗？"

华公子知道，这位丁福文友，现今经营着一些海上勾当，兴许与海匪还有一些来往，其见识肯定会多一些。要好好与他热络一番，也许将来能够用得上。

于是，华公子显得热情地说："丁兄见多识广，果然是有这么一回事。洋人吃饭没有用筷子的习惯，但也不是用双手胡乱抓着吃。因为他们的主要食谱大多是一些杂食，比如说面包、土豆和各种水果混合在一起的沙拉；最重要的是他们平时肉食较多，因此，他们的用餐工具主要是刀、叉、勺子之类。"

华公子委婉地用先扬后纠的方式批驳了丁福的见识。丁福心知肚明，但他并不介意，反而觉得很露脸，因此，当华公子刚一说完，就马上高兴地大声说："多谢华兄指教，我老丁受益匪浅了。"

话音刚落，他就从座位上站起来，向华公子打了一躬。众人看到老丁的做作，心里都觉得很不以为然，但碍于主人的面子，都默不作声，没有任何表示。

静默了一会儿，有一个年纪较轻的儒者发言道："西洋夷狄，距离遥远，向来不与我国交往。自大元立国，蒙古当朝，京师天子包容天下，始有西夷意大利商者叫什么马可·波罗的，冒险来华。此人幸运，竟然得到天子垂青，在我中华做起了大官。后来年老了，恋不得富贵，只得叶落归根回意大利。由于念想往日的荣华富贵，遂极尽感情地用西文写了一本《马可·波罗游记》来描述中国的富庶与繁华。听说西人凡看过《马可·波罗游记》的，都恨不得能马上到中国来。华先生此次到过西洋，对此传说有何看法？"

华公子从这年轻儒者的发言中，感觉到这才是一位学识丰富的有为之士，于是，以赞许的眼神看着儒者说："先生之见闻不错。向者，我中华自始皇一统天下，结束纷争，华夏九州始能同种同文同风俗。雄才汉武，文功武治，威临万方，罢黜百家，独尊儒术，天下归心，尊我中华。从此，一统是我中华繁荣的基础，归心是我中华繁荣的保证。再加上我华夏民族与生俱来的勤俭、刻苦和才智，故而创造了让西洋人望尘莫及的富庶与繁荣。而反观之于西洋诸国，自中古以来，虽不乏才智之辈，也具备勤奋和刻苦，然其文明仍然远远落后于我中华者，其因乃为缺少牢固之思想文化基础也！"

另一年轻儒者听了华公子的剖析，频频点头，待到公子话音刚落，也提出了自己的感想。他说："近闻西洋人在搞什么叫资本主义，其国虽小，却也能欣欣向荣，富足有余。与中华相比，更毫不逊色。公子此行，对于其中之奥，有否参究？"

对于这位年轻人的见解和提问，华公子更加赞赏。公子笑着回答道："兄弟一语中的。兄弟此问正是我本次西洋之行之最大心得。自国朝定鼎之前，西洋各国智者，研究和学步于中华之强盛，已历数百年之久。所谓旁观者清，贫之者激。透过华夏繁荣昌盛的表面，其已脉准华夏发展内质的软肋。因此，西洋各国逐渐形成了一种后来称之为多米诺骨牌效应的共识。"

刚才赢得葡萄酒的老儒，听到这里，似乎品出了点什么味道。他不等华公子说完，就忍不住地追问道："什么软肋？什么共识？请华兄弟快点剖明，以开老朽之茅塞！"

华公子心里想道：难得这老儒会紧张急躁。于是，华公子缓缓地对老儒说："所谓软肋，根据西洋人的说法，就是尊专制，造愚民；崇尚农本商末，满足于衣食温饱，轻视于工商厚利。长此下去，国家专制横行，万民辛苦劳累终生而只求温饱，则国家将从此盛极而衰了。"

稍微停顿了一会儿，华公子发现大家似乎对刚才的结论没有反驳，于是，就接下去说道："西洋智者清楚，以他们小国寡民之现状，欲成强国富民之壮举，非有非常手段不可。"

一中年儒者，闻说有非常手段，极为好奇。他插口而问之曰："何谓非常手段，快快说来听听！"

华公子说道："不要急，请听我慢慢道来。自远古以来，西洋一直小国林立，战争不断。这样就养成了西洋人不畏死，喜斗殴善冒险的性格，故而他们有生以来就尚'恶'而不尚'善'。后来，英吉利出了一个叫亚当·斯密的奇人，他写了一本《国富论》，就中极力鼓吹以商立国的理论。这个理论甫一出世，竟然大得西洋诸国君主的赞赏，并将之快速付诸实施。其中，以葡萄牙、西班牙、荷兰、英吉利和法兰西等国推之最烈。在上述诸国的带动下，西洋各国遂风行资本主义。就是这个重商主义的风行才导致了西洋各国迅速繁荣富强起来。就目前情势而断之，大有超越我华夏文明的迹象。"

中年儒者不服地说："以崇'恶'而致富，这岂不是强盗之所为？如此，则不足以标榜，更不足以为荣矣。"

华公子道："确实如此。在下此次西洋之行，确实听说了西洋人不少所谓探险英雄干下的丑事，有的甚至达到了令人发指的地步。"

老年儒者睁大眼睛，极为迫切地说道："公子，快快列举几件事例听听。"

华公子说："好吧！比如，十五至十七世纪，葡萄牙和荷兰殖民者多次血洗马六甲，其凶残的程度，几乎达到人神共愤的地步。这里面，还有我华夏的大量侨民被惨杀。"

接下去，华公子简要介绍了英吉利国两个最有名的殖民海盗的故事。

十七世纪初，英国建立了东印度公司，大举侵略印度。英军中有个叫克莱武的军官，他率英军攻占了印度的加尔各答，打开了加尔各答的国库。这些殖民者洗劫了国库，劫夺走了国库里五千余万英镑的金银财宝。当时，单克莱武私下夺得的财宝价值就达二十多万英镑。其回国后即成为伦敦有名的富翁，并因此而成为国会议员，晋身侯爵。这个双手沾满印度人鲜血的恶魔，在一次议会发言中，竟然还厚颜无耻地吹嘘说："当时我真傻，我的脚下满是金银珠宝，整箱整箱的金条，整袋整袋的各色宝石，可我却客气地只拿走了二十万英镑！"

在英国的殖民掠夺史上，最有名的殖民者要数一个叫德雷克的海盗。这个海盗头子在美洲大陆等地犯下了罄竹难书的罪行，当然也为英国掠夺到无数的殖民财富。据粗略估计，美洲大陆被这些强盗掠夺走的财富，单黄金一项就达上千万斤，另有无以计数的白银珠宝等。

老年儒者好像大梦初醒一样，惊讶地说："这么说，这些西洋人的富足和繁荣，都是靠干伤天害理的勾当取得的喽。他们上到国王，下到平民百姓，难道就没有几个有廉耻有良心的出来阻止这些不法行为吗？"

华公子感叹地说："那时候的西洋各国，商利之风烈盛。为了得到他们梦寐以求的黄金和财富，就好像着了魔似的，哪还顾得上去维护什么道德良心啊！"

中年儒者问道："这么可憎的国度，华兄此行，难道就没有碰到什么不愉快的吗？"

华公子肯定地说："绝对没有。那个邀请我西游的约翰，除了极尽地主之谊以外，其余的只能说他太够朋友，太有绅士的风度了。至于我所到过的各国城市，其百姓都很热情友好。这种热情和友好，绝不亚于我文明中华。更有一点与我中华大相迥异的，那就是特别尊重妇女。"

许久没有发言的年轻儒者，听了似乎大有感慨，好像是得出了结论似的。他用不容置疑的语气说："以西洋人之重商厚利而人人舍命进取，以我中华之重农本轻商技而安于现状而论，不消百年，西洋之强盛将远远超过我华夏文明。"

听了年轻儒者的大胆预言，华公子和其他人没有赞同，也没有反驳。各人带着似乎沉重的思考，分别散去不题。

第四十六章

起建豪宅彰显孝心　　美轮庭院山村幽雅

根据早年立下的誓愿，华公子开始紧张筹备，准备在家乡模仿王公建筑，为辛劳抚养自己的母亲盖一座大厝安度晚年。母亲贵为皇家公主，自父亲在北地为国尽忠以后，为了将自己抚养成人，毅然放弃了锦衣玉食的宫廷生活，来到这穷乡僻壤，甘守清贫。

为人子，百善孝为先。眼看着母亲再过两年就届九十高寿了，为了能稍报母亲一世辛劳于万一，华公子决定在母亲寿辰到来之前，盖好大厝为母亲祝寿。

经过一阵子的紧张勘地备料，公子决定开春动工。大厝定基在老家廉忠村。经与夫人商定，华公子坐镇于青山岛橘红楼，掌管茶叶的海贸和开春后天姥山的茶叶生产，盖大厝的所有工程则由夫人坐镇全权负责。华公子完全相信夫人的能力，因为，夫人的睿智和干练，绝对不输于任何一个须眉男子。

为了保证工程的顺利开展，也为了夫人的安全，华公子将几个武功最好的家人全部派给了夫人。临别，公子再三叮嘱夫人说："别太辛苦了，要注意休息。有什么大事，随时派人报信，不要硬撑着。"

夫人笑着说："放心吧，夫君也要注意保重身体，等着我的好消息吧！"两人来到码头，夫妻互致珍重。夫人上船，由海路向北回廉忠村去了。

从设计图纸中可以看出，大厝规模空前。整体布局共有三个三进院落、六个大厅、十二个小厅、二十四个天井、一百九十二间房间。廊庑庭院，皆以雕梁画栋为之，力求盖得富丽堂皇。

一开始，华公子就把老祖宗传统的"天人合一"的思想，以及祈求富贵双全、安居乐业、恬静和谐的观念和传统，融入设计中去。再三强调，将来建造好的大厝，一定要集恢宏气派、精美豪华和静谧和谐于一身，好让老太太颐养天年。

华夫人心领神会夫君的致孝心愿。在整个大厝工程的建造过程中，除了殚精竭虑、日夜操劳以外，还将她深厚的传统知识功底和聪明睿智发挥到淋漓尽致。

最让远近人等叹绝的是大厝上梁。之前，夫人请高人算出了一个上好的吉日吉时。这是一个百年也难得一遇的好日子，最适合大厝上梁。

夫人为了赶工上梁，要求所有工匠日夜加班，各种工程总算在好日子到来之前完成了。但是，一道关键的工序却让夫人感到为难了。

原来，在上梁之前，必须在一个时辰之内，先把所有的木柱和其他构件装配好立起，上好除正厅大梁以外的所有椽子，然后等待吉时到来才可上大梁。这道工序花人手最多的当数衔扇（指将预先装好的以木柱为主的厅堂大型竖向木构件竖起），因为衔扇必须同时进行。由于大厝规模空前，故须用大量人手来同时完成衔扇。而当时就是集中本村全部人手和全体工匠，也远远不足以完成衔扇的工作。

众人为了解决这个棘手的问题，商量了无数的办法，结果都被华夫人否决了。最后，还是夫人机变聪明，想出了一个好主意。他们从杭州请来了有名的大戏班，大张旗鼓地宣扬，请大家来观戏，并提供食宿。

那时的乡下人，几辈子也遇不上这样的好机会。因此，四乡八村和周围远近的人闻知这个诱人的消息，都踊跃赶来观戏。粗略估计，前来观戏的乡邻，足足会集有上千人之多。

于是，夫人有意将开戏时间定在吉时之前的一个时辰开锣。待到观戏乡邻到齐后，华夫人指派管家登台，向众乡邻致意，礼貌地请求所有观戏者先帮忙完成衔扇，然后观戏。

常言道：吃人的嘴短，何况这是一件美事和喜事。因此，众人皆如主人所请，踊跃帮忙。一时间，千人共上，抬的抬，扛的扛。一会儿工夫，就在工匠师傅的指挥下，完成了衔扇工作。吉时一到，鸣炮上梁。

整整一年八个月，一座恢宏气派的大厝落成完工了。综观整座大厝，无论是厅堂楼阁，或是甬道廊庑，无不体现出主人的理想祈望和独到匠心。

大厝主人首先是以"贵"字来彰显其身份和地位的。它大胆地用官式大门和贵显名人的墨宝以及华饰厅堂亭阁来衬托主人的富贵与身份。大厝主人早前只是一介富商而已，后来因贡茶有功，得皇上显封而至荣华富贵。所以，其大厝的大门才能用八字形门楼。

大门由砖石混用砌就。高大的门楼上书有"海山朝瑞"四个大字，寓意为"海山之风水，天地之祥瑞"；两边于青石柱上固定镂刻有一副对联，左联为"门拱紫宸春富贵"，右联为"天开黄道日光华"；左右门上大字书有"神荼"和"郁垒"字样。"神荼"与"郁垒"是中国古代最早用来看守大门的门神，是隋唐以前中国最流行的门神。

进入大门，即到气派的八角藻井。古时藻井俗称太子亭。华家大厝的太子亭是以八卦形制加以建筑的。其斗拱飞椽，木木相嵌而精雕细琢，堪称古代民间木构建筑艺术之上品；仰头观之藻井的上层建筑，象征一年二十四节气福福相随的二十四只精美的蝙蝠，均匀镶嵌于穹顶之四周，栩栩如生；穹顶正中，是精雕的双龙戏珠图案，透露出让人畏惧的威猛之气。

从大厝的奢华和宏大来看，主人是不忌讳彰显其殷富和气派的。从大厝的规模来看，不管是建筑面积和建筑风格，还是雕梁画栋和气派和美，在本地区是首屈一指的。进入大门，穿过藻井，自中轴透视，只觉门户重重，回廊环曲，庭院层层，深不可测。屋角起翘用嫩戗发钱式，角梁前端挑出小角梁起翘。屋顶皆作两坡顶，屋脊则以通花背、镂空背和卷棚混用修建，轩梁以匾作装饰，力求在变化之中不影响华美。

大厝之中书斋和密室比比皆是，小院水池与什锦漏窗错落有致。置身于其间，左顾右盼，前后回望，顿时就能把人带入一种回环往返，如入迷宫般的感觉。在这午荫嘉树，婉转清幽，非村居又是村居，非宫殿又似宫殿，村居与豪宅、山野与园林相融相通的迷幻境界中，彰显出大厝主人豪富奢华与静谧幽深的双重享受，同时，也体现出华公子夫妇孝亲的真实本意。

大厝所用的建筑材料极为考究，每一进的厅堂台基俱用浙江泰顺有名的青石板条砌就；为数众多的柱础，也皆用青石施以精雕细刻。柱础是典型的南方石鼓形制式，多刻以蝙蝠等象征福禄寿喜的图案。大厝的最主要建筑材料是上等木材，单就用作三进主体架构的大木柱就需要三百六十根，用作精雕无数花窗、檐角以及各种传统吉祥喜庆图案的木料则是名贵的楠木。整座大厝所用木料之巨，精工之繁，真令人难以想象。

大厝还是一座江南庭院与园林风格有机融合的院落式建筑，它融合了古代文儒道家修身养性和恬淡自然的思想。在高大的围墙里面，华氏主人尽量创造出一种集舒适、恬静、幽雅、自然、艺术和高贵为一体的居住环境。庞大的大厝建筑，虽精雕细琢，但却不施一彩，而使大厝保持一种以素为主基调的自然本色，这完全符合老庄崇尚的"朴素而天下莫能争美"的道家思想。人居住其中，不但能随时感受到"庭院幽深无穷尽，回廊慢款有衣香"的生活情趣，而且还能体味到"更喜高楼明月夜，悠然把酒对西山"那种儒家隐士的超然境界。

宏大幽深的大厝地处青山绿水的环抱之中，它的内在豪华和外在雅致恰好与周围的大自然和谐地融合在一起，构成了一幅生机勃然的精彩风景画。大厝背枕雄美的翠绿青山，面对开阔且群山环抱的山间盆地，左面山形如青龙，右面山势像白虎；常年流淌的溪流自西向东穿过，形如一条银白色的装饰飘带。在大厝的门前不远处，不但临近着内海港湾，而且还横亘着一条古官道，港湾和官道可以海陆通达。这样，就决定了居住于此的大厝主人在悠闲雅逸的表象下，对外面世界信息的随时关心和把握。兴许，这就是作为巨商而至巨宦的华家卜居于此的主要原因吧！

第四十七章

邪寇荼毒里外勾结　华家茶楼再遭洗劫

自古有言：日中则仄，月满则亏。此乃宇宙万物不可更替之至理也！国朝自经历了一百多年的空前强盛后，长期厚积起来的各种社会矛盾逐步抬头显现。原来蛰伏于东南海岛僻地的邪徒匪盗，又开始猖獗起来。

话说麻岩韬为了完全垄断橘红宝茶，增加与洋人勾结的筹码，初露了锋芒。虽然还算成果丰硕，得到了不少橘红和一批珍贵的古玩珍宝，并烧毁了赛港的橘红楼，教训了华公子，但是，狡诈的麻岩韬深知，此次行动虽是获胜了，却显然得不偿失，不但过早暴露了东南摩尼教的存在力量，引起了朝廷的注意，而且伤亡了不少骨干人员，在一定程度上挫伤了教内的元气。

麻岩韬详细总结了上次行动的得失以后，认为过去的已经过去了。不论是得到的或者失去的，都已经成为现实而无法改变。现在唯一能做的，就是找准机会，巩固和发展成果，顺势而为，为今后的大事业做好准备。

麻岩韬的个性是足智多谋加阴狠果敢。对于决定要做的事情，他定会雷厉风行，不惜代价。

最让麻岩韬耿耿于怀的，莫过于没有成功降服华公子，哪怕是谋到其制作橘红茶的工艺秘方也行。至今，东印度公司的洋大人还老惦记着橘红茶的工艺秘方。当然，现在能搞到橘红工艺献给洋大人，时间也并不晚，同样能够得到强大的东印度公司的青睐和赞赏。事情如果顺利，还能得到东印度公司的强力支持。到那时，自己以及自己的这一帮兄弟就再也不用藏头缩尾，就有足够的力量举旗大干一场，说不定能够成就一番伟大事业。

经过再三权衡，麻岩韬觉得继续想法子降服华公子，得到橘红和茉莉花茶去结交东印度公司，仍然是自己远大事业的上上之策。

麻岩韬决定孤注一掷，他祭出最重要的一件法宝，起用神秘的东南摩尼教二号人物。当下，麻岩韬秘密召见了摩尼教老二，两人商讨并制定了缜密的行动方案。

三天后，麻岩韬带着新的行动方案，起程远赴印度加尔各答的东印度公司总部，寻求更加实质的支持。

话说华公子在家乡廉忠村起建豪宅大厝，经过一年多的赶造，也由于华夫人的殚精竭虑，终于使大厝赶在老夫人九十寿辰前的一个月全部完工了。

夫妻商定，决定为老夫人举办一次风光的寿诞。华家公子事母至孝，本来就

237

远近闻名。此次要为老夫人举办九十寿诞的消息，迅速传播开来。远近亲朋好友、邻里商贾闻之者，无不踊跃而决定前来为老夫人祝寿。

老夫人寿诞临近了。华家全力以赴地投入到筹办寿诞的忙碌中去了。本来，二夫人也要从青山岛回到廉忠村给老夫人祝寿。公子因担心岛上茶楼无人值守，经禀明老夫人后，安排二夫人留守青山岛橘红楼。鉴于上次橘红楼被焚的教训，公子特别交代二夫人，在老夫人寿诞期间，要日夜警戒，严防歹人趁机闹事。

眼看着给老夫人送寿礼的宾客越来越多了。几日来从早到晚，华公子只能忙着一件事，那就是反复地迎来送往。虽觉得应接不暇，但心情总是极为高兴和亢奋的。

中午时分，华公子正准备稍事休息，忽有管家报说，何公子来给老夫人祝寿了。华公子闻报，赶紧到大门口迎接。甫一见面，双方都兴奋地互为打躬作揖。

在华公子引路下，兄弟俩来到了寿堂。华公子走到老夫人身边，为何公子作介绍说："母亲老夫人，这位就是孩儿经常给您提起，当年在杭州结下的知己兄弟何家公子，今天特地从杭州赶来为您老祝寿来了。"

老夫人未及反应，何公子已经趋前到老夫人面前，实实在在地跪下向上叩了三个头，并且，朗口念着祝词道："晚辈何嵩给老夫人祝寿。敬祝老夫人福如东海，寿比南山！"

老夫人见何嵩一表人才，礼貌伶俐，立时高兴得合不拢嘴，赶紧示意华公子将之扶起来。何公子站立起来，随即招呼随从送上礼单。华公子双手接过，转呈给老夫人过目。老夫人看过礼单，何公子才把一个精致的锦盒送到老夫人侧边的供桌上，亲自打开盒盖。顿时，一尊金光四射的金佛呈现在人们的面前。

何公子恭敬地面对老夫人再次长躬，真诚地说道："老夫人九十寿诞，这是孩儿为老夫人祈福添寿的。"

老夫人带着疑惑的表情转头看了华公子一眼，然后对何公子道："公子孝心，老身愧领了。但如此破费，万万使不得。"

华公子也觉得何公子太过破费了。他带着感谢的口吻说："何兄正在做事业的紧要关头，用钱的地方尚多。前面的寿礼已经过重了，这个金佛是万万不能再收了。何兄还是收起来吧！"

何公子正色道："你我既是生死兄弟，老夫人是你母亲，也是我的母亲。做儿子的给母亲祝寿尽孝是理之当然，天经地义。望老夫人不要拒绝做晚辈的孝心。"

话已经说到这份上，眼看着要再推辞就不合情理了，老夫人只好说："茗儿，还不赶快谢过何兄弟的好意。"

华公子赶紧遵奉母命，从何公子手里接过金佛，供在正厅的佛龛之中，然后，转身来到何公子面前对着深鞠了一躬，说道："何兄，让你太破费了。请到客厅喝茶。"

兄弟俩告辞了老夫人，来到客厅，家人奉上香茶。两人寒暄了几句以后，话题自然就进入了有关海贸的讨论。何公子描述了一番美好前景后，对华公子说："前一段，愚兄运货到马六甲，恰遇东印度公司的管事，受到其热情的邀请。愚兄为了扩大与其生意来往，接受了邀请，分别考察了孟买、马德拉斯和加尔各答等地，了解到其所经营的东西方海贸状况，知晓了凡出我华夏的货物，转贸西洋各地，利润都极高。特别是华兄的橘红宝茶和茉莉花茶，尤其声名赫赫，前景光明。"

华公子赞同道："何兄说得对。年前愚弟随约翰旅行西洋，也走过一些国家，也了解到西洋人对橘红和茉莉花茶，确实情有独钟。他们已经预定了不少来年的茶叶，等老夫人寿诞过后，愚弟正考虑来年如何扩大茶叶的生产呢！"

何公子发现时机已到，马上接下华公子的话头，说道："兄弟也别为此事烦恼了。愚兄这里倒有一个好主意，不知兄弟感兴趣否？"

华公子道："兄台有何好主意，请快点言明，你我兄弟酌情定夺行止！"

何公子道："愚兄在加尔各答时，曾与东印度公司总督探讨过一个合作方法。总督慷慨答应，只要兄弟愿意将生产基地转移到加尔各答生产橘红和茉莉花茶，所有资金、原料、厂房、设备以及人员和销售均可由东印度公司负责。每年结算后，所得利润则各占一半。如此优厚条件，不知兄弟有意否？"

华公子带着惊讶的神情听完了何公子的叙述。心里想到，难道这些信奉上帝的西洋商人果真如此仁慈？但转念之间，马上自己否决了结论。洋人如果真会如此仁慈，就不会在加尔各答血腥杀人和洗劫人家的国库了。

于是，华公子断然地说："条件再好，我也不能做此背祖离宗的大逆之事。何兄也不想想，洋人为什么对你我兄弟这么友好，为什么能够给我们如此丰厚的条件，这不明明是冲着愚弟的橘红和茉莉花茶而布下的大陷阱吗？"

何公子嚅动了几下嘴唇，本想再劝说几句什么，但是，从口中却说出了另一番话。他说："愚兄也觉得这帮洋人不可靠，本不想提及，但刚才看到兄弟为明年的生产操心，故而忍不住说了出来。贤弟不会责怪愚兄多此一举吧！"

华公子应道："我怎么会怪何兄的关爱呢！只是这些洋人，也确实十分狡猾可恶。在此之前，为了谋到愚弟的橘红和茉莉花茶制作技术，已经动了不少心思。看来，今后是更要小心提防着这些鸡鸣狗盗之徒的算计了。"

听到华公子如是说，何公子脸上隐现出不自然之色。他继续勉强与华公子再闲聊了一阵后，特别关照华公子，因要率船队外航，老夫人的寿宴无法参加了，然后，借口与远客有约，告辞走了。

何公子来到海边，假装闲情逸致地观看着海边景色，慢悠悠地往南边走了一里地远近，发现没有什么可疑的地方，就撮起嘴唇学着海鸟的叫声，向着一处海湾连叫了三声。

片刻工夫，海湾芦苇丛中划出了一条带篷的渔船，快速地朝何公子划来。船未靠岸，何公子便身手敏捷地一跃，即刻上了渔船，进了船篷。渔船在海湾划了半个圆弧，三转两转，不久就隐没在海湾深处不见了。

在廉忠村的历史上，人们祖祖辈辈满足地生活在一种本分、宁静、自得其乐的状态中。这次华府为老夫人举办规模空前的九十寿诞，一下子把个静谧的古老山村给搅动了起来。

有慕名来参观大厝的，有来给老太太祝寿的，还有来与华公子谈生意的，络绎不绝于略为狭窄的古官道上，真让廉忠村的村民们大开眼界了。

人们对于掩映在神山深处的大厝，感叹着、议论着、羡慕着。他们都为有幸能看到如此规模宏大，简直像迷宫一般的大厝感到终身无憾。

最让人们感到三生有幸的，还在于亲自参加了华府老夫人的寿宴。寿宴摆了近三百席，几乎所有远近乡邻友好都受邀参加了寿宴。大厝上梁帮过忙的，以及所有参与建造大厝的师傅和工匠都受到了邀请，参加了老夫人的寿宴。

筵席上，觥筹交错，好酒尽管喝，好菜开怀吃。酒用的是家乡产的蜜沉沉和红酒等为主。让宾客们兴奋的是还喝到了以前连看都没有看过的洋酒，有著名的葡萄酒和香槟酒等。满桌的佳肴，既有山珍，还有海味。其中，最让宾客们众口称赞的要数五彩鲈鱼脍了，这是华夫人秋霞小姐亲自掌勺的最拿手厨房绝艺。

今天是华老夫人的九十大寿，为表孝心，也为了感谢众位宾客的莅临，华夫人亲自下厨掌勺，为每桌烧脍了一盘五彩鲈鱼脍。

五彩鲈鱼脍采用特产于本地有名的桐江鲈鱼，每尾约两斤左右，烧制时配以绿豆芽、红萝卜、水发冬菇、绿柿椒、胡椒粉等佐料。此道美味的特点是：菜量多，菜汤足；味鲜美，色艳丽；存古风，喻吉祥。五彩鲈鱼脍是本地极负盛名的名菜，有幸尝之，必自叹口福匪浅。

寿宴从中午开始，一直进行到傍晚，历时三个时辰方告结束。众宾客皆酒足饭饱，心满意足。他们一边感叹着酒宴的丰盛，一边带着醉意、打着饱嗝纷纷散去不题。

华公子夫妇把最后一批客人送走后，方才松了一口气。几天劳累下来，确实有点撑不住了。于是，安排老夫人休息以后，夫妇俩也准备回房歇息。

这时，一个留守青山岛的家人慌慌张张地出现在华公子的面前，报说橘红楼遭到了海匪的进攻，情况危急。

华公子头脑"嗡"的一声，差一点昏厥过去。华夫人遇事较冷静，她吩咐下人为报信家人先倒了一杯水喝了，然后，温和地问道："别急，慢慢说，到底是怎么一回事？"

报信家人喝了水，口齿清楚了许多。他说："老爷夫人，赶快回青山岛吧！那边遭到了一帮海匪的进攻，大约有三四十人的模样，装备有西洋火器。二夫人遣我催老爷火速增援，请老爷快快起程吧！"

华夫人听了，马上对丈夫道："看来情况非常危急，夫君快点召集人手，火速增援青山岛。妾将这里的事稍微处理安顿后，随后也率领家丁，马上到青山岛与夫君会合。"

容不得犹豫，华公子迅即召集了二十名装备西洋火器的勇悍家丁，分乘两艘快船，由水路火速增援青山岛。

话说华公子夫妇双双回廉忠村为老夫人祝寿，二夫人果然十分警惕，不敢稍加疏忽。三天过去了，一切显得风平浪静，没有什么异常出现。到了第四天，也就是老夫人举办寿宴的当天，青山岛周围突然出现了反常。在岛的四周，时不时地有十来只形迹可疑的带篷渔船，老围着青山岛转悠，偶尔还有一两条船企图靠岸。

自老爷夫人回廉忠村后，二夫人根据公子的吩咐，布警安哨，随时监视着海上的任何动静，生怕有什么疏漏而生出大事。当守岛家丁把观察到的一系列可疑情况禀报以后，二夫人就特别吩咐加强警戒，不许陌生渔船靠岸，并且加强了全岛的日夜巡逻，增加了橘红楼周围的守卫。

华老夫人寿诞的当天晚上，经过白天一整天的侦察和试探，作为摩尼教二当家的何嵩觉得机会难得，于是，决定午夜后偷袭橘红楼。

何嵩借给老夫人拜寿为由，企图引诱华公子和东印度公司合作，以求控制华公子的图谋再次不能如愿后，当即恼羞成怒。他潜回摩尼教老巢，准备与大当家商量下一步的行动方案。恰值大当家麻岩韬前往加尔各答尚未回来。因此，何嵩遂从摩尼教老巢来到东冲半岛的摩尼教据点红山头，几经权衡以后，遂自行决定趁华公子忙于祝寿脱不开身的大好机会，再次偷袭青山岛，血洗橘红楼，一举端掉华公子的根本。

红山头地势险要，易守难攻，是摩尼教掌控三都澳的重要据点之一。其位于东冲半岛的溪南境内，与三都澳口的鸡公岛隔官井洋遥遥相对，是一处极为重要的战略要地。

午夜过后，三都澳显得风平浪静。在夜幕的掩护下，何嵩带领四十个匪徒从红山头下到海边，分乘四条快船悄悄地向青山岛的码头靠近。由于劳累，警戒家丁竟然没有知觉。何嵩非常高兴，遣使匪徒迅速地解决了守卫码头的华氏家丁，接着，率领盗匪悄无声息地包围了橘红楼。

何嵩所率领的摩尼教邪徒，都是一群训练有素，水陆功夫非同寻常的亡命之徒。为了报复屡次失利之恨，何嵩正准备指挥匪徒进攻，忽然，一阵西洋鸟铳的子弹如雨点般向匪徒们倾泻而来，打得匪徒抬不起头来。排枪过后，已经有三四个匪徒饮弹而亡。何嵩知道对方有了准备，他咬了咬牙，遂一不做二不休，下令匪徒改偷袭为强攻。

白天海上的可疑船只，已经引起了二夫人的高度警觉。她判断，这是一些有备而来的海匪，目标十有八九是冲着橘红楼来的。

晚饭后，为了慎重起见，二夫人召来最机灵忠心且熟悉海路的家丁，附耳交代了一番，家丁领命去了。

家丁根据二夫人的指令，事先准备了一条小快船，隐秘地埋伏在靠近橘红楼的海边。午夜过后，果然不出二夫人之所料，匪徒偷袭橘红楼来了。双方一交火，家丁马上驾船起航，火速赶往廉忠村报信去了。

匪徒猛力进攻了一会儿，竟然没有丝毫进展。双方铳枪对射，火力都不弱。此时，何嵩方才发觉，如此打法，就是打到天亮也无济于事。

何嵩心里想到：这样耗下去，对自己是极为不利的，不说天亮了官军会赶来增援，很可能华公子也会闻讯火急赶回，到那时，自己就被动了。于是，他脑筋一转，计上心来。

何嵩一边命匪徒继续进攻，火力要猛；另一边叫来两个匪徒，附耳嘀咕了几句，匪徒应命去了。

白天的所有迹象都使二夫人坚定了一个判断，晚上肯定有事发生。因此，她除了预先布置小家丁随时前往廉忠村报信以外，还预先加强了橘红楼的守卫；自己更是不敢大意，天黑以后，就不断亲自巡视，提醒家丁千万要睁大眼睛，以防不测。

当匪徒甫一刚登上码头，码头守卫麻痹遭袭，大队海匪向着橘红楼偷袭而来的时候，就被亲自巡逻的二夫人发现了。她悄悄地传令所有家丁，吩咐不要惊动匪徒，待近了才打他个措手不及，结果才造成了匪徒偷袭的失效。何嵩无奈，企图依仗着人多火器强大，下令强攻。然而，二夫人也不甘示弱，凭借着橘红楼牢固的外防设施，居高临下进行坚决的抵抗。双方都充分发挥着各自的优势，呈现出胶着的状态。

眼看着离天亮只剩下两个时辰，何嵩开始显得有点把持不住了。忽然，从橘红楼紧临海边的后面，一抹火光亮了起来，火光越来越亮。何嵩心头一喜，他"噢"的一声站起来，忘记了身份的隐蔽，亲自大声催促匪徒向橘红楼猛攻而去。

楼后侧的起火，一时吸引了楼内众家丁的注意力。大家一阵骚动，二夫人临乱不惊，及时稳定了家丁的情绪，并且，当机立断地将家丁分成两拨，一拨令管家指挥，继续在正面抵挡匪徒的进攻，另一拨则自己亲自带领，快速组织扑火。她叫来两个忠实机灵壮实的家丁，不离左右地随侍在身边。

这期间，二夫人匆匆回了一趟房间，取出了一个小包袱，交代随侍身边的家丁千万保管好。

何嵩领着匪徒疯狂扑进，管家眼看着守不住了，派人报告了二夫人，二夫人无奈，叹了一口气，只好下令放弃橘红楼，向楼后侧的海边撤退。

二夫人领着一干家丁从后侧出来，上了预先准备好的船只，向着临近的三都岛驶去，此时离天亮还有一个时辰。

何嵩率领匪徒终于攻进了橘红楼，此时大火已经弥漫开来。何嵩下令紧急搜索楼内未着火的房间，重点搜索华家夫妇住的房间，特别是要寻找到一个藏有文件的箱子。

匪徒纷纷来报，未见箱子的踪影。极为失望的何嵩懊丧地下令匪徒，继续抢劫放火杀人，将橘红楼所在的渔村洗劫一空。直到天光到来之前，这一帮恶徒才带着财物下船离去。

天大亮后，华公子的船队方才火急赶到青山岛。临近码头，刺鼻的焦味迎风吹来，华公子心里暗暗叫苦。但他还是镇定地指挥家丁成战斗队形，小心翼翼地向橘红楼包抄过去。到了楼前，众人方才发现匪徒烧了楼房早已离去。

华公子站在被再次烧毁的楼房前，呆愣了一会儿。忽然，他猛地醒悟过来，马上下令家丁，赶紧在废墟中找寻遇难者的尸体。

不一会儿，家丁们陆续回报，总共有三个家丁殉难，另有一个家丁受伤。华公子当即命人将受伤者运送到三都岛医治，另命人厚殓死难者。对于附近渔村受殃及的村民，华公子也给了丰厚的抚恤。

从现场的清理结果看，华公子一颗紧着的心总算松开了一些。正当华公子心里还在忐忑上下的时候，家丁报说海上开来一只船队。公子急令众家丁赶紧警戒，密切监视来船的动静。

船来得急，很快就到了码头，先从船上下来了一队官军，紧随其后上来了几个自己的家丁，家丁分开在码头两边警戒。片刻之后，二夫人怀中抱着一个百宝箱，面色沉重地上岸来到华公子面前，郑重地将箱子交给华公子，泪流满面地说："妾有负夫君之重托，所幸为夫君保住了箱子。"

华公子抚慰二夫人道："贼人无道，总有一天会遭天谴。夫人无恙，我心已足矣！钱财失去还复来，请夫人勿悲。"

第四十八章

京城报信龙颜震怒　饬令柳云再下东南

橘红楼再次被焚毁。分析各方迹象表明，匪徒的目标已非常明朗，那就是冲着橘红和茉莉花茶的制作秘方而来的。

华公子迅速处理了各种善后工作，方才静下心来，对一段时日以来发生的大小事件进行反复梳理，结合所得到的各种情报，发现了几个最大的疑点。其中最为重要的就是两次针对橘红楼的攻击事件，似乎均与摩尼教有关，而且可能还与海外的东印度公司有关。根据匪徒对自己极为熟悉的情况分析，事件的发生似乎都与一个与自己有密切关系的重要人物有联系。

华公子在进行分析的过程中，如亲兄弟般的何公子，一次又一次出现在他的脑际。从感情上说，华公子万万不会相信是他。但是，长期经商的历练，使得华公子褪去了一些儒者的酸腐，多了一些商家的现实和警惕。因此，华公子断定，他的这个至交好友很有可能与麻岩韬有某种关联，说不定这次洗劫橘红楼的行动就是他指挥的。

华公子将事件的经过和对本次事件的分析，详细缮就一份密折，用双羽毛封章，急奏朝廷。

看过华义茗密奏的皇帝，得悉摩尼教令人发指的恶行，顿时龙颜大怒。皇帝当下急召柳云觐见，商讨应对的方策。

柳云奏对皇帝说："皇上，看来东南问题是该到收网的时候了。否则，如果让其里外勾结蔓延，一旦坐大，势将增加解决的难度。"

皇帝听了柳云的建议，沉吟了一会儿，似乎是下了最后的决心。他坐回到宝座之上，宣谕道："柳云听旨！着柳云为钦差大臣，巡按东南，凡各省军政，均听柳云节制。速速剿灭东南海匪摩尼教，回朝缴旨。"

柳云赶紧跪下，口称："臣柳云遵旨。"皇帝乃天才英睿的天子，早就一边宣旨，一边亲自将圣旨缮就，再用龙目细看了一遍后，盖上宝玺，郑重地将圣旨亲手交给了柳云，对柳云说："柳爱卿努力，勿负朕望！"

柳云慌不迭地奏道："请皇上宽心，东南摩尼教海寇，早已在朝廷的掌控之中。此前臣已饬华义茗先行准备，待臣一到，举朝廷之威，定能一鼓而定之。"

皇帝看着柳云，温言慰勉说道："爱卿忠心勤国，素为朕知。但此次东南之行，万不可大意。东南地方，山海险恶；匪寇狡诈，更非一般。望爱卿步步谨慎，不可急躁，谋定而后动。为了稍助爱卿此行一臂之力，朕决定派出内廷护卫二十名，随侍爱卿左右听用。"

柳云听到皇帝的这一番话，顿时感激涕零，颤声奏道："皇上恩遇微臣如此，臣敢不肝脑涂地以报效国家乎！"

柳云接了圣旨，收拾简单行装，不事张扬，火速南下。不日，台驾就到达了福宁府，先行知会了华义茗。为了便于剿贼，更为了不打草惊蛇，经再三考虑，柳云秘密住进了青山岛的古樟寨。

古樟寨位于青山岛的顶峰，因寨旁长有一棵千年古樟而得名。寨墙险要无比，四面皆为条石垒成，东南西北四个方向紧邻悬崖峭壁，只有面东方向沿着岩缝人工开凿有一条险峻的石阶路可通寨内。寨墙南向，另开有一门，由山脊可以通向龙凤峰，到达青山岛之最高峰鲤鱼顶。从山下往上到古樟寨，沿路皆可处处设防，处处都有一夫当关，万夫莫开的险峻，真是一处易守难攻的罕绝军事要塞。

据说古樟寨早年是岛上居民用来阻挠倭寇攻岛，防止海盗贼匪骚扰，保护全岛居民安全而花巨资修筑的。

为了保守秘密，也为了保护柳相国的安全，华公子可谓颇费了一番心思。他派出了一百名可靠家丁扮作工匠，搭帐篷常住在岛上。一边清理地基，组织建筑材料，假装重盖橘红楼；另一边则随时警惕着海上，严密监控着上岛码头，晚上则分兵把守着上古樟寨的要道。华公子的家丁均全副武装，以守卫青山岛和柳云的外围安全为主。内层的安全，自有柳相国从京城带来的二十名侍卫高手负责。

华义茗仍然和二夫人全家临时住在三都岛，他每日皆以巡视建楼工程为名上青山岛，面见柳云，禀报各路情况和商议对策，同时，接受和传达各种指令。

柳云秘密坐镇于青山岛。经过分析和判断，确信此次偷袭青山岛的具体指挥者就是何嵩无疑。而且，通过情报，还判断何嵩仍然滞留在三都澳内没有离开。此次东南剿寇，此贼的存在将给行动带来极大的威胁。

柳云对华公子说："此贼不除，将是个祸患。给公子两个任务。迅速查清何嵩的藏匿之地，通知福宁黎知府速速来见。"

华公子领命，马上回三都岛布置人手，严令迅速查清何嵩藏地来报。然后，亲自驾一条小船，直奔福宁府衙而去。

福宁的黎知府，四川犍为人，进士出身。黎知府是福宁建制以来最有建树的地方官。其履任福宁以来，勤于民事，经常深入府辖治区，访贫问苦，督修水利，编修史载，重视教育，深得辖区民望颂扬。

黎知府特别嗜好饮茶，其所治下之福宁府，山岭沟壑纵横，素来出产茶叶。因此，黎知府对于茶农茶事，每每关心备至。年年清明前后，黎知府便离开府衙，深入茶区。有一年到福鼎，看到身着盛装的畲家女正在采茶，遂有感而发，口占一首有名的《双髻凌云》。诗云：

淑气朝春雨，疏林抹晓烟。

霏微布谷候，约略采茶前。

着屉寒犹染，沾衣湿苦寒。

杜鹃声断处，仿佛散花天。

黎知府为官能够亲历亲行，造福乡梓，为人能够不分富贵男女，一概平等视之，故此，深得华公子钦佩。两人以诗书茶交往，志气相投，日子久了，遂成为至交知己。

华公子顺利见到了黎知府，转达了柳相国的指令。黎知府大吃一惊，不敢怠慢，当即和华公子起程，便服上岛来见柳相国。

三人见礼毕，分宾主坐下。柳云首先宣示了皇帝的旨意，接着对黎知府说："黎知府回府，马上秘密调集两百名精锐可靠官军，随时听候调遣。所有行动，均须严守秘密。上传下达，均由华义茗承担。"

黎知府遵令。在暗夜的掩护下，黎知府和华义茗悄悄离开了青山岛。小船径直先将黎知府送回了福宁府，两人在岸边拱手后，小船折转回到了三都岛。甫一上岸，早已等在码头的家人，就急急上前，附在华公子的耳旁，说了一句什么。公子即刻三步并作两步，赶回到家里，一路径直进入了书房，反手将书房门关上。

这时，一个以黑纱遮面的人，迫不及待地从椅子上站起来，略显着急地对华公子说道："公子可回来啦!"

华公子说道："事务缠身，让兄弟久等了。实在对不起!"

来者说道："儒生早年失足，误入歧途，实在愧恨终身。承蒙公子不弃，晓之儒生以大义，至儒生幡然醒悟。今日儒生有幸效命公子帐下，虽粉身碎骨，在所不辞。"

停了一下，附耳对公子说："何嵩潜藏在斗姥岛，已知晓朝廷委派大员到福宁府的消息，但尚不知是柳相国亲自到来。近日何嵩除了四处打探消息以外，尚在策划另外的大行动，公子要十分防备。"来者说完，抱拳向华公子说了一声"告辞"，迅即出门，消失在暗夜之中。

华公子不敢怠慢，吩咐速速备船，黄夜再上青山岛，于近午夜时分，火急求见柳云。柳云闻报，知有急事，马上披衣接见华公子。两人不及寒暄，华公子就把何嵩的行踪及其可能的偷袭计划向柳相作了禀报。

柳云听完后，略为思考了一会儿，转身对华公子说："当断不断，反为其乱。华义茗听令：其一，速令福宁知府率所部精兵，务必于拂晓前包围斗姥岛外围，负责堵杀企图突围的匪徒，防止匪徒漏网逃窜。其二，由华义茗率领亲信家丁，在斗姥岛四周隐伏，辰时一到，即刻攻进岛去。特别要备足火药，攻岛时火力务必要猛。余则由本相遣派高手十人提前潜入岛内，见机行事。务必全歼岛上的所有匪徒，勿使一人漏网。最重要的是要捉到何嵩，活要见人，死要见尸。"

华公子说声得令，马上离开青山岛，分头传令布置去了。

三都澳的斗姥岛，原名斗帽岛。远观之如一顶漂浮在海面上的官帽子，故名之斗帽岛。全岛离海平面最高处仅约三十丈，岛之西侧坡缓处，建有一村落，村落也名之曰：斗姥村。岛之面东，正扼三都澳的出洋通道口，峭壁临海，地势险峻，地理位置极为重要，素有"三都门户"之称。岛上自古以来传说住有保护进出澳海船民的斗姥女神，乃是天上七星之母。斗姥女神像保护自己的子女一样，保护着澳海船民的安全和鱼货满仓。

据说，斗姥女神的前身是周懿王之王后，得天地感应而生育有九子。后九子皆得道升天，老大成为天王星，老二成为紫薇星，其余七兄弟成为北斗七星。自然，王后自己也升天而成为斗姥神主了。传说斗姥女神后来显圣于斗帽岛，在三都澳内屡屡显灵庇护当地船民，颇有灵验，以故成为历代以来本地人们的主要保护神祇。

斗姥岛离青山岛仅有两里之遥，何嵩选择此地作为蛰伏之所，可谓胆识俱绝，只可惜其将此胆识用在谋逆害人之上。

其实，何嵩带领匪徒，趁华公子回廉忠村为老夫人举办寿诞之机，偷袭了青山岛橘红楼，本想一举可如愿夺得橘红和茉莉花茶的制作秘方，却没有料到华二夫人也是智勇双全，坏了计划。何嵩一怒之下，烧了橘红楼，屠戮了青山岛渔村。

所谓艺高人胆大。诡诈的何嵩知道官军和华公子肯定会很快回援，于是，率领匪徒于天亮前急急撤离了青山岛。但他并没有远遁，而是选择常人想都不敢想的斗姥岛潜伏下来。斗姥岛与青山岛近在咫尺，相距也不到千丈之遥。何嵩冒险居此，一方面想再寻找机会夺得橘红和茉莉花茶的制作秘方，另一方面也想看看老朋友华公子如何应对。

白天，他和匪徒们躲在岛上迷宫洞里吃肉喝酒睡觉，一到夜晚，就派出匪徒化装成渔民，四出打探消息。

匪徒们仗着对当地地理和人脉的熟悉，没有几天，就侦知，朝廷已派重臣来到福宁府。虽然，何嵩尚无法知道朝廷重臣是谁，来福宁府的目的是什么，但闻知这个消息，还是心惊肉跳不已。

今天何嵩没有喝酒，他要为朝廷大员莅临福宁府的目的得出一个让自己可信的答案。时间已达午夜，何嵩仍然没有一点睡意。在他的脑海里，反复筛选着更为合理的答案。终于，一个逐渐清晰的结论最后定格。此时来到福宁府的朝廷大员，定然与本次青山岛事件有关。朝廷反应如此迅速，看来不可等闲视之。

此时，一个打探消息的匪徒报告了一个令他兴奋的好消息。匪徒告诉何嵩，莅临福宁府的朝廷大员秘密住在青山岛，只有二十名护卫和华公子的一些家丁守岛。

这个好消息犹如六月天吃冰凌，使烦躁了一整天的何嵩顿时来了精神。当即，何嵩一个更加大胆的阴谋，就在那个好用的脑袋里形成了。他狠了狠心，咬牙切齿地说道："一不做二不休，要做就做个大的。"

为了能够确保行动的万无一失，何嵩决定派人到东冲半岛的红山头再搬来二十名匪徒，顺便多带一些补充弹药，火速到斗姥岛汇合。决定等到援兵汇齐，明天午夜再次偷袭青山岛。

打发走搬援兵的匪徒，何嵩才感到了极度的疲倦。于是，他拿起一壶酒，"咕噜咕噜"地喝去了一大半，便和衣往床上一躺，顿时鼾声大作起来。

不知过了多久，何嵩被一阵猛烈的枪铳声惊醒了。他来不及多想，本能地一骨碌爬起来。正欲喊人，忽然心念一动，就顺手抓起武器，几个腾越，消失在山洞的尽头。

话说柳云的三路人马都按时到达指定位置待命。尤其是随柳云南下的大内高手，除了留十名紧侍柳云前后以外，其余十名已经根据柳云的指令，于卯时提前一个时辰神不知鬼不觉地潜入斗姥岛，摸清岛内匪徒的实况，占据有利地形，等待柳云的攻击号令。

辰时刚正，柳云坐着指挥大船，来到了斗姥岛的外海。柳云高坐在船头宽敞的甲板上，两边各侍立着五位大内高手，举手一挥，旁边的一名发令官，几步跨到船头，举铳对着斗姥岛的方向，发出了三声响铳。顿时，预先潜伏在岛内的十名大内高手，疾风骤雨般地从各个方向杀出。华公子则利用凌晨浓密海雾的掩护，已经提前将三百名训练有素的家丁部署在斗姥岛的四周。如今一看到进攻的号令，个个犹如蛟龙出海，奋勇杀上岛来。

山上的匪徒，被这突如其来的进攻打得晕头转向，有的尚不知敌人在哪里，就"咔嚓"一声没了脑袋。不到半个时辰的工夫，几十个匪徒眼看着报销殆尽。

华公子带领几个亲随，搜遍了斗姥岛所有的地方，就是唯独没有发现何嵩的踪影。这时，家丁来报说："杀死匪徒三十名，受伤活捉者六名。"

华公子扫视着被俘者，发现其中有一名是何嵩的亲随。在公子的逼问下，其供称说，拂晓前何嵩尚在迷宫洞里的一个偏洞睡觉。

华公子当即令俘虏前面带路，前往偏洞。一行人进入迷宫洞，由两个武功极好的家丁押着俘虏走在前面，华公子和其他亲随紧跟其后。迷宫般的石洞，果然名不虚传。一行人一会儿左，一会儿右，一会儿上，一会儿下，不知绕了多长的路，方被带到何嵩住的地方。

偏洞内仍然烛火通明，空气中弥漫着酒气。靠壁的石板上放置着半瓶洋酒，一只玻璃杯子。一张简单的单人床上横陈着一条西洋毯子，探手进去，尚有人体的余温。种种迹象表明，何嵩才刚离去不久。

华公子一方面下令继续寻找，另一方面赶紧从洞中出来，前去向柳相禀报。路上，华公子心里想：这个狡猾的家伙，是依然躲藏在岛上的某个隐秘地方呢，还是已经成功逃脱离岛而去？

公子将岛上的战果向柳相作了禀报。柳云听了极为高兴，但接着不无担心地说道："狡诈的何嵩脱逃，将给我们今后的行动带来困难，甚至还有可能因此付出更大的代价。"

第四十九章

贼酋阴狠谋刺宰辅　公子镇定调度有方

话说斗姥岛一役，剿灭了何嵩率领的三十六名铁杆匪徒。虽然，此役给予了东南海上匪寇以沉重的打击，但是，却让何嵩成功地逃脱了。

那日辰时，何嵩在沉沉睡梦中，忽然被外面一片激烈的枪铳声和砍杀声惊醒了。警觉的何嵩，第一个反应，就是一脚踢开盖在身上的洋毯，顺手抓起随身武器，几个腾越，熟练地消失在石洞一个极为隐秘的逃亡通道中。

原来，斗姥岛的迷宫洞，世人能够完全了解其中洞道的，恐怕没有几人。迷宫洞最深处深入到海底，通向何处没人知晓。据民间传言，有的说可以通到青山岛，有的说可以通到三都岛，甚至还有的说，可以通到东冲半岛岸上的某个地方。

何嵩自从率领海匪占据了斗姥岛以后，就对岛内的迷宫洞进行了一番详尽的探索，终于找到了一条极为隐秘的通道。这条通道证实了民间的一个说法，那就是可以从海底一直通到东冲半岛。这个发现只有何嵩和他的一个亲信知道。为了防备万一，从发现这个秘密石洞以后，何嵩就特意安排这个亲信日夜守护在洞口，不准离开，也不准任何人靠近。

今天，何嵩被外面的枪声和喊叫声惊醒，知道大事不好，因此，第一个反应就是三十六计走为上策。于是，何嵩快速来到了洞口，带上守洞口的亲信潜逃而去。

两人沿着漫长的海底溶洞，于夜幕降临时分，出洞口上了东冲半岛，不久，就回到了红山头据点。

柳云和华公子，首战告捷。待清理了战场后，便指令福宁黎知府派兵接管了斗姥岛。柳云仍然不事张扬地住在青山岛，华公子频繁来往于三都岛和青山岛之间，随时与柳相商量决断着军机大事。黎知府则仍回福宁府衙，受柳云饬令，随时备兵听候调遣。

华公子自知此番责任重大，因此，日夜操心，不敢有丝毫的懈怠。为了安全，也为了不分心，他特地将两位夫人和孩子全部送往天姥山中的柏柳山庄，并将制茶的所有大小事物，全交给了两位能干的夫人。派出忠心得力的家丁，归岳父陈老爷子统管，守护家小及庄院。特别交代两位夫人，保管好宝茶秘方。

解除了后顾之忧的华公子，全身心投入到剿寇的作战行动中去。麻岩韬和何嵩摩尼教势力的凶残与狡诈，加上其借重东印度公司为靠山，使华公子感到了前所未有的巨大压力。一方面，能不能彻底铲除麻何摩尼教海匪，关系到国家东南海疆是否能够从此得到安宁；另一方面，无论因公因私，他都要尽力确保恩相柳云绝对安全。

虽然，自己已经弃文从商，商人可以追求利益最大化，可以唯利是图，但是，华公子不行，因为他从小接受过严格的儒家传统教育，从那时起，家国就是他的生命，爱国、报恩就是他的灵魂。

自从投身于商场，华公子虽然日夜为着商利而操劳，但他从来没有忘记自己的骨子里依然是一个儒家士子。士农工商，他是一个烙上铁印的士人。既然是一个正统的士人，那么他就必须履行士子"生前为国家，死后做鬼雄"和"士为知己者死"的神圣责任。

柳云是个学富五车的文相，一位天子近臣，却始终能够礼贤下士，恩待于自己，如此天高地厚的恩德，就是三生也报答不完。所以，值此非常时刻，一定要尽心尽力地去确保恩相的绝对安全，尽心尽责地辅佐恩相圆满完成圣命。

华公子抱着为国家、为恩相效死的决心，几乎动用了自己所能动用的所有力量。所谓养兵千日，用兵一时。华公子决定全部起用所有早先利用各种机会安插在匪酋身边的卧底，以确保此次剿寇行动的彻底成功。

话说斗姥岛一役，侥幸逃脱的何嵩，狼狈回到了红山头，火急召回了本欲增兵斗姥岛的二十名匪徒。狠了狠心，马上派人分头通令所有潜伏在三都湾各岛的眼线，彻底搞清此次朝廷官军的所有情报。终于，线人逐步将了解到的情报陆续报回红山头。最让何嵩感到兴奋的消息是得知此番来到东南坐镇的，竟然是名满天下的柳云柳相国。

惊惧之余的何嵩，觉得这一情报非常重要。除了留下亲信继续打探消息以外，自己则连夜赶回老巢烽烟岛，迎接刚从海外回来的麻岩韬，并与之密谋新的行动对策。

麻岩韬此次南下东印度公司，大出早先的意料之外，东印度公司竟然十分爽快地答应了此前提出的所有合作条件。只要能奉献橘红和茉莉花茶的制作秘方，麻岩韬提出的所有要求都能得到满足。因此，麻岩韬投桃报李地与东印度公司签订了合作协议，带回了其预付的大量经费和足够的火器火药，满载而归。为了督促麻岩韬履行承诺，东印度公司还派出一位全权代表随同来到烽烟岛，以便临近督察。

东印度公司全权代表是个典型的西洋美女，自称叫艾茗小姐。何嵩组织匪徒热烈欢迎了麻岩韬的凯旋和艾茗小姐的到来。见面之后，麻岩韬分别为何嵩和艾茗小姐做了介绍。

艾茗小姐热情大方地跨前一步，不容置疑地抓起何嵩略带颤抖的手紧紧地握了几下，然后，用流利的中文意味深长地对何嵩说："何公子，久仰大名。今天认识，以后我们就是朋友了。假使我这个朋友将来有对不住的地方，还请何先生海涵！"

何嵩被这个洋小姐的一连串动作，弄得丈二金刚摸不着头脑。听到洋小姐如此说，赶紧受宠若惊地说道："艾茗小姐客气了！您是东印度公司的全权代表，我和麻兄还要仰仗于贵公司的大力扶持。届时，还要请小姐在贵公司长官面前，多多替我们美言美言。"

艾茗小姐哈哈一笑，还是用中文说道："大家都是自己人，好说，好说！"

三人彼此寒暄之后，麻岩韬吩咐设宴为艾茗小姐接风洗尘。此时，一个奉麻岩韬之令来见的小姑娘，进来听候差遣。麻岩韬转身对艾茗小姐道："这个女孩叫松花，伶俐听话，给小姐使唤如何？"

艾茗小姐感激地对麻岩韬说道："密斯麻，倒让你费心了。却之不恭，我笑纳啦！"

听到艾茗小姐高兴地接受了，松花知趣地来到小姐前面，敛衽为礼道："小姐在上，请受松花一拜！"

艾茗小姐高兴地说："好，好，免礼了。松花小姑娘，此后服侍我，你可别怕挨骂哟！"松花懂事地对着洋小姐点了点头。

麻岩韬板着脸对松花说："小姐旅途劳累，还不赶快带小姐去熟悉一下住处，洗把脸。宴席备齐，少停我派人去请。"

松花领命，带着艾茗小姐自去。这里何嵩疑惑地问道："麻兄，你这演的是哪出戏？"

麻岩韬答非所问："何兄弟近期在澳海的行动，为兄已尽知。虽然，一得一失，打了个平手，但仅凭震动朝廷这一点来说，就要给何兄弟记一大功了。"

何嵩虽多谋敏锐，但没想到麻岩韬甫一到家，就对自己近期的行踪了如指掌，不但没有责怪自己闯祸，暴露了目标，而且还加以表扬。何嵩有点不相信自己的耳朵，疑惑地问道："麻兄，愚弟的败绩能够震动朝廷？麻兄还要给我记功？"

麻岩韬城府颇深地笑了一下，对何嵩说："何兄弟，你想，朝廷已经派了柳云这样的重臣亲临澳海，说明朝廷已经非常在意你我。如果我们活捉或者打死送到家门口的大鱼，兄弟可以想象，朝廷、东南闽海、东印度公司、所有觊觎天朝的西洋殖民国家，会有什么情况发生？"

何嵩恍然大悟道："妙哉！此正所谓天下大乱，乱中取事也！至少，届时也可以增加我们与东印度公司合作的筹码。"

麻岩韬赞许地点了点头。接下来，两人低声密谋了起来。正当两人说到紧密处，麻岩韬警觉地往四周看了一眼，猛地大喝一声："是谁？给我滚出来！"

应声而出的原来是麻岩韬的军师，外号叫"野狐"。野狐最得麻岩韬信任，几乎是言听计从。比之麻何两人的关系，野狐与麻岩韬的关系则更亲近一层。此次麻岩韬远行印度加尔各答，野狐受命于麻岩韬，负责暗中监视何嵩的所有行动，并随时向麻岩韬禀报。麻岩韬从加尔各答回航，野狐于半道迎了上去，及时通报了所发生的大事。未到烽烟岛之前，野狐又受命再次潜往澳海，了解有关朝廷大员更多的情况。回到烽烟岛，恰值麻何两人正在密谋准备刺杀柳云的计划，因此，受到了十分警觉的麻岩韬的吆喝。

说起这个野狐与麻岩韬的关系，还有一段不同寻常的往事。当年，参与京师暴乱的麻岩韬，事败被俘，庆幸遇上好心的官军统领忽枘鸢，私下被放，犹如丧家之犬般逃到了东南闽海的一个集镇。

一日，病饿交煎的麻岩韬实在走不动了。他蜷曲地蹲在路边，难受得直咧嘴。此时，家里富足的野狐还是个少年，手里正拿着一块烧饼，边吃边去找同伴玩。经过麻岩韬身旁时，看到了麻岩韬的眼睛正直直地紧盯着他手里的烧饼，嘴巴还一咧一咧的。野狐觉得好玩，就站在麻岩韬的面前，问道："你很想吃烧饼吗？"

麻岩韬无力地点了点头。野狐又天真地问道："我又不认识你，为什么要给你烧饼吃呢？"

野狐没有等麻岩韬回答他的问题，接下去说："不认识没有关系。我喜欢玩，你答应以后经常陪我玩，我就把这块烧饼给你。"

麻岩韬用尽最后仅有的一点力气，使劲地点头。野狐见麻岩韬可怜，把烧饼递给了麻岩韬。

就这样，野狐无意之中用一块烧饼救了麻岩韬一命。此后，麻岩韬不但找到了落足之地，而且果真兑现诺言，与野狐成了玩友。随后，麻岩韬通过多年的卧薪尝胆，终于又使尼教发展壮大了起来。麻岩韬没有忘记野狐的救命之恩，一如既往地保持着与野狐的友谊，并遵守着当初的诺言，经常到集镇陪野狐一起游山玩水。

年龄逐渐长大的野狐，遵循父命，立志博取科场，但却魁星犯左，屡试不中，渐渐地对朝廷产生了厌倦，后屡经麻岩韬有意导引，遂加入了摩尼教，并以多才有智而成为麻岩韬言听计从的军师。

其实，野狐之所以忤逆朝廷，既有多次名落孙山之恨，还有碍于至交的情面。内心的深处，野狐报效国家的忠心仍然未泯。上次得华公子盛邀，同饮洋酒时的一番对话，无意中激活了他早年之大志。后来，又经华公子释疑解惑，晓之以利家忠国为百姓等等的利害关系，终于迷途知返了。他秘密与华公子约定，继续潜伏在麻岩韬的身边，等待时机，为朝廷建功立业。

这次摩尼教与海匪勾结，企图搅乱东南海疆，更放胆准备谋刺朝廷钦差柳相国，夺取橘红与茉莉花茶的制作秘方，野狐觉得自己为国家百姓建功立业的时刻到了，因此，利用与麻岩韬的亲密关系，随时将最重要的机密通知给华公子。

本来，最让华公子担心的也是柳相的安全。连日来的安静，使华公子越发警觉起来。得到野狐的绝密情报，在征得柳相的同意后，华公子准备了三条快船，连夜秘密将柳相转移到乐善寺。

乐善寺靠近东海，与朝廷驻屯水师兵营靠近。寺院除了佛荫深厚悠久以外，更有险绝的形胜，背山面海，雄屹一方。寺僧好文嗜茶，早年就已成为华公子莫逆。

华公子夤夜叩响山门，寺僧大为吃惊，赶忙出山门迎接。一行人来到客堂，华公子说明来意。寺僧拜见过柳相后，吩咐清扫僧房，供柳相起居。

华公子亲自布置了寺庙四周明暗守卫以后，再三交代寺僧，要日夜小心，防止贼寇打探消息和骚扰，要严守秘密和保证柳相的绝对安全。寺僧唯唯。

华公子连夜又从乐善寺赶回青山岛，假扮柳云，挑灯夜读，给人以一切如常的感觉。

话说麻何二匪酋密谋以后，经过反复窥探认定，青山岛上柳云身边除了二十名大内高手以外，只有华义茗的五十名枪兵。大内高手武功极好，但大多不使用火器，因之威力已经大打折扣；华义茗的枪兵，使用的都是比较老式的枪铳。己方装备的却是西洋最新式的滑膛枪，两相比较之下，自己占有绝对的优势。

为了确保偷袭的成功，麻何二酋亲自带领五十名悍匪，陆续化装混入三都岛藏匿，聚齐后于当天傍晚，从三都岛的秘密洞口进入，由海底溶洞出其不意偷袭斗姥岛。另外，派遣一头目率两百名海匪埋伏在斗姥岛四周的海域，随时接应攻岛。

此时的斗姥岛，驻扎有华公子的十名家丁。兵丁们谨遵华公子的严令，日夜警觉，严密注视着进出三都澳海的所有动向，不敢有丝毫的疏漏。但他们只注意海上的动静，完全没有料到匪徒会从迷宫洞中涌出。十名家丁没有来得及作出任何反应，就被匪徒残忍地结束了生命。

在斗姥岛得手的麻何二酋，只让匪徒们休息了片刻，就命令匪徒取下华氏家丁的衣帽，选出十名最勇悍的匪徒穿上，装扮成华氏家丁的模样。然后，解下系泊在码头上的华家船只，先行突袭青山岛。其余大队匪徒，则分乘两条大船，紧随其后接应攻岛。

麻岩韬特别交代匪徒，行动要快，手法要狠，速战速决。一捉到柳云，就赶快撤离青山岛。

化装成华氏家丁的匪船很快就来到了青山岛，离码头约有两箭之地，就被岸上的守岛家丁发现了。岸上的家丁问来船是干什么的，匪徒答说是家里来送给养的。

停了两刻钟，传来了可以靠岸的指令。匪徒们大喜，驱船快速靠岸。夜幕之下，匪徒们一个个下船，不及发作，就懵懂地被点了穴道而乖乖缴了械。

十个匪徒中，有一个是闽海有名的江洋惯匪，杀人越货无数，而且练就了一

254

身好功夫。当他们的船靠岸的时候，他凭着丰富的江湖经验感觉有什么意外要发生。

为了预防不测，上岸时他就先运起内功罩护住全身的穴道。尽管负责点穴道的是大内一等一的高手，仍然没有完全封住这位海洋惯匪的穴道。短短的两刻钟，惯匪就自行将穴道解开，冷不防从靠近的家丁手里抢过滑膛枪，手法快捷地一枪将家丁打死了。

训练有素的华氏家丁临变不乱，匪徒的枪声刚响过，一阵乱枪就将这个悍匪射成了马蜂窝。

枪声一响，后面的大队匪徒以为得手，一下子加快船速，向岸边扑来。临近码头，一阵密集的子弹像雨点般倾泻过来，站在船头的匪徒一下子就倒了七八个。

机敏的麻何二酋，发现情况不对，亲自动手，迅速调转船头，从官井洋快速向着外海的方向仓皇逃窜而去。麻岩韬站在船头，目视着青山岛的方向，恶狠狠地骂道："妈的，又上了华义茗这小子的当。走着瞧，我老麻非杀了你全家不可！"

第五十章

调兵遣将收网除患　洋女烈性为情殉生

麻岩韬兵败青山岛，气愤不过，发誓要杀了华义著全家。匪徒们回到巢穴烽烟岛后，果然四出打探消息，寻找复仇的机会。

华公子预先得到了野狐的准确情报，成功地击败了麻何倾巢的攻击后，方才得知匪徒是在成功偷袭斗姥岛后，从斗姥岛转攻青山岛的。他详细查看了斗姥岛，终于发现了两条海底溶洞。其中一条可通三都岛，另外一条可以直通东冲半岛的岸上。华公子大吃一惊，心里想到：要不是野狐及时递送了情报，后果将不堪设想。

从俘获的匪徒口中了解，何嵩在三都澳各岛秘密安置了不少眼线。于是华公子与黎知府一道，顺藤摸瓜，捕获和肃清了在各岛暗藏的匪徒，并与黎知府合计，派兵彻底剿灭了红山头的匪徒，铲平了这个匪徒据点。随后，加强了澳海各要地的防卫。派出所有捕快密探，时刻注意海匪邪徒的动向。为了杜绝后患，华公子与黎知府商议后，派出可靠兵勇，秘密堵死了三都岛和东冲半岛通向斗姥岛之间的海底洞道。随着时间的推移，此两条海底溶洞遂被历史所淹没而再也无人知晓。

做完这些预防措施后，华公子秘密来到乐善寺，将所有经过和部署详细向柳相作了禀报。

柳云听完后，思考了一会儿，告诉华公子道："匪徒此败，未伤元气，定在近期谋划更大的行动。"

华公子道："如果匪徒策划新的行动，他们会选择在哪里下手呢？"

柳云沉吟了一会儿，问华公子道："匪徒新败，澳海暂时当可无恙。公子老家大厝和柏柳山庄的防卫如何？"

华公子答道："谢相爷关心。柏柳山庄有岳丈陈老爷子和拙妻主持，护庄家丁也不弱，加上进山路途遥远，匪徒轻易不敢弃海洋涉险峻而自寻死路。所以，柏柳山庄当可无恙。比较而言，让人比较担心的倒是廉忠村的老家大厝。那里临近内海，匪徒可以发挥其航海之长，以故很有可能成为匪徒攻击的目标。当然，我早前已经部署五十名家丁，负责大厝和老夫人的安全。况且，如有海贼到犯，全体村民也会皆兵击贼。"

柳云听了华公子的分析，点了点头，然后，斩钉截铁地对华公子说："尽早收网，直捣海匪老巢烽烟岛，干净、彻底剿灭邪匪海寇。上解皇上之忧，下平地方百姓之患。华义茗，依我将令，速速遵行，不得有误!"

华公子激动地接过柳云已经拟好的指令，辞别柳云，火速赶回青山岛，与福宁黎知府协商布置去了。

华公子去后，柳云迅速差人发出两道火牌，一道直送温州府，着该府十万火急调派五百府兵到砂关待命；另一道发往浙江巡抚，指令速速调派浙省水师战船三十艘，同样迅速开赴砂关海域待命。

第二天，柳云在侍卫的保护下，巡视了台山列岛。柳云是在与寺僧闲聊闽海地理形胜的时候，听到寺僧介绍台山列岛的地理位置和有关传说的。

此次清剿邪匪海寇，柳云深知责任重大。为了确保万无一失，柳云亲自驾船巡海。巡到台山列岛附近，柳云下船登上台山岛最高点。举目四望，令柳云大吃了一惊。柳云心里想到：如此重要的战争要地，差一点给疏忽而坏了大事。

柳云急令亲随驾快船前往砂关传令。除了留足协守砂关的兵丁以外，饬令五百府兵分头开拔。由一位把总带队，率领两百府兵，分乘十艘快船，火速前往廉忠村，保护华老夫人和廉忠村大厝；余下三百府兵，临时委任身边的一位大内高手为统领，乘坐二十艘快船，迅速赶到台山列岛协防堵贼。分派完毕，柳云才回到乐善寺。

话说华公子从乐善寺领命回到青山岛，派快船请来了福宁黎知府。两人针对柳相的指令，决定先分兵扫清匪巢外围据点，然后合兵围攻烽烟岛。经过商议分工，两人各自调兵遣将。

黎知府回府，急令一位任姓的千总，率领五百名府兵，即刻潜行至三沙半岛，务必于次日拂晓前完成对崗堡寨的包围。自己则亲自率领三百府兵，驾船赶往福宁海，同样于次日拂晓前包围南羡岛。临行前，黎知府激励所有出征官兵务必奋勇杀贼，建功报国，不可使一个匪徒漏网。众军士得令。

与此同时，华公子亲率六百名家丁，分乘快船，准时于拂晓前包围了烽烟岛另一个最重要的外围据点小崄山。

华公子、黎知府和任姓千总等三路人马均按预先的约定，准时包围了各自的攻击对象，并同时分头行动，顺利攻占了烽烟岛所有的外围据点。

本来，麻岩韬四处派出探子，准备寻找机会，一雪青山岛兵败之恨。没想到，探子陆续回报的信息，却使得麻何二酋心惊肉跳起来。他们隐隐感觉到已经有一张无形的大网，正在快速地向自己罩来。眼看情况对自己极为不利，麻何二酋紧急磋商之后，虽然也清楚远水救不了近火，仍火急派人前往东印度公司求援；另一方面取消所有的活动，收缩力量，准备利用烽烟岛的险峻地势，负隅顽抗。

邪匪巢穴烽烟岛，位于福宁海的东北端，扼三沙半岛与小崄山之间海峡的南口，战略地位极为重要。麻何为首的邪匪长期经营烽烟岛匪巢，几乎可谓是固若金汤。除了主岛本身地形极为复杂，地势异常险峻以外，还占据利用了周围的小崙山、南羡岛和半岛上临海的崮堡寨，成环状卫护着烽烟岛。特别是东面的小崙山和西面三沙半岛的崮堡寨，更成为烽烟岛的重要犄角。

多少年来，麻岩韬对烽烟岛不惜血本，进行了苦心的经营。岛内巷道纵横，道洞相连相通，明暗交错，回环往返，犹如迷宫。再加上岛内粮食弹药储备极为充足，就算有大队军兵来攻，一时半刻也是不能轻易得手的。

但是，麻岩韬却忽略了自古以来"得道者昌，失道者亡"的道理。麻岩韬邪匪的恶行，躲不过最终的惩罚。

黎知府主攻的南羡岛在烽烟岛的正南方。按照事前的计划，黎知府指令两百名府兵，沿岛四周散开包围起来。妥当后，才由黎知府亲自率领一百名精悍的府兵攻入岛内。岛内约有匪徒五十名，府兵攻到面前的时候，大部分还在睡梦之中，因此，没有什么反抗就做了俘虏，有几个企图操家伙抵抗的，瞬间就没了脑瓜。不到半个时辰，南羡岛的战斗就顺利结束了。

千总所率领的五百府兵，到达三沙半岛南岸，即分兵两路。一路由千总亲自率领，登陆包抄至南门奇兵攻击。另一路则由副将率领，由海上正面对崮堡寨进行佯攻，以吸引匪徒的注意力。

崮堡寨是三沙半岛最重要的军事要塞，素称"海涯屏藩"。崮堡寨传说为明初江夏侯周德兴首筑。周德兴奉明太祖旨令，大规模经略东南海疆。经过踏勘，深知三沙半岛及其对面琼岛列岛重要的战略价值，因此，不惜血本修筑了崮堡寨以镇守本地海疆。

崮堡寨周长八百五十余丈，寨墙高约两丈，最高处可达到两丈七，墙基宽约一丈六，墙面宽一丈一。开有东、西、南三门，北面依山而建。

东门面朝大海，建筑最讲究。整座大门系由双重门、门洞、门楼、明暗炮台等防御设施组成。大门全部用青条石砌就，石缝之间用铁水浇固，俨然就是一座固若金汤的堡楼。大门外面，又与左近的烽火门和南日山互为犄角，形成严密的纵深防御体系。至今尚保存完好的崮堡寨，堪称东南历代海防城堡的杰作。

崮堡寨内，街衢整洁，民居与坊市错落有致，这些设施无疑是为军人家属所设置的。最让人叹绝的是寨内所有纵横街道，清一色用七米宽的青石板铺就，大街间距建有四个雕梁画栋的街亭，街亭上书"迎恩"两个大字。堡寨内共凿有八口水井，水井皆为八角形状。水井的位置选择极为科学，既方便于居民取水饮用，又充分考虑到战争和防火的作用，足见当年设计者的良苦用心。综观古今历史上所有的军事堡寨，建筑和街道设施如此宽敞，如此富有艺术魅力的，应属极为罕见。

崮堡寨很早就被何嵩看上而据为己有。对外，则公开为其所经营的海运公司泊地中转站。华公子曾经几次受到何嵩的邀请，游览了崮堡寨的雄奇与险胜。华公子是个有心人，他在赞叹崮堡寨的景致的同时，也暗中详细观察评估了它的军事价值。

当时，华公子就极为担心，如此重要的海上屏藩要地，朝廷竟然没有派驻一兵一卒戍守，一旦为贼人所占，后果将不堪设想。于是，其后华公子就利用自己与何嵩的亲密关系，暗中点派了几个机灵家丁，让他们化装为各种身份，设法在堡寨内居住下来，以备将来所用。

此次发兵攻打崮堡寨，华公子事先已经知会了潜伏家丁，令他们务必在官军攻寨时，设法里应外合，成功拿下崮堡寨，为朝廷立功。

自与麻岩韬发觉朝廷将在东南有针对自己的大行动后，何嵩就回到了崮堡寨深居简出，不敢他往。当然，何嵩对这个雄险无比的崮堡寨还是极有信心的。除了寨子险峻坚固以外，同时还储备有几年也吃不完的粮食，更有足够的火器弹药。因此，他气定神闲地照样与掳来的女人玩乐，照样与匪徒们喝酒，一切都如往日一样。

贼头何嵩的麻痹与傲气，自然也影响到其匪徒部属。守护寨墙的匪徒，经常利用何嵩酒醉的时候，结伴嗜酒赌博，往往轮流玩到下半夜，个个才昏昏欲睡而东倒西歪。就连负责瞭望的匪徒，也竟然靠倚在寨墙之上而鼾声如雷。

按事先的约定，海上官军于正面登陆上岸后，如未被发觉，就直接攻打东门。东门攻击一开始，所有匪徒定会慌乱，将注意力都集中到东门。如此，堡内的内应则可趁乱于南门左近，伺机斩杀守门匪徒，打开寨门，迎接官军杀入。

果然，登陆后官军按计划首先在东门正面发起了进攻，堡内匪徒一时大乱，堡中的内应成功地打开南门，千总趁乱率军快速从南门杀进寨内。除了命令一队军兵杀向东门接应以外，自己则在内应的带路下，直捣何嵩住处。外面的枪声和嘈杂声惊醒了何嵩，何嵩正准备组织顽抗，官军已经来到面前。面对官军，何嵩惨笑了一声，随即以极快的手法举起最新式的西洋短枪，朝着自己的太阳穴开了一枪。

此时，堡寨内的匪徒已经全部被清除。千总下令清扫战场，布置了守卫后，迅速整队上船，赶去参加会攻烽烟岛。

在黎知府和千总两处都顺利得手的同时，华公子也没有费去多少周折就顺利地攻占了小崟山。这样，烽烟岛外围的匪徒据点完全被拔除了。各路人马也依指定时间迅速包围了烽烟岛。

按照事先的计划，华公子率队从北面攻岛，为主攻；黎知府从南面，千总从西面分别助攻。东面峭壁临海，则由浙江南下的海巡官军负责巡逻，一方面随时策应各路军兵的攻岛行动，另一方面则随时搜捕企图向海上逃逸的匪徒。

战斗打响后，三路攻岛的人马，虽然都遇到了对方激烈的抵抗，但在争先为国建功、为民除害的官军面前，抵抗显然是徒劳的。尽管整个烽烟岛到处危机四伏，但匪徒们都因无心恋战而节节败退。官军们还根据野狐所标注的记号，避开了处处机关，减少了损失，提高了进攻的速度。

华公子的北路进攻得最快。他率军清除了滩头的零星抵抗以后，随即带勇悍家丁攻上了半山。到达半山腰，华公子率队进入了回环曲折的山洞，同样循着野狐标明的记号，很快攻到了匪徒平日议事集会的地方。在这里，双方进行了一场激烈的枪战和打斗。

这是一处临崖半壁式洞窟，足有半间客厅大小。上有一块略为向外斜伸的大石块，呈三角状，形似鹰嘴，故俗称鹰嘴崖。洞内地面平整，三面靠壁处有天生的石桌石椅；北向有一石台，形似交椅，俨然将台。

洞窟内，才刚经历了一场本次剿匪行动中最为激烈的打斗。共有十几个悍匪负隅顽抗，但都被华公子麾下训练有素的家丁全部打死。公子这方损失也很大，共有五个家丁死伤。此时，外方陆续传来捷报，所有的据点和匪徒，均已基本清理干净，只有匪首麻岩韬尚不见踪影。最让华公子担心的是野狐，至今仍没有现身。

种种迹象表明，岛中还有隐秘的山洞，麻岩韬和野狐等很可能就在某个隐秘的山洞中。华公子严令：通知布防海面外围的官军要严密监视外海，加强巡逻，务必不使匪首逃匿。责成黎知府负责烽烟岛沿海的布防与巡逻，构成首道防线以防止匪徒下海。自己则带领精悍家丁，深入洞窟各处查访，希望尽快找到匪首藏身的密洞。

华公子沿着洞窟四壁察看着，拍打着，查遍了洞里的所有角落，仍然没有什么可疑的地方。最后，只剩下了北向高台上的交椅附近没有探查。华公子示意两个机灵家丁到交椅周围查看，吩咐要细细地察看每一个可疑的地方。

探查了许久，家丁摇手，表示没有发现什么。华公子不信，腾空一跃，轻轻落脚交椅前，伸手小心翼翼地摸着交椅的扶手。忽然，华公子感觉到左边的扶手有点异样。他用手扶住椅子，警惕地摇了摇，觉得有点松动。公子赶忙招呼旁边的家丁，尽量往石壁边靠去以防不测。待家丁都退到崖壁边，公子才继续小心地在扶手的下方探摸。忽然，他摸到了一个嵌钮。圆嵌钮虽然伪装得很好，不易觉察，但却很光滑，肯定是常用所至。华公子毫不犹豫地用力按了下去，顿时一阵"咯哒咯哒"的声音响了起来。

响声过后，只见交椅向后移开，一个黑森森的洞口豁然露了出来。一行人大喜，五六个家丁赶紧从洞壁上取下火把，在前面警惕开道，华公子紧随其后，进入洞口。约略走了三四百米的远近，前面天光一亮，原来是到了一处峭壁，再无去路。

峭壁前，往下七八十米就是浩瀚无垠的东海。崖壁底下，波翻浪涌，响声如雷，令人悚然。峭壁右侧，有一条极窄的石缝斜行往上。

华公子毫不犹豫地命令众家丁顺着石缝追寻上去。果然，攀爬了十几米，就到了山顶。这是烽烟岛的最高处，山顶有一块略平的台地。靠北侧处盖有一溜两三间低矮的木屋，木屋后面紧靠着峭壁大海。此时，木屋敞开着门，正中一间里似乎有人影在晃动。

华公子把手一挥，众家丁迅速呈扇形向木屋逼近。靠近木屋，往里可以看到有三个人。只见匪首麻岩韬悠闲地坐在一张长靠椅上，左手拥着一个极为美貌的西洋女郎，右手握着一个装有红葡萄酒的玻璃杯。离他们前面两米远的地方，一个被五花大绑着的人被安放在一张太师椅上，满身鲜血，奄奄一息。

众家丁已经齐刷刷地把枪口对着屋内，等待着华公子的攻击号令。公子靠前定睛一看，除了麻岩韬以外，被绑着的正是自己最担心的野狐。显然，麻岩韬已经识破了野狐的真实身份。再看那个西洋女郎，心中着实吃惊不小。

这不是自己朝思暮想的怡和小姐吗？她怎么会和麻岩韬混在一起？从她那哀怨的眼神里，华公子似乎领会到了什么！

此时，已经不容公子多想。因为，麻岩韬已经在用挑衅的口吻，对华公子说道："华义茗，你确实是个大人才。我麻岩韬败在你的手下，算是心服口服了。不过，你有智有勇，不知是否还有情有义？今天，我的身边只剩下你的朋友和你的爱人。如何处置，你可要掂量着办了。"

麻岩韬说完，意味深长地看了看野狐，又拍了拍身边的西洋小姐的美腿，然后，恶狠狠地指着野狐说："他背叛了我，却成为你华义茗最忠诚的信徒。你华义茗不是标榜'忠孝节义'吗？他已经快要为你而死，我倒要看看，你到底是怎么对待你们儒家所标榜的'义'字的？"

稍停一会儿，麻岩韬的脸色逐渐发青阴沉起来。他突然举起手中的酒杯狠力摔到地上，阴狠地对西洋小姐说："什么艾茗小姐，什么东印度公司，全他妈的都是娼妓小人。你一个西洋贵族小姐，家资富可敌国，好好的荣华富贵你不享受，却跑到东方来爱什么茗，成心破坏我的事业，你要为此付出代价。我要用你的死来永远折磨这个坏我事业的华义茗，让他活得比死了还难受！"

华公子惊讶地看着眼前的一切，为难、酸楚、爱恨全都交织在一起。他只得苦口劝慰麻岩韬说："麻岩韬，不要再做伤害别人的事了。像个真正男儿一样，承认现实，赶快投降吧！"

麻岩韬冷笑地说："投降？要我投降可以，但你华义茗必须到我面前跪下求我，兴许还有商量！"

此时，一心一意想要救野狐和怡和小姐的华公子，竟然失去理智而相信麻岩韬的鬼话，果真迈步向前。

重伤的野狐，刚刚苏醒过来。见华公子向屋子走近，拼着最后一口气，大声叫着："公子，千万别过来！"

野狐的话音未落，柔情决绝的女声在海空中激荡回环："华公子，我爱你，来生再见了!"

话音消失在轰隆隆的响声中,腾起一阵袅袅的烟雾。待到徐徐的海风将烟雾吹散开去,人们才发现,木屋、麻岩韬、野狐和怡和小姐已经全部随着爆炸声掉下深渊,沉进了大海,回到了永恒的归宿。

原来,麻岩韬预先在木屋底下埋设了西洋炸药,他想诱使华公子进入木屋后即引爆炸药,大家同归于尽。怡和小姐眼看着自己万里相寻的爱人就要靠近木屋,靠近死亡,千钧一发之际,她猛然从麻岩韬手里夺过引信按下,抢先引爆了炸药而救了华公子。

山头又恢复了平静,似乎什么事也没有发生过。华公子站立在崖壁前,看着水天一线的东海,看着来回飞翔的鸥鸟,回想着怡和小姐的音容笑貌和刚才毫不犹豫地为救自己而与匪首同归于尽的情景,两颗晶莹的泪珠不由自主地顺着脸颊滚落了下来。

第五十一章

勘查东海情祭怡和　做客豪宅义赐佳联

经过烽烟岛一役，摩尼教匿迹了，海匪盗寇远遁了。以东印度公司为代表的西洋殖民者，更惧天朝之威而暂时却步，东南海疆又出现了一片歌舞升平的新气象。

柳云飞章报捷于朝廷，皇帝龙心大悦。朝廷随即颁敕，优恤为国捐躯死难及受伤者，封赏有功人员。饬令有司勘定和加强海防，以利国家东南海疆的长治久安。

东南成功荡平海寇邪匪，朝廷除了举朝欢庆以外，更准柳云所有奏报。派遣中官持圣旨火速南下，委柳云亲任宣旨钦差，宣读皇帝封赏。柳云领旨，特于福宁府衙设颁旨台，宣读皇帝恩旨。

柳云和闽浙地方封疆大吏一齐登上颁旨台，各级官员以及一干人等分立于台下。柳云于台中央请下圣旨，展开高声宣读曰：

　　奉天承运皇帝诏曰：东南海山，国之金瓯。帝疆统驭，古今使然。本朝开国，皇恩泽被。士民感奋，共享太平。不知何年，有蕞尔宵小，心怀叵测，里通外夷，乱国害民。朕废寝忧思，特旨令大学士柳云为钦差，经略东南，务必荡平海寇，固我海疆。王师鼓动，忠勇奋力，一鼓而贼寇匿迹。东南海疆，始复平晏。捷报传达京师，朕心喜悦。

　　自古三皇以降，奖功责罚，国之量器。标榜勇烈，励志后人，例俗因成。以故：特封东南剿寇首功华义茗为靖海将军，三等勇毅侯，开府视事；丁福忠勇英烈，其以野狐为号，潜伏匪穴，屡立奇功，以身殉国，着刊青史，雄表后人；福宁黎知府勤勉，剿贼有功，以五品衔暂署福宁知府，日后着有司擢升调用。怡和小姐虽为异国富商贵族后裔，然情爱感人，义烈格天，特封赏为靖海夫人，立庙配飨，就食万民香火，永佑东南海疆。其余各有功兵弁人等，着升一级，令有司各各封赏有差。钦此！

柳云宣旨已毕，所有受封将佐人等，皆欢天喜地，齐呼"皇帝万岁"。独华公子受命靖海将军，勉强硬着头皮开府于福宁卫，整饬海疆防务。

此次剿灭邪匪海寇，柳云自始至终坐镇指挥，因此，感同身受地认识到水师在卫护海疆中不可替代的作用，特别是舰船和火器在海战中的新特点和新战法。思考再三，遂奏报朝廷，旨准推迟回朝，以便详细考察东南海疆，筹划国家之海防要务。

考察之重点，选择在闽东浙南交界之海疆。首站为砂关港。柳云和华公子坐在一艘武装大船上，在几艘战船随护下，从霞关出发，沿着霞关砂关沿海，由外向里，横渡内港，再折拐南岸，详细巡视察看了一番。

砂关港形势险要，港阔水深，风平浪静，最适合大队水兵驻扎演练，可作为护卫东南重要的水兵卫所之一。该港口小腹大，像个葫芦，内港水面方圆约有数百里。出口水路，最窄处宽仅九丈左右，主航道平均水深三丈六，最深处可达十五丈。北边有霞关半岛回护，南边有南镇半岛雄峙。再往外一海里，还有北关岛和南关岛南北守望。从军事地理学来说，可谓险峻雄绝。

砂关港南北有两个集镇，北镇叫砂埕，人口多，市井繁盛，历史悠久；南边的称南镇，是个典型的小渔村，约有村民千余人。南镇扼砂关港的出海咽喉，素来为兵家必争之要地。

柳云和华公子都是当世博古通今，且对古今军事地理有很深造诣的儒者，他们很早就在相关史籍上了解到砂关港的有关历史记载和地理形胜。如今亲临其地，目睹雄险，自然有很多的感慨，更有诸多对砂关港的美好憧憬！

历史上的砂关港，也和中原大地一样，曾经演绎过一幕幕悲壮的征战史。著名的东晋孙恩、卢循起兵，是中华战争史上最早一次以东南沿海岛屿为依托所进行的反叛战争。孙恩兵败自杀后，其妹夫卢循率领部众继续与东晋朝廷为敌，坚持达十数年之久。当时砂关港中的流江、罗唇等地就是卢循长期驻兵之所。

明初，太祖朱元璋东征，曾亲历东南海山港湾，屡次遇险而终平安。至今，东南各地民间仍流传着当年有关朱元璋的故事和传说。甚至有很多地名，就是因这些故事与传说而起的。正因明太祖对东南海疆的重要性有着全新的深刻认识，因此当朝廷一统，天下甫定，即旨令江夏侯周德专职兴经略东南海防，其中，砂关港、台山列岛、三沙半岛的崮堡寨和三都澳海都是当年江夏侯重点设防的海上卫所之一。

砂关港最令人瞩目的事件是明季末年，先有倭寇海匪猖獗，随即抗倭名将戚继光挥师砂关除贼；后有张煌言、郑成功据砂关港抗清。这一系列的史载军事印记，铸成了砂关港不可动摇的东南海上军事重镇的地位，从而使世人无不闻之而肃然起敬。

出砂关港，就是浩瀚的东海，由北往南并列着四组如珍珠般的岛屿。它们分别是星仔列岛、台山列岛、七星列岛和福瑶列岛。经四组列岛再往南，就是有名的福宁湾和三都澳。

柳云和华公子驾船先到了星仔列岛。星仔列岛由十数个岛礁组成，最大的岛屿叫星仔岛。星仔列岛极为美丽，其惟妙惟肖的物化形象，无不令人叫绝。柳云和华公子驾船沿着列岛的四周绕航了一圈，然后，折转南下，前往台山列岛。

台山列岛最重要的岛屿，有东台山、西台山、南船屿和南屿等三十多个岛礁。其中东台最险，西台最平，雨伞礁最绝。台山列岛的战略地位极其重要，明代即被朝廷列为闽浙外海咽喉。明顾炎武之《天下郡国利病书》的《军政》篇中，即将台山列岛称为外洋门户。万历年间，为防倭寇乱我东南海疆，便在台山列岛长期驻军，设一游击卫所，可见明朝廷对台山列岛军事价值的重视。

柳云和华公子登上东台的最高点，放眼浩瀚的东海。柳云无限感慨地对华公子说："华兄弟，我国朝自定鼎以来，开疆拓土，国力鼎盛，史上无比。然此番东南海上荡寇，老朽隐然感觉，向来被我天朝视为海洋夷寇者，恐将来必定将成为我华夏肘腋之大患！"

华公子颇有同感道："相爷远瞩，在下亦有同感。向者，在下出游西洋各国，观感良多。以国之大小，人口之多寡而言，合西洋诸国，也无法望我天朝项背。然以万民之朝气而言，就不能将之视为蕞尔小国了。"

柳云正色道："公子不可过度夸大西洋夷狄之能，而轻视我华夏之伟力。今日天色已迟，我们先行回寓，有关西洋诸国之话题，晚上探讨。"

华公子赞同道："相爷已经劳累了一整天，也该回寓所休息了！"说完，从东台山下来，扶柳云上船，起航回到乐善寺。

当夜，柳云、华公子和寺僧一道，烹茶论道。柳云又针对白天与华公子未尽的话题，询问公子道："早间公子提及西洋各国之朝气，是否与海洋商贸有关？"

华公子道："正是与此有关。西洋人以金银为通货，以工商为立国之本，以世界广袤海洋为依托。其洋人风俗，素以得商利为人生之最高准则。因此，人人争相研习商贸之法，穷尽航海和征服他人之利器，争相奋进，各展所长。故其虽为蕞尔小国，将来必将成为富强之大国也！"

柳云道："其蕞尔小国，全民不择手段追求商利，将置道德法制于何地？通过打砸抢和伤天害理而发家致富，我天朝上国百姓所不屑为也！"

华公子道："西洋人有一个奇怪的理论，似乎他们极为赞赏先野蛮后文明，先致富后制法的法则。他们认为穷困才是社会万恶的根源。只有让万民都富庶起来了，他们才会知廉耻，才能自觉遵守道德法律。这样，制定的一系列法律法规才能起到约束人们思想言行的作用，人们才会沿着一定的规范来从事各自的工作和生活。"

柳云道："如此说来，他们是先杀人后给人做功德，先抢了别人的东西再冒充善人给予施舍。这就是他们标榜的所谓'放下屠刀立地成佛'的理论吗？"

华公子笑着说："相爷理解得不错，大致意思就是这样吧！西洋各国的殖民者二三百年来，确实到别国干了不少伤天害理的恶事。尽管直到今天，还时有这样的事件不断传出，但不管怎样，西洋各国确实已经出现欣欣向荣的景象。"

柳云听到这里，不无忧心地叹道："想我天朝，虽然一片歌舞升平，但是，如果再不革新求进，恐怕内忧外患在不久的将来就要出现了！"

寺僧忍不住插话道："相爷忧国忧民，让我和尚感佩。以和尚的亲身感受而言，将来伤我天朝筋骨者，必从海洋盗匪始也！"

柳云惊讶地看着寺僧问道："何以见得，请法师详言之！"

寺僧道："和尚本已方外，然天下和谐富庶，乃我佛及佛家弟子之永恒追求。本寺立峙东南海域，历时千年，历代寺僧，感悟最深者有二。其一，凡国家一统，天下太平，百业兴旺以后，若重视和致力海洋商贸者，国皆能繁荣昌盛，百姓皆可富足有余。如汉唐，如宋元。其二，但凡轻视海权和海洋商利者，国乃衰弱而为海洋盗匪所乘，如大明中晚就是教训。如今我国朝天子英睿，能臣干将满朝济济，把个天朝大国治理得井井有条，国强民乐，千古罕有其匹。"

寺僧有所顾忌地看了柳云和华公子一眼，柳云会意，笑着鼓励寺僧道："今夜喝茶闲聊，请法师不必忌讳！"

寺僧得到柳云鼓励，就大着胆继续说道："然而，我朝自开国定鼎以来，取农本商末为国策，因应当时之国情，本也无可非议。但是，长期实行海禁，而放弃海权和海洋商贸，长此以往，非但失去巨大的海洋商利，更重要的是假如因此而被海洋盗匪所乘，则海洋盗匪将因商贸厚利而变本加厉，其势力必然坐大而羽翼逐渐丰满。我天朝大国虽然物阜民丰，但同时也树大招风。一旦有什么风吹草动，这些海洋盗匪就会与外寇勾结，从我无防的辽阔海疆长驱直入而成为天朝之心腹大患。到那时，醒之悔之将为之晚矣！"

柳云起而谢之曰："法师高见，发人深省，老朽诚受教焉！"

此后两天，柳云和华公子继续考察了七星列岛、琼岛列岛、东冲半岛、福宁湾和三都澳海，还一度登上了鸡公山岛和烽烟岛览胜，访问了赛港。两人一边考察，一边商讨着如何加强海疆防务的话题。

最值得一书以传世的是登烽烟岛华公子祭奠怡和小姐的事。华公子与柳云一同登上了烽烟岛的岛山峰顶。面对波翻浪涌的东海，柳云一方面深为国家东南海疆的浩瀚而骄傲，另一方面也感知到朝廷控驭海疆将越来越艰难。柳云踱步来到了野狐和怡和小姐殉难的崖头，站立良久，深深地为两位为国而献身的英雄默哀。忽然，柳云心有所感，转身对华公子说："华义著，你必须为怡和小姐作一篇祭文送送她，让这位异域巾帼能够安心于九泉之下。"

华公子感激地点了点头，略略沉吟片刻，脑际中便涌现出了往日在英伦时的幕幕回忆。于是，发自真情且带着无限伤感的祭文，便朗朗地从公子口中流出。华公子面朝东海，大声诵道：

维岁次辛未秋，三等勇毅侯靖海将军华义茗，百拜顿首、悲伤致祭于东海烽烟岛顶，哭飨于英吉利节烈巾帼、怡和家族爱女、天朝皇封靖海夫人、华氏三夫人艾茗小姐。

华义茗何幸，当年得遇夫人于伦敦。夫人不以华义茗为外人，不理族人之非议，不避街谈之热讽，百般呵护于游子，万种深情舍予华义茗。华义茗愚顽，每每麻木绝情。然夫人仍然不为弃，一如既往，百般柔情，暖如春水，义薄云天，感人肺腑。华义茗东归，夫人千里送君至直布罗陀，芳心百转揉碎，别泪滔滔。多情默祷于地中海，顺风推送着君船东归去。华义茗定格远望，但见夫人仍站立崖头，孑然孤影，如一朵定格于天际的洁白岚彩，久久不肯离去。

从此，华义茗与夫人，天各一方，无缘再续佳期。或许，夫人日日懒起于晨妆，不思茶饮，苦熬着一日不见如隔三秋而万分悲痛。于是，夫人改名号曰艾茗而远涉东方，打入邪魔思报所爱于万一。终于，华义茗奉天讨贼而深入魔穴，穷凶魔头狗急跳墙，企图与华义茗同归于尽。危急之时，夫人挺身，义无反顾地搭救华义茗于生死瞬间。

哀乎！独夫人兮香消玉殒，缥缥缈缈兮魂归大海。痛乎！阴阳两地兮永隔，情思夫人兮朝夕。登烽火兮眺望东溟，寄飞鸿兮告飨夫人。呜呼，华义茗拳拳寸心，夫人有知，其鉴纳焉！

华公子带泪诵毕祭文，遥望东海，俯伏在地，号啕痛哭，引得柳相国也唏嘘不已，伤情感怀。

柳云好不容易劝止住华公子，公子方才收住悲泪。两人依依不舍地下了岛山。水手依令开船北进，进入砂关港，于傍晚时分，回到了廉忠村大厝。

柳云到廉忠村大厝做客，是华公子与之事先商量好的。本来，平定海寇以后，柳云就应该迅速回朝缴旨，但柳云因有公私心愿未了，故请旨缓期回朝，得到皇帝的恩准。

柳云在廉忠村华氏大厝逗留了三天，与华公子一边烹茶，一边家事、国事、天下事无所不谈。两人欢洽无比。其间，柳云还书赐给华公子一幅相国墨宝。

柳云为廉忠村大厝书写的楹联是："学到会时忘粲可，诗留别后见羊何"。"粲可"指达摩的两个徒弟，即禅宗二祖慧可和三祖僧粲。佛学讲究悟道，悟道即要忘物忘我。"羊何"指南朝的两位文士，一位叫羊璇之，一位叫何长瑜。两人以文酒相投，交好忘情。两人经常与当时著名的山水诗人谢灵运一起游历山水，交流诗画，几乎达到了见诗画如见人的地步。

倘有后人读此书联，必可以大致了解到当年柳云与华义茗之间，那种不带任何功利之高洁友情的深厚与永恒了。

第五十二章

相女还愿国老慕名　谈典说故拜祭天门

自从柳云收梦秋为义女后，梦秋以一个出生于东南神山的纯朴女孩，有缘承欢于当朝相国的膝下，使国事之余的柳相国获得了极大的欢乐。因此，柳云深为晚年得爱女而庆幸，也由此将梦秋视若掌上明珠。

一日散朝回家，梦秋小姐陪着父亲和夫人说话。柳云告之夫人，不日即将奉圣旨下东南办皇差。未等夫人答话，柳云就发现女儿脸现悲戚之容，当下惊问："女儿何事悲戚？"

小姐禀道："父亲大人在上，女儿早年曾求香拜佛于神山青岚禅寺，许下了一个大愿，至今尚未还上。适才听父亲大人奉旨使南，以故触起而想念家乡。"

柳夫人口快，告之柳云说："这还不容易，老爷南下带上女儿，回乡省亲，顺便把许下的大愿还了。"

柳云赶紧阻挠说："不行啊夫人，此次奉旨南下，是有特殊的皇命要完成。乖女儿，下次再去吧！"

梦秋小姐不明就里，恳求道："父亲大人带上女儿，女儿肯定不会给父亲增加麻烦的。"说完，又转身撒娇地央求柳夫人，"母亲，父亲大人怕麻烦，不肯带女儿呢。"

柳夫人笑着对柳云说："老爷，好不容易南下一趟，就带上女儿，也可让女儿替为娘的也还上一愿。"

柳云被母女俩纠缠得没办法，只得说道："既然你们母女合伙围攻老爷，老爷认输投降啦！不过，女儿还是要等些时日，待老爷把国事办妥了，才派人来接女儿南下，一同上神山青岚寺还愿。"

柳夫人对梦秋道："既是如此，那女儿就听从老爷的安排吧！乖女儿，在家里宽心等待就是了。"

梦秋赶紧说道："谢谢父亲和母亲大人成全，女儿这厢给二老行礼了！"

说完，梦秋小姐果然认真地对着父亲和母亲深深敛衽，惹得柳云高兴得哈哈大笑，柳夫人也乐得合不拢嘴。

为了兑现对女儿的承诺，平寇大捷后的第二天，柳云就派专人北归迎接女儿梦秋小姐南下。梦秋小姐乘坐马车，一路顺风南下。柳云到达廉忠村大盾的第二天午后，前行的护卫就报说小姐到了。

柳云闻报大喜，赶忙和华公子全家出门迎接。不一会儿，软车轿来到大厝的门前。华夫人命丫鬟上前打开轿门。顿时，一位衣着鲜丽素雅，举止雍容贵气的相府千金小姐，风光地展现在人们的眼前。人们纷纷投去了十分羡慕的眼神，有的嘴里还不由自主地发出"啧啧"的声音。就连华公子，也被眼前的梦秋小姐惊呆了。他不敢相信，这个当年整天搂抱着自己脖子，恳求讲故事的小姑娘，如今竟然出落成宛若天仙的美丽大小姐。

梦秋小姐先用眼神瞟了一眼呆若木鸡的华公子，露出洁白的皓齿莞尔一笑，然后，款款来到柳云面前，行礼说道："父亲大人，女儿前来报到了。父亲大人近来贵体可好？"

柳云高兴地扶起女儿，说："好好，好好！鞍马长途，没有累着女儿吧！"说完，便牵着女儿的玉手，礼貌地和众位乡亲见了面。

由于南下车马劳顿，梦秋小姐于廉忠村大厝休息了两天。第三天，柳云、梦秋小姐和华公子夫妇结伴，带着侍者丫鬟，一起沿着古官道直上青岚寺。

上山朝拜青岚古寺的一行人中，各自带着不同的心事。就中单说当朝首辅柳云，本就是一位博古通今，喜欢探考天下野史逸闻的老学究。因与华公子莫逆，常谈论天下奇异，故很早就知晓了青岚寺的来历。虽然神会青岚寺及青岚禅师已久，只因国事繁忙，无暇顾及。今日得如所愿，携小姐等上山瞻拜，心中着实高兴不已。

一行人沿着陡峭的山路，过蝙蝠洞，拜犀牛石，爬上抬头即能掉帽的陀九岭，终于在午后到达了青岚寺。

闻说贵客到访烧香拜佛，青岚寺僧众集队敲钟热烈欢迎。到客堂暂事休息之后，寺僧就带领一众人等，礼佛烧香，参观寺院古迹。当一众人等来到寺左之摩崖石刻群前，柳云伫立观摩摩崖石刻良久，感慨地对大家说："当年大汉名臣东方朔，巡游天下名山大川，为何独独建议汉武帝授予这仍然处于蛮荒之域的东南神山为'天下第一山'呢？显然，汉武帝与东方朔君臣是出于金瓯固东南的长远考虑。除了东南神山的神奇秀美之外，更重要的是这里山海辽阔，将来定是我华夏鼎立世界的根基所在。老朽如此推断，诸君以为然否？"

华公子击掌道："柳相此说乃千古新论。古人论山，皆以山水形胜为第一。而今柳相此论，则以国家根基为第一。从国家社稷长远而计论之，如此才能数为千古第一论了。"

寺僧又将众人带往天门峰观景。众人一到天门峰前，就被其罕见之景致惊呆了，柳云对之更是赞不绝口。天门峰位处青岚寺后，其陡峭的崖壁，茂密的植被，叮咚的泉水，还有掩映在林木之中的天门洞和天门寺，都有着独具一格的风光雅韵。

凡到过天门山的人，最难以忘怀的是有关天门姑娘的传说了。话说当年天门峰下有一对痴情相爱的青年，姑娘美丽绝伦，青年勇敢忠诚。两人相亲相爱，矢志不移。后来，有一个恶霸欲强娶姑娘为妾，姑娘连夜逃往天门洞躲避，恶霸派人追赶。青年闻讯赶到天门洞保护姑娘，血战恶霸爪牙。最后，青年与姑娘双双被恶霸放火烧死在天门洞。浓烟弥漫之中，一阵巨响之后，青年与姑娘的魂魄便化成了眼前的天门峰而成为爱情永恒的见证。

寺僧是个善于演讲的人，当下他就把天门姑娘的美丽、纯洁、深情和对于生死的超然，用简洁但又富含感染的言辞讲述给一众人等。听了寺僧的故事，大家心中油然升起了对眼前天门峰的崇拜。尤其是梦秋小姐，早已被天门姑娘为爱而泰然赴死感动得珠泪涟涟。

还是华夫人聪明，为了缓解大家的情绪，她开导说："天门姑娘是有福之人，她毕竟与所爱之人实现了不同生而同死的愿望。我们应该为她高兴，为她祝福才对！"

华夫人的一番话，说得大家都频频点头。梦秋小姐听了，止住了珠泪，破涕为笑地说："华夫人说得对，我们应该为天门姑娘祝福！"

于是，华夫人陪着梦秋小姐，拈香礼拜于天门峰前。痴情的梦秋小姐十分敬仰，虔诚地跪在天门峰，默默地祷告了许久。见小姐姣好的粉脸上挂满了泪水，华夫人连忙取香帕为之轻轻擦去泪珠，将小姐扶了起来。

梦秋小姐发现大家都在用关心的眼神看着自己，才带泪莞尔一笑。大家发现小姐没事，始放下心来，相邀说笑着回到了青岚禅寺。

第五十三章

痴情梦秋宫签求解　懵懂公子初醒说教

梦秋小姐从万里之外的京师回到南方。望着依稀如昨的庙堂，站在曾经给过童年最美好梦境的摩尼宫，姑娘的心跳在加快，靓丽端庄的粉脸上，慢慢升起了美丽的红霞。

小时候的梦秋，自打懂事起，就显然与一般的山村姑娘不同。除了同样具有农村姑娘勤快、懂事、孝顺的品质以外，还端庄、好强、机灵和喜欢读书听故事。每逢做完农活和家里杂事，总要找一些见过世面，或者认识几个字的村里大爷讲故事，教识字。没过多久，村里大爷仅有的一点墨水和几个故事就全被梦秋小姑娘掏光了。

那年，正值华公子于左近寻找适合种植神山白茶的好地方。公子与平伯本就互相熟知。平伯对于家乡的气候地理了如指掌，认为本地最适合白茶的生长，故向公子建议于家乡明堡村垦殖茶园，移植神山白茶。华公子接受了平伯的提议，并在平伯的协助下，于山清水秀的明堡村开垦了白茶园。

271

从此以后，华公子经常来到明堡村，有时，甚至在明堡村一住就是旬日。慢慢地，梦秋小姑娘的优秀品质和非同一般的聪明伶俐便被华公子发现了。求知欲强烈的梦秋小姑娘，也同样想方设法地和华公子接近，问这学那。后来，在父亲的同意下，小姑娘索性就拜华公子为师了。

每逢闲暇，华公子就教梦秋小姑娘诗词歌赋，给小姑娘讲天南海北的好听故事，有时饭后，还拉着小姑娘幼嫩的小手，在村里的大路上散步。华公子与梦秋姑娘之间，平日除了以师徒相称以外，还有一个不为外人所知的有趣称呼。每逢没有外人在场，小姑娘偶尔也戏称公子为茶哥哥，公子则不时称呼梦秋为鳅妹妹。

对于师徒两人来说，茶哥哥与鳅妹妹之间的别号，还有着一段让两人都刻骨铭心的故事。

曾记得，在一个山花烂漫的春日里，正在采茶的小姑娘见到公子从远处走来。公子风姿潇洒，步态稳健，府白淡花的衣装，夹杂着一股春日百花的馨香。

突然，一种发乎原生的本能，促使小姑娘拿出事先藏在茶丛中的漂亮野花，几步跑到公子面前，向上一蹿，抱住公子的脖子。吓了一跳的公子，生怕摔了小姑娘，赶紧抱紧了小姑娘。小姑娘顺势腾出小手，把美丽的野花插在公子的胸前，嘴里喃喃地说着："小妹妹给茶哥哥戴上美丽的山花了！"

华公子还未来得及反应过来，小姑娘就给公子戴好花，像泥鳅一样从公子的怀中滑溜下来，几步又回到茶丛当中，然后，一边继续采着茶芽，一边含笑观赏着眼前的公子，就像欣赏着一件属于自己创作的艺术品似的。呆立当地的华公子，看着天真无邪且调皮伶俐的梦秋小姑娘，竟然莫名其妙地从心底涌起了一股对小姑娘无限的怜爱之意。

聪明的小姑娘，似乎窥探到了公子的内心秘密。小姑娘开心的笑容，比盛开的春花还美丽动人。为了掩盖自己内心的秘密，公子故意以长辈的口吻教训说："好你个泥鳅似的小妹妹！如此调皮，摔疼了可不要哭鼻子喔！"

公子教训完，小心地从胸前取下美丽的野花，细心地将花瓣整理了一下，然后，走到小姑娘的身后，把花插在了小姑娘的头上，端详了一下，嘴里不由自主地说："这才是我的美丽鳅妹妹！"

小梦秋瞪着清澈见底的秀美大眼睛，感激地看着她的茶哥哥走向茶山的深处，好久才回过神来，继续专心采起茶来。从此以后，两人之间就有了不为外人所知的亲密称呼。

随着年岁的增长，也因为知识见闻的丰富，聪明的小姑娘，经常会冷不防地提出一些让博学的华公子也感觉猝不及防的问题。

有一次，梦秋问华公子说："我每背诵'关关雎鸠，在河之洲；窈窕淑女，君子好逑'，总会觉得茶哥哥就是君子，鳅妹妹就是淑女。这是为什么呢？"

这简直是让华公子感到尴尬的问题。公子本想教训小姑娘几句，但举眼一看到眼前天真稚嫩的小妹妹，话到嘴边，就马上变换成温和的口气对小姑娘说："等你长大了，肯定会为今天的话而羞羞。"

如今，已然成为相府千金，出落成为亭亭玉立大姑娘的梦秋小姐，深情地站立在摩尼宫前，脑海里一幕一幕地再现着童年时的甜蜜，内心里在憧憬着一个美丽的梦想。

记得当年公子刚刚和柳云初访明堡村，眼看着她的茶哥哥就要被这个厉害的老头拐往北方的时候，她就壮大着胆子，尽情发挥着天性的聪明，果然难倒了名震天下的当朝宰相。

正是自己一番淋漓尽致的表现，也许还有山村姑娘的纯真伶俐，才让柳宰相喜欢上了自己，将自己收为螟蛉之女，这简直是出乎所有人意料之外的大喜事。山里人都认为，这是几辈子才能修来的福气。就这样，梦秋姑娘在一夜之间改变了命运，成了所有山乡人都仰慕的相府千金，坐着高级的软轿，威风八面地随着柳相国的车队北上京师，从此与家乡告别了。

到了京师，梦秋姑娘进入了那侯门深似海的宰相府，享受着别人想都不敢想的荣华富贵。然而，姑娘却发觉自己失去了往日的自由自在。

几天以后，姑娘又知道茶哥哥办完事，要离开自己回南方了。姑娘心中感到莫大的悲伤，有好几次，甚至想提出要求，跟随公子重回南方。

公子临走的时候，特地来和梦秋姑娘告别。姑娘只得强颜欢笑，叮嘱茶哥哥一路保重。与茶哥哥别后的最初几日，姑娘总在夜深人静的时候，躲在被窝里偷偷流着眼泪，想着从此天各一方的茶哥哥。

随着年龄的越来越大，姑娘越发出落成京城最美丽的相府千金。多少王孙公子争聘梦秋小姐，进进出出于相府的媒婆，几乎踏平了相府的门槛。

然而，心志坚定的梦秋小姐，对于这些让人眼花缭乱的求婚者，都表现出一种天生的排斥，一个个地坚决拒绝了。日子久了，就连柳相爷和柳夫人也感觉到奇怪。从此，小姐的婚事成了宰相夫妇最大的心病。

此次柳云奉旨东南剿寇，柳夫人极力促成相爷答应小姐回南还愿，心里想的也是让小姐出去散散心，或许能够让小姐回心转意，甚至月老慈悲，还能使小姐遇上一门好姻缘，也未可知。

梦秋小姐自到青岚寺以后，似乎交织着重重心事。特别是对华公子的态度，更是让人感到费解。有时，大胆地冲着公子莞尔一笑，笑得美若天仙；有时，伤心地对着公子横眉一瞥，瞥得幽怨无比。这些情形惊得华夫人忐忑不安，更使经事丰富的柳云似乎明白了些什么。

晚斋过后，柳云借口有要事和公子商议，请华夫人陪着小姐在僧房里说话，自己则和公子爬上了峰顶。

时值晚秋，天高气爽，彩霞片片。放眼天际，红云不断变幻出各种各样的图案，真是美妙极了。面对神山如此的晚秋景致，两人却没有像平日那样的诗兴大发，而是各自怀着复杂的心事。

还是柳云先挑开了话头，试探着对华公子道："华公子，你以文入世，以商入道，纵横捭阖，得心应手，功成名就，可谓千古罕有了。"

华公子接口道："学生能够成就这一点功名，还不是全仰仗相爷提携周全的结果。没有相爷的知遇之恩、照应之力，就算华义茗有通天之能，也成就不了任何一点小事。相爷对于华义茗之恩德可比高天厚地，华义茗全家没齿感戴。"

柳云笑着说："公子客气了！公子的所有成就，乃是公子学识、胆略的结果。柳云何德何能，敢如公子之所夸！"

华公子道："国朝有如此博大胸襟的宰相护主牧民，天下之万幸也！"

柳云转过话题说道："天下承平，阴阳和顺，五行通畅，天伦和乐。公子之最让柳云羡慕的无过于天伦和美了。公子忠孝功业齐全，夫人外美内惠，诸子顺亲努力。想来人生最为惬意之事，都让公子占齐全了。"

华公子听到柳云如此夸赞自己，猛然醒悟到其中必然有话，因此，内心开始有点紧张地试探着说："华义茗能有今日，全数为相爷之所恩赐。今生今世，华义茗愿为相爷赴汤蹈火，在所不辞。"

柳云转头拿眼看着华公子说："此话当真？"

公子不假思索地说："丈夫一诺，石刻金镂！"

柳云率直地说："其实，也没有什么大不了的事。只不过是老朽夫妇有一大心病，至今尚无着落，寝食难安。今日老朽欲求公子鼎力一助，相劝于小女梦秋，听从于父母之命，媒妁之言，俯从于婚嫁，则老朽夫妇皆感公子之大德矣！"

华公子一听，好个相爷，绕了半天，原来是为了梦秋小姐的婚事烦恼。紧张的心情一放松，就随意夸口答应道："原来相爷为了这点事，待学生帮着劝劝小姐就是了，请相爷不要为此而忧坏了贵体。"

柳云点头道："这样甚好，那老朽就静等公子大功告成啦！"

当天晚上，在一个老尼的陪同下，梦秋姑娘进入摩尼宫寻梦台求梦。柳云和华公子在客堂品茶；华夫人则在丫鬟的陪侍下，于摩尼宫外等候。

大约过了一个时辰，梦秋小姐脸色凝重地从摩尼宫出来。华夫人见状，赶紧迎了上去扶住小姐。小姐走到柳云面前，对着柳云福了一福，低着眼帘，径直回房去了。柳云和华公子疑惑地对视了一眼，满头雾水而不知所以然。当下，无心再行闲聊，也只好各自散去休息。

原来，梦秋小姐在老尼的陪同下，进入了香烟缭绕的摩尼宫。拈香祝祷后，就由老尼服侍躺入梦床。恍惚之间，小姐觉得有人在招呼自己。顺着呼声望去，发现是个眉清目秀的小道童。小姐跟随着小道童，经过几折回廊，来到了一个辉煌的大殿，见到了高高在上的圣姥。

梦秋对着圣姥行了礼。只听圣姥开言道："小姐有缘无果，有果无缘。今赐你签言四绝，回去好好解读。去吧，一切随缘！"

圣姥说完，连同金殿一同不见了。小姐忽然觉得浑身毛孔骤张，发现一群青面獠牙的鬼怪正围着自己狂跳怪叫。小姐吓得大叫一声，醒了过来。

小姐平静了一下心绪，知道是见到了圣姥。默念了一遍圣姥赐予的签言，还好全然记得。签言曰：

> 村女结缘富贵家，天生蕙质王孙慕。
>
> 童贞初恋终不改，红线未牵镜里浮。

小姐坐在梦床边上，反复默念着签言，越念心情越沉重，呆坐在那里，眼睛定定的。还是老尼大着胆子上前提醒，小姐才强颜起身出来。

第二天早起，人们发现小姐憔悴了许多。

柳云等人满腹担心。华公子借机单独接近小姐，与其说话。小姐显得非常配合。两人边走边谈，不知不觉间已经走到了山后的一个亭子里。

梦秋小姐侧身坐在亭边靠椅上，手托香腮，面朝亭外，看着亭子下方连绵的山景，许久，方才不冷不热地说了一句："公子茶哥哥，此次功成贵显，当如所愿了！"

华公子心想，眼前的相府千金，再也不是当年的鳅妹妹了。公子尽管感觉得出来，小姐是在故意冷落他，但听了刚才的话后，心里还是颇感意外，无奈之下，只得回答道："妹妹在怨恨茶哥哥吗？"

梦秋小姐转过头来，两只美丽的凤眼已经饱含了晶莹的泪珠。她一下子放开了长期憋屈的闸门，数落道："哥哥还会记得起有个妹妹吗？娇妻美妾，功成名就，儿女绕堂，你心里还能有鳅妹妹的位置吗？"

华公子惊讶地听着鳅妹妹的喷怒责问，脑海里顿时波翻浪涌，心里觉得像撞翻了五味瓶似的，既感到委屈，又感到无奈。

一直以来，华公子都是把梦秋当成亲妹妹看待。他从内心里喜欢这个亲妹妹一样的美丽姑娘，关心着她的喜怒哀乐，关心着她的一切。如果需要，他甚至愿意为妹妹做任何事。

如今，华公子方才恍然大悟。原来这个傻妹妹，竟然是为了自己才拒绝所有的求婚者。难怪恩相会求自己帮忙劝导小姐，以消除老恩相夫妻的心病。想到恩相对自己的期望，公子不得不壮着胆对小姐说："华义茗何德何能，得到小姐如此垂青。华义茗已经老迈，况且已有两次婚娶。小姐正值青春豆蔻，千万不要再耽误自己的婚姻大事，更不要因此而忤逆了父母亲大人的关爱而有违孝道。"

未等公子话音落尽，梦秋小姐发狠拭去了眼泪，冷笑地说道："好个有违孝道，好个本小姐日夜思念的倜傥公子，原来充当说客来了！"

华公子假装没有在意小姐的嘲讽，几近相求道："常言道：'男大当婚，女大当嫁。'为了小姐的终身幸福，为了能够解除恩相和夫人的心病，在下请求小姐回心转意好吗？"

梦秋小姐叹了一口气，说道："哥哥说的何尝不对，这都是梦秋薄命啊！看来，梦秋今生只得认命了。"

看着梦秋小姐楚楚可怜的样子，华公子内心如针扎般疼痛。但公子顾不了这些，赶紧进一步劝道："小姐是大富大贵的人。只要能够听从父母之命，媒妁之言，今生之富贵，有何人能与妹妹相提并论呢！"

小姐没有即时回答公子的话，只是平静地看着华公子，决定不再多费口舌。她斩钉截铁地对公子说："各人都有不同的处世之道，公子哥哥已经心满意足地得到了想得到的东西，妹妹也想始终如一地保留那份让我刻骨铭心的想头。让这份想头永远潜藏在纯洁的心灵深处，不要再打扰它，让它永远伴随着我。"

听到小姐如此决绝，华公子似乎领悟到了不妙。他不无忧心地说道："都是我华义茗罪孽深重，没有明白小姐对华义茗的深情，更没有及早劝解小姐回心转意。华义茗企求小姐千万要想开些，为了老恩相夫妇给予小姐的恩遇，别做出让他们为小姐伤心的事。"

梦秋小姐听到公子如此说，反而破涕为笑地应道："放心吧，知恩图报的茶哥哥，妹妹知道该怎么做！"

第五十四章

训诫家人创业艰难　苦口教子守成为善

　　柳云携梦秋小姐回明堡村看望了梦秋的生身父母。平伯老夫妻喜笑颜开地迎接了朝思暮想的女儿，以最高的礼仪接待了当朝首辅柳云。柳云奉皇帝之命，给予了平伯丰厚的赏赐。其中，最重要的是皇帝赏赐给平伯高龄的百岁老父亲的一件增寿龙袍。

　　说起这件龙袍，还有着一段故事。话说当朝皇帝，英睿福泽，号称"十全皇帝"。时值皇帝甲子寿诞，与民同乐，特在京城举行"千叟宴"，饬令省府州县，举荐百岁有德寿者赴京参加盛典。

　　平伯的老父时年已届百零一岁，讳字王联侯。王家几代父慈子孝，行善助人，远近口碑极好。加之其孙女梦秋，已成当朝柳云相国螟蛉之女。若以华夏"福禄寿喜"的老传统而论之，也可称其家福泽绵长了。故此，闽省总督具名上奏，极力褒美推荐。其奏文中有句曰：福建福州福安福宁福鼎，王联侯万古亭后王万年。

　　皇帝览奏，读至此句时，觉得其暗含有"五福捧寿、江山万年"的意思，认为奏折所举荐之耆老定能给即将到来的"千叟宴"及国家社稷带来吉兆，于是，龙心大悦，当即饬命将梦秋委托杭州织造特制奉献给皇帝寿诞的五爪龙袍转赐给王耆老，准其出席"千叟宴"，并赐予"升平人瑞"四字以示褒奖。

　　平伯全家无意间得沐此浩荡皇恩，除了面北跪谢以外，高兴得简直不知所以。柳云一行在明堡村盘桓了三日，诸事皆已办妥，于是，携梦秋小姐，取官道起程北向，回朝缴旨去了。

　　华公子则依依告别了恩相，自回廉忠村。承欢于华老夫人膝下，得老夫人屡屡催促，准备前往青山岛与两位夫人团聚。忽然，服侍老夫人的丫鬟慌张来报，说老夫人不行了。

　　公子闻报，一时惊措。他立刻跑到老夫人面前，只见老夫人已经微闭双目，神态安详，似乎睡着了。华公子俯下身来，轻轻地在老夫人的耳边呼唤着："母亲，老夫人，老夫人……"

　　老夫人再也没有回答儿子的呼唤，她放心地远行了。华公子记得，在老夫人九十大寿刚做完不久，有一次，陪伴老夫人说话，老夫人就深情地看着儿子说道："儿子，母亲一辈子都是为了你。如今你已经功业有成，母亲终无挂碍了。老天爷垂恩母亲，让母亲做了九十大寿，想来母亲应该去和你父亲团聚了。"

　　想着母亲独力抚养自己的艰难，公子像个孩子一样，跪在母亲的面前，号啕大哭。直到众人上前劝解节哀顺变，华公子才勉强拭干眼泪，起身挂孝，布置灵堂，指挥全家为老夫人办理后事。

办理完老夫人的丧事后，华公子长住廉忠村，为老夫人守孝。不但向朝廷报丁忧辞去了官职，而且还将所有一应茶业事务全部交给了两位夫人打理，自己则专心读起书来。偶尔，也邀集几位挚友，品茶论道畅谈人生。

早先，老夫人在世，华公子是禁止家人称其为老爷的。偶尔有人称呼，也随即遭到纠正。如今，老夫人仙逝了，才勉强接受老爷的称呼。

一段时间以来，华老爷重读早年他最痴迷的儒道经文和历史典籍，总觉得热情已经大不如前。儒家经典作为华夏民族的灵魂，已历两千余载。无法否认，它是我民族两千余年来发展、繁荣和昌盛的指路明灯，它给予华夏国家上到皇帝、大臣，下到所有平民百姓以取之不尽的精神食粮和营养滋补。就是这厚重丰富的华夏文化，才造就了历史上无数的能臣猛将，同时也培养了万千子民勤劳、纯朴、勇敢、智慧的美德，致使我华夏民族得以国祚绵长，不断地文明鼎盛。

但是，经历过几十年商海，特别是亲自考察了西洋诸国以后，他感觉到在儒家经典中，随着近代社会文明的发展，有好些已然成为不能适应社会发展的教条了。例如，曾经作为华夏历朝立国根本的农本商末思想，就显然已经落伍。重农轻商，甚至重农抑商，固然能够基本解决百姓起码的衣食，也能利于王朝专制制度的管理，但是，全民皆农，国家长期处于落后的小农经济状态之中，就会严重制约科技的普及，社会活力将严重下降，从而减缓国家民族的文明进步。

277

反观西洋诸国，尽管国小民寡，但自十四世纪以来，西洋人大兴重商主义，国家以工商为主导，这就在客观上推动了其向世界各地寻找资本、资源和市场的热潮。在这样的社会背景下，科学技术得到了广泛的运用，同时也促进了社会的创新热潮。

以目前的这种现状推之，西洋诸国的文明和强大将在短期内超越华夏古国。届时，以西洋诸国的侵略成性和对财富的强烈渴望，又以东方诸国中数华夏九州最为博大富庶，则华夏就将有可能成为西夷劫掠的首要对象。

华老爷的这个模糊忧虑，是一个文人的清醒，是一个商人的敏锐，还是一个预言家的准确判断，这已经无法考究。但是，有一点是可以肯定的，这就是当年华老爷通过走南闯北，甚至远涉西洋，耳闻目睹所得出的结论。他面对已经趋于因成守旧的传统和僵固的政风民气，显然已经感觉到了危机与忧虑。他似乎已经预见到，此后数百年间，华夏大地肯定要经历一段极为动荡的年代，最后才能重新激发华夏民族固有的奋斗和创新精神，从而吐故纳新，包容和激励新生事物，重新建立推动华夏民族发展壮大、文明进步的思想和社会体系。

自从与梦秋小姐一番对话，华老爷针对小姐对自己的责问，不断反省自己，这才发现自己确实已经老了。这种老态不单表现在生理上，更重要的是表现在心理上。

确如小姐给予自己的责问一样，自己早年那种敢作敢为、个性鲜明的大气不仅已经荡然褪尽，而且还处处表现出护卫传统伦理的言行和固执。也许，正是因为这个原因，才会对梦秋小姐给予自己始终如一的深爱视若无睹，以至辜负了鳅妹妹用全部青春维护着的一片真情、一个梦想。

有了上述的这些反省，又鉴于几个儿女已经相继长大，终于，华老爷有了一个重要的决定：淡出江湖，隐迹深山，玩娱剩余的晚年岁月。他坚信"江山代有人才出，各领风骚数十年"的社会规律，只有让充满青春活力的年轻人来把握时代，这或许才是华夏永恒的发展主题。

华老爷稍事安排后，便把两位夫人和儿女们都召集到廉忠村大厝。当然，也请来了高寿的陈老爷子。

大家齐聚在大厝的三进厅堂，华老爷尊请陈老爷子上座后，自己则坐到主位上。他端茶喝了一口，徐徐地对全家人说："今天将大家召集到一起，主要是要宣布三件大事。在未宣布之前，为父欲与诸儿探讨一下有关成家立业的话题。"

说到这里，环视了家人一眼，接着说道："人生在世，不外乎成家立业。以成家而言之，不外乎承袭香火，养育后代，奉养双亲，完美天伦。至于立业，那就是人生之至大者。古人说，三十而立。对于一个男儿而言，怎样才能算是立了业呢？"

华老爷共养育有四儿二女。大夫人为他养育了三儿一女，二夫人则养育了一儿一女。对于这些儿女，华老爷都尽了最大的精力，对他们进行了严格的教育，希冀他们能够健康成长，守成父业，青出于蓝。

当下，华老爷目视着大儿说："大儿，你年居老大，平日能够勤奋读书，带头孝顺父母，为父极为欣慰。但你忠厚有余，而机变不足。今天，你先做个表率，说说怎样才能算是立了业。"

大儿遵命，唯唯答曰："儿子自小遵从父亲的教导，勤读诗书，终于懂得了立业的道理。人生能称得上立业者，从大的方面讲，开疆拓土，出将入相，文能治国，武能安邦，堪称立大业。从小的方面讲，农耕工商，自食其力，养儿奉亲，温饱富足，也可称之为立业。"

华老爷赞许地点了点头，接着就把眼光转向了二儿子。二儿子是四个儿子中最丰神秀逸、聪明伶俐、人见人爱的孩子。

看到父亲的眼神，二儿子就迫不及待地侃侃论道："依儿子的管见，能够称得上立业者，首先，应该承君父之命，学好本领，把握好随时建功的机会。所谓'机不可失，时不再来'，说的就是这个道理。抓住机会，以自己的机敏灵变为先机，奋力而攫取成功之果。其次，以自己的投入，进行小心的呵护和管理，和谐处理好周围各种错综复杂的横纵关系，预见和预防随时出现的不利因素，为保住收获成果而进行必要的善后工作。时刻牢记'创业艰难守业更难'的道理，当自己的劳动成果能够落袋为安的时候，才能称之为立业。"

华老爷听了，心里想：这小子说的，乍听有点牛头不对马嘴，细思起来，还真点到了要害之处。于是，笑着对二儿子说："勤奋努力，卫护成果。好，但愿儿子能够言必行，行必果，勿让为父失望。"

三儿和四儿皆在童蒙，但也不甘居两位哥哥之后。三儿学着大哥的口气说："我只要守好父亲创立的产业，孝顺父母。跟父亲出门卖茶叶，帮母亲算账。父亲大人，这样算不算立业呢？"

没容华老爷回答，就听四儿奶声奶气地说："我听父母的话，长大跟父亲学做茶，赚钱盖大房子。"

华老爷看着两个童真未褪的小儿子，也能不甘人后，知道守成和孝顺，心里高兴极了。但是，综观这些儿女，从小就生长在优裕的家庭环境中，根本就不知道稼穑商贾的艰难，不知道江湖社会的险恶。

想到此，华老爷循循训导之曰："孩子们，你们听好。自古以来，守成和发展父辈的事业，其难更甚。古语有言：富贵不过三代，说的就是这个道理。为父早年几经失败，几经周折，经历无数风险。为父希望诸儿，切勿忘了父辈创业之艰难。勤奋勿怠，凡事亲力亲为，多做善事义事，多参与地方公益。尊重儒学文者。对于穷困者，要尽己所能，济以渡过难关；对于乞者，也不能轻视，尽量饱食暖衣以遣之。总之，时时切记，勿骄奢，勿慢人，常怀同情心，多做慈善事。如此，守成我华氏祖业，则不难矣。"

说到这里，华老爷尊敬地对陈老爷子说："岳祖大人，您是长辈，请您也给重孙辈们一些训示吧！"

陈老爷子捋着长长的胡髯，也不推辞，高兴地对男女孙辈说："我为官于始，遭遣于后。虽历尽艰辛，而能苦尽甘来。能享福延寿至今，感悟心得至深者有二：其一，确立一人生道途而锲而不舍，如此，才能有功到自然成的结果。其二，凡遇人遇事皆以善善待之，则必将有厚报。我因持善待人而得遇汝父，因汝父遇蛇伤而得以交熟，更因同爱茶业而成忘年。孙女乃有福之人，得蒙公子夫人不弃，有幸如愿成为华家妇。老朽因孙女而添居华家长辈之列，实实在在地享受到了至亲至情的天伦之乐。人生之大幸，还有什么能够与此相比的呢！"

陈老爷子说完，开心地哈哈大笑。华老爷和全家大小听了老爷子这发自肺腑、感人至深的教诲，齐齐感动不已。

接着，华夫人也在老爷的示意下，有感而发说："我华家几代，勤报国恩，施善无类。今以知恩报恩为立家之本，守成创业为固家之法，勤俭节约为传家之宝，万望孩子们要时时切记。我儿时灾病无常，但孝养老父，礼待长辈，和睦邻里，乃时刻不敢忘。后得圣姥慈悲，医我病弱，复我容颜。又得汝父有情守信，结为连理，至有今日。望孩子们时刻珍惜父辈创业之艰难与不易，勤奋努力，勿懒勿怠，守成华家，不负长辈之期望。"

听到夫人说完，华氏一众子孙们皆懂事地一起站起来，齐刷刷地跪倒尘埃，同声说道："谨遵长辈们教诲，孩儿们牢牢记下了。"

华老爷高兴地说："孩子们，起来坐下吧！听为父宣布三件事。第一件事，为父年事已大，从即日起，决定将茶行的所有事务交由二夫人和大儿共同掌管。由二夫人掌管茉莉花茶的生产和销售，梅管家协助。大儿掌管橘红茶的生产和销售，由王管家协助。有关内外销售的调查和决策，则由二儿负责。都是家里亲人，凡事要精诚团结，互相协作，共同发展。如遇你们之间无法解决的事，则须请示夫人做最后定夺。第二件事请梅管家代为宣读吧！"

梅管家没有推辞，走到老爷身边，接过文牍，宣读了第二件事。梅管家朗声念道："华家四位公子听着，老爷共建有四座宅厝。本着成家立业的传统，现分配如下：大儿是长子，理应带头侍奉父母，故继承廉忠村大厝，兼顾奉养双亲。二儿以凤村大厝给之，此地风光独特，老爷深喜此地风光，每年夏秋，双亲移住此地消夏，二儿应多尽些孝道。三儿则以连村大厝居之，此地历来文风鼎盛，厝前文笔峰历历，望三儿居此勤修文章，苦读诗书。四儿尚小，依其母守望柏柳庄园宅院。此地庄园宅院，近一半的产业本属于陈老爷子。待将来四儿弱冠，可继承庄园所有产业，接续陈氏香火。其他兄弟，不得有任何异议。"

梅管家宣布完第二件事，将文牍恭敬地递还给老爷。华老爷接过文牍，环视了在座的亲人们一眼，知道没有任何异议，就宣布了最后一件事。

"最后一件事是关于为父的。早年，为父着意诗书，喜游山水。因奉慈命，弃科考而入商贾，所幸经营橘红茶而至小有成就。如今，大儿二儿已能经事，故为父决定金盆洗手，退出商贾而践我夙愿，游山玩水而颐我剩余之天年。因此，决定来往于东南神奇的神山妙境，以松荫古寺为栖，渴饮山泉，饿食野果，悟彻人生最高境界，求得益寿延年。望亲人们体谅为父的初衷，玉成为父未竟之美事。"

一众亲人听老爷如是决定，皆骇然哑口。虽皆想劝阻，但都素知老爷平日秉性，知道老爷一旦决定了的事，任何人都将无法改变。况且，老爷只是要完成青年时未竟之所愿，并没有说其他的，这就使众亲人没有多余的顾虑了。

因此，众亲人齐声说道："全凭老爷做主，希望老爷要珍爱贵体，不要太苦累了自己。"

华老爷感动地说声"知道了"，目送大家各自散去不题。

第五十五章

青峰古寺月夜仙风　品评人生参禅论道

华老爷自从彻底离开商贾俗务以后，果然频繁来往于道观古寺，自取名号曰：逍遥先生。逍遥先生日夕与熟儒老道寺僧为伍，访海岛礁盘，勘堡寨关墙，品香茗果珍，畅游于东南山野林泉，进一步探究于世间万物之精微。

一日，逍遥先生带着一个随侍小书童来到青峰山。这座与太姥神山比邻的青峰山，他于童年时就已对其钦慕不已。特别是自从与柳云一同奉皇差拜祭过寺塔后，便与住持老僧结成了莫逆，每逢得闲，便会上山住几日，日夕与老僧参禅论道。

青峰山地处太姥山北境，其山势自然天成，海拔高近五百丈，山中奇峰耸立，巍峨瑰丽。

除了秀美奇绝的自然景观以外，和普光观可算是最具代表的佛宗道祖圣地了。青峰古寺居山之东麓，始建于南朝。上供有佛祖、观音和罗汉，历代香火极盛。一年四季都有南国特有的风光雅韵，特别是每年的春秋两季，其景色最为旖旎。但凡这个时候来此，人们都会流连忘返。

春天里，不管是晴日，或是云雨，站立青峰古寺东眺，峰巅连绵，山海相接，云涛雾浪，变幻莫测。生机盎然的万物，随春雨而翠绿发芽，依春阳而百花怒放。鹧鸪声彻，百鸟和鸣，蝶随花舞，蜂随蝶闹。幅幅真实的春景写生图，简直能够让人误以为入仙境而惊奇。

秋天里的青峰古寺，居高山而俯瞰四周，晴空亮澈透明，远看近观，峰峦沟壑，海波岛影，尽收眼底。仙风阵阵，衣袂啪啪，凉爽惬意。天高云淡，情思致远。偶然从身边飞过几片青云，顿时就会使人觉得云里雾里，佛耶仙耶！

逍遥先生此次重上青峰古寺，恰值深秋。一路上，秋花遍地，透人心肺的馨香阵阵袭来。一路观赏流连，走走停停，到达青峰古寺，已近黄昏。恰巧，老友云中子也前来观秋景而留宿于青峰古寺。

于是，青峰古寺住持老僧热情接待了云中子和逍遥先生。晚斋过后，老僧偕同逍遥先生和云中子顺着青峰古寺周遭散步参观。此时，天上晚霞片片，变幻着各种各样的图景，引得三人不断驻足观赏，联想绵绵。

不久，玉兔东升，澈净冰华；辉光洒落，顿时使得山河海岛银装裹素，美丽极了。老僧设座于青峰古寺右侧之一处天生的石桌上，以自产的青云绿茶款待两位贵客。石桌处于峭壁之上，险峻无比。居高临下，视野开阔。居此饮茶观景，已然是佛仙之所行止了。

三人不敢辜负难遇的美好天光，于是，高坐于石桌之旁，沐浴着这月华的清辉与彻骨的仙风，饮啜着神露一般的青云茶，进行着不倦无眠的长夜高谈。

不忘本行的逍遥先生，面对如仙露般的青云茶，叹息一声道："老儒研茶做茶一生，本以为我的橘红和茉莉花茶已是天下绝品。饮过贵寺的青云茶，方知古人所云'天外有天，山外有山'之真谛了。"

老僧听了，淡然地笑了笑，慢条斯理地说："其实，世间万物本无优劣好坏之分，它们根据各自的秉性和特点而存在，完成着生死更替的法则。只有被人们置于不同的功利标准而进行各种操弄，才会演绎出人世间各种丰富多彩的故事。若其所扮演的功利载体符合大多数人的利益，就受到人们的追捧和歌颂；反之，则将成为受到攻击和诽谤的对象。本寺的青云茶和老衲一样，远离都市繁华之地，居此清修而默默无闻，从来不显扬其有优劣好坏之分。今日有幸得施主冠以绝品，施主自然也是以山外之功利标准加之而论了。"

逍遥先生万万没有想到，自己无意间对寺茶的一声感叹，竟然能够引出老僧的一番高妙禅理，真是既惭愧又高兴。于是，他带着十分敬重的口吻问道："似此说来，老儒为茶碌碌一生，以师父之法眼观之，固然都是功利之傻事了？"

老僧答道："不然。施主所从事的，虽然可以视为功利的范畴，但以所得到的结果而论之，恰恰是一件莫大的好事！"

逍遥先生疑惑地插话道："这又是如何说起呢？老儒愚蒙，请师父明示！"

老僧道："逍遥施主能够毕生以忠事国家为己任，以弘扬家乡物产为追求，孜孜不倦，终于成就了一番事业，也使多少众生从施主的事业中得到了好处，这是一般凡夫俗子所不容易做到的，也是佛家弟子都自叹弗如的大功德。"

在一旁听着两位对话的云中子，终于忍耐不住，接着老僧的话头说道："若以老道的观点论之，凡人之所作所为，实际上是自然天成的。以逍遥先生一生之奋斗和结果而论，其成功的因素固然很多，但老道以为其中最主要的还在于我民族血脉和文化传承的结果，这是无法改变的先天主因。有了先天主因作为基础，外加逍遥先生后天良好的修养和难得的际遇巧合，所以才成就了其一番轰轰烈烈的事业。"

逍遥先生以赞许的口吻附和道："云道兄说得好！想我炎黄子民，之所以能够创造出举世瞩目的华夏文明，关键就在于每个人一生不管在哪里，生存环境有多艰难，都能念念不忘于为国家尽忠尽责。而这，正恰恰是华夏血脉连绵不绝最为根本之所在。"

老僧用一种奇异的眼光，轮流注视着云中子和逍遥先生许久，然后才叹服地说道："两位施主说得好，立志以满腔热血而念念于忠事国家，才是我华夏民族繁荣昌盛的根本。所谓'国家兴亡，匹夫有责'，这就是华夏每个人平生之最高人生追求。从逍遥先生身上，老衲真正升华了爱国的真谛所在。"

逍遥先生谦虚道："师父过奖了。爱国至上，历来就是华夏子民义不容辞的神圣职责。正是每一个炎黄子孙与生俱有的血脉传承，才使我华夏民族渡尽劫波而历久弥坚。"

老僧和云中子听了皆合掌赞同。其后，三人又针对人性之善恶美丑以及人生修养进行了一番评点论说。

逍遥先生说："人的修行与学养，是决定行为结果的重要因素。修行与学养的形成过程比较复杂，与家庭、环境以及自身的早年际遇等等都有极大的关系。例如，家庭对孩子的影响就非常大。出身于书香门第的孩子，受到良好教育和文化熏陶的概率就会高一些；假如是一个出身于商贾之家的孩子，受到功利思想的影响肯定会多一些；出生于军人世家的孩子，其勇悍之气必然是其他孩子所无法相比的，所谓将门无犬子，说的就是这个道理。"

老僧接过逍遥先生的话头说道："老衲以为，一个人良好品德与学养的形成，有三大因素是不可或缺的。苦其心智，劳其筋骨，这是一个人成就事业的首要因素。但凡一个人未成年的时候，如果其生活环境优裕，锦衣玉食，衣来伸手，饭来张口，身体和心理初长之时，所有际遇太过平顺，则长大以后肯定经不起风吹浪打，吃不了酸甜苦辣，胸无大志，胸无点墨，更谈不上能够做出什么大业绩。欲使一个人长大后有大作为，能够对家国有大贡献，则必须将其从小置于苦境甚至险境，进行磨砺和锻炼，以便苦其心智养其大志，劳其筋骨而坚其恒毅。"

老僧话音刚落，云中子就高兴地插口道："对极，对极！吃苦长心智，劳力强身体，这确实是一个人事业成功的关键因素。"

老僧举杯喝了一口香茶，接下去说道："良师益友，不可或缺，这是一个人能否有大作为的第二个关键因素。一个人在开蒙以后到成熟之前，除了家里亲人以外，能够对其品行和能力产生决定性影响的，当属其所接受过或敬仰过的师友的教诲和影响。有时，良师的某一句话，就能够让其产生强烈共鸣而成为其人生的行为准则，甚至还有可能让其刻骨铭心，影响其终身。良师或益友可能成为一个人的终身楷模而受到模仿和发扬光大。一个人高卑优劣品行的形成是渐进式的，特别是其高尚优良品德的培养，更是需要各种内外因素的长期反复磨砺和合成才能得到。所谓千锤百炼始得利刃，讲的就是这个道理。奇绝天下的一把利刃，要做出惊世骇俗的大事，至少需要铸剑师所赋予的'利'和持有利刃勇士所具备的'正'、'勇'、'技'诸因素的合成才能达到。"

听到这里，逍遥先生与老僧似乎已经达到心意相通的境界，当下，竟然兴奋得手舞足蹈。他喃喃地说道："师父高论，至令老儒如醍醐灌顶，心意豁然开朗而受益无穷了。"

未等逍遥先生话音落尽，老僧继续不紧不慢地说道："周游天下，广其见识，是一个人能否有大作为的第三个关键因素。一个人在父母羽翼的保护下，从师友处或者从书籍上学到了丰富的理论知识。但是，如何去检验这些知识是否适合自己，怎样把这些学来的知识转变为自己的智慧和能力去为家国建功立业，还需要到广阔的天地中去锻炼，从社会实践中得到经验与升华才能达到目的。上天赋予了人有悟道的能力。道是道理，是解决问题的方法，是征服与获取的本领源泉。道是在知识累积到一定程度的前提下，经过自然的某个感知进行激发而产生的一种灵感。这种灵感往往游移于山川原野之中，存在于万事万物的表象之下。这种灵感只有被具备广博知识的人所发现所认知，才能发挥出巨大的潜能和威力，从而使拥有它的人创造出前所未有的丰功伟绩。因此，一个人应独立地深入社会进行历练，去检验自己的生存与应变能力，去不断地扩大自己的视野，才能找到属于自己的灵感，才能得到最适合自己、最能发挥自己所长的事业切入点，从而创造出非凡的人生伟业。"

逍遥先生听到这里，已经按捺不住兴奋，从座上起立，对着老僧先恭恭敬敬地深鞠了一躬，然后说道："师父高论，精辟绝伦，老儒茅塞已开。然而，如法师所论，每个人只有主动去实践，勇敢地去承受现实间的所有苦难，才能焕发出最大的潜能吗？"

老僧说道："是的。当一个人还处于人生的初期，如果能得到上述三大要素的锤炼和磨砺，那就定能塑造出良好的修养和学识。有了良好的修养和学识，才能最大限度地发挥其内在的潜能，才能决定在将来为社会为大众做出有益的事，才能谈得上其是否能够造福于社会和苍生的话题。"

284

听完老僧的高论，面对着明月清空和朦胧静寂的山海世界，逍遥先生和云中子久久没有说话。也许，三人的内心世界里，都在反复品味着万象人生。

此时，逍遥先生的内心里，正反复翻涌着一个结论：在漫漫的人类历史长河中，但凡能够出类拔萃的人，大多一生都是在坎坷中度过，而又由于坎坷的人生经历，使得其生命和智慧潜能能够发挥到极致，以至于为后世留下了宝贵的精神和物质财富。

想到这里，逍遥先生情不自禁地说道："适才师父的一席高论，使老儒蓦然间明白了许多道理。老儒以为：人的一生是否能够建功社会、名垂千古姑且不说，做一个有用的社会一员才是最起码的。作为一个生命活体来到人世，绝不能使自己沦落为社会的寄生虫。其实，当每一个人都能丰衣足食，谦谦待人，和睦持家，和谐邻里，这本身就已经对社会做出了贡献。"

云中子与老僧听了逍遥先生的感慨，齐齐合掌赞道："善哉，如是说也！"

第五十六章

缘聚福瑶圆满欢会　神曲天籁玉笛弄音

在众多儒佛道诸友中，与逍遥先生最为相善的首推隐居于福瑶芝兰洞的云中子道长。自从逍遥先生决定脱离俗务而纵情山水后，道儒两人更是形影不离，日日畅游于神州之东南形胜。

一日，两人相约自莲花山赶回福瑶缘会一众故人师友。路过烽烟岛，逍遥先生忽觉心血翻涌，脸色潮红。云中子观之，心中已然知晓其中奥妙，于是，笑着对逍遥先生说："逍遥道兄，此岛有缘，你我何不顺路上岛一游？"

云中子此议，正合逍遥先生下怀。于是，两人急急拢船靠岸，登上烽烟岛，向着岛上最高峰走去。忽然，顺风飘来一阵隐隐约约的玉笛清音。听到此罕有的人间天籁，两人意会而相视一笑，然后就径直朝着笛声传来的方向，几个纵跃，便消失在岛山的密林之中。

片刻工夫，两人前后紧随，已然来到了缘道姑修真的了缘洞。了缘道姑波澜不惊地欢迎了两位不速之客，请他们于洞旁的石亭中坐定，自己转身烹茶待客。

甫一照面，逍遥先生便已认出，眼前的了缘道姑就是昔日的相府千金梦秋小姐，很长时日以来一直萦绕在心头的担心终于得到证实。此时此刻，虽然在内心里很是感叹眼前这位红颜知己不可更易的奇志，但已然经历过无数人生风雨变故的逍遥先生，却是能够坦然面对。

须臾，了缘道姑斟上了奇香扑鼻的兰熏橘红，三人边品边聊。在云中子的再三提请下，了缘道姑勉强重新吹唱了一曲自创的《了缘歌》，只听其歌词委婉清丽，荡尘超脱。歌词曰：

> 童贞起，因缘生，无猜情爱伴桃红。春花秋月星斗移，生死相依祸福共。心牵恋，几世恩，海枯石烂永初衷。
>
> 红线未牵月老错，有缘无分诉东风。青丝逝，银发白，夜冷拥衾叹捉弄。炽热人生太仓促，了却情缘入山中。

听完后，逍遥先生悄悄拭去了挂在脸颊上的两滴老泪。在云中子的催促下，三人一同出了洞府，下烽烟岛登船前往福瑶岛。风顺船快，顷刻间三人就登岸来到了福瑶岛山，顾不上观赏风景，便一路径直朝着云中子修真的芝兰洞行去。

才刚到达洞口，迎面就碰上了赶来随缘的杭城灵隐老僧。云中子赶紧趋前，深深为礼道："不知高僧驾临。让师父久等于此，老道在此赔罪了。"

灵隐老僧笑着说道："无碍，无碍，贫僧也是刚到。贫僧算定有故人缘会于福瑶岛山，故也不请自到，赶来凑个热闹。"

逍遥先生和了缘道姑也上前和灵隐老僧见了晚辈礼。云中子礼请诸人进了洞府。大家举目，但见洞府妙境天成，果然景致又非比平常。有词赞之曰：

> 琼崖盘石阶，临壁飞白鹏。高台生石门，洞府称芝兰。洞中透天光，洞壁芝兰香。万年石钟乳，晶莹银灿烂。中间生莲池，五色莲花靓。松鼠戏灵猴，蜂蝶赶花间。仙风徐徐荡香麝，莲雨纷纷现虹光。

云中子引领众人来到洞府西壁一个类似亭阁的所在。主人将之取名为芝兰亭。芝兰亭是洞府的最高点，其上有一块平展的天生石板为顶，前临深渊，深渊中长满各种古松翠柏，松柏之间生活着各种灵兽。亭阁中天生有石桌石凳，坐于石凳之上远眺，可观浩瀚东海之雄奇与变幻莫测。

平时，云中子常于芝兰亭的石桌石凳之上，或品茗观景听浪，或静坐清修参道，或与隐士高儒开棋对弈，或与游僧道人参禅悟道。今日，师友高客到访，云中子自然于芝兰亭煮茶宴友。

当下，将众人让进亭中，分宾主坐下。云中子即命一个清眉俊目的道童上前点茶。

忽然，守门道童来报，有贵客登门。云中子赶忙起立迎客，其他几人随后跟进。刚到洞门，大家就听到一声："几位道友，别来无恙喽！"

身随音至，瞬间一位身着白色道装、满头白发、脸泛红嫩的老尼姑现身在众人的面前。

逍遥先生惊喜地趋前叫道："师父鹤行到此，弟子给师父请安了。"

云中子道："如水师父大驾莅临，洞山增辉。快快有请，快快有请！"

如水看到灵隐老僧早于自己到达福瑶岛山，惊喜地打趣说："没想到这老和尚更比我老尼不甘寂寞，也不知会老尼一声，就独自到此凑热闹。"

灵隐老僧友好地向这位一向不饶人的同道点了点头，然后，心平气和地宣了一句佛号，便算是回应了老尼的打趣。

如水老尼的到来，不但给洞府增加了热烈的气氛，而且还让了缘道姑意外地在南国遇到了日夜思念的师父。待到师父与长辈们先行寒暄后，了缘道姑才迫不及待地上前和师父见了礼。见礼后，了缘亲热地扶着师父，一边兴奋地问这问那，一边随着众人向着芝兰洞走去。

儒僧道五人在云中子的带领下，重新回到芝兰亭，按着宾主尊长的座次各就各位。灵隐老僧和如水老尼辈分最长，分别坐了左右尊位，逍遥先生和了缘道姑分别坐于次席，云中子则坐于主位。

少停，道童布上佐茶的果品。大家放眼观之，石桌上顿时摆满了出产于周遭神山琼岛的珍稀仙品，有照岚的四季柚、明堡的香芋片、大岚的西苑蟠桃、交城的晚荔和龙眼、湖安的芙蓉李和紫葡萄等等，真是琳琅满目，果香四溢。

云中子兴奋地说：“今日之聚，实乃罕见之缘会。何况，我等此次佳会，将被有缘者载之以传世。不远的将来，东南原本深藏少人识的琼岛仙山，就要靓丽出世而人人争睹其颜了。今日缘会，我们务必要尽欢。”

逍遥先生内心之中的欣喜欢愉，更比他人为甚。眼观所有参与聚会之人，都是逍遥先生一生之中最具影响，也最为关爱的师友。逍遥先生觉得，自己应该借重神山仙境而略尽地主之谊。于是，他遣人取来了珍贵的宝壶宝杯和难得一尝的兰熏橘红茶，以供聚会有缘人欣赏把玩和品啜延寿。

有关这套珍贵无比的宝壶宝杯，想当年曾经一度被麻岩韬所盗窃，后剿灭了这帮摩尼教匪徒，才又从匪巢中取回原物而归于原主。

一应壶杯和仙茶送到洞府后，逍遥先生亲自捧宝壶置于石桌中央，取适量兰熏橘红茶放入宝壶中，命道童取来煮滚的神山丹水。随着丹水的慢慢冲入，在场众人惊奇地看到，道道虹光顿时由本来黝黑的宝壶中隐隐逸出，使得整个洞府瞬间霞光灿灿。片刻工夫之后，壶嘴之中，喷射出一股彩雾，彩雾螺旋上升、散开，随后便慢慢幻化出美丽的彩虹，彩虹随着雾气的漫渍，瞬时使得整座洞府到处瑞霭纷飞。与此同时，还有一股奇特的馨香迅速扩散开来，沁入众人的心脾，顿使众人如醉如痴。

接着，眉清目秀的道童，运用优雅高超的斟茶手势，给众人面前的茶盏中注满了香茶水。众人各自举眼详观，只见眼前的宝杯，华贵出尘而内敛脱俗，杯中金黄色的茶水透彻明亮，焕发出阵阵迷人的香气。

云中子热情地引导着众人品饮着开场的三杯丹茶。待到三巡茶毕，云中子始自开场地说：“众位道友，今日佳会，不可无诗，更不可无乐。老道存有一坛五十年美酒，至今一直舍不得独用，今可取此美酒，聊助诸位雅兴。”

云中子说毕，即命道童抱出深藏于洞府深处的仙酒，取来同道好友赠送的五色琥珀酒盅。身手敏捷的道童，眨眼之间又分别在众人面前各布上一个五光十色的宝盅，开坛为众人斟满仙酒。顿时，猩红的仙酒与珠光宝气的琥珀宝盅相互映衬，更显出不同凡响之气派。

性格本来就豪放的如水老尼，早就忍耐不住地说道：“值此良辰美景，同道师友缘聚佳会，又有神茶仙酒、珍馐果品，天上人间，何曾有此。老尼提议，大家先行共饮三盏美酒，然后以司南定位，中者每人或诗或歌或典故或逸闻，乐度今朝，共勉明日，未知诸位意下如何？”

众人同声附和。只听灵隐老僧率先宣了一声佛号，接着慢条斯理地说道："老衲不会吟诗，更不会歌乐。冒颜居先，讲一个故事供诸位佐酒佐茶如何？"

众人踊跃，齐声说道："愿听老法师讲来！"灵隐老僧微闭双目，手中捻动着佛珠，侃侃讲了如下故事。

话说当年老僧云游于东南天姥山中，闻说有一位北来之修道者，自称耕云先生。此先生乃老儒出身，几次南台博弈皆名落孙山，后乃淡泊名利入道修行，闲云野鹤，漂泊为家。

耕云先生因深喜于天姥神山之瑰丽清奇和幽深静谧，故结庐于山中研经著文。

时值神山之诸神齐上天庭述职，恰有一西方邪魔挣脱禁锢，趁机东来潜入神山，化成一疯疯儒者，盘踞于神山脚下一处荒废已久的古庙之中，人称其为"梧桐老魔"。

这梧桐老魔自盘踞了神山以后，起初还装出一副道貌岸然的斯文样，但时日久了，其害人妒狠歹毒的蛇蝎心肠本性，仍然不时发作。

对于耕云先生结庐于山中，梧桐老魔起初并不在意，以为这个耕云先生只不过是个游方的腐儒寒士罢了。偶然的机缘，梧桐老魔结识了耕云先生，方知晓耕云先生文章佳妙，老魔天生的妒狠阴毒又发作了起来。

梧桐老魔使尽了邪魔招数，对耕云先生进行诽谤和迫害，极力污损其清誉和道德，甚至挑动山里的一些狐朋邪怪，运用各种妖术，轮番攻击耕云先生，力求将耕云先生赶出神山而后快。

当时，耕云先生正专心于文牍著述，因此无暇理会老魔的骚扰、纠缠和攻击，任凭妖魔鬼怪起哄胡闹。耕云先生罕见的定力，使梧桐老魔使尽所有的旁门左道也无济于事。

不久，上天述职的诸神回转神山，守值山神即将此事向已被玉帝封神的圣姥作了禀报。圣姥闻之震怒，当即运用神通收服了作恶多端的梧桐老魔，并将之镇压在天门峰下，使其永世不得翻身。

对于儒生耕云先生，圣姥则敕令神山诸路仙灵，必须暗中善加保护，以求能够让其专心于创作弘扬神山之文章。

从此，耕云先生安然于神山草庐，终日凝思运笔，果然不负圣姥之所望，首次将神山的仙道奇闻和物产景观著述成书而传遍天下，成就了神山历史上之旷世奇功。圣姥因感念于耕云先生的功德，遂引以辟谷长寿之术，赐予福瑶芝兰洞供其著文修性。

故事讲到此，灵隐老僧戛然止声，接着，举慧眼环顾了一遭众位道友，故作神秘地问道："诸位道友，你们可知这位耕云先生如今何在吗？"

众人一听此问，忽然醒悟过来。还是如水老尼抢人先机地说道："云中道兄，原来耕云先生就是你啊！这才真正叫作'踏破铁鞋无觅处，得来全不费工夫'了。

阿弥陀佛，老尼几十年的心愿终于可以了却了！"

了缘道姑惊奇地问道："师父，这又有什么说法啊？"

如水老尼答道："说给你们听听也无妨。当年，老尼未出道之前，随父亲奔忙于商贾经济，后来父亲被人谋害，报父仇后走投无路，得师父云崖庵老尼收留而落足于云崖庵修道，然因年轻道浅，总不能笃定心猿。后有一位不知姓名的儒士香客施舍了一本耕云先生的诗集，爱不释手，反复精读，终于静心如水，找到了入道的法门。论说起来，这位耕云先生，也应该是老尼未见过面的入门师父了。几年后，老尼修道颇有心得，道行也逐日精进，但对于这位从未见过面的耕云先生，却是始终不能忘怀。始料不到的是今日竟然意外会面于此，岂不是老尼之福缘所致吗？"

如水老尼说完，就要起身对云中子行拜师礼。云中子赶忙止之说："云中子虽来自早年的耕云先生，然今已是云中子而非耕云先生。如水师父应拜师于耕云先生而非云中子。故而，云中子不能接受如水师父的拜师礼。"

众人一听云中子如是说，全都心领神会而颔首赞同，之后又齐声大笑。笑过之后，有逍遥先生口随心动，提议道："适才听如水师父说因精读耕云先生的诗集而笃定心志，然后才找到了入道的法门。如此妙绝之诗词文章，敢请如水师父吟咏一二以庆今日之聚会如何？"

未等如水应允，了缘道姑就抢先答道："不劳师父费心，当年了缘就学于师父，得师父传授有耕云先生的《江城子》词曲，早已熟记于心。今日佳会，了缘愿为众位师长歌舞一番，以佐酒茶。敢请逍遥先生，为了缘吹奏玉笛伴音如何？"

逍遥先生欣诺，众人踊跃。于是，了缘整衣下到莲池边上的平台，踏着逍遥先生彻空悠远的笛音，以其柔美的舞姿和嫩亮清甜的歌喉，吟唱了一曲《江城子·春日登山感怀》。歌词云：

> 登山润雨遇初晴。海苍茫，日辉金。天地和合，百姓庆康平。盛世笙笛歌丰阜，千样乐，万家情！
> 古来三教创华英。老庄忙，孔学兴。西来禅教，万里山河新。儒道佛融开恶顽，和最美，五洲平！

正当大家还沉浸在了缘吟唱之意境中的时候，洞中的莲池里忽然泛起七色毫光，毫光瞬间布满洞府。众人定睛一看，但见于毫光之中，隐隐现出了一朵含苞欲放的七色彩莲。云中子惊呼："七色毫光出涌莲，百年盛世现神州！"

话音刚落，池子的毫光逐渐加强，中央的那朵七色莲花越长越高，直到离开池水约有三尺的时候，方才定住绽放。大家睁大眼睛，只见七色莲花缓慢地展开了美丽的莲瓣，一会儿就绽开成了一朵硕大如磨盘的罕见莲花，放射着连绵不绝的七色毫光，映照得整个洞府瑞气盈盈，紫气飘飘。

洞府之内的一众人等，沐浴着这难遇的霞光瑞气，顿时都觉得神清气爽，心旷神怡。

了缘道姑更是意兴未尽，她身披着涌莲的七彩毫光，重新翩翩起舞，和着逍遥先生意境神妙的玉笛天籁，又咏唱了一曲《鹧鸪天》，只听词云：

> 秀岭奇峰景致佳，道庐山寺隐人家。因缘随意天地考，苦炼丹心脱命枷。
> 餐晨露，悟铅华，增元一盏橘红茶。凡尘百岁不足论，野鹤清风任晚霞。

后　记

　　在这炎炎盛夏的时节，欣喜于福建海峡出版社邀约我将《茶都旧事》再版，经与出版社协商，决定将书名改为《橘红缘》。以《橘红缘》为书名是我创作这本书的初始想法，但由于各种因素的集合，使得初版书竟以《茶都旧事》为名号出版了。此次再版，在获得出版社编辑部的鼓励与认可后，最后决定以《橘红缘》为再版书名，遂终如我初始心愿。

　　《橘红缘》在未定稿之前，我先后请了数十位不同性别、不同年龄、不同学养的友人阅稿，得到了他们至为珍贵的评价和改稿意见，这些评价和意见使我受益匪浅。这其中有历史学士张小姐写道："……畅游于汇聚着涂老师心血的文学作品中，感受到在其笔下的家乡是那么绚丽多姿，自豪之情油然而生。让人敬佩的是涂老师以渊博的知识、炽热的情感、博大的胸襟，以洋洋洒洒之文字展太姥之风光，扬太姥之文化，抒忧国忧民之情怀。以一亦儒亦道亦禅者的心境，寓人间之事理，解世人之困惑。师者，传道授业解惑也。良书亦是一无声师者，亦是一伴于左右之忠实益友。我辈常围于世间浮华虚无，而困于心境之迷失。今者，我犹如历史长河边上只小老鼠，尽情饮啜前人先辈之精华，陶醉其中，身受其益。茶都旧事，仙都风情，人间悲喜。细细读之，闭目思之，心中品之，恍惚间一股幽幽茶香沁入心脾，身飘飘乎如与太姥圣姥同游于东海之仙都。"

　　有文学评论家少先生写道："这是一部关于茶与事业、茶文化与传统道德的长篇章回体小说，以清代中晚期东南海西的太姥山、三都澳以及杭州、扬州、北京、伦敦等作为小说的背景平台，塑造了小说主人公华义茗公子及其一生所际遇的四个女人，围绕着做茶与销售茶叶的人生经历中所发生的一个又一个故事。小说主题明确，主要将中国传统文化中的家国、忠孝、爱恨、善恶、美丑的标准糅合进小说，着力渲染和宣扬着生活中所必备的诚信宽容、勤勉勇毅、和谐和美、爱国爱家等等的民族优良道德传统。并且表现那个时代所有中国人的迷茫和彷徨，揭示了以小说主人公华公子为代表的中国人，在面对西方资本主义的渗透而进行矛盾斗争和接受取舍的痛苦经历，赞扬了伟大华夏民族一贯的"发展自我，兼容并包"的博大胸怀。只是由于这个意图过于明确，也

291

就给人一种"图解"的感觉，显得简单直接了些，明显影响小说所能达到的艺术成就。《茶都旧事》（《橘红缘》）既可看作一部长篇文学作品，还是一部很有实用价值的茶书，以其内容鲜明的茶文学作品，再现了许多让世人神驰的茶制作工艺、茶茗品鉴和茶道茶艺，阐发了茶与医学养身和茶禅茶儒茶道等等的哲学内涵，具有一定文化意义。"

文化是永恒的，一本书也是永恒的，只要它能够经得起时光老人的磨砺和考验。作为《橘红缘》的作者，我可以坦然地说，我用了十余年的业余时光，投入了我所有的学养与情感，始有这近四十万字的心血结晶。《橘红缘》是一杯橘红色的功夫茶所浓缩的际遇与因缘，它带着华夏民族传统文化的韵味，散发着浓浓的茶香，将其隽永的华夏茶魂和对祥和康乐的祈望献给与之结缘的所有尊敬读者。

龙山茶翁
2022 年夏于福鼎龙山龙济堂